KB000295

근세일본의 요절복통 여행기

동해도 도보여행기

東海道中膝栗毛

【一】

근세일본의 요절복통 여행기
동해도 도보여행기(一)

1판 1쇄 인쇄 2019년 8월 10일
1판 1쇄 발행 2019년 8월 20일

저 자 | 짓펜샤 잇쿠
역 자 | 강지현
발행인 | 이방원

발행처 | 세창출판사
신고번호 · 제300-1990-63호 | 주소 · 서울 서대문구 경기대로 88 냉천빌딩 4층
전화 · 02-723-8660 | 팩스 · 02-720-4579
http://www.sechangpub.co.kr | e-mail: edit@sechangpub.co.kr

ISBN 978-89-8411-866-9 94830
978-89-8411-865-2 (세트)

· 이 책은 한국연구재단의 지원으로 세창출판사가 출판, 유통합니다.(세트)
· 잘못된 책은 구입하신 서점에서 바꾸어 드립니다.

이 도서의 국립중앙도서관 출판예정도서목록(CIP)은 서지정보유통지원시스템 홈페이지(http://seoji.nl.go.kr)와 국가자료종합목록 구축시스템(http://kolis-net.nl.go.kr)에서 이용하실 수 있습니다.
(CIP제어번호: CIP2019030166)

이 번역서는 2016년 대한민국 교육부와 한국연구재단의 지원을 받아 수행된 연구임 (NRF-2016S1A5A7020902).
This work was supported by the Ministry of Education of the Republic of Korea and the National Research Foundation of Korea (NRF-2016S1A5A7020902).

근세일본의 요절복통 여행기

동해도 도보여행기

東海道中膝栗毛

3~5추가편(동해도~이세)

A Translated Annotation of the Agricultural Manual

"Tōkaidōchū Hizakurige"

【一】

짓펜샤 잇쿠十返舎一九 저

강지현 역

세창출판사

동해도 53역참과 야지·기타의 여행지도

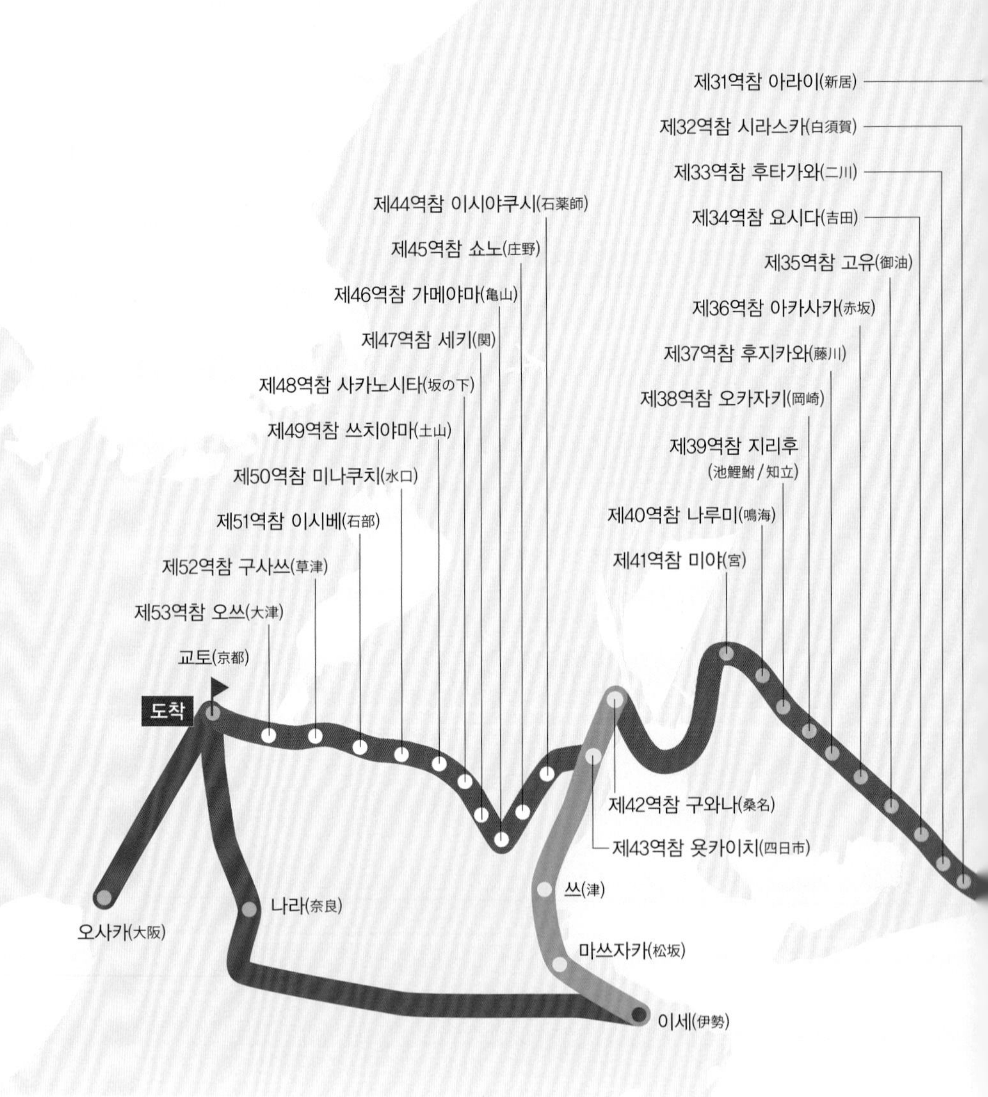

3편 여정
4편 여정
5편 여정
5편 추가 여정
6~8편 여정

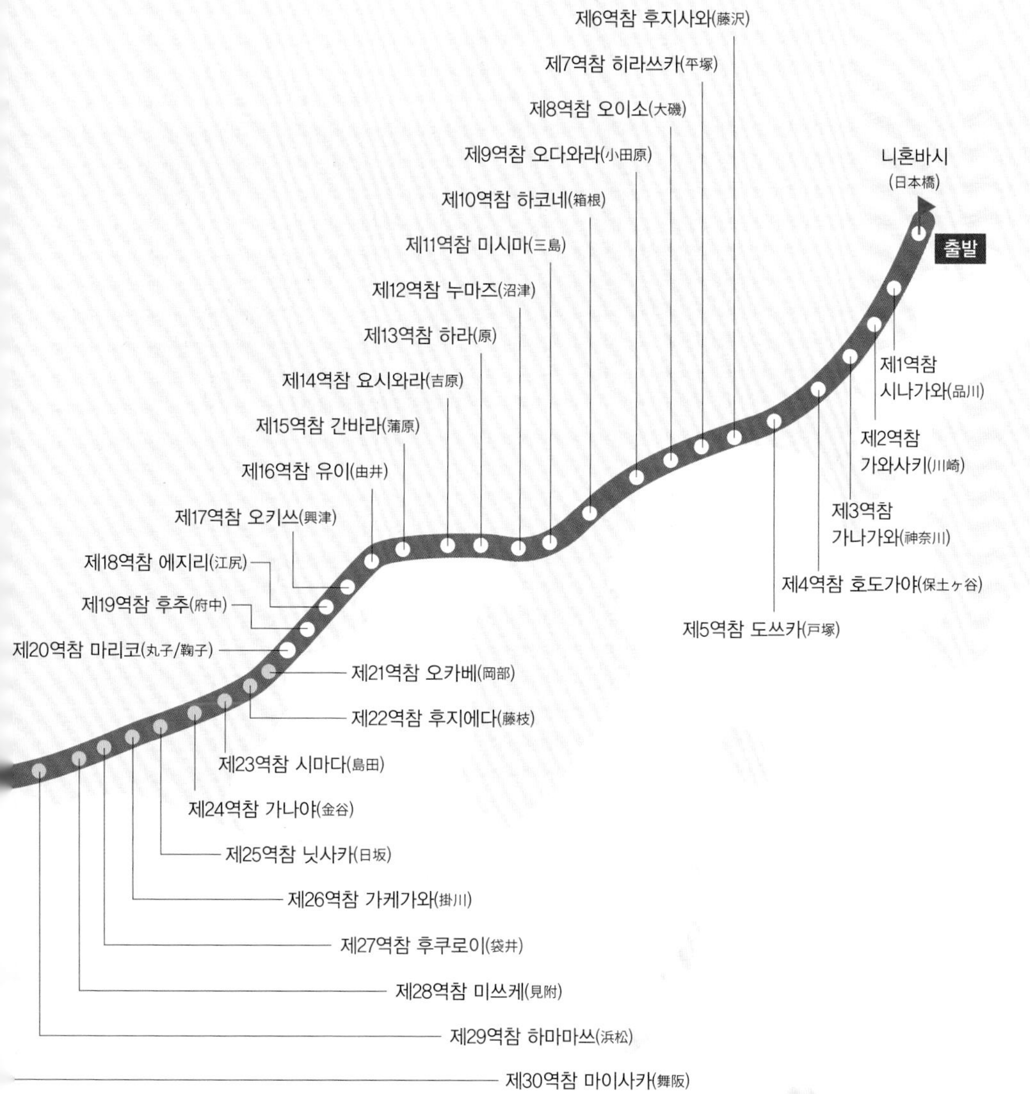
니혼바시
(日本橋)
출발
제1역참
시나가와(品川)
제2역참
가와사키(川崎)
제3역참
가나가와(神奈川)
제4역참 호도가야(保土ヶ谷)
제5역참 도쓰카(戸塚)
제6역참 후지사와(藤沢)
제7역참 히라쓰카(平塚)
제8역참 오이소(大磯)
제9역참 오다와라(小田原)
제10역참 하코네(箱根)
제11역참 미시마(三島)
제12역참 누마즈(沼津)
제13역참 하라(原)
제14역참 요시와라(吉原)
제15역참 간바라(蒲原)
제16역참 유이(由井)
제17역참 오키쓰(興津)
제18역참 에지리(江尻)
제19역참 후추(府中)
제20역참 마리코(丸子/鞠子)
제21역참 오카베(岡部)
제22역참 후지에다(藤枝)
제23역참 시마다(島田)
제24역참 가나야(金谷)
제25역참 닛사카(日坂)
제26역참 가케가와(掛川)
제27역참 후쿠로이(袋井)
제28역참 미쓰케(見附)
제29역참 하마마쓰(浜松)
제30역참 마이사카(舞阪)

▲ 3편 서두그림: 소나무 사이로 떠오르는 아침 해(태양에 주황색, 솔잎에 엷은 먹빛이 있으면 초판초쇄본).

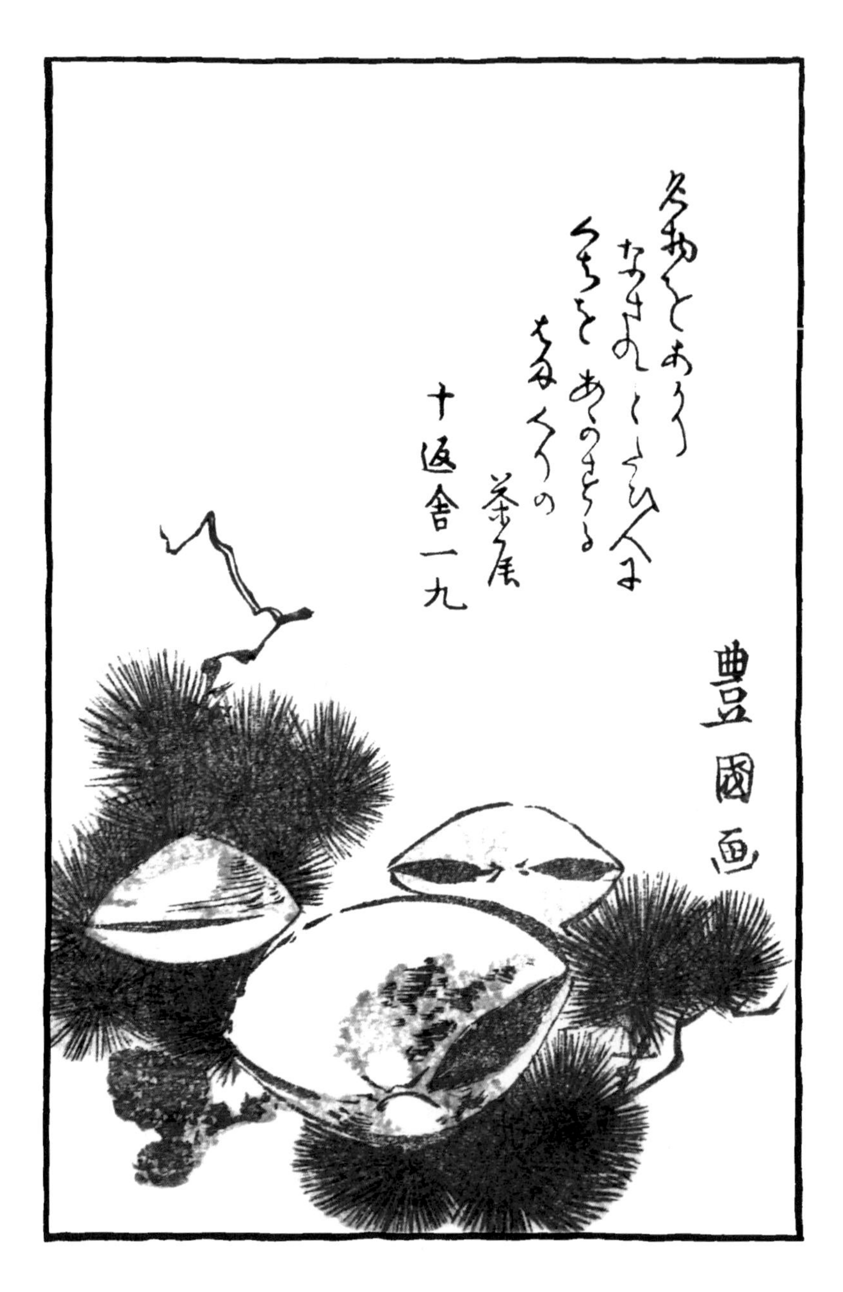

▲ 5편 서두그림: 솔방울로 굽는 대합, 구와나의 명물(대합에 살색, 솔방울에 녹색이 있으면 초판초쇄본).

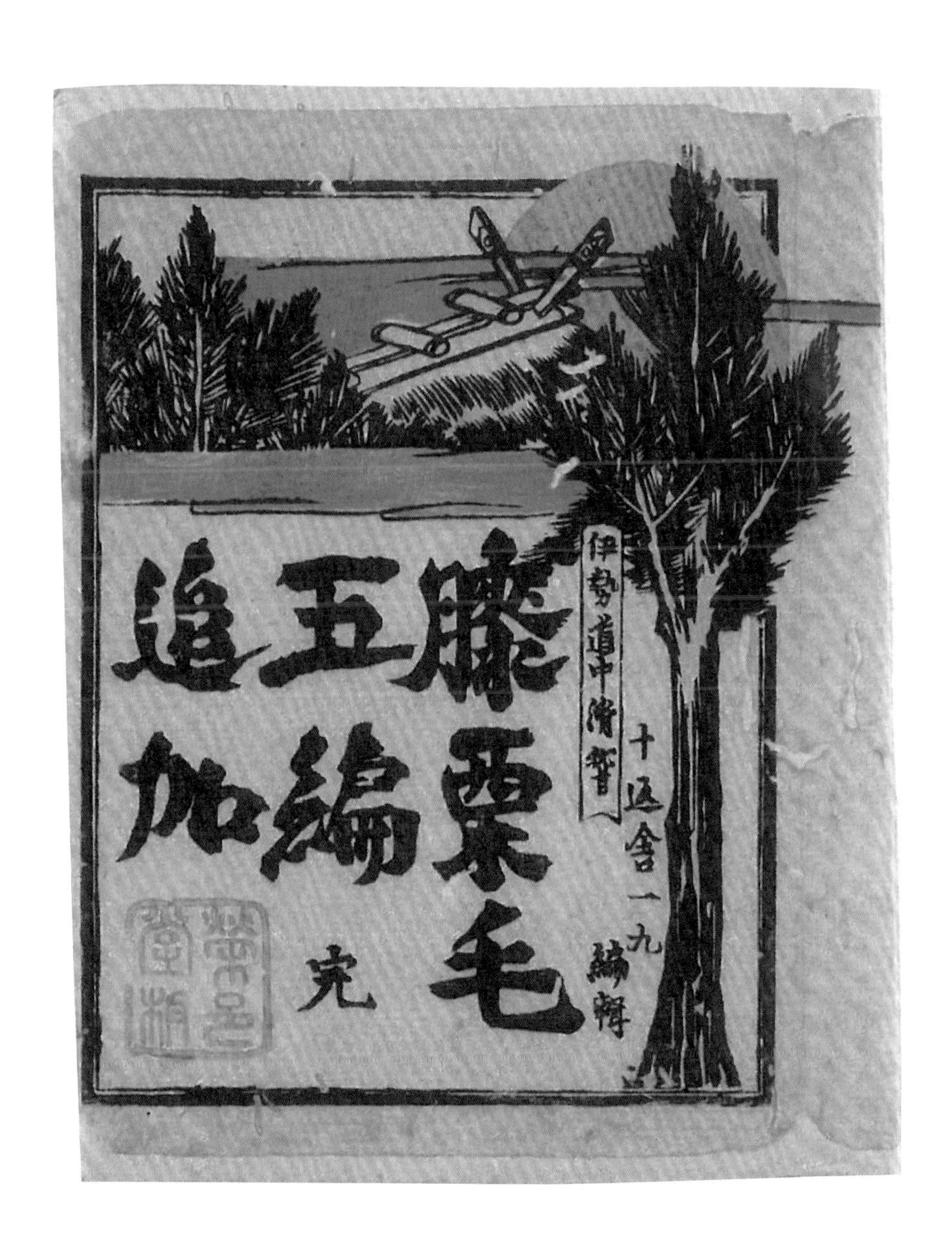

▲ 5편추가 책 포장지[후쿠로] 그림: 삼나무 위로 보이는 이세신궁 지붕.

머리말 및 권두해설[1]

1. 희작과 오락문학의 가치

근세 중·후반기(18·19세기)의 소설그룹을 가리키는 문학사상의 용어 중 하나가 '희작'戱作[게사쿠]이며, 희작을 집필한 에도시대 소설가를 '희작자'戱作者[게사쿠샤]라고 부른다. 소설 장르[양식]로는

① 담론본(談義本, 코믹풍자소설)

② 화류소설(洒落本, 유곽을 소재로 손님과 유녀가 노는 모습이라든지 유곽의 풍속을 그린 회화체 소설)

③ 황표지(黄表紙, 삽화와 문장이 혼연일체가 된 30페이지짜리 그림소설책. 일본 특유의 넌센스 문학)

1 졸저, 『일본대중문예의 시원, 에도희작과 짓펜샤잇쿠』, 11-54쪽을 참조하였다.

④ 합권(合巻, 중·장편그림소설책)

⑤ 골계본(滑稽本, 유머소설)

⑥ 독본(読本, 전기 판타지소설)

⑦ 인정본(人情本, 연애소설)

등이 이에 포함되며, 이 중 본 역서에서 다루고자 하는 장르는 ⑤ 골계본이다.

일본문학사에서 작자층 및 독자층이 상인町人 중심으로 완전히 전환되는 시기인 19세기에 접어들면서 '에도 대중문학 전성시대'는 도래하였다. 희작자들은 독자를 즐겁게 하고자 붓을 들었다. 대중오락물로써 일반서민의 갈채를 받고자 온 힘을 기울여 읽히는[=팔리는] 작품 창작에 몰두하였다. 표현, 취향, 발상의 기묘함을 겨루다 보니 사상성은 결핍되었으나, 구어체적 문장을 사용함으로써 보편적·통속적인 도덕과 인정을 묘사했고, 다양한 언어유희의 발달을 도모하여 일본어의 문학적 표현력을 최대한 발휘하게 했던 '에도희작'은, 세계문학사적으로도 유례를 찾아보기 힘든 특이한 존재이자 장르이다.

희작의 웃음의 특색은 '웃음을 위한 웃음'이다. 이른바, '교훈을 위한 웃음'이 아니라는 점이다. 따라서 작자의 비판정신이라든지 교훈성이 내포되지 않는 희작의 웃음은 종래 일본문학계에서도 그다지 중요시되지 않았다. 그리고 1945년 이후 50년대까지 일본문학에 있어서 '근대'란 무엇인가라고 하는 성찰이 전면적으로 행해지면서 이

러한 희작문학은 전근대의 유산으로서 간주되기에 이른다. 문학적 근대의 지표를 '자아확립'으로부터 찾을 때 희작문학은 인생관적 가치 면에서 보잘것없는 '위안慰み의 문학'이라고 하는 부정적 시각으로부터 벗어날 수 없게 되리라.

그러나 바야흐로 21세기 지금 전 세계에서 맹위를 떨치는 자국의 강력한 대중문화콘텐츠의 자양분이 바로 이러한 오락문학이었음을 서서히 자각하고 있는 듯하다. 그 일례로 국문학연구자료관의 '국제적 공동연구 네트워크구축을 위한 일본어의 역사적 고전서적사업'에 2014년부터 정부의 천문학적인 연구비가 지원되고 있다. 범국가적 정책으로서 소프트파워의 중요성을 인식하고 지원하고자 할 때, 방대한 종수를 차지하는 희작문학이야말로 핵심 자양분이 되어 줄 것이다.

2. 『동해도 도보여행기』와 역사 문화적 배경

『동해도 도보여행기』東海道中膝栗毛[2]는 장편소설인 만큼 그 범위가 방대하다. 즉 1802년 초편 간행 후, 속편(『續膝栗毛』)으로 이어지면서 1822년까지 쓰여졌기에 그 분량이 광범위하다. 현재 학계에서는 주인공인 야지彌次, 기타하치北八가 여행출발을 결심하게 되는 과정을 묘사한 발단(1814년 간행)을 덧붙여서, 이하 5편추가까지를 이세참배伊

• • •

2 작품성립 사정상 작품명은 『浮世道中膝栗毛』(1편), 『道中膝栗毛』(2, 7편, 발단), 『東海道中膝栗毛』(3, 4, 5편), 『膝栗毛』(6, 8편)의 변화를 보인다. 본 역서에서는 『동해도 도보여행기』로 통일한다.

勢參宮, 6·7편을 교토京都 구경, 8편(1809년 간행)을 오사카大阪 구경을 묘사한 정편正編으로서 취급하고 있다.

『동해도 도보여행기』정편의 권수는 〈초편(1802)~8편(1809)+발단(1814)=18권〉과 같이 도식화할 수 있는데, 『속편 도보여행기』續膝栗毛는 1810년부터 1822년까지 23권이 발행되어 일단 완결된다. 베스트셀러이면서 롱셀러인 셈이다.

한편 희작인 본 작품에서는 색욕과 식욕으로 똘똘 뭉친 듯한 야지·기타가 주인공인지라 훌륭한 인물상이라든지 사색하게 하는 철학적 사상 등은 엿볼 수 없다. 어디까지나 대중의 문학으로서 대중과 융합할 수 있었던 『동해도 도보여행기』는, 실생활을 있는 그대로 묘사하면서, '골계'의 표현에 있어서 다양한 문예성을 발휘하고, '골계'의 문학으로서 스스로의 위치를 확립할 수 있었다(즉 '골계본'이라는 장르를 창출했다)는 점에 있어서, 높은 문학사적 가치 평가가 부여되어 마땅한 작품인 것이다.

그러면, 야지·기타의 원래 여행목적이었던 '이세참배'의 당대적 의미는 무엇이었을까. 『동해도 도보여행기』가 완결되고 8년 뒤인 1830년文政13年=天保元年, 에도시대 최대의 대규모 이세신궁 참배행렬이 군집하였다. 불과 3개월 사이에 5백만 명이 이세에 집결했다고 한다. 이는 당시 일본 총인구가 3100만~3300만 명이라고 추정되는 가운데, 총인구의 5분의 1 정도가 한 해 동안 이세참배여행을 떠났음을 뜻한다. 당시 "이세에 가고 싶어, 이세 길을 보고 싶어, 죽기 전에 단 한 번만이라도伊勢に行きたい伊勢路が見たい、せめて一生に一度でも♪"라는 노래가 유행할 정도였다니 가히 짐작할 만하다.

야지·기타가 『동해도 도보여행기』 정편에서 걷고자 했던 동해도 53역참[3]과 도보거리, 여비에 대해 살펴보자.

동해도는 에도江戸[동경]의 니혼바시日本橋로부터 교토京都의 산조 오바시三条大橋까지 총 492킬로미터로, 53개의 역참이 있어서 53번 갈아타야 하므로 '東海道53역'이라고 불렀다. 그럼 야지·기타는 하루에 몇 킬로미터를 걸었을까. 작품 속 숙박지를 세어 보면, 에도를 출발하여 11일 만에 동해도와 이세의 갈림길에 위치한 역참 욧카이치四日市에 도착하였음을 알 수 있다. 이후 야지·기타는 원래 여행목적인 이세참배를 위하여 동해도를 벗어나 이세가도로 접어들어 마쓰자카松阪에서 1박, 야마다山田[이세]지역에서 2박 후, 교토, 오사카를 구경하게 된다. 그렇다면 교토京都까지는 14일에서 15일 정도로, 하루에 33킬로미터 이상 걸었다는 계산이 나온다.

여비는 얼마나 들었을까. 이 또한 작품 속에서 찾아보면, 1박2식의 숙박비가 보통 200문[6,000엔]이므로 하루 300문(1문은 약 30엔)이 소요된다 치면, 15일로 4관500문[135,000엔]이 든다. 메밀국수 한 그릇이 16문[480엔]이었으므로 여비 또한 만만치 않게 들었다고 생각된다. 가마를 타게 되면 할인한 가격이 그래도 200문이었으므로 여비는 더욱 불어나게 된다.[4]

• • •

3 실은 원작에서 야지·기타는 욧카이치 역참까지는 동해도를 가나, 이후에는 동해도를 벗어나 이세가도를 걸어서, 교토, 오사카까지 간다.

4 참고로 당시 책값을 알아보자. 18세기 말 황표지[단편만화] 가격은 8문[240엔]~10문[300엔], 19세기 초·중엽 합권[중장편만화] 가격은 88문[2,640엔]~110문[3,300엔], 교쿠테이 바킨의 합권 원고료는 2냥[40만 엔]: 佐藤悟, 「文政末·天保期の合巻流通と価格」, 『日本文

3. 《53역참골계 도보여행기 그림》[5]

희작이 19세기에 접어들면서 서민들의 오락문화 상품으로 완전히 자리매김하게 되는 한편, 이들과 동시기에 승패를 겨루는 오락게임이 서민들 사이에서 크게 발달하였고, 그중 '그림주사위판'絵双六 놀이가 있었다. 약 신문지 한 장 크기의 지면에, 그림을 그려 넣은 구획 칸이 있어서, 목적하는 구획 칸에 빨리 도착하는 사람이 승리한다. 이 주사위놀이의 그림은 다른 우키요에와 마찬가지로 다색목판화錦絵(니시키에) 기법으로 제작되고 있었다. 즉 우키요에의 일종인 것이다.

그리고 이들 중 제재를 『동해도 도보여행기』로 하는 한 무리의 그림주사위판 작품 군이 존재한다. 에도시대의 비주얼화상의 대표적 장르였던 우키요에와 희작이 결합하여 이른바 '동해도 도보여행기 패러디 그림주사위판'이 탄생한 것이다.

그중 본 역서 『동해도 도보여행기』의 이해를 돕기 위하여, 그림으로 보여 주는 비교적 충실한 축약본이라고 할 수 있는 《53역참골계 도보여행기 그림五十三駅滑稽膝栗毛道中図会》(이하 《즈에図会》라고 약칭)을 참고용 인용 도판으로 사용하고자 한다. 특히 초판초쇄本藍(천연염료를 사용한 연한 남색)로서 1848년~1854년 무렵嘉永期 간행이라고 필자가 추론 중인 동경도립중앙도서관 소장본을 인용, 게재한다. 작가는 이치엔사

• • •

学』 2008年 10月, 日本文学協会.

5 이하 서적이 아닌 그림 작품인 경우 《 》로 표기. 『일본대중문예의 시원, 에도희작과 짓펜샤잇쿠』, 53쪽-232쪽에서는 《五十三駅滑稽膝栗毛道中図会》 및 관련 그림주사위판에 대해 폭넓게 다루고 있다.

이 구니마스一猿斎国升. 구성은 에도 간다 핫초보리神田八丁堀를 출발점振出し으로 53역참을 돌고 돌아서 교토를 도착점上り으로 하고 있다. 즉 골계본 『동해도 도보여행기』(正編) 18권의 에피소드를 55개의 구획 칸에 나누어 그려서 한 장짜리 다색목판화錦絵로 완성시키고 있는 것이다. 장르는 풍속화[우키요에] 중 '그림주사위판'에 속한다.

희작 중에서 ② 화류소설, ③ 황표지, ④ 합권, ⑤ 골계본이라는 장르를 처음으로 한글 번역했던 『근세일본의 대중소설가, 짓펜샤 잇쿠 작품선집』에서의 오류를 반성하며, 두 번째로 도전하는 역서이다. 그러나 여전히 들인 시간에 비해 역자의 실력 부족을 통감하지 않을 수 없었다. 그중에서도 가장 어려웠던 일본어의 한글 번역용어를 본 역서 말미에 '색인 및 번역용어모음집'으로 제시하였다. 이전 역서에 게재했던 용어 또한 재정리하여 망라함으로써, 차후 에도희작 작품의 번역에 조금이라도 도움이 되기를 소망하며, 오역 또는 더 나은 한역에 대한 독자들의 지적과 질타를 바라마지 않는다.

2019년 여름

강 지 현

차례

『동해도 도보여행기』 3편

(상: 오카베~닛사카, 하: 닛사카~아라이 / 1804년 정월 간행)

상권

『동해도 도보여행기』 4편
(상: 아라이~아카사카, 하: 아카사카~미야 / 1805년 정월 간행)

『동해도 도보여행기』 5편

(상: 구와나~오이와케, 하: 오이와케~야마다 / 1806년 정월 간행)

상권

하권

하권

『동해도 도보여행기』 5편 추가

(이세에서 / 1806년 5월 간행)

일러두기

1. 번역텍스트

   (1) 中村幸彦校注『東海道中膝栗毛』(新編日本古典文学全集, 小学館, 1995년. 도판은 동 전집 수록본 및 二又淳 소장본)의 본문 및 참고용 인용도판으로《五十三駅滑稽膝栗毛道中図会》(東京都立中央図書館蔵소장본 061-S53)를 사용하였다. 도판게재를 허가해 주신 분들께 감사드립니다.

   (2)『東海道中膝栗毛』는 속편은 물론이고 정편(발단 및 1편부터 8편까지)만이라도 충실하게 전부 현대일본어역한 텍스트는 아직 없다. 따라서 나카무라 유키히코가 각주만 붙여서 古語원문을 그대로 번각 게재한 위 책『東海道中膝栗毛』의 본문을 번역텍스트로 이용하였다. 몇 편을 발췌하여 현대일본어역한 기 간행본의 경우, 의역과 오역이 많았으므로 참조하지 않았다.

2. 범위

   정편 중 3편부터 8편까지를 본 역서에 담았다. 발단은 출판 경위 및 성격이 다른 편과 상이하며, 1·2편은『근세일본의 대중소설가, 짓펜샤 잇쿠 작품선집』(소명출판, 2010년, 이하 '기존역서')으로 이미 출간했기에 제외시켰다. 동해도를 걸어 도착하는 이세신궁참배길이 5편추가까지 전개되며, 6·7편이 교토 구경 길, 8편이 오사카 구경 길에 해당된다.

3. 직역과 의역

   (1) (　)의 활용

   원문의 특색을 살리는 동시에 언어유희의 이해를 위하여 최대한 직역을 원칙으로 삼았으나, 우리말로 번역했을 때 문맥이 이어지지 않는 부분은 역자가 적절한 내용을 (　)안에 작은 활자로 보충 첨가하였다. 즉 (　)안 내용은 앞뒤를 이어 주는 부연 관계로, 원문에는 없는 문장임을 알 수 있도록 괄호표시 한 것이다.

   ex) 소금에 절인 정어리(같이 붉게 녹슨) 칼로 무얼 벤다는 거여? / 어쩐지 으스스하고, (여우에게 홀리지 않을 주문으로) 눈썹에 침을 바르며 걷는데,

   (2) [　]의 활용

   ① 용어의 간단한 설명 및 한자 또는 원어 표기를 [　] 안에 가장 작은 활자로 넣었다. 즉 [ ] 안 내용은 앞의 단어와 = 관계이다.

   ex) 각반[脚半: 종아리 덮개]. / 요메가타[嫁が田: 며느리의 논]. / 반혼단[反魂丹, 한곤탄]. / 드립지라[あげうず, 아교즈]. / 오십문[28,500엔]. / 규정 최고의 무게 실은 말[本馬: 36관]. / 노자나불[盧舎那佛, 비로자나불].

   ② 같은 상황에 대해 원어와 우리말이 다른 표현을 사용할 경우, 번역의 엄격성과 언어유희에 대한 이해를 위하여 직역한 후, 가독성을 위하여 의역을 [　]안에 병기하였다.

ex) 물을 공양하자[묻혀 무녀에게 흔들어 뿌리자]. / 해치웠잖어[속여댔잖어]. / 살아 있는 말의 눈알을 빼어가 버렸어[눈감으니 코 베어 갔네]. / 대신 (생선에) 취하는[식중독에 걸리는] 건 보증합죠. / 강에 빠졌구나[계략에 걸려들었구나].

③ 기본적으로는 ②를 원칙으로 하나, 직역이 가독성을 심각하게 훼손하는 경우, 먼저 의역한 후 직역을 [ ] 안에 병기하는 경우도 있다.

ex) 말발[아래턱]. / 기절했다[눈알을 돌렸다]. / 야지"관서지방 처자는 수완[손]이 좋군[접객이 능하군]." 과자장수"손도 발도 없지만~."

4. 화자 및 인명

원문에 준하여 대화문 앞에 발화자를 넣었으며, 동일인물일지라도 인명의 표기법이 다양한 이유는 원문에 의거했기 때문이다.

5. 교카

5-7-5, 7-7이라는 31자의 음절로 이루어진 교카[狂歌]의 맛을 살리기 위해 우리말 번역도 가급적 5-7-5, 7-7이라는 31자의 정형을 지키고자 했다. 이해를 돕기 위해 모든 교카의 해설과 원문을 각주에 첨가하였다.

6. 삽화

원문의 삽화는 모두 그대로 게재하면서, 그림에 대한 역자의 설명을 덧붙였다.

7. 생략과 첨가

연구재단 명저번역사업의 취지에 맞추어 본문 스토리를 번역하는 데 목적을 두었다. 따라서 스토리를 벗어난 작자 및 주변 인물들에 의한 서문, 범례, 권두, 권말 부분은 기존역서와 마찬가지로 번역하지 않는다. 또한 스토리 이해에 필수불가결한 내용을 각주로 매긴다는 원칙하에, 소학관 전집본의 각주는 취사선택하였고, 역자의 연구 성과를 반영한 각주로 새로이 구성하였다.

8. 소제목

독자의 이해를 돕기 위하여 역자가 임의로 에피소드별 소제목을 붙였다.

9. 중복 설명

기승전결이 없는 옴니버스형식의 스토리이므로 어느 편부터 읽어도 상관없도록, 각 편의 에피소드 이해를 위해서 필요하다고 생각되는 단어 ─ 화폐 및 무게의 환산, 음식, 장소 등 ─ 에 대한 설명 또는 각주는, 전 편에 나온 경우에도 중복 게재하였다.

ex) 4돈쭝[3,200×4=12,800엔]. / 5관[3.75×5=18.75킬로그램].

10. 사투리

원문에서는 각 지방마다 다양한 사투리가 사용되며, 역자 또한 서울사람과 지방사람의 대화라는 특색이 부각되도록 사투리를 사용한 부분이 많다. 에도는 표준어, 오사카 교토는 경상도, 동북지역 또는 기타지역은 충청도 및 강원도, 동해도 지역은 전라도로 크게 설정하였으나, 도회지 말투와 시골 말투의 대비라는 본 작품의 가장 큰 특징을 살리기 위하여 이 범주를 벗어나는 경우도 있다. 한 인물 또는 동일지역인물이라면 가급적 같은 지방사투리를 사용하도록 하였다.

11. 차별어 및 비속어, 외설적 표현은 원문을 준수하였다.

12. 화폐

당시 물가에 의하여 화폐가치는 지금과 다를 수 있으나 기본적으로 1문[文]을 30엔으로 환산하였다. 따라서 1文=30円 / 1匁=3,200円 / 1朱=6,250円 / 1分銀=25,000円 / 1分金=5万円 / 1両=20万円으로 환산하게 되었다. 그러나 현재 일본의 물가에 비추어 볼 때 이 도식의 2분의 1 가치가 타당한 경우도 있다.

13. 본문 표기는 교육부의 하기 외래어 표기법에 따른다.

(1) 장음

지명 및 인명의 장음은 표기하지 않는다.

ex) 니가타[新潟]. 기헤[義平]. 간페[勘平]. 호테[布袋]. 오이가와강[大井川]. 오에야마산[大江山]. 오기[大木]. 도토미나다여울[遠江灘].

(2) 격음, 복모음, 받침

어두 및 어중은 다음 원칙을 준수한다.

たちつてと: 어두-다지쓰데도. / 어중-타치쓰테토.

きゃきゅきょ: 어두-갸규교. / しゃしゅしょ: 어두·어중-샤슈쇼. / じゃじゅじょ:어두·어중-자주조.

ちゃちゅちょ:어두-자주조. / 어중-차추초.

① 어두의 격음은 표기하지 않는다. ex) 교카[狂歌]. / 구니토시[国俊]. / 덴류[天竜]. ‘ちゃ[茶賀丸]’는 ‘자[자가마루]’, ‘ちゅう[忠臣蔵, 昼三]’는 ‘주[주신구라, 주산]’, ‘ちょう[長太]’는 ‘조[조타]’, ‘ち[千束]’는 ‘지[지즈카]’.

② 어중의 격음은 표기한다. ex)‘ちゅう[越中]’는 ‘추[엣추]’, ‘ちょう[中之町]’는 ‘초[나카노초]’

③ 어두 및 어중의 ‘つ[坪井, 見付, 提]’는 ‘쓰[쓰보이, 미쓰케, 쓰쓰미]’, 어두의 ‘じょ[浄瑠璃]’는 ‘조[조루리]’, ‘しゃ[三味線]’는 ‘샤[샤미센]’, 어말의 ‘ん[沢庵]’은 ‘ㄴ[다쿠안]’과 같이 표기한다.

(3) 지명의 겹쳐 적기

외래어 표기법에 “한자 사용 지역의 지명이 하나의 한자로 되어 있을 경우, ‘강, 산, 호, 섬’ 등은 겹쳐 적는다.”는 규정에도 불구하고 기존 역서에서는 겹쳐 적지 않고 ‘오이 강[大井川]’ 등으로 번역하였으나, 본 역서에서는 ‘오이가와강[大井川]’ 등으로 겹쳐 적으면서 붙여 쓴다.

ex) 오에야마산[大江山]. 시오이가와강[塩井川]

14. 기타 표기

(1) 띄어쓰기와 붙여쓰기

① 인명 표기의 경우, 성과 이름 사이는 띄어 쓴다.

② 고유명사와 -마을, -신궁, -강, -거리, -절 등을 결합 시 붙여 쓴다.

ex) 오이가와강[大井川]. / 도토미나다여울[遠江灘]

③ 단, ‘13.(3)겹쳐 적기’로 역자가 덧붙인 경우가 아닌, 원문에 있는 경우에는 띄어쓰기로써 구별하였다. 가독성을 높이기 위하여 역자가 덧붙인 경우에는 [ ]표기 후 붙여 쓴다.

ex) 다니마치[谷町] 거리를 안당사[安堂寺] 마을에서 반바[番場] 들판으로 나와. / 레이후[霊

符]사창가 색시. / 오야마야[小山屋]요정의 문간.

(2) 한자

인명, 지명, 상품명 등 한자 병기가 필요한 고유명사 및 언어유희의 경우, 일본식 한자로 표기하니 가급적 각 편에서 처음 나올 때만 한자를 병기하고자 하였다. 그러나 작품내용 이해를 돕기 위하여 중복 병기한 경우도 있다.

(3) 고유명사의 한자어

① 우리한자발음으로 읽는 것이 자연스럽다고 판단되는 경우 그대로 읽은 후, 원어발음을 [ ]안에 병기한다.

ex) 반혼단[反魂丹, 한곤탄]. / 금대원[錦袋円, 긴타이엔]

② 우리한자발음으로 읽는 것이 부자연스럽다고 판단되는 경우 번역 후, 범용인 경우 원어발음을 병기한다.

ex) 마부노래[小室節]. / 작은 칼[脇差, 와키자시]

③ 우리한자발음으로 읽는 것이 부자연스럽고 번역어 대입이 부적절하다고 판단되는 경우 원어발음 그대로 활용한다.

ex) 교카[狂歌]

④ 위 원칙에 의하여 한 고유명사에 원어발음과 우리한자발음이 혼용되는 경우가 있다.

ex) 가도데 팔만궁[門出八幡宮]. / 사나게 대명신[猿投大明神]

(4) 행정구역 및 절, 신사

문맥에 따라 くに国는 지방 또는 지역, むら村는 마을, まち／ちょう町는 마을 또는 거리 또는 동네, てら/じ寺는 -사 또는 절, じんじゃ神社는 -신사로 번역하며, 가독성을 높이기 위하여 역자가 덧붙인 경우에는 [ ]표기 뒤에 붙여 쓴다.

ex) 야와타[八幡]마을 오니지마[鬼島]마을. / 아와좌[阿波座]동네 에치고동네[越後町]. / 기요미즈절[清水寺].

(5) 실존인물

주로 각주에서 설명하면서 괄호 안에 생몰연대 또는 천황인 경우 재위기간을 표기한다.

ex) 미나모토노 라이코[源頼光: 948-1021]. / 세이와천황[清和天皇: 858-876]

17. 부록의 색인 및 번역용어모음집에서는 원어발음을 우선시하여 다음과 같이 표기하였다. 즉 교육부 외래어표기법과 일본어 발음이 현저하게 차이가 나는 이유인, 격음과 복모음을 어두 어중에 사용하였다. 각주에서도 이 경우를 준용하는 경우가 있다.

かきくけこ: 카키쿠케코. / たちつてと: 타치츠테토

きゃきゅきょ: 캬큐쿄. / しゃしゅしょ: 샤슈쇼. / じゃじゅじょ: 쟈쥬죠. / ちゃちゅちょ: 챠츄쵸.

ex) 본문에서는 '찻죽[茶粥, 자가유]'. 각주 및 색인에서는 '챠가유[茶粥]: 찻죽'

『동해도 도보여행기』 발단, 1편, 2편의 줄거리

그림주사위판 《53역참골계 도보여행기 그림五十三駅滑稽膝栗毛道中図会》(이하 《즈에図会》라고 약칭)의 도판 인용 및 번각을 통하여, 원작 『동해도 도보여행기』의 발단 및 1편, 2편의 주요 에피소드를 소개하고 줄거리를 대신하고자 한다.*

【발단】

(1) 출발: 니혼바시[日本橋]

【도판1】《즈에図会》 간다 핫초보리 = 원작 발단의 에피소드**

도치멘[栃麺]가게의 야지로베[弥次郎兵衛] 혼례를 올리는 장면.

여자 "정말 이모히치 씨, 여러모로 신세를 졌습니다."

야지 "헌데 혼례식은 끝났는데 예의 지참금은 어찌 됐나? 이모시치 씨 잘 부탁합니다."

이모시치 "아차, 그런데 오늘밤에는 맞출 수 없겠네. 내일은 받아서 곧 가져오게 할 테니까."

(문밖에서 기타하치) "세상없어도 오늘밤 안으로 돈 열다섯 냥 마련하지 못하면 큰 낭패인데, 야지 씨 어떻게 해 줄 거야. 맙소사, 이것 참 큰일 났네."

---

* 이하 번각은 『일본대중문예의 시원, 에도희작과 짓펜샤잇쿠』 53쪽~232쪽을 참조하였다.

** 범례1. 원작 에피소드를 동일한 장소에서 그림주사위판화한 경우: 【도판1】《즈에図会》 간다 핫초보리= 원작 발단의 에피소드

범례2. 원작 에피소드를 다른 장소에서 그림주사위판화한 경우: 《즈에図会》가와사키=원작 4편상·후타가와 에피소드를 앞서 차용 → 뒤 4편상 본문에 게재

범례3. 원작에 없는 에피소드인 경우: 【도판8】《즈에図会》오이소

(2) 제1역참: 시나가와[品川]

【도판2】《즈에図会》 시나가와
= 원작 1편 에피소드

(기타하치) “이봐 야지 씨, 이것저것 몽땅 팔아 치우고 이렇게 나오니 참 좋잖아.”

야지 “그렇지. 핫초보리 집 중에서도 독채였으니까 말이여, 이세참배부터 해서 관서지방까지 구경할 정도의 여비는 충분하지 뭐. 자, 여행 도중에 맘껏 익살을 떨 작정이니까, (각오는) 됐겠지? 어서 걷자고.”

** (3) 제2역참: 가와사키[川崎]

《즈에図会》 가와사키
= 원작 4편상·후타가와 에피소드를 앞서 차용 → 뒤 4편 상 본문에 게재

(4) 제3역참: 가나가와[神奈川]

【도판3】『즈에図会』 가나가와
= 원작 1편·가나가와의 에피소드

(야지가 이세참배 꼬마에게) “네놈들은 오슈[奥州: 현재 아오모리현] 출신이구나. 나도 오랫동안 그 쪽에 있었으니까 모두 잘 알고 있지.”

(기타하치) “이봐 야지 씨 관둬. 당신 아까부터 그 녀석들에게 속아서 떡을 빼앗기고 있다고.”

(5) 제4역참: 호도가야[保土ヶ谷]

【도판4】《즈에図会》 호도가야
= 원작 1편·호도가야의 에피소드

(호객녀에게 나그네 1) "그렇게 해선 안 되지! 봇짐이 빠지고 손목이 찢어진다고~ 놔라 놔!"
(호객녀에게 나그네 2) "묵고 싶어도 자네들 낯짝을 봐서는 밥을 못 먹겠네."

(6) 제5역참: 도쓰카[戸塚]

【도판5】《즈에図会》 도쓰카
= 원작 1편·도쓰카의 에피소드

(야지) "것 참 고맙군. 기타하치 어때, 미남자는 각별하다고~ 아들아, (여종업원과) 잠깐 할 얘기가 있으니까 어디에든 꺼지라고~."

(기타하치) "이렇게 함부로 말을 하니 이젠 부자지간 행세도 관뒀다!"

(7) 제6역참: 후지사와[藤沢]

【도판6】《즈에図会》 후지사와
= 원작 1편·후지사와의 에피소드

(야지) "아뜨뜨뜨, 뜨거 뜨거~ 이거 참 큰일이네! 이봐 할멈! 이 경단은 어찌 된 겨? 입안이 불붙는군. 아뜨뜨 아뜨뜨 아뜨뜨뜨~."

(할멈) "뭘요 식었길래 아까 데웠는디 그 때 숯불이 들러붙은 거겠지유. 불에 타서 죽지는 않는다니께유."
(기타하치) "이거 재밌군 재밌어. 아하하 아하하 아하하~."

(8) 제7역참: 히라쓰카[平塚]

【도판7】《즈에図会》 히라쓰카
= 원작 1편·후지사와의 에피소드

(짐꾼1) "어르신, 300문[=9,000엔] 삯의 가마를 150이라면 당신이 짊어지고 간다 했으니, 깎아 드립죠. 자, 150문 내서 가마 한쪽을 짊어지소 (다른 한쪽은 내가 멜 테니)."

(짐꾼2) "옳소 옳소, 어르신께 짊어지게 하고 너는 타는 게 좋겠어."

야지 "또 아주 큰 낭패로군. 이것 참 실례했네 실례했어."

(9) 제8역참: 오이소[大磯]

【도판8】《즈에図会》오이소

호랑이바위[虎が石].

(야지?) "거기서 방귀가 나오지 않도록 꽉 힘을 주시게. 됐나?"

(기타하치?) "어때, 으윽~ 들어서, 이래도 들리질 않네."

(10) 제9역참: 오다와라[小田原]

【도판9】《즈에図会》오다와라
= 원작 1편·오다와라의 에피소드

기타하치 "아이고 아이고, 목욕통바닥이 빠져서 큰일일세 큰일~, 아프다 아파~, 뜨겁다 뜨거워 뜨거워~."

야지 "이것 참 우스워라. 나막신을 신고 목욕통에 들어갔나 보네. 하하하하 하하하하~ 이거 목숨에 별탈은 없겠군."

여관주인 "아이고 맙소사, 어처구니없는 짓을 하는 손님일세."

2편

(11) 제10역참: 하코네[箱根]

【도판10】《즈에図会》 **하코네**
= 원작2편 상·하코네의 에피소드

기타하치 "수건을 머리에서 뺨까지 얼굴에 두르면 호남으로 보인다니까, 어떻게든 저 여자에게 수작해서 반하게 할 작정이여."

야지 "이것 참 기묘하군."

여자1 "어머 어머, 저 사람은 엣추 샅바로 얼굴을 두르고 있어."

여자2 "오호호호 우스워라."

여자3 "오호호호호 오호호호호."

**(12)

【도판11】《즈에図会》 **미쓰케**
= 원작2편 상·미시마의 에피소드를 늦게 제28역참 미쓰케에서 차용

(유녀1) "에그머니나 에그머니나, 누구 좀 와 주소~."

(유녀2) "깜짝이야."

(기타하치) "무슨 일이여 무슨 일 무슨 일?"

(야지) "아이고 아파라 아파 아파, 여봐 자라가 들러붙었네. 누구 좀 와 주게, 와 줘 와 줘~. (어제) 샀던 자라가 기어 나왔어. 큰일이야 큰일 큰일~."

(13) 제11역참: 미시마[三島]

【도판12】《즈에図会》 미시마
= 원작2편 상·미시마의 에피소드

(야지) "야 야 야~ 이건 무슨 일이람. 허리춤 전대의 돈이 전부 돌이여. 아이고 아이고, 큰일 났다. 큰일 났어. 이건 어젯밤 함께 묵었던 주키치 놈이 호마의 재 도둑놈임에 틀림없어. 어서어서 여관주인을 부르라고 불러 불러!"

(기타하치) "그럼 이제 여기서부터 에도로 돌아가지 않겠나."

(14) 제12역참: 누마즈[沼津]

【도판13】《즈에図会》 누마즈
= 원작2편 상·누마즈도착 전 에피소드

(야지) "아 아프다 아파, 무슨 영문이람. 아 아파 아파. 돈은 도둑맞지, 머리는 부닥치지, 나 이젠 죽고 싶을 정도라네. 아 아파 아파 아파~."

(편지함을 짊어진 파발꾼) "이 찢어죽일 놈이, 조심하라고! 아앗사 아싸 아싸 아싸~."

(15) 제13역참: 하라[原]

【도판14】《즈에図会》 하라
= 원작2편 상·요시와라의 에피소드를 앞서 차용

(거지낭인) "예에, 아무쪼록 노전을 보태어 도와주시옵소서."

(기타하치) "아니 글쎄 우리도 어젯밤 호마의 재에게 여비를 도둑맞아 땡전 한 푼 없소. 아무쪼록 저희를 도와주십시오."

(16) 제14역참: 요시와라[吉原]

【도판15】《즈에図会》 요시와라
= 원작2편 상·요시와라의 에피소드

(야지) “이 과자는 얼마냐? 하나에 3문[90엔]이라고? 그렇다면 다섯 개 먹었으니 3×5는 6문 [180엔] 내마. 됐지?”

(꼬마) “3문씩 다섯 개를 늘어놓고 가시라요.”

(기타하치) “턱없는 꼴을 당하게 하는군.”

(17) 제15역참: 간바라[蒲原]

【도판16】《즈에図会》 간바라
= 원작2편 하·간바라의 에피소드

노파 “여보쇼, 모두 이층으로 와 주소. 도둑이 와서 어딘가로 떨어졌지라. 어서어서 등불을 밝히소, 밝히소.”

(기타하치) “아이쿠 아이쿠 아이쿠, 아프다 아파 아파~, 찾는 물건을 가지러 (이층에) 올라갔던 거요.”

**(18) 제16역참: 유이[由井]

《즈에図会》 유이
= 원작8편 하·오사카의 에피소드를 앞서 차용 → 뒤 8편 하 본문에 게재.

(19)제17역참: 오키쓰[興津]

【도판17】《즈에図会》 오키쓰

= 원작2편 하·오키쓰의 에피소드

야지 "뭐여, 콩고물인가 했더니 이건 겨잖어[겨를 묻혔잖아]. 에잇 웩 웩 웩~, 속이 메슥거려서 안 되겠군."

기타하치 "그것 봐. 경단은 관두라고 했는데 말을 안 들으니까 (그런 꼴을 당하지)."

**(20)제18역참: 에지리[江尻]

《즈에図会》 에지리

= 원작4편 하·아카사카의 에피소드를 앞서 차용 → 뒤 4편 하 본문에 게재.

(21)제19역참: 후추[府中]

【도판18】《즈에図会》후추

= 원작2편 하·후추의 에피소드

기타하치 "어이 젊은이, 한잔 마시게."

(유곽사환?) "예 예 예."

(유곽사환) "어르신 예, 실례합니다. 한잔 드십시오."

(기타하치?가 유녀에게) "이사카와[유녀이름] 씨, 어떤가?"

(21) 제20역참: 마리코[鞠子]

【도판19】《즈에図会》 **마리코**
= 원작2편 하·마리코의 에피소드

(참마가게주인) "이 못생긴 년, 맛이 어떠냐!"
(마누라) "때릴 테면 처때려 봐!"
야지 "허참 재미 겁게 있네. 하하하하~."

(22) 제21역참: 오카베[岡部]

【도판20】《즈에図会》 **오카베**
= 원작2편 하·우쓰노야 고갯길의 에피소드

(찻집여주인) "에그머니나, 조심하지 미끄러지셨네. 가엾어라."
야지 "아이고아이고, 아프다 아파 아파~ 에라 열 받네."
(기타하치) "아하하하 아하하하~."

지금까지의 줄거리

에도[지금의 도쿄]에서 혼자 사는 가난뱅이 중년 야지로베弥次郎兵衛와 그에게 얹혀사는 젊은이 기타하치北八. 어느 날, 이세신궁 참배 후 교토 오사카까지 보고 오자고, 가진 재산 전부 팔아 치워 마련한 여비로 배낭여행을 떠났는데….

東海道中膝栗毛

『동해도 도보여행기』 3편

1804년 정월 간행

▲ 서두그림: 소나무 사이로 떠오르는 아침 해(태양에 주황색, 솔잎에 엷은 먹빛이 있으면 초판초쇄본).

豊車也

『동해도 도보여행기』

3편

상권

(오카베~닛사카)

오카베 역참에서 후지에다로 가는 길

그 이름도 유명한 도토미나다여울遠江灘[시즈오카 남쪽에 있는 거친 바다]의 파도조차 평온하고, 길가에 늘어선 소나무 가지조차 고요하니, 왕래하는 나그네 서로 길을 양보하며 태평성대를 노래한다. 고리짝 실은 말의 마부노래小室節 여유롭고 역참인부 그 일터를 다투지 않으며 가마꾼 짐삯을 강탈하지 않으니 맹인 홀로 여행을 한다. 여자만의 길동무, 부모 몰래 이세신궁 참배 나선 꼬마까지 도둑질이나 유괴를 당할 염려가 없다. 이러한 고마운 세상이야말로 동서로 달리고 남북으로 행각하며, 뜬 구름 흐르는 물처럼 여행하는 즐거움은 이루 말할 수 없어라.

예의 야지로베 기타하치는 오이가와강大井川의 통행금지로 **오카베**岡部[현재 시즈오카현 오카베초] 역참에 발이 묶였지만, 제일 먼저 건너는 막부 공문서도 오늘 아침 건넜다기에, 총총히 여비를 꾸려서 같이 여관을 나선다. 벌써 영주님들의 가신 일행 및 왕래하는 귀한 자 천한 자 할

▲ 오이가와 강을 건너는 사람들.

것 없이 촘촘한 빗살처럼 연달아 줄을 잇고, 운송업자問屋의 가마 공중을 달리고, 짐 나르는 말 날아가는 듯, 번화한 거리가 활기차니 야지로 기타하치도 덩달아 들뜬 마음으로 길을 간다.

1) 내가 똥덩어리라고?

머지않아 아사히나가와강朝比奈川을 건너고, 야와타八幡마을 오니지마鬼島마을을 지나 **시로코**白子町[현재 시즈오카현 후지에다시]동네에 도착했다. 여기는 휴게소마을建場[1]로 길 양쪽에 늘어선 찻집 여자 "차 드시래요! 밥 한 상~ 드시래요! 쉬었다 가세요~ 쉬었다 가세요~."

마부노래 *"내 친구 오초마長松의 마누라는 낙지라니께♪.*

왜 낙지라고 생각하냐며언~♪

여덟하고 반 칸에 발투성이지.[2]

그런가,[3] *워어이 워어이."*

말 "히힝~히힝~."

마부 "나으리, 말 필요 없는감요? 200문[6,000엔]이지만 싸지라. 뭣하다면 돈만 주신다면야 공짜로라도 갑지라.[4]"

• • •

1 역참과 역참 사이 주요 도로변에는 휴게소 마을 '建場·たてば'가 여러 군데 있었다.

2 기둥과 기둥 사이를 한 칸이라고 하므로 여덟 반 칸은 집의 넓은 입구와 여음의 넓이를 형용한 표현. 넓은데다가 낙지발처럼 달라붙는다는 외설적인 노래.

3 단락 끝마다 '숑가에' '숑가이나'[그런가]라는 장단을 넣어 '숑가에부시'[しょんがえ節]라고 하는 에도시대 유행가 중의 한 종류.

기타하치 “에잇! 200 냘 정도라면 밤 말[매춘부]을 타겠다. 똥 덩어리 같은 놈이!”

마부 “야! 똥 덩어리라니 뭐라꼬? 내가 언제 똥을! 똥을!”

말 “히히힝~ 히히힝~.”[5]

2) 맛없는 안주 싱거운 술

야지 “어때, 목을 좀 축이고 가도록 할까? 여봐요 누님, 좋은 술이 있으면 쪼금만 내오게.”

라며 찻집으로 들어선다.

찻집여자 “네! 데운 술을 올립니꺼?”

야지 “그러게. 그런데 안주는 뭐가 있을란가?”

주인 “예이, 네부카根深[줄기의 흰 부분이 긴 대파]와 참치를 끓인 것만….”

기타하치 “야아 네기마葱鮪[파와 참치를 함께 끓인 냄비요리]의 후로후키風呂吹[무를 둥글게 썰어 푹 삶은 것에 양념된장을 발라서 먹는 음식][6] 거 참 좋지.”

주인 “아뇨. 후로후키가 아닙니다. 그저 간장으로 졸였당께요.”

라고 말하면서 술병과 잔을 꺼내 오고 참치도 접시에 담아 가져온다.

• • •

4 모순을 말하는 골계.

5 사람 대신 말이 똥을 싸는 상황을 울음소리로 표현한 골계.

6 네기마[葱鮪]가 에도의 지명 네리마[練馬]와 유사음인 것을 이용한 말장난. ‘네기마’니까 네리마의 명물인 네리마 무로 만든 후로후키 요리겠지라고 한 언어유희.

야지 "아하~ '네기마'라고 하길래 에도에서 만드는 것과 같다 생각했건만, 이건 뭐 꿩 구운 것을 조린 거나 같네.[7] 좋아, 좋아."

기타 "시작할까. 어이쿠쿠쿠쿠쿠[술을 받으며 내는 소리]~. 아니 이 안주는 상했는데! 이거 어제 참치지?"

주인 "아니 예, 어제 생선이 아니랑께요."

야지 "근데 도무지 못 먹겠네 못 먹겠어."

주인 "예에 어제 것이 안 좋다면 엊그제 것을 드립니꺼? 대신 (생선에) 취하는[식중독에 걸리는] 건 보증합죠.[8]"

기타하치 "에라, (생선에) 취해서[식중독에 걸려] 될 말이여? 또 이 술은 반이 물이라고. 퉷퉷! 근데 얼마여?"

주인 "예 안주가 64문[1,920엔] 술이 28문[840엔]."

야지 "맛도 없는데 비싸기도 하군. 자, 가자!" 돈을 내고 이곳을 나선다.

벌써 **아부미가후치**鐙ヶ淵라는 등자연못에 다다르니, 예의 좋아하는 습성이 나와 야지로베 일단 한 수,

• • •

7 네기마[葱鮪]는 에도에서는 냄비에 가로로 자른 파를 깔고 날 참치토막을 얹어 다랑어포를 뿌려서 간장조미로 끓인다. 간편한 냄비요리로 에도토박이의 기호품이다. 그런데 이 찻집에서는 미리 참치토막을 양념 없이 구운 뒤, 손님이 주문하면 파를 첨가해서 끓이는 것으로 보인다. 꿩구이도 날꿩토막에 간장을 발라 굽기도 하지만, 시골찻집에서는 본문과 같이 양념 없이 굽는 것이 일반적이다.

8 싱거운 술에는 안 취하시겠지만 상한 안주에는 취하실 수 있다고 주인이 말하는 골계.

이곳 이름은 / 발 디디는 말안장의 / '등자'이건만
발 벌려 힘껏 밟아 / 넘어갈 수도 없네[9]

• • •

9 '이곳 이름은 (말을 탔을 때 두 발 디디는) 말안장의 '등자'이건만, (연못이 넓다 보니 말안장의 등자처럼 두 발 벌려) 힘껏 밟아서 넘어갈 수도 없네.' 교카 원문은 '爰もとは鞍のあぶみがふちなれど踏またがりて通られもせず'.
교카[狂歌]란 현재의 단카[短歌]와 같은 형식인 5-7-5-7-7의 31음으로 된 단시. 일상의 잡다한 일을 소재로 해학·익살·풍자 등을 담는다. 한마디로 골계스런 와카[和歌]이다.

후지에다 역참에서

이로부터 히라지마平島 입구, 다나카田中를 지나,[10] **후지에다**藤枝[현재 시즈오카현 후지에다시]역참에 가까워지자,

> **도로의 소나무/ 가로수 사이로/ 보이는 것은**
>
> **보라색 등나무가지/ 후지에다 역참**[11]

• • •

10 실제로는 다나카마을은 히라지마마을 입구의 갈림길에서 몇 킬로미터 더 가야 나오는 마을이므로 작자 잇쿠의 오기이다. 야지 기타는 다나카마을로 돌아가지 않고 히라지마마을 입구를 지나쳐 후지에다역참으로 가는 일반적인 동해도 여행코스를 밟은 것으로 보인다.

11 '도로의 소나무 사이로 보이는 것은, 이거 보라색 등나무가지라는 후지에다 역참.' 동해도 주요간선도로변에는 정책적으로 소나무 가로수를 심어 놓았다. 소나무와 등나무가지[藤枝: 후지가에]는 와카의 전형적인 주제[歌題]임. 여기에 등나무 꽃의 연상어 '보라색'을 붙임. 교카 원문은 '街道の松の木の間に見へたるはこれむらさきの藤えだの宿'.

**(23) 제22역참: 후지에다[藤枝]

《즈에図会》 후지에다

= 원작3편 하·닛사카 시오이가와강[日坂 塩井川]의 에피소드를 앞서 차용 → 뒤 3편 하 본문에 게재.

1) 오줌웅덩이에 구른 기타하치의 위세 좋은 욕설

후지에다역참 입구에서 어깨도 가볍게 봇짐을 멘 시골영감, 튀어 오른 말에 놀라 피하는 찰나 기타하치에게 부딪쳐 물웅덩이로 뒹군 기타하치, 열 받아 일어나자 시골영감을 붙잡고는

기타하치 "이 영감탱이가~, 눈깔 안 보이냐! 찜구이黒焼き[12]한 겨울까마귀라도 처먹어라!"

영감 "이거 참, 미안합니다."

기타하치 "야! 미안합니다 하고 끝날 일이야? 이봐! 내는 몸집은 작아도 '응애~' 하고 태어났을 때부터 (에도성 위의) 금 사치호코鯱[13]를 쏘아보고, 갓난아기 첫 목욕부터 (에도의) 상수도물을 쓴 남자야!"

• • •

12 구로야키[黒焼き]: 한방약으로 사용하기 위해 동식물을 토기 등에 넣고 밀봉 가열하여 검게 숯처럼 찜구이한 것. 눈병에 좋다는 찜구이한 겨울까마귀라도 먹어라라는 일반적 욕설.

13 샤치호코[鯱]: 성곽의 천수각 용마루 양끝에 세우는 머리는 호랑이, 등에는 가시가 돋친

영감 "아니 예, 물을 썼다면야 좋겠지만, 그쪽이 뒹군 곳은 말 오줌 웅덩이더래요."

기타하치 "젠장, 그 오줌 웅덩이에 왜 밀쳐 넘어뜨리고 지랄이여?"

영감 "그건 예, 지도 지독히 말이 갑자기 튀어 오르는 바람에 그쪽에 부딪쳤지 뭐요. 어쩔 수 없었더래요. 용서해 주시구랴."

기타하치 "뭐라? 용서하라? 안 되지~! 그저 이 정도에 불과하거든. 오에야마산大江山의 대장님[14]이 (격식차려) 쇠지팡이[15] 끌며 중재하러 오든, 석존대보살石尊大權現[16]님이 이노구마猪熊 법사의 초상화[17]를 그린 초롱을 들고, 뒷골목어귀 출입문으로부터 하수구 도랑 널빤지 덮개[18] 위에 허리 굽혀 엎드려서 (사죄하러) 오든, 안 된다고 한번 말하면 구메노 헤이나이久米平內[19]석상을 눌러앉아 채근하도록 보낸 것보다도 더 꿈쩍도 않는 이 몸이시다!"

영감 "그건 예, 뭔지 몰라도 어려운 말씀 하시는디 지로선 예, 당최

• • •

물고기 모양의 동물장식. 실제로는 에도성 위에 금으로 된 샤치호코는 없었음.

14 단바[丹波: 교토]지역 오에야마산[大江山]에 살았다고 하는 슈텐 동자[酒呑童子]를 자신의 대장이라고 지칭한 것임. 슈텐 동자는 도깨비 모습으로 부녀자와 재산을 약탈한 도적이다. 미나모토노 라이코[源頼光: 948-1021]가 사천왕과 함께 퇴치했다고 전해진다.

15 축제 행렬 선두에서 격식을 갖춘 차림새의 대장이 행렬을 선도하기 위하여, 머리 부분에 여러 개의 쇠고리를 달아서 소리가 나도록 한 쇠지팡이[鉄棒]를 끌었다.

16 세키손다이곤겐[石尊大権現]: 사가미[相模: 가나가와현]지역 아매후리[雨降]산 오야마 아부리신사의 신. 무서운 신으로 알려져 있다.

17 호걸로 유명한 이노구마 법사[猪熊入道]는 가부키에서는 무서운 구마도리[隈取り: 배우가 성격이나 표정을 돋보이게 하는 화장법] 화장으로 표현한다.

18 도부이타[溝板] : 하수구 도랑[수채]을 덮는 널빤지.

19 久米平内[1616-1683]: 에도 전기의 전설적 검객. 천명의 목을 베고자 하였던 죄를 뉘우쳐 자신의 석상을 새겨서 아사쿠사 인왕문 밖에 두고 통행인에게 밟게 하였다는 전설이 있음. 센소지 사찰경내에 한쪽 무릎을 세운 석상이 현존함.

**(24)

【도판21】《즈에図会》 후쿠로이

= 원작3편 상·후지에다의 에피소드를 늦게 제27역참 후쿠로이[袋井]에서 차용

(기타하치) "아이쿠 아이쿠, 물웅덩이로 미끄러져서 못 일어나겠네. (말을) 진정시키게. 아이고 아이고 아이고."

야지? "여봐 여봐! 마부는 어디 갔나? 아 이것 참 큰일 났네. 빨리 도망쳐 도망치라고."

못 알아먹겠수다. 지도에, 요 근방의 나가타長田마을에서는 촌장도 맡았던 집안으로, 지금도 지방관地頭님의 새해인사 자리에는 상석에 앉는 사람이래요. 아무리 그려도 지나치게 인정사정없이 욕설하실 건 없드래요."

기타하치 "젠장 꼴사납게 폼 잡는구먼. 궁둥이가 다 가렵네[가소롭기 짝이 없군]. (네놈) 머리(를 깨부숴 그) 조각이라도 줍게 해 드릴까?"

영감 "거참, 당신 지독한 사람이구먼! 지에게도 그려, (수호신인) 조왕님荒神様[20]이 붙어 있는디, 무턱대고 턱을 놀리지 마시구랴."

기타하치 "젠장 이 절구공이 같은 놈이!"

라며 주먹질하려고 덤벼든다.

보다 못한 야지로베 겨우 둘을 떼어 놓고, "기타하치, 이제 참고 용서해 주게나. 아저씨, 애당초 당신이 실수했으면서 기가 드세구만요. 이제 됐으니까 가시지요"라며 기타하치를 달래는 동안, 영감은 (불만으로) 얼굴이 부루퉁해져 마지못해 지나간다. 야지로베,

기어오르다/ 기타하치에게 막/ 두들겨 맞아
주전자 꺼지듯이/ 대머리영감 꺾였네[21]

웃으면서 세토가와강瀬戸川을 넘고, 그로부터 시다志太마을의 오기大

• • •

20 부뚜막 신이자 일가의 수호신인 조왕님이 나에게도 붙어 있는데 네 놈에게 질소냐.

21 '기어오르다가 기타하치에게 지금 두들겨 맞아서, (주전자가 움푹 꺼지듯) 대머리영감 기세가 꺾였네.' 교카 원문은 '頭にのつてきた八に今たたかれし藥鑵あたまの親父へこんだ'.

木다리를 건너 **세토**瀨戸[현재 시즈오카현 후지에다시]라는 곳에 이르렀다. 여기는 휴게소마을인데 치자열매로 노랗게 물들인 소메이染飯 찰밥이 특산품인지라,

> 세토 도자기와/ 같은 이름인 이곳/ 세토 명물은
> 도자기처럼 쌀도/ 물들여 빛깔 냈네[22]

2) 시골영감의 속셈

이리하여 방금 전 시골영감, 이 세토瀨戸마을 변두리 찻집에서 쉬고 있다가 둘을 발견하고 부른다.

영감 "이것 참, 아까는 무례를 저질렀습니다. 지도 예, 참말로 한잔 한 기운에 심한 말씀도 드렸지만요, 당신들이 참고 용서해 주셨기에 기진맥진해서 주저앉는 일 없이 마을로 돌아가는구먼요. 우선 어쨌든 감사의 뜻으로 술 한 잔 드립지요. 이리로 오십쇼."

야지 "무얼, 우린 이미 술까지 먹고 왔소."

영감 "어허 자, 모처럼 지 성의이드래요. 꼭 한잔 좋잖소. 여보게, 주인장! 맛 좋~은 술을 내어 오시게."

• • •

22 '(아이치현의 세토에서 굽는) 도자기와 같은 이름인 이곳 세토의 특산품은, (염색해서 빛을 내는 도자기처럼) 과연 쌀도 물들여 빛깔을 냈네.' 교카 원문은 'やきものゝ名にあふせとの名物はさてこそ米もそめつけにして'.

▲ 찻집에서 시골영감에게 대접받는 야지 기타.

기타 "아니, 후의는 고맙지만. 자, 야지 씨 가자고."

영감 "글쎄 거참. 고집도 센 사람이구만요. 얼른 (술자리를) 만들 테니까, 잠깐 와 보드래요."

무턱대고 야지로 기타하치의 손을 잡고 끌어들인다. 둘도 술이 받는 체질이라 술이라 듣고 약간 마음이 동하여,

야지 "좋아, 기타하치 한잔 해치우자. 한데 영감님, 당신에게 얻어먹는 건 미안하구려."

영감 "글쎄 이거 괜찮다고 하는데도. 주인장! 주인장! 안주를 많~이 빨랑 내어 오드래요. 근데 이거 참, 여기는 너무 구석지네. 안쪽 방으로 가시드래요."

찻집 여자 "자 저쪽으로 가시어요." 내오던 술병과 술잔을 안으로 갖고 가자, 세 사람도 안뜰을 돌아서, 안쪽 객실 툇마루에 짚신을 신은 채 책상다리를 하고 앉는다.

야지로베 "자, 영감님 시작하시죠."

영감 "예 그러면 독이 들어 있는지 확인합지요[먼저 맛을 확인합죠]. 어이쿠쿠쿠쿠 됐다요 됐다요. 그럼 우선 젊은 쪽에 드립죠."

기타 "예, 저는 술보다는 배가 고프군요."

영감 "뭐라 배가 고프다? 그럼 밥을 드시지요. 바로 괜찮아질 게요."

기타 "아니 우선 술로 합죠. 이크 넘칩니다, 넘쳐요. 한데 이 국은 뭐지? 다타미이와시畳鰯[새끼멸치 말린 포][23]에 센바니船場煮[무 넣고 끓인 탕요리][24]인가. 보통 이 다음은 짓이긴 호박을 깨와 된장으로 버무린 호박국이나, 고구마 무친 것이 나오겠지.[25]"

야지 "이거 잘도 헐뜯는군. 여봐 이 새우를 보게. 이렇게 (몸통이) 휜

모습은 (사찰의) 격자로 짠 천장에 그려진 선녀 모습일세."

기타하치 "야아, 분고 조루리豊後節의 '*~이려던가~~~♪*'라고 노래할 때 (몸을 쑥 내미는) 폼과도 닮았네 그려, 하하하하하. 근데 영감님 (한잔) 드리지요."

영감 "아뇨, (받은 술) 돌려드립지요[한잔 더 마시드래요]. 곧 안주가 온다 캤는디, 누님! 누님! 아까부터 그려 손목 꺾어지도록 두들기고[부르고] 있는디, 안주를 어째서 얼른 안 갖다 주남?"

여자 "네네, 지금 곧 올려요."

드디어 커다란 접시와 대접에 담은 안주를 가지고 온다.

영감 "이제사 겨우 갖고 왔구먼. 이 접시는 뭐당가? 계란찜이구먼."

야지 "당연히 늦을 테지. 지금 (닭이 달걀을) 낳는 것을 기다렸던 것 같으이."

기타하치 "이 대접 생선에는 소금을 안 쳤군[신선하군]~. 감동이다 감동!"

영감 "마음껏 마시드래요. 당신들 지에게 있어선 생명의 은인이라요. 아까는 잘 참고 용서해 주셨지라."

기타하치 "아니, 저야말로 그만 저기압일 때여서 말이 지나쳤습니다. 부디 양해를!"

야지 "그건 말이여, 어르신도 세상물정 모르지 않는다고. 저기, 이놈

• • •

23 새끼멸치를 김처럼 붙여서 말린 포.

24 오사카의 센바[船場]지역에서 발생한 요리. 소금으로 절인 고등어자반과 직사각형으로 썬 무를 다시마국물로 끓인 냄비 요리.

25 전부 촌스런 시골음식.

은 어차피 허구헌날 실수투성이 사내라서 칠칠치 못하다오."

라고 공짜로 마시는 술인지라 아첨 늘어놓으며, 마구 들이킨다. 어느 새 부엌으로부터도 이것저것 내 오고 밥상도 나와 야지로 기타하치 약간은 마음이 켕기면서도 밥상까지 먹어치운다. 그리고 영감이 소변 보러 나간 뒤,

기타하치 "어이 야지 씨, 네가 여기서 먹은 값을 내게 내놔. 저 영감을 내가 괴롭혔기 때문에야말로 당신 잔뜩 먹어치울 수 있었잖아."

야지 "바보 같은 소리 집어 쳐. 그래도 그다지 나쁜 기분은 아니여. 그 영감이 오기 전에 나중에 마실 몫까지 해치우자고."

기타하치 "난 이 사발에 따라 줘. 어이쿠, 왔다 왔어, *왔구나 왔어 왔어♪ 사누키*讃岐*의 곤피라*金比羅,[26] *기껏해야 다카세부네*高瀬舟[얕은 여울물 다니는 배] *뱃사공 자식인 것을~♪*, *(받은 술) 되돌려서 뭐하랴, 쟈쟈쟝쟝♪~*."

야지 "*에에에에♪~ 산에서 베어 넘어뜨린, 소나무 통나무 같아도, 마누라라 정하면, 꼭 밉지만도 않은 법, 에헤라디야♪, 에헤라디야~.* 재밌다 재밌어. 그런데 이 영감탱이는 어찌 됐나?"

기타하치 "정말 길게도 볼일 보네. 여봐, 종업원~ 여기에 있던 할아버지는 어디 갔지?"

여자 "아마 바깥쪽으로…."

• • •

26 에도시대 유행가의 일종인 곤피라 부시[金比羅節]의 장단 맞추는 말. 사누키[讃岐: 현재의 四国香川県]에 있는 곤피라궁은 해상 안전의 신을 모신 신사. '来たさの[kitasano, 왔어]'의 끝부분 유사음인 'sanuki[사누키]'로 연결됨.

야지 "어? 이거 어쩐지 이상한데~."

기다리고 기다려도 이 영감 어디에 갔는지 좀처럼 돌아오지 않는다. 변소도 찾아보았지만 행방이 묘연하다.

기타하치 "이봐 종업원, 아까 그 영감이 여기 계산을 하고 갔나?"

여자 "아니요, 아직 받지 못했습니다."

야지 "아이고 아이고 아이고~."

기타하치 "한방 먹어댔네~ 뒤쫓아 가서 패 눕혀 버리겠어!"

뛰쳐나가 보았지만 어느 쪽으로 갔는지 완전 구름 잡는 것 같고, 게다가 영감은 이 근처 사람인지라 샛길로 빠졌는지 더욱더 행방을 알 수 없었다. 기타하치 기죽어 돌아와서는, "야지 씨, 도무지 알 수가 없어. 어처구니없는 일을 당했군."

야지 "할 수 없지. 니가 계산해라. 그 영감탱이가 네게 당한 것이 분한 나머지 복수한 것이여."

기타하치 "하지만 왜 나만 뒤집어쓰냐구! 분통 터져~. 모처럼의 취기가 싹 깨 버리네[가시네]."

야지 "지로님의 개와 다로님의 개가 모두 깨어 버렸나."[27]

기타하치 "에잇, 농담하지 마. 그럴 경황이 아녀. 그런데 아무튼 얼마죠?"

주인 "예, 예. 구백하고도 딱 오십 문[28,500엔]입니다."

• • •

27 '달님 몇 살? 열셋 일곱 아직 나이가 어리네'라는 동요의 마지막 부분에 '미끄러져 넘어져, 기름 한 되 흘려서, 지로님의 개와 다로님의 개가 모두 핥아먹어 버렸네.' 의 '핥아먹어[나메테]'를 유사음인 '깨어[사메테]'로 이용한 언어유희. '핥아먹어 버렸나' 대신 '깨어 버렸나'라고 말장난한 것임.

기타하치 "사기를 당한 셈 치고 체념해서 지불합죠. 말하면 말할수록 얼빠진 이야기여."

야지 "하지만서도 재치 있는 영감일세. 감쪽같이 해치웠잖어[속여댔잖어]. 이봐 기타하치, 네 얼굴을 보자니 한 수 떠오른다."

진수성찬을/ 받는다 싶었는데/ 이게 웬 말임
배도 불룩해졌네/ 낯짝도 부루퉁해졌네[28]

기타하치 "헤헤, 부아가 치미네. 살아 있는 말의 눈알을 빼어가 버렸어[눈감으니 코 베어 갔네]."[29]

고맙다 황송타/ 감사의 말을 하며/ 배불리 대접
받았다싶었는데/ 한방 먹인 술대접[30]

이렇게 읊고 나자 기타하치도 웃음이 나오고, 촌놈이라 업신여기다 엉뚱한 보복을 당한 것도 우스웠다.

• • •

28 교카 원문은 '御馳走とおもひの外の始末にて腹もふくれた頬もふくれた'.

29 살아 있는 말의 눈알을 빼다[=눈감으면 코 베어 간다]: 날쌔고 빈틈없이 남을 속이거나 따돌림의 비유. 눈감으면 코 베어 가는 것은 도회지 사람인데, 거꾸로 도회지 사람인 야지 기타가 촌사람에게 당한 골계.

30 '고맙다 황송하다 감사 말을 하며, (술대접 배불리 받았다싶었는데 실은) 한방 먹인 술대접'. 원문은 '有がたいかたじけないと礼いふていつぱいたべし酒の御ちそう'.

3

시마다 역참에서

1) 즉석무사의 접힌 칼

여기를 출발하여 가다 보니 오이가와강大井川 앞에 위치한 **시마다**島田[현재 시즈오카현 시마다시] 역참에 도착하였다. 월천꾼[강 건네주는 인부][31]들이 마중 나와, "나으리, 강 부탁혀요."

야지 "자네 월천꾼인가? 둘을 얼마에 건네겠나?"

월천꾼 "예, 오늘 아침에 막 강이 풀린지라 목마는 위험해가꼬 연대가마[32]로 가야니께, 둘이해서 팔백[24,000엔][33] 줘야겠지라."

• • •

31 가와고시[川越]. 다리와 배가 없는 강의 경우, 길손이 강을 건너려면 전문 월천꾼들이 메는 가마를 타거나, 목마를 타거나, 그들의 손을 잡고 건너야 했다. 강물 높이와 건너는 방법에 따라 운임비가 책정되었다.

32 연대[蓮台]: 지붕 없는 약식 가마.

33 당시 수위가 겨드랑이까지 왔을 때는 월천꾼 1인당 94문이 공정가격임. 따라서 2명이

야지 "어처구니없군. 에치고越後[현재 니가타현]의 니가타新潟 유녀[34]도 아닐 테고 팔백 내놓으라니 어이없네."

월천꾼 "그라면 얼마 주시겠수?"

야지 "얼마건 자시건 간에 필요 없네. 우리가 제 발로 건너갈 테니까."

월천꾼 "아무렴, 익사체는 이백 주고 절에 보내지라. 그라모 그리들 하슈. 떠내려간 쪽이 싸게 먹히니께. 하하하하하."

야지 "바보 같은 소리 작작해라. 관리사무소問屋와 교섭해서 건너실란다."

라고 내뱉고는 빠른 걸음으로 지나,

야지 "어때 기타하치, 저 놈들을 놀리는 것도 귀찮으니까, 차라리 관리사무소와 교섭해서 건너자고. 네 허리춤의 작은칼脇差[와키자시] 좀 빌려줘."

기타하치 "왜? 어쩔 건데?"

야지 "무사가 되는 거지."

기타하치의 칼을 받아 차고, 자신의 작은칼 칼집 가죽주머니를 뒤쪽으로 길게 늘려, 큰칼 작은칼 두개의 칼을 찬 것처럼 보이게 하고,[35]

• • •

탄 연대를 운반하는 최소인원 6명×94=564문이어야 함. 나중에 나오는 관리사무소[問屋]에서는 480문이라고 함.

34 에치고 니가타의 유녀를 이른바 '八百八後家'라고 했던 것을 지칭함.

35 무사는 긴 칼 짧은 칼 두 개를 찬다. 서민은 여행 중일 때에 한해서 짧은 칼 하나를 찰 수 있다.

야지 "어때, 즉석 무사, 잘 어울리지? 너는 이 봇짐을 함께 들고 하인으로 따라오라고."

기타하치 "이거 참 실소감이여 하하하하하."

야지로베의 짐을 한데 묶어서 기타하치 어깨에 걸치고, 드디어 강 관리사무소에 다다른다. 야지로베 지방무사의 말투를 흉내 내며,

야지 "여봐라, 관리~. 이 몸의 주군께서 중요한 용무 때문에 지나가노라. 월천꾼을 부탁하오."

관리 "예, 잘 알겠사옵니다. 동행은 몇 분?"

야지 "뭐라? 동행이라?"

관리 "그렇사옵니다. 주군께서는 가마신지 말이신지? 짐은 어느 정도 있사옵니까?"

야지 "규정 최고의 무게 실은 말本馬[36관]이 세 마리, 기타 짐바리 말이 도합 열다섯 정도 있었네만, 여행에 방해가 돼서 에도에 두고 왔네. 그 대신 이 몸, 가마꾼이 여덟 명, 거기에 기록하시게."

관리 "예, 무사일행은?"

야지 "무사가 열두 명, 창 든 종복槍持, 옷 고리짝挟箱 짊어진 종복, 짚신 갈아주는 종복草履取, 됐나? 됐나? 우비바구니合羽籠[짐바구니竹馬] 멘 종복, 높고 낮은 신분 도합 삼십여 명이네."

관리 "예예, 그 동행 분들은 어디에 계십니까?"

야지 "아니, 에도를 출발 할 시는 남김없이 거느리고 왔네만, 도중에 차례차례 홍역에 걸리는 바람에 숙소마다 두고 왔네. 그래서 지금 막 강을 건너고자 하는 동행은, 높고 낮은 신분 합하여 단지 두 명일세. 연대 가마로 건너겠노라. 얼마인가?"

▲ 오이가와강 관리사무소를 쫓겨나는 야지.

관리 "예, 두 분이시면 연대로 480문이옵니다."

야지 "거 참 비싸구나. 조금만 깎아 주게."

관리 "에잇, 이 강의 품삯을 (정가인데) 깎다니 어불성설이라니께. 바보소리 말고 얼릉 가는 게 좋지라."

야지 "야아, 감히 무사에게 바보소리 말라니 뭐라고!"

관리 "하하하하, 지독히도 훌륭한 무사님이라니께."

야지 "이놈 무사를 조롱하느냐! 괘씸한 놈!"

관리 "당신 무사라고? 칼집 끝을 봐 봐."

라고 들은 야지로베 뒤돌아 뒤쪽을 보니, 칼의 칼집 끝이 기둥에 걸려 칼집 가죽주머니만 둘로 접혀 있었다. 모두가 와~ 하고 웃어대기 시작하므로, 그렇게 자신만만하던 야지로 면목 없어, 완전히 기죽어서 입을 다문다.

관리 "접힌 칼을 차고 다니는 무사가 어디 있냐! 너희들 관리사무소를 속이러 왔지? 그렇다면 그려, 가만 안 둘 것이다!"

야지 "아니, 이 몸은 미오노야시로 구니토시三尾谷四郎国俊의 후예인지라 그래서 접힌 칼을 차고 다니는…."[36]

관리 "헛소리하면 포승줄로 꽁꽁 묶어 주마."

기타하치 "이봐 야지 씨, 수습이 안 돼. 빨리 가자."

손을 잡고 강제로 끌어당기자, 야지로베 그것을 호기로 슬그머니

• • •

36 인형극 『유녀 아코야의 소나무』[傾城阿古谷の松] 3단에서 가게키요[景清]와 투구의 목가리개 잡아끌기를 한 겐지쪽 무사 미오노야시로 구니토키[国時]를 가리킴. 미오노야는 칼을 떨어뜨려 도망가는데 투구목가리개 판자가 끌어당겨졌다고 한다.

(25) 제23역참: 시마다[島田]

【도판22】《즈에図会》 **시마다**

= 원작3편 상·시마다의 에피소드

기타하치 "어서 빨리 가라고. 자네 하지 않아도 될 쓸데없는 농담을 해서 관리 사무소[問屋] 영감이 열 받는 거라고. 어서어서~."

(관리) "이 자식, 기다려라~."

야지 "이것 참 이상하네. 죄송합니다 죄송합니다."

꽁무니를 내뺀다.

관리 “하하하하하하, 제대로 미친 녀석들이다.”

야지 “그만 실패하고 말았다. 열 받네, 하하하하하.”

임시 대용의/ 무딘 칼 찬 얼간이/ 무사의 증거로

칼끝이 접혀서/ 정말 창피하구나[37]

이 교카狂歌에 쌍방 크게 웃으며, 야지로베 기타하치 여기를 빠져나온다.

2) 오이가와강을 건너다

서둘러 강가에 도착해 보니, 귀한 자 천한 자 할 것 없이 왕래 끊임없고, 앞을 다투어 이 강을 건너고 있었다. 둘도 값을 정하고 연대에 타서 보니, 오이가와강의 물결 용솟음쳐 눈도 돌아갈 지경으로 당장에라도 목숨을 잃지나 않을까 하는 생각뿐, 그 무서움은 어디 비할 바도 없네. 역시 동해도 제일의 큰 강, 물살 빠르고 돌 떠내려 와서 건너기 어려운 험난한 곳이지만, 머지않아 강을 건너서 연대를 내리는 기쁨, 이루 말할 수 없어라.

• • •

37 교카 원문은 ‘出來合のなまくら武士のしるしとてかたなのさきの折れてはづかし’.

극락에 있는/ 연화대 오이 강의/ 연대에 타면

도리어 지옥이고/ 내린 곳이 극락이네[38]

• • •

38 '(성불한 사람은 극락에 있는 연화대에 앉는다고 하는데, 오이 강의) 연대에 타면 도리어 지옥이고, 내린 곳이 진정한 극락이네.' 원문은 '蓮臺にのりしはけつく地獄にておりたところがほんの極樂'.

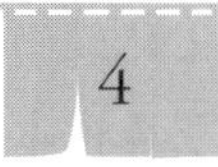

가나야 역참에서

1) 가마에서 떨어지고

이렇게 흥겨워하는 사이 **가나야**金谷[현재 시즈오카현 가나야초] 역참에 이르렀다. 양쪽 찻집 여자 "쉬었다 가시지라~ 쉬었다 가시지라~."

가마꾼 "돌아가는 가마, 타고 가시라요."

기타하치 "여봐 야지 씨, 가마 어때?"

야지 "아니, 내키지 않아. 너 타려면 타고 가."

기타하치 "그럼 닛사카日坂까지 탈까."

가마 삯을 정하고 털썩 가마에 올랐는데, 때마침 비가 내리기 시작한지라, 낡은 돗자리 한 장 가마 위에 덮어 주고 짊어진다.

어느새 기쿠가와菊川 언덕에 다다르자, 순례巡礼[39] 두세 명, "*보타락*普陀落[40]*산이여♪~, 절벽을 치는 파도는 미쿠마노*三熊野*의♪~,*[41] 저기 가마에 계시는 시주님, 한 푼만 주십시오."

기타하치 "다가오지 마! 다가오지 마!"

순례 "여행 번창하신 시주님, 이 안에 딱 한 푼만."

기타하치 "에에잇~ 다가오지 말라고 하는데 등신자식!"

순례 "이 상황에 등신이 뭐 필요하다요? 니 쪽이 등신이다."

기타하치 "이 거지새끼가!"

라며 갑자기 힘을 주자 어찌된 영문인지 가마바닥이 쑥 빠져 기타하치 쿵 엉덩방아를 찧고, "아, 아파파파파파!"

순례 "하하하하하."

가마꾼 "아이구 맙소사, 다치지 않으셨능감요?"

기타하치 "야 이 자식들아, 왜 이런 가마에 태운 거냐!"

가마꾼 "용서해 주시라요. 일부러 그런 것도 아닝께라."

기타하치 "어딘가 가서 좋은 가마를 빌려 오라고!"

가마꾼 "여긴 언덕 도중이라서 빌릴 곳이 없다요. 아니 좋은 생각이 있수. 짝아~ 네 샅바를 풀어."

가마꾼 짝 "왜 어쩔려고?"

가마꾼 "그니께, 내가 할 게 있다고. 보라니께."

• • •

39 순례[巡礼,쥰레]: '사이고쿠 쥰레'[西国巡礼]의 약칭. 관서지방 33개 관음을 안치한 절을 순례하며 참배하는 사람. 에도시대에는 오이즈루[겉옷 조끼]를 입고 삿갓을 쓰고 종아리 덮개[脚半] 손등덮개[甲掛け]를 하고 짚신을 신고 노래하며 방랑 걸식하는 순례자를 가리켰다.

40 보타락산: 인도남부의 해안에 있으며, 관음보살이 산다는 팔각형모양의 영험한 산.

41 '보타락산이여 절벽 치는 파도는 미쿠마노[三熊野]에 있는 나치산에 울려 퍼진다'고 이어진다. 관서 33관음의 첫 번째인 기이지방[와카야마현]에 위치한 나치산 청안도사[那智山青岸渡寺]를 읊은 노래.

(26) 제24역참: 가나야[金谷]

【도판23】《즈에図会》 **가나야**

= 원작3편 상·가나야의 에피소드

(가마꾼1) "짝아~ 이러니 가벼워서 훨씬 좋은 걸."

(순례) "저것 봐, 보라고."

야지 "아프다 아파, 이런 가마에 태워대다니 가만 안 둬 가만 안 둬 가만 안 둬. 엉덩방아를 찧어서 일어설 수가 없다고. 아프다 아파 아파~."

(가마꾼2) "뜻밖의 사태로군."

라며, 자신의 샅바를 풀어서 짝의 샅바와 두 줄로 돗자리 위에서부터 가마의 한복판을 얽어매고, "자~ 타고 가시지라."

기타 "황당하구먼. 이걸로 탈 수 있겠냐고."

가마꾼 "그니께, 이거 말고는 할 게 없다니께라. 그 대신에 졸리셔도 이 샅바 덕택에 떨어지지 않는다니께요. 싫더래도 타시지라."

라고 미안한 듯이 말한다. 기타하치도 우스운 게, 이것도 이야깃거리라고 털썩 타니, 야지로베, "하하하하하. 흰 샅바로 가마 한가운데를 얽어맨 모양새는 꼭 무사 저택에서 장례식 치르는 꼴이구나."

기타하치 "에이 억울해라. 그런 말 하지 마!"

야지 "아하, 가마 안에서 말을 하는 걸 보면 시체도 아니고. 알았다! 이놈 죄인이구먼!"[42]

기타하치 "에잇 더 억울하네. 나 이제 내려서 갈란다."

여기에서 가마를 내려 여기까지 온 가마 삯을 지불하고 가마는 되돌려 보냈다.

길을 따라 나아가는데 비가 줄기차게 쏟아지니 언덕길이 미끄러워, 간신히 **사요노 나카야마**小夜中山[현재 시즈오카현 유히초] 휴게소마을에 도착했다. 이곳은 그 이름도 유명한 물엿 떡이 특산품으로, 흰 떡에 조청을 감싸서 내온다. 이 둘은 술꾼인지라 겨우 한개 두개 먹어 보는 사이에 비가 더 거세지므로,

• • •

42 관을 실은 가마와 죄인을 압송할 때의 가마 모습에 비유했음.

여기 특산품/ 이라지만 우리는/ 내리는 비를
주체하지 못하고/ 물엿 떡을 남긴다[43]

전해 들었던 무간無間의 종[44]은 무간산無間山 관음사에 이름만 남아, 지금은 (실물이) 없다고,

이 절에 있던/ 무간 종 치다 못해/ 다 닳아 없어지고
지금은 그믐날에/ 거짓말을 치겠지[45]

• • •

43 '내리는 비[아메]를 주체 못 하고[모테아마스] 물엿[아메] 떡을 남긴다[모찌아마스]'라고 동음이의어를 이용. 원문은 '爰もとの名物ながらわれわれはふり出すあめのもちあましたり'.

44 이 종을 치면 현세에서는 무한한 재물을 얻지만, 저승에서는 무간지옥[아비지옥]에 떨어진다는 전설이 있음.

45 '(무한한 돈을 원하는 사람들이) 이 절에 있던 무간의 종도 치다 못해 닳아 없어지고, 지금은 그믐날에 (빚쟁이들에게 무간종 아닌 무한한) 거짓말이나 치겠지[하겠지].' 무간[無間]과 무한[無限]은 일본어로 '무겐', '종[鐘]'과 '돈[金]'은 일본어로 '가네', '종을 치다[撞く]'와 '거짓말하다[吐く]'가 일본어로 '츠쿠'라는 동음이의어인 점을 이용. 원문은 'この寺にむげんのかねもつきなくし今は晦日に嘘やつくらん'.

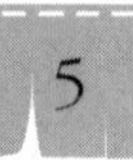

닛사카 역참에서

1) 비가 쏟아지는 바람에

그로부터 이 언덕을 내려와서 **닛사카**日坂[현재 시즈오카현 가케가와시] 역참에 다다를 무렵, 빗줄기가 점점 굵어져, 이제는 한발도 앞으로 나갈 수 없었다. 주변도 분간할 수 없을 만큼 줄기차게 하루 종일 퍼부어대므로, 어느 여관 처마 밑에 잠시 멈추어 서서,

야지 "못마땅하군. 지독히도 내리고 또 내리네."

기타하치 "꽃집 버드나무도 아니고,[46] 언제까지 남의 집 앞에 우두커니 서 있을 수도 없지. 어때 야지 씨, 오이가와大井川강도 건넜고 하니 이제 이 집에서 머무르지 않을래?"

• • •

46 에도, 오사카, 교토의 꽃집에서는 간판 대신에 가게 앞에 버드나무를 심었다.

야지 “무슨 어이없는 말을 하는 거야? 아직 8경[오후 2시 무렵]도 안 되었는데, 벌써 묵다니 될 소리여?”

여관할멈 “이 비를 뚫고 갈 수는 없다고라. 묵으시지라.”

기타하치 “야아~ 이거 묵고 싶어지네. 야지 씨, 보라고. 안에 젊은 여자가 꽤나 머물고 있는데.”

야지 “어럽쇼, 어디어디~ 이거 이야기가 되겠는데.”

여관할멈 “자~ 당신들 묵으시지라.”

야지 “그렇게 하지.”

여기서 야지로 기타하치 발을 씻고, 곧장 안쪽 옆방으로 안내된다.

2) 약을 먹어야 하는데

야지 “여봐, 종업원! 끓여 식힌 맹물이 있으면 한잔 주게.”

여자 “네네. 바로 갖다 드립지라[아교즈].”

기타하치 “두부튀김[히료즈][47]이 듣고 기가 막히겠네.”

여자 “예~ 맹물.”

야지 “됐네 됐어, 기타하치야 어제 산 약 좀 줘.”

기타하치 “난 또 뭐라고. 엉덩이때단尻垢丹[48] 말야? 기다려. 음부와 항

• • •

47 飛竜頭: 으깬 두부에 참마 간 것과 잘게 썬 야채를 넣고 튀긴 관서지방요리. 여종업원의 사투리를 비슷한 발음의 음식명으로 놀린 말. 즉, ‘드립지라[あげうず, 아교즈]’라는 사투리에서 ‘두부튀김[ひりやうず, 히료즈]’을 연상하여 놀리는 대화.

48 에도시대 유곽 등에서 유행한 은어의 일종으로, 말의 각 음 아래에 그 음과 같은 열의

문 사이에서 (엉덩이 때를) 벗겨 줄 테니."

야지 "에라! 바보 같은 소리 하지 마! 배가 아파서 견딜 수 없다고."

기타하치 "그건, 당신, 말(이 걸리는 내장) 병에 걸린 거네. 콩을 먹으면 나아."

야지 "에잇, 엉터리 농담 그만하고 빨리 내놔!"

기타하치 "그럼 진지하게~, 여기 다마치田町의 반혼단反魂丹[한곤탄],[49] 손을 내놔."

야지 두 알 정도 주라. 으득으득으득, 이거 후추잖아! 아아 매워 매워~."[50]

기타하치 "하하하하하. 기다려. 아니 이제 없네. 아, 여기 금대원錦袋円[긴타이엔][51]이 있어. 거 됐지?"

야지 "장지문 그림자로 어두컴컴하네." 약봉지를 펼쳐서 약을 꺼내, "으득으득으득으득, 아아~ 또 뭔가 먹여댔네! 퉷 퉷~."

기타히치 "어라? 보여 봐. 야아~ 이건 관음觀音님이다!"

야지 "정말! 관음님의 머리를 깨물어 부숴 버렸네. 하하하하하."

• • •

'가'행 음을 끼워 말하는 것이 유행했음. 여기서는 '엉덩이때[尻垢, 시리아카]'라는 단어 사이에 약 이름처럼 들리게 '옹 이 옹 옹[싱리이앙캉탄]'이라는 음을 일부러 집어넣어서 말한 것임.

49 유명한 에도 시바타마치[芝田町]의 사카이야[堺屋]의 반혼단[복통에 듣는 상비약]을 지칭함.

50 후추알도 여행시 약으로 상비함.

51 만병통치약이라고 해서 가정상비약이었음. 약봉지 안에 철제 관음상이 함께 들어 있음.

3) 마누라의 원령

여자 "밥御膳을 올립니다."

기타하치 "아니 세 상3膳[밥상을 5膳으로 곡해][52] 먹으면 충분해."

야지 "잘도 주둥이 놀리는 녀석이네. 시끄러! 입 다물고 지껄이라고!"

기타하치 "'조용히 떠들라' 군이 듣고 기가 막혀 하겠네."

그러는 사이 밥상도 나오고 이말 저말 농담하면서 먹다가,

야지 "한데 종업원, 안의 손님은 여자뿐인데 저들은 뭐지?"

여자 "모두 무녀[53]랍니다."

기타하치 "뭐 무녀라고? 거 참 재밌네. 잠깐 생령[혼백]을 불러 줬으면 좋겠구만."

야지 "이미 늦었겠지. 7경[오후 4시 무렵] 이후는 부르지 않는다고 해."

여자 "뭐 안직 8경[오후 2시 무렵]을 조금 지났는뎁쇼."

야지 "그럼 물어 봐 주게. 우리 집사람을 불러내 보지."

기타하치 "이거 재밌겠군."

여자 "바로 여쭤 드립지라."

어느덧 식사도 끝나고 여종업원 안쪽 방에 가서 무녀에게 그 일을

• • •

52 '밥상'에 해당하는 일본어 '御膳[고젠]'을 동음인 '5膳'[다섯 밥상]으로 일부러 곡해한 말장난.

53 이치코: 30센티미터 정도 되는 가래나무활의 시위를 퉁기면서 산사람의 혼[생령] 또는 죽은 사람의 영혼[망령]을 불러내어 그 말을 전하는 무당. 신사에 정착하지 않고 유랑하는 무녀는 매춘을 하는 경우도 있었음.

▲ 굿판을 벌이는 무녀와 야지 기타.

알아본다. 무녀 승낙했으므로 드디어 야지로 기타하치, 안쪽 방에 들어가서 부탁한다. 무녀 여느 때의 상자를 꺼내서 (자신 앞에) 바로 놓자, 즉시 알아채고 여관 여자, 물을 떠 온다. 야지로 죽은 마누라 일을 떠올리며 붓순나무 잎에 물을 공양하자[묻혀 무녀에게 흔들어 뿌리자], 무녀는 먼저 신 내림[54]을 시작한다.

무녀 "무릇 삼가 경의를 아뢰옵나이다. 위로는 범천제석梵天帝釋 사대천왕四大天王, 하계에 이르면 염마법왕閻魔法王 오도의 명관五道冥官[55]. 우리나라는 신국神国의 시초 천신칠대天神七代 지신오대地神五代의 신, 이세伊勢는 신명 천조황대신궁神明天照皇大神宮 외궁外宮에는 사십말사四十末社[56] 내궁内宮에는 팔십말사八十末社, 비궁 바람궁雨宮風宮 달 읽는 신 해 읽는月読日読 신, 북쪽에 별궁別宮 거울신사鏡社, 하늘 바위문天岩戸=天照大神 대일여래大日如來, 조웅악朝熊岳 복지원만福智円満 허공장虛空藏보살. 그 밖에 일본 육십여 주日本六十余州, 모든 신이 계신[모여드는], 이즈모지방의 큰 신사出雲大社, 신의 수가 구만 팔천 일곱 신사의 신. 부처의 수가 일만 삼천 사령의 영지. 명도[저승]를 놀라게 해서 여기에 청하여 모시옵나이다.

오~ 경외로운지고. 이런 때, 이분의 제 정령, 역대의 고인들, 활과 화살 같은 한 쌍과 양친, 장남부터 막내까지, 순서도 바뀌고 물 공양도 바뀌고, 바뀌지 않는 것은 오 척五尺의 활, 한번 켜면 절들

• • •

54 신령을 불러 자기 몸에 깃들게 함.

55 지옥, 아귀, 축생, 인간, 천상의 책임자.

56 말사: 신사의 아래에 딸린 신사.

의 불단에 울려 퍼져 소원을 들어주시네.

야아~ 허어~, 반갑구나 반가워. 물 공양을 잘 해 주셨다. 내 활잡이 동침자님[무녀용어로 남편]도 나올 작정이었지만, 이승에 있었을 때 정진을 싫어하여 생선은 뼈까지 먹어 치운 응보, 지금은 소귀신[소머리옥졸]이 되어 지옥문지기를 하고 계신 탓에 바쁘다네. 그래서 나만 나온 것이라오."

야지 "당신 누구냐? 모르겠다."

무녀 "예, 나는 물 공양해 준 분에게는 중국거울[무녀용어로 어머니]이라오, 소중한 아드님[무녀용어 사용]."

기타하치 "중국거울이라, 야지 씨 당신 어머니라는 뜻이야."

야지 "아하, 어머니구나. 그쪽에는 볼 일 없소."

무녀 "저런~ 중국거울님에게는 용무가 없군요. 나는 당신의 동침자[무녀용어로 아내]라오. 뻔뻔스럽게 잘도 불러내 주셨소. 당신 같은 칠칠치 못한 사람과 부부가 되는 바람에, 나는 한평생 먹는 것조차 어려웠다오. 한파가 닥쳐도 겹옷 한 장 입혀 준 적 없이, 한겨울에도 홑옷 한 장! 아아, 안감이 필요하다 안감이 필요해~.[57]"

야지 "용서해 주게. 나도 그때는 주머니 사정이 안 좋아서 가엾게시리 고생만하다 죽게 한 것이 마음에 걸린다오."

기타하치 "어라? 야지 씨, 당신 울고 있는 거여? 하하하하하, 이건 뭐

• • •

57 원령이라면 '원망스럽다 원망스러워'[우라메시이]라고 해야 할 것을, '안감이 필요해'[우라호시이]라고 유사음을 사용한 골계.

귀신의 눈에도 눈물[58]이라더니."

무녀 "잊을래야 잊을 수 없다오. 당신이 매독에 걸리셨을 때, 나는 공교롭게 옴이 붙고, 오이덩굴[무녀용어로 형제] 지로님은 중풍, 단하나의 보배 같은 자식[무녀용어 사용]은 위장병脾胃虛[59]으로 뼈만 앙상하게 야위어 가는데, 쌀은 없지, 일수[60] 빚쟁이들 독촉은 이어지지, 셋집주인에게 방세를 안 주니 골목길 개똥에 미끄러진들 (집주인에게 왜 안 치우냐고) 불평조차 못 했다오."

야지 "그만, 이제 그만 이야기해. 가슴이 미어진다고."

무녀 "게다가 제가 남의 집 고용살이奉公해서 모처럼 모아 둔 옷까지, 당신 때문에 저당 잡혀 없어진 것이 원통한지고. 전당품은 거꾸로는 흐르지 않는다더니[한번 저당 잡힌 것은 되돌아 온 적이 없다오].[61]"

야지 "그 대신 자네는 좋은 곳[극락정토]에 가 있겠지만, 나는 아직도 고생이 끊이질 않는다오."

무녀 "야아~ 허어~, 뭐가 좋은 곳일 리가 있겠어요. 친구들 덕에 비석은 세워졌지만 그뿐으로 성묘도 오지 않고 절에 보시도 하지 않으시는지라, 연고자 없는 망자와 마찬가지로 지금은 비석도 절 울타리 밑 돌담이 되어 버려서,[62] 이따금씩 개가 (공양을 위한 물 대신)

• • •

58 귀신의 눈에 눈물: 무자비한 사람에게도 때로는 자비심이 생긴다는 속담.

59 히이쿄[脾胃虛]: 일종의 위확장병으로 이상식욕에도 불구하고 야위어 가는 병.

60 히나시[日済し]: 매일 조금씩 장기간에 걸쳐 변제하는 고리대금의 빚 갚는 방식.

61 무녀의 상투어인 '물은 거꾸로는 흐르지 않는다' [물 공양을 해 주지 않으면 혼령이 저승으로 돌아갈 수 없다]를 '물' 대신 '전당품'을 사용한 언어유희적 골계.

62 공양하는 사람이 없어지거나 연고자 없는 비석의 경우, 절에서는 정리해서 한군데에 모아 두거나 돌담으로 이용하는 경우가 많았다고 함.

(27) 제25역참: 닛사카[日坂]

【도판24】《즈에図会》 닛사카
= 원작3편 상·닛사카의 에피소드

무녀 "비석에도 딱 한 번 성묘를 오셨을 뿐이므로, (비석이) 지금은 울타리 밑 돌담이 되어서 개가 오줌을 뿌립니다. 물 한번 공양해 준 적이 없지요. 정말 정말, 오래 죽다 보면 갖가지 고생을 합니다."

야지 "지당한 말씀, 지당한 말씀, 자네 말대로네."

(야지) "지당하네, 지당해, 지당해. 슬픈지고 슬픈지고."

(기타하치) "야지 씨, 슬픈가? 몹시도 우는군 하하하, 하하하."

오줌을 뿌릴 뿐, 지금까지 물 한번 공양해 주신 적 없으시지요. 정말 오래 죽다 보면 여러 가지 수모를 당하네요.[63]"

야지 "지당한 말씀, 지당한 말씀."

무녀 "그 괴로운 꼴을 당하면서도 풀잎 아래[땅속]에서 당신을 잠시도 잊은 적이 없다오. 부디 당신도 빨리 황천길에 와 주시어요.[64] 당장에 제가 마중을 갈까요?"

야지 "어허, 당치도 않은 말을 하는군. 먼 곳을 꼭 마중까지 올 건 없소."

무녀 "그럼 제 청을 들어 주시오."

야지 "암, 뭐든지 뭐든지~."

무녀 "이 무녀님에게 사례금을 잔뜩 주시어요."

야지 "암, 주고말고 주고말고."

무녀 "아아~ 아쉽도다, 이야기하고 싶은 것 묻고 싶은 것 셀 수 없을 만큼 많지만, 저승사자 재촉하는지라, 아미타불의 극락정토에."

라며 고개 숙이고, 무녀는 가래나무 활을 치운다[상자에 담는다].

야지 "이거 참 수고하셨습니다."

돈 이백 문[6,000엔]을 큰맘 먹고[65] 종이에 싸서 내민다.

기타하치 "어둠 속에 있던 수치를 마침내 만천하에 드러내 버렸군! 하하하하하. 헌데 야지 씨, 당신 완전 울적한가 보이. 어때, 한잔 마

• • •

63 '오래 살다 보면 부끄러운 일도 많이 겪는다'라는 속담을 '오래 죽다 보면'으로 바꾼 골계.

64 '부디 오래 사세요'를 반대로 말하는 골계.

65 무녀가 혼령 불러낸 것에 대한 당시의 일반적 사례금은 백 문이었음.

시지 않을래?"

야지 "것도 괜찮겠지." 손뼉 쳐서 여종업원을 불러 술과 안주를 시킨다.

4) 무녀와의 술잔치

무녀 "당신들께선 오늘은 어디에서 오셨습니까?"

야지 "예, 오카베岡部에서 왔습니다."

무녀 "그것 참 빠르게 오셨습니다."

야지 "뭐 우리는 걷는 거에 있어선 위태천韋駄天[66]님이지요. 여차하면 하루에 열너댓 리씩은 걷습니다."

기타하치 "그 대신, 그다음 열흘 정도는 쓸모가 없지요, 하하하하하."

그러는 동안 술과 안주가 나온다.

야지 "좀 마시지 않겠소?"

무녀 "저는 전혀 마시지 않습니다."

기타하치 "저기 있는 분은 어떻소?"

무녀 "어머니 오세요~. 오카마 씨도 어서 오시고요."

기타하치 "아하, 당신의 어머님인가? 에이 이래선 함부로 말할 수 없

• • •

66 걸음이 매우 빠르다는 불법의 수호신.

겠군. 우선 한잔 드립니다."

이로부터 술잔치가 벌어지고 잔을 계속 주거니 받거니 하는데, 이 무녀들 뜻밖에 대단한 술꾼들로 아무리 마셔도 천연덕스럽게 태연하다. 기타하치 술에 취해 혀꼬부랑이 소리로, "저기 어머님, 오늘 밤 당신 따님을 제게 빌려주십시오."

야지 "아니 내가 빌릴 참이라고~."

기타하치 "가당치도 않은 소리를. 당신이야말로 오늘밤에는 정진이라도 해 드리게[몸을 정갈하게 가지시게]. 불쌍하게도 죽은 마누라가 그렇게나 사모해서 어서 빨리 황천으로 와 달라, 당장 마중을 가겠다, 라고 친절하게 말하잖아."

야지 "어허, 그런 말 하지도 말게. 마중 나와서 될 법한 일이여?"

기타하치 "그러니까 당신은 관두라고. 자, 어머님, 저로 정해졌소."

라며 무녀의 딸에게 안기듯 기대는 것을 거세게 뿌리치고 도망간다.

무녀 "하지 마세요!"

무녀 아줌마 "딸이 싫다면 저라도."

기타하치 "이제 이렇게 된 이상, 이사람 저사람 가릴 것 없지."

라고 열이 올라 지껄인다. 그러는 동안 부엌에서 밥상도 나오고 여기에서도 여러 가지 일이 있었지만 생략한다.

5) 무녀침소에 숨어들기 성공인가 실패인가

어느덧 술자리도 파하고, 야지로 기타하치는 옆방으로 돌아가 날이 저물자마자 이부자리를 펴게 해 잠을 청한다. 안쪽 객실에서도 여독에서인지 벌써 잠을 청한 듯. 기타하치 소리 죽여,

기타하치 "아무래도 무녀의 처자 년이 가장 이쪽 끝에서 자는 듯해. 나중에 몰래 기어들어가 주지. 야지 씨 넌 잠든 척하는 게 이 방면에 통달한 사람通人인 거여."

야지 "닥쳐! 내가 해치울 껴."

기타하치 "뻔뻔스럽기는. 참말로 실소감이여."

라며 둘 다 이불을 푹 뒤집어쓰고 잔다.

벌써 밤도 5경[8시 무렵]을 지나, 4경[10시 무렵]에 순찰하는 박자목[딱따기] 소리 베게 맡에 울려 퍼지고, 부엌에서 내일 아침 식사 준비를 하는 된장 짓이기는 소리마저 그치니, 오직 멀리서 개 짖는 소리만이 들려오고, 적막한 밤이 완전히 깊어질 무렵, 기타하치 때는 이때다 하고 살며시 일어나 안쪽 방을 엿보니, 각등이 꺼져 칠흑 같은 어둠. 슬금슬금 숨어들어 여기저기 더듬어 찾다가 예의 무녀 이불 속으로 비집고 들어가니, 뜻밖에 이 무녀 쪽에서 아무 말 없이 기타하치의 손을 잡고 가까이 끌어당긴다. 기타하치 이것 참 다행이라고 그대로 이불을 폭싹 (뒤집어쓴다). 손 베개를 하는[베개도 없는] 밀통으로 한때의 정을 나눈 뒤, 코를 맞댄 채 둘 다 세상모르고 잠에 빠진다.

야지로베 한숨 자고는 잠에서 깨어 일어나, "인제 몇 시나 되었을라나? 화장실 가야지~. 이거, 어두컴컴해서 방향을 모르겠네"라며 소변 보러 가는 척, 이 남자도 안쪽 방으로 기어 들어가, 기타하치라는 선객이 있다는 사실은 추호도 모르고, 더듬더듬 다가가 이불 위에서부터 기대어, 어둠에 헷갈린 채 아까 그 무녀라고 생각해서 기타하치

가 음냐음냐 잠꼬대 하는 입술을 핥아대다가 덥석 물어뜯는다. 기타하치 화들짝 놀라 눈을 떠, "아 아파파파파파~."

야지 "어럽쇼? 기타하치냐?"

기타하치 "야지 씨? 에잇, 더러워, 퉤! 퉤!"

이 소리에 기타하치와 자고 있던 무녀도 잠을 깨서, "이것 보게 니들은 뭐당가? 시끄럽구만. 조용히 해! 딸이 잠 깰라~." 이 목소리는 할망구 무녀, 기타하치는 두 번 놀라, '이거 잘못 잡았군, 분한지고'라고 기어 나와 살살 옆방으로 도망쳐 돌아간다. 야지로도 도망치려는 것을 무녀가 손을 잡아끌면서, "너 이 늙은이와 놀고선 지금 도망칠 건 없잖어."

야지 "아니, 사람 잘못 봤소. 내가 아냐!"

할망구 "아니요, 그런 말씀 하지 마이소. 우리는 이런 것[매춘]을 장사로 하지는 않지만, 나그네들과 동침 따위를 해서 약간의 사례금을 받는 것이 생업.[67] 실컷 놀고 공짜로 도망가는 건 뻔뻔하지라. 밤이 샐 때까지 내 품안에서 자이소."

야지 "이런 민폐가 다 있나. 야아~ 기타하치 기타하치!"

할망구 "아이고머니나! 큰 소리 질러대지 마이소."

야지 "하지만 난 모른다고! 에잇 기타하치 놈이 황당한 꼴을 당하게 하네."

겨우겨우 억지로 떼어 내고 도망치려 하면 또 매달려오는 것을 밀

• • •

67 앞에서 부정하고 뒤에서 긍정하는 모순의 골계.

쳐 쓰러뜨리고, 덜그덕덜그덕 이것저것 발로 차서 흩뜨리면서 서둘러 옆방으로 기어들어와,

무녀 줄 알고/ 몰래 기타하치에게/ 혼령 불러낸
아니 입을 대 버린/ 이야말로 분하네![68]

• • •

68 '무녀라고 생각해서 숨어들어 기타하치에게, (혼령을 불러낸 게 아니라) 입을 댄 것이야말로 분한지고!' '구치오요세루[口を寄せる]'가 일차적 뜻인 '입을 대다'와 이차적 뜻인 '혼령을 부르다'임을 이용한 교카. 원문은 'いち子ぞとおもふてしのび北八に口をよせたることぞくやしき'.

『동해도 도보여행기』

3편

하권

(닛사카~아라이)

6

닛사카 역참에서 가케가와로 가는길

어슴푸레하니 아직 이른 새벽녘, 역참 왕래 부산하게 데리고 나온 아침 출발하는 말들 울음소리에 여행으로 피곤한 눈 비비며, 야지로 기타하치 기상해서 출발준비를 하는데, 같은 여관에 묵은 무녀 얼굴이 부루퉁해져 있는 것도 우습다며, 여기 닛사카日坂 숙소를 출발한다.

후루미야 곤다팔만궁古宮誉田八幡宮을 지나 오른쪽에 슈토노하타姑の畑[시어머니의 밭], 요메가타嫁が田[며느리의 논]라는 곳이 보여 오자 야지로베,

바싹 메마른/ 시어머니의 밭에/ 비교하자면
물 많은 며느리 논/ 이야말로 좋도다[69]

• • •

69 어젯밤의 무녀할멈과의 에피소드를 연상시키는 외설적 노래. 원문은 '干からびしうとの畑にひきかへて水沢山のよめが田ぞよき'.

1) 맹인 등에 업혀 강 건너기

그로부터 **시오이가와강**塩井川이라는 곳까지 왔지만, 어제 내린 세찬 비로 다리가 떨어져 버린 걸까, 오가는 사람들 손수 바지股引[70]를 벗고 소매를 걷어 올려 여기를 건너고 있었다. 야지로 기타하치도 나란히 막 건너려고 한 그 순간, 때마침 상경 길의 맹인座頭[71] 두 명, 이 강은 걸어서 건넌다는 것을 들었는지, 한 명의 맹인,

이누이치犬市 "여보세요, 강물은 무릎 근처까지나 있습니까?"

기타하치 "그렇소 그렇소. 그런데 물살이 빨라서 당신들 위험한데. 조심해서 건너시구려."

이누이치 "예에 과연, 물소리가 상당히 빠르군요."

라며 돌을 주워 강 속으로 던져 넣고는 심사숙고한다.

이누이치 "음~, 이쯤이 아무래도 얕은 것 같군. 어이, 사루이치猿市, 둘 다 각반脚半[종아리 덮개]을 푸는 것도 귀찮으니 네가 젊은 만큼 나를 업어서 건너라."

사루이치 "하하하하하, 약삭빠른 말을 지껄이는군. 가위바위보[72]로 가자. 어쨌든 진 사람이 업고 건너는 것인데 괜찮지?"

이누이치 "거 재밌겠군. 자, 간다, 3에 5에."

• • •

70 모모히키: 타이츠 비슷한 남성용 바지.

71 자토: 에도시대, 머리를 민 승려의 모습을 한 장님으로, 안마나 침, 혹은 비파나 쟁, 샤미센을 켜는 것을 직업으로 삼았던 사람.

72 구호와 함께 손가락을 서로 내서 그 숫자로 승부를 결정하는 가위바위보는 중국에서 전래된 것으로, 숫자를 당나라 음으로 말한다.

사루이치 "2, 5다 5!"라고 한 손으로 가위바위보를 하면서, 둘 다 왼손을 꺼내 서로 낸 손가락을 쥐어서 확인하며,

이누이치 "자아, 이겼다. 이겼어!"

사루이치 "에잇 분하다. 그럼 이 봇짐을 자네가 같이 짊어져. 자 준비됐나? 어서 오게, 어서 와."

라고 (건널) 채비를 해서 등을 내민다. 야지로 것 참 다행이라고 사루이치에게 업히니, 사루이치는 동행인 이누이치인 줄 알고, 성큼 강에 들어가 어렵잖게 건너편으로 건너자, 이쪽 물가에 남아 버린 이누이치, "야아, 사루야~. 어쩔 겨? 빨리 강을 건네 주지 않을 거여?" 사루이치 건너편 강가에서 알아듣고 화를 내며, "이거 참 어처구니없는 장난치는 녀석이네. 지금 막 업어서 건네 줬는데 또 그리 돌아가서, 날 갖고 놀지 마!"

이누이치 "바보 소리 해라! 혼자서 건넌 주제에, 뻔뻔스런 녀석."

사루이치 "아니 뻔뻔스런 건 그쪽이라고."

이누이치 "이 봐! 너~ 선배를 향해서 감히 그런 말을, 괘씸하기 짝이 없는 놈! 빨리 와서 건네 주지 못할까!"

라고 눈을 뒤집고 화를 내므로, 사루이치 어쩔 수 없이 다시 이쪽으로 건너와, "자, 그럼 업히시오"라고 등을 내민다. 기타하치 잘 됐다고 손을 등에 대고 업히자 사루이치 또 냉큼 강으로 들어간다. 이누이치는 몹시 안달이 나서, "이봐, 사루이치~ 어디에 있냐?"

사루이치 강 한가운데에서, "얼레? 이 녀석은 누구지?"라며 기타하치를 물속에 첨벙 떨어뜨린다.

기타하치 "야아~ 살려 줘, 살려 줘~."

▲ 맹인 등에 업혀 강 건너기.

손발을 허우적대며 떠내려가기에, 야지로 뛰어들어 건져 올렸지만, 머리부터 뱃속까지 흠뻑 젖어,

기타하치 "젠장 장님새끼가 이런 어이없는 변을 당하게 하다니!"

야지 "하하하하하. 우선 옷부터 벗어라, 짜 줄 테니."

기타하치 "애당초 야지 씨가 나쁘다고~. 뭘 업히지 않아도 될 것을, 네가 본보기를 보이는 바람에 나도 그만."

야지 "강에 빠졌구나[계략에 걸려들었구나]. 가엾어라. 하하하하하. 그래서 한 수 읊었다."

> 빠져 들었네/ 눈 없는 사람이라/ 얕잡아본 죄
> 그 값은 빨리도/ 와서 빠른 물살에[73]

기타하치 "에에잇, 듣기도 싫다고. 그만해! 아아 춥다, 추워~." 벌거벗고는 부들부들 떨면서 옷을 짠다. 어느새 맹인은 강을 건너 지나간다.

야지 "여기서 말리고 있을 수도 없는 노릇이니까, 여벌을 꺼내서 갈아입게. 어딘가에 가서 불 피워 달라고 해서 쬐는 게 좋겠어."

기타하치 "젠장 분통 터지네. 감기 걸렸어. 에엣취~ 재채기!"

투덜투덜 불평을 하면서 여벌을 꺼내 갈아입고, 젖어터진 옷은 짜서 손에 들고 걸어간다.

• • •

73 '빠져 들었네 눈이 없는 사람이라고 얕잡아본, 죄 값은 빨리도 와서 빠른 물살에 (빠졌노라).' 교카 원문은 'はまりけり目のなき人とあなどりしむくひははやき川のながれに'.

** (28)

【도판25】《즈에図会》 후지에다
= 원작3편 하·닛사카 시오이가와강[日坂 塩井川]의 에피소드를 앞서
제22역참에서 차용

맹인 "어디 (말뻐다귀 같은) 자식이 내가 장님이라고 사람을 따돌리고 선수를 친대가다. 이건 첨벙, 하하하하, 꼴 좋~다."

7

가케가와 역참에서

얼마 안 있어 **가케가와**掛川[현재 시즈오카현 가케가와시] 역참에 도착하였다. 역참입구 표시팻말이 있는 언저리의 외곽 찻집 여자 "식사~ 드시라요~. 전갱이에 곤약에 무말랭이 국도 있습네다~. 문어에 무 넣고 끓인 탕요리船場煮[센바니][74]도 있습네다~. 쉬다 가시라요~. 쉬다 가시라요~."

궤짝長持[75]**을 멘 인부의 노래** *"불면 말이야, 불수록 말이야아아앙~♪*
지는 사람은 말이야 가벼운데 말이야아아앙~♪

• • •

74 오사카의 센바[船場]지역에서 발생한 요리. 원래는 소금으로 절인 고등어자반과 직사각형으로 썬 무를 다시마국물로 끓인 냄비 요리.

75 나가모치[長持]: 의복 및 일상용품 등을 운반할 때 쓰는, 뚜껑 달린 직사각형의 큰 궤. 궤 한 짝에 30관[112.5킬로그램]이 기본이므로 6명이 함께 운반한다. 1貫=1000匁=3.75킬로그램.

솜을 말야♪, 넣고 싶은데 말이야,

궤에 솜을 말이야아아앙~아앙♪,

알았는지 어떠한지 어떠한지."

말 울음소리 "히힝, 히힝~."

1) 맹인의 술을 훔쳐 먹다

야지 "어라 기타하치 봐봐! 아까 장님 놈들이 저기서 처마시고 있구만."

기타하치 "요거 마침 좋은 수가 있어. 나를 강에 빠뜨린 앙갚음을 해주지."

목소리를 바꾸어 그 맹인이 술 마시는 찻집으로 들어간다.

기타하치 "어이 실례하겠소."

찻집여자 "어서 오시라요."

차를 따라서 갖고 온다. 기타하치 그 맹인 옆에 걸터앉는다.

여자 "식사라도 하실랍니까?"

야지 "아직도 배가 통통~ 불러서."[76]

아까 그 맹인 둘, 이곳에서 쉬면서 술을 먹고 있었는데, (옆에 앉은 것이 야지 기타) 방금 두 사람이라고는 꿈에도 모르고,

• • •

76 너구리가 달밤에 신이 나서 배를 두드린다는 전설에서부터, 부른 배를 북처럼 두들기며 실컷 먹었다고 할 때 북소리에 비유해서 하는 말.

▲ 맹인의 술 훔쳐 먹기.

이누이치 "허어~ 도통 술이 모자란 것 같으이. 두 홉 더 먹어 치우자."

사루이치 "과연 그렇군. 주인장, 주인장, 좀 더 부탁하네."

여자 "네네."

이누이치 "헌데 방금 강에 빠진 빌어먹을 녀석들은 어찌 됐을까?"

사루이치 "그것 말이지, 하하하하하. 우선 새 술 한 잔 먹자."

라며 (작은 사기)술잔에 가득 따라서 한 입 먹고 내려놓자, 기타하치 슬쩍 손을 뻗어서 술잔의 술을 마셔 버리고는 잽싸게 원위치에 놓는다.

사루이치 "야아, 뻔뻔스런 녀석들이었다. 거리낌 없이 내게 업혀대다니. 그 대신에 물 먹었을 때는, 살려 달라고 처량한 소리 따위를 질러댔지. 뭐든 남의 것을 가로채려는 것만 궁리하는 놈일 테니 필시 그 녀석은 호마의 재護摩の灰[77] 도둑일 거야."

이누이치 "그렇겠지. 어차피 제대로 된 인간이 아니여. 그런 녀석은 이런 곳에 오더라도 걸핏하면 음식 값을 안 내고 달아나다가 호되게 매질당하기 십상이여. 아니 헌데 술잔은 어쨌지?"

사루이치 "정말! 잊고 있었다."

술잔을 들고 마시려 했지만, 술은 한 방울도 없다. "이런, 쏟은 것 같군." 그 주변을 여기저기 더듬으며, "글쎄 이상한데. 다시 드리죠." 새로 한잔 따르고 한 모금 먹고 내려놓자, 기타하치 또 살짝 끌어당겨 마셔 버린다.

• • •

77 여행객으로 위장하여 다른 여행객의 금품을 훔치는 도둑.

이누이치 “이렇게 하고 있는 여기에 아까 녀석들이 온다면 웃기겠지.”

사루이치 “뭐 그 놈들은 아마 옷을 짰다가 말렸다가 하느라 아직 그 쪽에서 얼쩡거리고 있을 걸. 지혜가 없는 바보 녀석들이라고.”

라고 말하면서 술잔을 들었는데, 또 술은 한 방울도 없다.

사루이치 “이거 참 어떻게 된 일이지?”

이누이치 “또 흘렸나? 칠칠치 못하게~.”

사루이치 “아니 흘리진 않았는데, 글쎄 이상야릇 귀명정례![78]”

이누이치 “아니 네놈이, 그런 말 따위나 하면서, 혼자서 마시지 마!”

이 사이에 기타하치 술 주전자를 잡고 자기가 마시는 찻잔 두 번에 비우고는, 슬며시 술 주전자를 원위치에 둔다.

이누이치 “이봐 사루야! 술잔을 돌리지 않을래?”

라며 술 주전자를 낚아채서 따라 보더니,

이누이치 “야아 이 사루이치 놈! 혼자서 몽땅 먹어 치웠구나!”

사루이치 “무슨 말도 안 되는 소리를~.”

이누이치 “글쎄 술 주전자가 싹~ 이라고!”

사루이치 “어째서 술 주전자가 비었지? 이봐~ 이집 주인장! 주인장! 우리를 장님이라고 무시해서 이런 뻔뻔스런 짓거리를 하는 겨? 술 두 홉이 딱 두 모금에 이제 없다니, 어찌 된 노릇이여?”

주인 “예, 아까는 두 홉, 게다가 듬뿍 따라 드렸습니다요. 아마도 쏟으셨던 건 (아닌지요)….”

• • •

78 ‘이상야릇하다’와 ‘귀명정례’[부처에 귀의합니다 라는 예불 용어]의 ‘귀명’이 일본어 ‘기묘’로 동음이의어인 점을 이용한 언어유희.

(29) 제26역참: 가케가와[掛川]

【도판26】《즈에図会》 **가케가와**

= 원작3편 하·가케가와의 에피소드

(기타하치) "이거 참 성찬이군. 공짜로 마실 수 있다니, 절묘하다 절묘해~."

(야지) "저 맹인이 아까 강에 빠트려 댄 앙갚음으로 (기타하치가) 술을 마셔 주니 절묘하군."

(이누이치) "네놈이 방금 따라 준 술이 벌써 없다고, 네놈이 마셔 버렸지?"

(사루이치) "뭐라고? 나는 지금 막 따랐네. 야, 야, 또 술병[도쿠리] 안의 술도 없어 없다고."

사루이치 "뭐? 쏟을 리가 없잖아. 상도에 어긋나는 짓을 하셨응께 이 술값은 내지 않겠네."

라고 몹시 화를 낸다. 이때 가게 입구에서 놀던 아기 봐 주는 꼬마가 아까부터 보고 있었는데, 기타하치 쪽을 손으로 가리키며,

유모꼬마 "와~ 봉사님의 술~ 모두 저 사람이 찻잔에 따라 버리셨드랬지라."

기타하치 "어럽쇼, 이 애는 당찮은 말을 하네. 이건 차라고, 차~."

라면서 먹다 만 찻잔 술을 마셔 버린다.

주인 "야 당신 술내 나는 것 좀 봐. 그리고 얼굴이 붉어졌지라. 틀림없이 저분들의 술을 마셨제?"

기타하치 "에이 이 사람도 참. 똑같이 아닌 밤중에 홍두깨비일세. 내 얼굴이 빨개진 것은 차에 취해서라고. 나는 별나서 차를 잔뜩 마시면 취한답니다. 술에 취한 사람은 횡설수설하는데, (제가) 차에 취한 증거로는 차['농담'과 동음]만 말하는 게 (술버릇 아니 차)버릇으로 어쩔 수 없다오. 그래서 차뿐이지만['외람되지만'과 동음], 여러분 차같이 ['그렇게'와 동음] (이해해 주십시오). 차하하하하하하~."

사루이치 "아니 그런 수는 안 먹히지. 어린애는 정직하다고. 이거, 당신들이 가로채서 마신 게 분명해. 술값을 내쇼."

기타하치 "쩌런저런, 끄런 되먹찌도 않는 말을 찌끄리네. 아꽈부터 마신 것은 차뿐, 뽕사님의 쑬을 착복한 기억은 없쑈. 나쁜 농땀을 다 하시네. 차하하하하하하~."[79]

이누이치 "야~ 이봐! 눈이 안 보이는 사람이라고, 그런 엉터리 말 관둬! 글쎄 보고 있던 아이가 증인이여."

사루이치 "더 확실한 건, 주인장 저 사람이 마신 찻잔이 술내 나는 지 맡아 보게."

라고 꼼짝달싹 못 할 증거를 지적당하고, 기타하치 얼른 찻잔을 숨기려 하는 것을, 주인 낚아채서 맡아 보고, "캬~ 냄새난다, 냄새나~. 또 술로 끈적끈적하네. 이거 그러, 당신들이 마신게 틀림없으니께, 술값 내시드라." 이 말을 듣고 기타하치 이젠 수습이 안 된다고 생각해서, "아니 쑬은 안 마셨으니 쑬값은 안낼 거. 찻값이라면 얼마든지 내지. 얼마?"

주인 "그라모 찻값을 내시드라. 차가 두 홉으로 64문[1,920엔]."

기타하치 "아니 뭐라고? 차를 두 홉 마셨다? 말도 안 돼!"

야지 "에잇 성가신데 내 버리면 되지. 니가 하는 짓은 뭐든지 간에 그냥 안 끝난다니까. 더 불리해지기 전에 내버려."

라고 눈짓으로 알리자, 기타하치도 어쩔 수 없이 64문 지불해 주니,

사루이치 "나 원 참, 빌어먹을 인간들이네. 아마 아까 업혔던 것도 이런 놈들이겠지. 남이 산 술을 가로채 먹다니, 이를테면 '도둑'이라는 거지."

기타하치 "뭐라고? 도둑이라고? 이 눈병신이!"

기 쓰고 덤벼들려는 것을 야지로 말린다.

야지 "글쎄 이쪽이 잘못했지. 이보게 양해해 주시구려. 이 녀석은 차에 취하면 기가 드세지는 게 병이라서. 자 후짝후짝['후딱후딱'을 일

• • •

79 말끝마다 '차[茶: ちゃ]'에 해당하는 일본어 발음 '챠'를 넣어서 일부러 술에 취해 꼬부라진 소리를 하고 있음.

부러 '챠'를 걸쳐서 말함] 가자. 그럼, 안뇽 안뇽[80]~."

이라고 내뱉고는 기타하치를 억지로 일으켜 세우고, 여기를 나와 빠른 걸음으로 이 역참을 벗어난다.

기타하치 "젠장 분통터져. 오늘은 재수 옴 붙은 날이네. 돈 내고 술 마시면서 찍소리 못 한 게 어이없군."

야지 "하하하하하, 나보다도 훨씬 지혜가 없는 녀석이라니까."

하는 일 뭐든/ 모두 나쁘게 되는 / 아시쿠보 차
아니 무시당한/ 사람의 비참함이란[81]

이렇게 한 수 지어 웃으면서 드디어 **아키바산**秋葉山 **삼척방**三尺坊[아키바산 추엽사의 검난방지의 신]으로 가는 갈림길에 이르렀다. 야지로베 멀리 배례하며,

작은칼 2척/ 5치 가진 산적도/ 어찌하리오
5치나 긴 3척방의/ 영험에 의지하면[82]

• • •

80 '안녕'에 해당하는 '오사라바'를 '챠'를 넣어서 '오챠라바'라고 일부러 말하고 있음. 이런 상황에서도 끝까지 농담하는 야지 기타이다.

81 '하는 일은 뭐든지 간에 모두 나쁜[아시], (아시쿠보 차 아닌) 무시당한 사람의 비참함이란.' 교카원문은 'することもなすこともみなあしくぼやちやにしられたる人のしがなさ'.

82 '작은칼 2척5치(를 가진 산적)도 어찌하리, (그보다 5치나 긴) 3척방의 영험에 의지하면.' 2尺5寸(1尺=30센티미터)で約75센티미터. 교카원문은 '脇差の弐尺五寸もなにかせん三尺ぼうの誓ひたのめば'.

2) 산적의 정체

그로부터 사와다沢田, 사이다細田[호소다는 오기] 마을을 지나,[83] **스나가와砂川** 언덕길에 다다랐다. 길 양쪽에 무성히 자란 나무로 그늘져 어둑어둑하고 때마침 오가는 인적도 끊어졌는데, 누구일까, "여봐! 여봐! 나그네! 나그네~" 라고 부른다. 둘이 뒤를 돌아보니, 나무그늘 옆에서부터 어슬렁어슬렁 팔짱 낀 채 나온 사람은, 무명 솜옷차림, 허리에 칼 한 자루 찔러 넣고, 야마오카山岡두건[84]을 쓴 수염투성이 지저분한 사내, 야지로 기타하치의 맞은편으로 돌아 앞을 가로막고 선다. 둘은 깜짝 놀라 벌벌 떨면서도,

야지 "이봐, 백주대낮에 무슨 용건이냐?"

그 남자 "아니, 술값 하게 한 푼 주십시오. 하하하하하."

기타하치 "난 또 뭐라고. 그걸로 한숨 놨다. 자, 1문[30円]."

야지 "괜시리 간을 콩알만 하게 만들어 쌌고. 화딱지 나게 하는 거지 새끼다."

투덜대면서 하라가와原川마을을 지나, 일치감치 나쿠리名栗라는 휴게소마을에 도착하였다. 여기는 꽃돗자리[85]를 짜서 팔고 있다.

• • •

83 동쪽에서부터 오면 사이다[細田]마을, 사와다[沢田]마을 순서임. 작가 잇쿠의 오기.

84 야마오카즈킨[山岡頭巾]: 정면에서 보면 삼각형으로 보이는 여행용 두건. 일반적으로 무사도 서민도 여행용으로 사용했으나, 가부키에서는 산적분장을 하는 데 이용함.

85 하나고자[花蓙]: 다양한 색으로 물들인 골 풀로 산수나 화초무늬를 짜낸 멍석.

** (30)

【도판27】《즈에図会》 **쓰치야마**

= 원작3편 하·후쿠로이에 도착하기 직전 에피소드를 늦게 차용.

(남자) "이놈 기다려! 이놈들 안 기다리면 혼날 줄 알아."

(야지?) "아이고 도둑일세."

(기타하치?) "이러니까 빨리 출발해선 안 된다는 거여."

길에 펼친 건/ 벚꽃 가지로 꽃이/ 핀 건가 했더니

각각의 사람들이/ 짠 꽃돗자리였네[86]

• • •

86 '길가에 펼친 것은 벚꽃 가지로 꽃이 핀 건가 했더니, 모두 각각의 사람들이 짠[꺾은] 꽃돗자리였네.' 교카 원문은 '道ばたにひらくさくらの枝ならでみなめいめいにをれる花ござ'.

후쿠로이 역참에서

머지않아 **후쿠로이**袋井[현재 시즈오카현 후쿠로이시] 역참에 들어섰는데, 길 양쪽 찻집 떠들썩하니 붐비고, 왕래하는 나그네 제각기 술을 마시거나 식사를 하고 있는 모습을 본 야지로베,

여기에 와선/ 오가는 나그네 배/ 또한 불룩해졌겠지
호테와 인연 있는/ 후쿠로이의 찻집[87]

• • •

87 '여기에 와서는 오가는 (나그네의) 배도 불룩해졌겠지, 지명조차 배불뚝이 호테[布袋]스님과 인연 있는 후쿠로이[袋井]의 찻집이므로.' 호테이[布袋]의 '테이'와 후쿠로이[袋井]의 '후쿠로'가 같은 뜻임을 이용. 교카 원문은 'こゝに來てゆきゝの腹やふくれけんされば布袋のふくろ井の茶屋'.

(31) 제27역참: 후쿠로이[袋井]

**《즈에図会》 후쿠로이

= 원작3편 상·후지에다의 에피소드를 늦게 차용
→ 앞 3편 상 본문에 게재.

1) 관서지방 사람과의 유곽논쟁

이 역참 외곽에서부터 관서지방 사람인 듯, 줄무늬桟留[산도메] 무명솜옷을 입고, 은 세공한 쇠붙이장식을 단 작은칼을 차고, 연한 남색 사라사羅紗[라샤]로 매듭 고리를 한 우비를 입은 남자, 종복 한 명 데리고 앞서거니 뒤서거니 하는데,

관서지방사람 "저기 당신들은 에도 사람 아이가?"

야지 "그렇소."

관서지방사람 "내도 매년 (에도에) 내려가는디, 에도는 대단히 번창한 곳이데이. 그 요시와라吉原 유곽에도 종종 가자고들 해서 주삼昼三[최고급유녀][88]이라던가 하는 여자를 샀는디, 항상 남들에게 초대되어 간께로, 얼마 들었는지 내는 모른데이. 당신들도 분명 사실 텐디, 그

• • •

88 화대가 3부[三分, 15万円]인 요시와라의 최고급 유녀.
당시 여행지의 일반적 매춘부 화대는 200문[6,000엔]. 1박2식의 숙박비 200문. 에도의 남

건 얼마나 드는데예?"

야지 "우리도 여자를 사다가 땅 다섯 군데 열 군데는 잃었는데 말이죠, 뭐 주삼昼三 정도라면 얼마 안 되죠. 음, 보통의 주삼昼三이라면 밤에만 살 경우 일 부 이 주一分二朱[=75,000엔],[89] 유녀 부르는 찻집에 일 부一分[=5만 엔], 예능인[게이샤]이 두 사람 한 조로 또 일 부一分[=5만 엔], 그리고 한 근 한 근이라도 주문하면 그 값이 이백二百文[6천 엔]씩 걸릴 뿐이죠."

관서 "한데, 내도 고급기생집大店이라면 여기저기 가 봤는디, 그 한 근 한 근이라 하는 것은 뭐꼬?"

야지 "그건, 술 한 근 안주 한 근이라고 해서, 기생집의 술은 (맛없어서) 마실 수 없으니까 따로 밖에서 주문하는 것을 말하네."

관서 "허어~ 내가 간 집에서는 그런 것은 없었는디. 그리고 맛없는 술은 전혀 내지 않았데이. 아주 좋은 술이었구만."

야지 "뭐랄까, 그건 마실 수 있는 술이라도 마실 수 없다고 해서, 따로 주문하는 게 에도 토박이 기질인 겨."

관서 "그리고 우리 지역에서는 모두 외상으로 하는디, 에도 기녀는 현금으로 사야 한다꼬?"

야지 "뭘, 에도에서도 수금꾼付け馬[90]을 데리고 돌아가기만 하면, 얼마든지 빌려 드립니다."

• • •

창화대는 一分金[5万円].

89 1부[5万円] 2주[二朱銀=25,000엔].

90 쓰케우마: 치르지 못하거나 모자라는 유흥비를 받으러 손님의 집까지 따라가는 사람.

관서 "하하하하하, 이거 자네는 고급기생집 손님이 아니구먼. 그 '수금꾼'이라던가 하는 것은 우리 가게 일꾼들 이야기로 들어서 알고 있습니다만, 주삼昼三[최고급유녀]을 사는 데는 (부자손님들이므로) 그런 것 있을 리 없데이."

야지 "없어도 말이야, 정말 우리는 (유곽 드나드는) 가마[91] 때문에[가마에 매일 타서] 엉덩이에 못이 박혔을 만큼 들락거렸다고. 아무렴 없는 말을 하겠소."

관서 "허어, 그럼 당신 단골은 어느 집이가?"

야지 "예 오키大木집[92]이요."

관서 "오키집의 누구고?"

야지 "도메노스케[93]요."

관서 "하하하하하, 그건 마쓰와松輪집[94]이제. 오키집에 그런 기녀는 없다 안 카나. 이 봐 당신 참으로 터무니없데이 터무니없어."

야지 "글쎄 그곳[오키집]에도 있습니다. 그렇지? 기타하치."

기타하치 "에잇, 아까부터 잠자코 듣고 있으려니, 야지 씨 당신 잘도 아는 체하네. 여자를 사러 가 본 적도 없는 주제에, 남 이야기를 주워듣고 입에서 나오는 대로 지껄여대다니, 창피스럽게시리. 동향인의 망신이라고."

야지 "이 등신아, 이 몸이라고 안 갔을까? 게다가 그때 너를 주홍 돈

• • •

91 요쓰테카고[四つ手駕籠]: 네 개의 대를 기둥으로 한 소형의 약식 가마.

92 요시와라의 고급기생집 '오우기집'[扇屋]을 비튼 명명.

93 요시와라 마쓰바집[松葉屋]의 명기 소메노스케[染之助]를 비튼 명명.

94 요시와라의 고급기생집 '마쓰바집'[松葉屋]을 비튼 명명.

우는 역할太鼓持ち[다이코모치]로 해서 데리고 갔잖아."

기타하치 "에라, 그 집주인 장례식 뒤풀이[95] 때 말이군. 헤헤~ 주홍 돋우는 역할로 데리고 갔다니, 기가 막히는군. 과연 2주二朱銀[=25,000엔, 최하급유녀의 화대]의 화대를 대접받은 대신, (이튿날 아침 요시와라의 귀갓길에) 무마미치馬道의 술집에서 모시조갯살무침[96]과 콩비지된장국으로 마신 술값은 모두 내가 냈지."

야지 "거짓말 마!"

기타하치 "거짓말일 리가~. 게다가 그때 당신 꽁치 뼈가 목에 걸려 밥을 대여섯 그릇 통째로 삼켰잖아."

야지 "바보소리 작작해라. 네가 다마치浅草田町[요시와라 왕래 길에 위치한 마을]에서 (뜨거운) 감주를 먹다가 입을 덴 건 말하지 않고."

기타하치 "에라이 것보단 당신, 둑日本堤土手八丁[요시와라 왕래 길에 위치한 제방]에서 괜찮은 종이쌈지지갑이 떨어져 있다고 (주우려다) 개똥을 움켜쥐었잖아. 망신살이 뻗쳤지."

관서 "하하하하, 거참 당신들은 참말로 칠칠치 못한 사람들이데이."

야지 "빌어먹을, 칠칠치 못하든 욕설을 하든[굽든 삶든][97] 상관 말고 내버려 두라고! 이러쿵저러쿵 잘도 나불대는 놈이여~."

• • •

95 장례식 귀갓길에 단체로 유곽에 들러 노는 것이 당시 서민의 풍습으로 저렴한 기생집을 고르기 마련이다.

96 누타: 잘게 썬 생선이나 조개를 파, 채소, 미역과 함께 초된장으로 무친 요리.

97 '야쿠타이데모[칠칠치 못하든]'를 받아서 유사음인 '야쿠타이데모[욕설을 하든]'로 연결하고 있음.

관서 “예에 이것 참 죄송합니다. 어디 먼저 갈까나.”

라고 간이 콩알만 해져, 서둘러 인사하고 발 빠르게 사라진다.

야지 “억울한지고. 너희 놈들에게 한방 크게 먹었다. 하하하하하.”

미쓰케 역참에서

1) 순박한 농부마부

이런 이야기를 하는 사이, 미카노三ヶ野다리를 건너 오쿠보大久保언덕도 지나, 벌써 **미쓰케**見付[현재 시즈오카현 이와타시] 역참에 이르렀다.

기타하치 "아아~ 녹초가 됐다. 말이라도 탈까?"

마부 "그녀들 말 필요없으십니꺼? 지들은 부역[98] 나온 말들인디, 빨리 돌아가고 싶으니께 싸게 가지라. 자, 타시라요."

야지 "기타하치 안 탈래?"

기타하치 "싸면 타지라~."

말 교섭이 성립되어, 기타하치 여기서부터 말에 탄다. 이 마부는

---

98 스케고[助郷]: 역참에 말과 인부가 부족할 때 역참인근 마을에서 차출하여 그것을 보충부담하도록 정해 놓는 부역제도.

(32) 第28역참: 미쓰케[見付]

《즈에図会》 미쓰케

= 원작2편 상·미시마의 에피소드를 늦게 차용

→ 앞 2편 상 줄거리에 게재.

부역으로 불려 나온 농부라서 정중하다.

야지 "이보게 마부님, 여기에서 덴류天竜川로 가는 지름길이 있잖은가?"

마부 "네, 저기서부터 위로 올라가시믄 1리[약 4킬로미터] 정도는 가까워지시지라."

기타하치 "말은 지나지 않나?"

마부 "아니요, 걸어갈 수밖에 없으시지라."

여기서 야지로는 혼자 지름길 쪽으로 돌아간다. 기타하치 말에 타서 본래의 길을 가는데, 벌써 가모가와강加茂川다리를 건너 니시사카西坂의 **사카이마쓰**境松 휴게소마을에 들어선다.

찻집여자 "쉬다 가시라요~ 쉬다 가시라요~."

노파 "특산품 팥빵 사시라요~."

마부 "할매, 요상한 날씨구만요."

노파 "빨리 돌아오셨습니다. 방금 신타新田마을의 형이 함께 가려고 기다리고 있었는디. 여보게 여보게, 요코스카横須賀[현재 大須賀町]마을의 큰어머니께 전해 주게나. 도락사道楽寺[방탕절][99] 님의 설법이 있으니께 놀 겸 오라고 전해 주게~."

마부 "네네~ 또 머지않아 오지라. 워~워~."

기타하치 "이 말은 조용한 말이네."

마부 "암컷입니다."

기타하치 "과연 탄 느낌이 좋군."[100]

마부 "나리~ 에도 어디에 사시는감요?"

기타하치 "에도 혼마치本町."[101]

마부 "허어 좋은 곳이죠. 지도 젊었을 적 영주님을 따라서 갔었는디, 그 혼마치라는 곳은 모두 엄청나게 큰 상인만 있는 곳이지라."

기타하치 "암, 그렇지. 우리 집도 식구가 칠팔십 명 정도 되는 살림이지."

마부 "거 참 굉장하시구먼요. 부인께서 밥 짓기도 허벌나시겠습니더. 에도에서는 쌀이 얼마나 한다요?"

기타하치 "뭐 한 되 두 홉, 좋으면[좋은 쌀이면] 한 홉 정도일까."

마부 "그건 얼마에?"

기타하치 "당연히 백[3천 엔]이지."

마부 "허어~ 혼마치의 나리가 쌀을 백 문씩(밖에 안) 사신다고라?"

기타하치 "뭐? 당치도 않은 말을. 수레로 사들이지."

• • •

99 道楽寺 즉 '방탕절'이라고 장난스럽게 이름 붙인 가공의 사찰.

100 외설적 농담.

101 에도의 메인스트리트 중 하나로 현재의 니혼바시[日本橋] 주변임.

마부 "그라모 냥으로 얼마나 한다요?"

기타하치 "뭐 한 냥[20만 엔]에 말인가? 아아 이렇지. 2·1천작天作의 8[102] 이니까, 2·5의 10, 2·8의 16으로 편지 보내져서 4·5의 20으로 허리띠 풀지 않는다[103]고 보면, 무간無間의 종의 (한 냥에) 세 말 여덟 되 칠 홉 오 작 정도나 할까."

마부 "허어~ 왠지 에도의 쌀집은 어렵구만요. 지는 모르겄시라."

기타하치 "모를 테지. 나도 (계산을 잘) 모르겠네. 하하하하하."

이야기하는 사이에 머지않아 **덴류**天竜川에 이르렀다. 이 강은 신슈의 스와信州諏訪[현재 나가노현]호수로부터 시작되는데, 동쪽 강물은 큰 덴류, 서쪽은 작은 덴류라고 하여, 배로 건네주는 큰 강이다. 야지로 여기서 기다리다가 합류하여 함께 이 나루터를 건너면서,

> 상류는 구름/ 그로부터 시작된/ 용 비늘 같은
> 파도 용솟음치는/ 덴류 강은 용 같네[104]

배에서 내려 휴게소마을에 들어선다. 여기는 에도까지도 60리, 교토까지도 60리로, (동해도) 절반의 지점이라서 **나카노마치**中の町[중간마을]

• • •

102 주판으로 나눗셈을 할 때의 구호 '2,1천작의 5'를 잘못 말함.

103 인형극 『히라가나 성쇠기』 제4단에서, 기녀 우메가에가 3백 냥이 필요하여 무간의 종을 흉내내어 세숫대를 치려고 하는 반주 음악으로 '2,8,16으로 편지 보내져서, 2,9의 18로 그만 그 마음, 4,5의 20이라면 일생에 한 번(밖에), 저는 허리띠 풀지 않는다'를 이용, 얼버무리면서 엉터리로 쌀값을 말하고 있음.

104 '상류는 구름(처럼 높은 곳)에서 시작되어 (용의) 비늘 같은, 파도가 용솟음치는 덴류[天竜]의 강(은 이름처럼 실로 하늘의 용과 같도다).' '용'의 연상어인 '물, 구름, 비늘, 파도, 용솟음

▲ 두 줄기의 덴류가와강.

鴨長明

라고 한다고 한다.

> 유녀 행진용/ 나막신이 아니라/ 짚신을 내건
> 찻집에 끊임없는/ 나카노마치 손님[105]

• • •

치다'를 나열, 이용한 교카. 원문은 '水上は雲より出て鱗ほどなみのさかまく天龍の川'.

105 '요시와라유녀의 행진[道中](용 굽 높은 나막신)이 아니라 (여행용)짚신을 내건, 찻집에 끊이지 않는 (요시와라나카노초와 여기) 나카노마치의 손님.' 道中: 요시와라의 주삼[昼三]과 같은 최고급유녀가 손님이 기다리는 찻집까지 나카노초[中之町] 거리를 차려입고 수행원들을 거느리고 행진하는 의식. 中之町: 요시와라의 중앙 메인스트리트. 교카 원문은 'けいせいの道中ならで草鞋がけ茶屋にとだへぬ中の町客'.

10

하마마쓰 역참에서

1) 사찰요리만 나오는 여관

그로부터 가얌바萱場, 약시신덴薬師新田을 지나, 도리이마쓰鳥居松가 가까워졌을 무렵, **하마마쓰**浜松[현재 시즈오카현 하마마쓰시]의 여관호객꾼 마중 나와서,

여관호객꾼 "저기요 여러분, 묵으실 거라면 (저희) 여관 부탁드립니다."

기타하치 "이쁜 색시[매춘부]가 있으면 묵읍시다."

여관호객꾼 "꽤 있습니다."

야지 "묵을 테니 밥도 먹여 주나?"

여관호객꾼 "드리고말고요."

기타하치 "이봐 반찬은 뭘 먹게 할 텐가?"

여관호객꾼 "예, 이곳 특산품 참마라도 드립지요."

기타하치 “그게 대접(에 담는 기본)요리인가. 그것만은 아니겠지.”

여관호객꾼 “예, 거기에다 표고버섯 쇠귀나물 같은 것을 곁들여서….”

기타하치 “두부된장국에다, (또) 곤약과 으깬 두부를 버무린 게 나오려나.”

야지 “뭐 가볍게 먹어 두는 게 좋겠지. 그 대신 (법요 끝나는) 백 일째는 선심 좀 쓰게.”[106]

여관호객꾼 “이것 참, 색다른 말씀하시네요[말씀을 잘하시네요]. 하하하하하. 헌데 벌써 다 왔습니다.”

야지 “어럽쇼. 벌써 하마마쓰인가. 의외로 빨리 왔는데.”

> 후딱후딱/ 걷다보니 나그네/ 그 옷에 쏴쏴
> 세차게 불어대는/ 하마마쓰 솔바람[107]

2) 안마사의 무서운 이야기

여관호객꾼 먼저 달려 나가, “자 자, 도착하셨습니다~.”

• • •

106 호객꾼이 채소류 반찬만 늘어놓으므로 사망 후 100일간 치르는 법요의 정진요리라고 놀려, 마지막 날인 백 일째는 요리를 푸짐하게 대접하는 관습대로 해 달라는 뜻.

107 ‘후딱후딱 걷다 보니 나그네 옷에, 쏴쏴 세차게 불어대는 해안가 솔바람(에 불려오듯이 浜松역참에 빨리 도착하였네).’ 서둘러 걷는 의태어 ‘삿삿’[후딱후딱]과 솔바람이 세차게 부는 의성어 ‘삿삿’[颯颯, 쏴쏴], 해안가소나무‘浜松’와 지명‘浜松’을 동음이의어로 이용. 교카 원문은 ‘さつさつとあゆむにつれて旅衣ふきつけられしはままつの風’.

여관주인 "어서 오십시오. 어이, 오산[하녀의 통칭]아~ 차하고 더운물!"

야지 "아니 발은 그다지 더럽지 않소."

주인 "그럼 바로 목욕하시지요."

기타하치 "(시신 씻는) 탕관장소[108]는 어디지? 야지 씨, 뭐 먼저 해치우게."

야지 "(먼저 죽으라니) 얄미운 말을 하는 녀석일세. 네놈 먼저 들어가!"

여관여자 "이쪽으로 오세요."

라고 곧 욕탕으로 안내한다. 이 사이 짐도 객실로 옮기게 하고, 야지로베 안으로 (안내되어) 들어가니,

환전상 "예, 환전은 괜찮으십니까?"[109]

안마사 "안마치료[마사지] 받지 않으시렵니까?"

야지 "잠깐! 주물러 주시게나. 어? 자네 눈이 있네?"

안마사 "예, 다행히도 한쪽은 잘 보입니다. 십년 전쯤에 풍안風眼[농루성 결막염]인가 뭔가 하는 거에 걸려서 두 눈 다 못쓰게 됐었습니다만, 그 후 여러모로 치료를 해서 겨우겨우 요새 왼쪽이 좋아졌습니다."

야지 "오랜만에 눈을 뜨니, 모두 모르는 사람 투성이지?"

안마사 "그렇지라."

야지 "보이지 않는 쪽도 열심히 치료하시게. 낫기만 하면 보이는 법

• • •

108 장례식 때 절에서 시신을 관에 넣기 전에 더운물로 씻는 장소. 앞선 호객꾼과의 대화를 받아서 목욕탕을 비유한 것.

109 금화는 무사, 은화는 상인, 동전은 서민의 주력화폐였으나, 이 세 종류 화폐의 시세가 시기마다 복잡하게 변했으며, 하마마쓰와 같이 지역돈[藩札]이 유통되는 경우도 있었으므로 환전상이 많았다.

이니까.[110] 헌데 기타하치! 물은 어땠냐?"

기타하치 목욕을 끝내고 나오며, "아아~, 물이 좋~던데. 너무 뜨거워서 몸이 거의 홍백 끈水引[111]처럼 됐네[반은 하얗고 물에 담근 반은 붉게 됐네]."

여자 "예, 밥상 올리겠습니다~."

여기에 상도 차려지고 여러 가지 있었지만 생략한다. 이윽고 식사도 끝나고 야지로도 욕탕에 갔다 와서,

야지 "자, 안마사님, 주물러 주게. 야~ 근데 아까 욕실에서 보니까, 이 집 안주인인지 모르겠네만 환자인 듯 흐트러진 모습이던데, 꽤 인물이 곱더라고."

안마사 "그건 미치광이입니더."

기타하치 "미치광이어도 (미인이면) 상관없지 뭐."

안마사 "아니 들어 보십쇼. 이제 염불이 시작되지라."

얼마 안 있어 부엌 쪽에서 째앵~ 째앵~ 징소리와 함께 (일동 둥글게 앉아 큰 염주를 돌리며 나무아미타불) 백만 번 외는 염불이 시작된다.

안마사 "것 보십쇼. 저 미친 분은 이 집 하녀였는데, 어쩌다 주인이 손을 대었지라. 그란디 안주인이 지독한 질투장이라서 저 여자를 때리고 치고 하다가 마침내 쫓아냈지요. 어쨌든 주인은 불쌍히 여겨 그로부터 밖에 첩살림을 차렸는데, 안주인은 더욱더 시끄럽게 굴다가 이윽고 (스스로) 미쳐서 목을 매 죽고 말았습니다. 그러자

• • •

110 당연한 것을 말하는 골계.

111 미즈히키: 선물의 포장지나 봉투 등에 매어 장식하는 흰색과 붉은색 끈.

또 주인은 얼씨구나 하고 저 여자를 집으로 데려오자, 그날 밤부터 안주인의 유령이 씌어서 저 여자가 또 안주인처럼 미치광이가 되었지라. 그라서 저렇게 매일 밤 백만 번 염불을 외고 있습니다."

라고 소리죽여 말하자, 야지로 기타하치 입심은 좋아도 본디 겁쟁이인지라,

기타하치 "뭐라고? 유령이 씌었다니, 이 집에 그 유령이 나오나?"

안마사 "나오고말고라."

야지 "거짓말 작작해라!"

안마사 "아따, 거짓말 아니랑께요. 매일 밤 이 집 지붕 위에 흰 것이 서 있는 것을 본 사람이 있어라."

기타하치 "야~이것 참, 말도 안 되는 곳에 때마침 묵게 되었네[숙소에 걸려들었네]~."

안마사 "게다가 그 안주인이 목을 매달았을 때의 안색이란 게 말입죠, 눈알을 딱 부릅뜨고, 퍼런 콧물을 흘리며 이를 악 물고… 정말! 살아 있는 듯한 얼굴이었지라."

기타하치 "그건 어디서?"

안마사 "또 그게 당신 뒤에 있는 툇마루에서."

기타하치 "야아~ 이거 참 감당 못 하겠군. 어쩐지 목덜미[등골]가 오싹해지네."

야지 "공교롭게도 부슬부슬 비가 내리기 시작했네. 한심스럽군."

안마사 "오늘 밤 같은 때는 꼭 나올 듯하지라."

기타하치 "야 여봐 안마사양반, 이제 돌아가 주시오."

야지 "또 저 (염불 외며 당목으로) 두드리는 징소리 때문에 갑절로 음

침해지는 것 같으이."

기타하치 "여하튼 간에 몹쓸 여관을 잡았네."

안마사 "에라 겁쟁이 분들이시군, 하하하하하."

야지 "이제 끝인가? 기타하친 어때?"

기타하치 "난 이제 잘 껴."

안마사 "안녕히 주무십시오."

안마사는 작별을 고하고 일어서 나간다.

3) 잠 못 이루는 밤에 유령 출몰!

어느새 여종업원 침구를 꺼내어 잠자리를 펴고 간다. 둘 다 여느 때와 달리 익살도 잡담도 나오기는커녕, 그저 뒤척뒤척 잠을 못 이룬다.

야지 "에이, 차라리 기타하치야 지금부터 출발하지 않을래?"

기타하치 "뭐? 당치도 않은 소릴 하네. 아까 이야기로 무서워서 어떻게 밤길을 걸을 수 있겠냐고."

야지 "또 왠지 이 집은 그저 넓기만 하고, 사람이 적어서 으스스한 집이여."

라며 눈만 깜박거리고 있으려니, 쥐가 천장을 달리는 소리, 달그락 달그락 달그락, "찍찍찍찍~."

기타하치 "젠장, 쥐까지 (우리를) 보바[바보][112] 취급 해대서 오줌을 싸네."

야지 "그 쥐가 부럽다~. 난 아까부터 오줌을 누고 싶어도 참고 있는데. 앗, 뭔가 부드러운 것이 발에 닿았다!"

기타하치 "뭐야? 뭐야?"

고양이 "야~옹."

야지 "이 빌어먹을 새끼! (저리가) 쉿~ 쉿~."

백만 번 염불의 징소리 '쨰앵~.' 처마에 떨어지는 빗방울 '뚜욱 뚜욱~.' 마침 그때 미아를 찾는 소리, "길 잃은 조타長人야아~ 쨰쨰쨰쨰쨍~."

둘 다 이불 속으로 기어들어간다. 기타하치 이불 소맷자락[113] 사이로 엿보며, "어떤가 야지 씨, 아직 살아 있냐?"

야지 "나무아미타불, 나무아미타불~. 아아 헌데 난처한 일이여. 이제 오줌을 지릴 것 같아."

기타하치 "서로 고생한다."

야지 "어때, 큰맘 먹고 같이 갈까."

기타하치 "덧문을 열고 해치우자."

라고 둘이 함께 조심조심 일어나서, 살금살금 장지문을 열고,

기타하치 "어서, 야지 씨."

야지 "아니, 너 먼저."

기타하치 "뭐가 나온다고."

라며 덧문을 쓱 열었는데, 마당 한구석에 뭔가 흰 물체가 허공에 둥

• • •

112 '바보'에 해당하는 '바카'를 '카바'라고 거꾸로 말해서 강조했음. 당시 유행어.

113 요기[夜着]: 당시 이불은 소매까지 달린 옷 모양의 이불이 일반적이었음.

▲ 기절한 야지.

실~. 기타하치 '으악!' 하고 쓰러진다.

야지 "아이쿠 무슨 일이야, 무슨 일?"

기타하치 "무슨 일이기는커녕, 저걸 봐."

야지 "저거라니?"

기타하치 "흰 것이 서 있어. 그리고 허리부터 아래가 안 보여."

야지 "어디 어디?"

떨면서, '무서운 것은 오히려 보고 싶다'고 넛문 밖을 살짝 엿보고 이 또한 으악! 하고는 객실로 기어 들어와 쓰러진다.

기타하치 "여봐, 야지 씨! 왜 그래? 어이~ 야지 씨!"

이 소란에 내실로부터 주인 달려온다. 이 모습을 보고 갖가지 간호를 해서 겨우 야지로 제정신이 드니,

주인 "어허~ 무슨 일이신지?"

기타하치 "야아~ 소변 보러 갔는데, 저기에 뭔가 흰 물체가 있었다고. 그래서 보시는 바와 같이. 겁쟁이라니까."

주인 툇마루에 나가 이것을 보고, "아니 저건 속옷襦袢[114]입니다. 이봐 이봐~ 오산아! 오산아! 날이 저물었는데 왜 또 빨래를 걷지 않는 게냐? 게다가 아까부터 빗방울이 떨어지기 시작했는데, 칠칠맞은 여자들이라니까. 그런데 이것 참 딱하게 되셨습니다."

야지 "뭘, 우린 무섭다는 걸 모르는 사람들인데, 왠지 오늘밤은 어쩌다 기분이 안 좋았나 보네."

• • •

114 쥬반: 맨몸에 직접 입는 짧은 홑옷.

(33) 제29역참: 하마마쓰[浜松]

【도판28】《즈에図会》하마마쓰
= 원작3편 하·하마마쓰의 에피소드

(야지?) “아이고 용서해 주십시오.”

(기타하치?) “저희는 아무런 원망 받을 일을 한 적이 없소. 나무아미타불 나무아미타불 나무아미타불 나무아미타불, 비나이다 비나이다 비나이다, 뿡밭 뿡밭 뿡밭 뿡밭 뿡밭.”

주인 "예, 안녕히 주무십시오."

라고 내실로 간다.

야지 "에이 억울해라. 완전 간 떨어질 뻔했네."

겨우 진정하고 툇마루에 나가보니, 과연 여종업원이 속옷을 걸고 있다. 둘 다 소변을 보고 객실로 돌아가 이불 뒤집어쓰고는,

> 유령이 아닌/ 뜻밖의 빨래 속옷/ 법력이 아닌
> 풀이 빳빳한 것을/ 무섭게 여겼도다[115]

비로소 웃음도 나오고 진정되어 사르르 선잠이 들었는데, 얼마 안 있어 집집마다 우렁차게 울어대는 새벽녘 닭 울음소리. 일찍 출발하는 말방울 소리 '짤랑짤랑.'

마부의 노래 *"밤에 오신다면 말이야~, 뒷문으로 오시요오♪~*
문지도리로 여닫는 앞문은, (끽끽) 소리가 난다오♪~"

말 '히잉 히잉~.' 까마귀가 판자지붕을 쪼는 소리 '콕 콕 콕 콕.'

야지 "벌써 날이 새었나."

기타하치도 같이 일어나니, 이윽고 부엌에서 밥상도 나와 서둘러 식사를 마치고 출발한다.

• • •

115 '유령이라 생각했는데 뜻밖의 빨래 속옷, 법력[노리]이 아니라 풀[노리]이 빳빳해서[고와쿠] 무섭게[고와쿠] 여겼도다.' 즉, '유령이 백만 번 염불의 법력을 무서워한 것이 아니라, 반대로 속옷에 먹인 풀이 빳빳해서 유령으로 보여 무서웠다'는 뜻. '노리'를 '법력[法力]'과 '풀[糊]', '고와이'를 '무섭다[怖い]'와 '빳빳하다[強い]'의 동음이의어로 이용. 원문은 'ゆうれいとおもひの外にせんだくのじゆばんののりがこわくおぼへた'.

이 역참에 있는 스와명신諏訪明神 신사를 배례하며,

매실장아찌/ 마냥 신 스와신사/ 라고 하니까
신이여 지켜 주오/ 주름 생길 때까지[116]

4) 모란경단과 소리개

이리하여 와카바야시若林 마을을 지나 **시노하라**篠原 마을 입구에서,

기타하치 "어, 맛있어 보이는 모란경단[보타모치][117]이 있네. 어디 보자, 할머니! 하나 주시구려."

선 채, 가게 앞에 있는 모란경단을 집어 입에 넣었더니 (단단해서) 딱! "아이쿠 이건 못 먹겠네."

할멈 "그건 모란경단 모양을 한 간판(모형)이다 아입니꺼."

기타하치 "와~ 정말 나무로 만든 거였네. 그럼 그렇지, 딱딱할 수 밖에."

할멈 "얼마나 드립니꺼?"

• • •

116 '매실장아찌처럼 신[슷파이] 스와신사라고 하니, (신이시여) 지켜 주소서 (매실장아찌 같은) 주름이 생길 때까지.' '스와신사'의 '스와'와 유사음인 '슷파이[시다]', 신 것은 매실장아찌, 주름진 매실장아찌 모습에서 '주름'을 결부시킨 교카이다. 원문은 '梅干のすはのやしろときくからにまもらせたまへ皺のよるまで'.

117 보타모치[牡丹餅]: 쌀밥을 짓이겨 만든 경단에 삶은 팥알을 묻힌 떡. 그 모습이 붉게 핀 모란꽃과 닮기에 붙은 이름.

기타하치 "뭐 세 개 정도 주게."

돈을 내고 모란경단을 먹으면서 부른다.

기타하치 "어어~이, 어어~이, 야지 씨, 야지 씨!"

야지 "뭐냐? 맛있는 거면 좀 줘라."

기타하치 "엄청나게 맛있어."

야지 "어디, 하나."

기타하치 "아니, *그러고 보시~게나~*"

라고 (연극조로 말하며) 손바닥에 얹어 높이 들어 올리자, 소리개가 날아와 얼른 채간다.

야지 "하하하하하."

기타하치 "억울해라~. 이 근방 소리개는 전부 술 못 먹는 (그래서 단 걸 좋아하는) 놈들인가 보네."

라고 원망스레 하늘을 쳐다보며,

> 어이없어서/ 벌어진 입 다물지/ 못했는데도
> 코를 베 낙담케 한/ 소리개가 얄밉네[118]

• • •

118 '(나무 경단을 먹고 어이없어서) 벌어진 입이 다물어지지도 않았는데, (진짜 경단으로는) 코를 베 간[꼭뒤를 질러 낙담케 한] 소리개가 얄밉도다.' 교카 원문은 'あいた口ふさがれもせぬそのうへにはなをあかせしとびのにくさよ'.

마이사카 역참에서 아라이까지

1) 뱃길 뱀 소동

곧 하스누마蓮沼 쓰보이坪井마을을 지나, **마이사카**舞阪[현재 시즈오카현 마이사카초] 역참에 다다랐다. 여기서부터 아라이新居까지 해상 1리[약 4킬로미터],[119] 객선을 타고 건넌다.

참으로 여행 중의 허물없음으로 인하여 배 안에서는 제각기 잡담이다. 고성으로 이야기를 나누고 웃고 떠들어대며 흥겹게 가는 사이에 어느덧 절반정도 건넜다. 동승한 손님들도 이야기에 지쳐 각자 버들고리 짐에 팔꿈치를 올려놓고 말뚝잠을 자는 이가 있는가 하면, 또 여기 경치에 넋을 잃고 바라보며 그저 묵연히 있는 이도 있다.

• • •

119 마이사카에서 아라이까지, 이마기리나루터로 하마나 호수의 하류를 건넌다. 배가 출도착하는 이마기리나루터는 호수가 바다와 이어지는 곳이다. 따라서 해상이라고 했음.

이 동승한 사람 중에 나이가 약 쉰 살 정도로 보이는 수염 덥수룩하니 지저분한 아저씨, 여기저기 때가 묻어 더러워진 무명솜옷을 입었는데, 무엇을 잃어버렸을까, 졸고 있는 사람들의 무릎 밑을 더듬거리고, 또는 가선 두른 거적을 들어 올려 계속 물건을 찾아다니다가, 야지로의 소매 아래까지 더듬어댄다. 야지로 그 손을 붙잡고,

야지 "이봐, 넌 뭐냐? 사전양해도 구하지 않고 남의 소맷자락을 뒤적거리다니, 뭐할 작정이여?"

그 아저씨 "예, 용서하이소. 지는 예 쪼메 없어진 게 있다카이."

기타하치 "당신 없어진 게 있다면 사전양해를 구하고 찾는 게 좋지. 이 배 안에서 아무데도 갈 데 없잖아. 뭐야? 담배쌈지가? 담뱃댄가?"

아저씨 "아이다, 그런 게 아니라카이."

기타하치 "아니 그럼 동전인가? 돈인가?"

아저씨 "아이다, 안 찾아도 됐데이."

야지 "안 찾아도 되는 거라면, 사람이 졸고 있는데 그 사이를 비집고 다니며 뒤적거릴 건 없잖아!"

승객일동 "어서, 뭐가 안 보이지? 말하시오. 이 안에서 물건이 안 보여서는 꺼림칙하지."

아저씨 "아이다, 고마 됐데이."

야지 "글쎄, 됐다로 끝날 일이 아니라니까. 뭐가 안 보이는데요?"

아저씨 "예에, 그럼 말씀드리제. 모두 깜짝 놀라지들 마이소."

기타하치 "하하하하하, 당신이 물건을 잃어버렸다고 해서 어느 누가 깜짝 놀랄라구요."

야지 "뭐가 안 보이는데요?"

아저씨 "네, 뱀이 한 마리 없어졌데이."

기타하치 "아이고~ 아이고~, 황당한 소릴 하는 작자일세. 뱀이라니 무슨 뱀인데?"

아저씨 "무슨 거냐면 살아 있는 뱀이라니께요."

승객 "아이고~ 아이고~ 아이고~."

야지 "으와~ 네놈도 얼토당토않은 것을 갖고 왔군. 뱀을 글쎄 뭐에 다 쓰려고?"

기타하치 "이거 참 오싹한 게 기분 별로네. 이 근처에는 없나?"

라고 서서 떠들어대니 배안의 사람들 전원 일어서서 떠들어대며, "앗, 이 뱃바닥 널빤지 밑에 뱀이 또아리 틀고 있어! 저런 봐라~ 그쪽으로 갔다! 에이 것 참 징그럽네. 저것 봐, 저것 봐, 고리짝明け荷 밑으로 기어들어갔어. 이것 참, 어처구니없는 작자와 같이 탔네."

배 안은 위를 아래로 뒤엎은 듯 온통 난리법석, 대소동이다. 그 아저씨 고리짝을 치워 버리고는 뱀을 아주 쉽사리 잡아 다시 품속에 집어넣는다.

기타하치 "이봐 이봐 당신 턱없는 짓을 하네. 그걸 품속에 넣어 두면 또 기어 나오지. 바다에 다 내팽개쳐 버리라고!"

아저씨 "아이다 글씨, 그건 안 된데이. 지는 예, 사누키讃岐[현재 가가와현]의 곤피라金毘羅님에게 참배 가는 사람이지라. 도중에 여비가 바닥나 어쩔 방도가 없었는디, 길에서 이 뱀을 잡은 것을 다행으로 뱀 곡예를 보여 1문씩 받으면서 가는 길잉께, 이거는 지 장사 밑천입니데이."

야지 "아니, 아무리 자네의 장사 밑천이라 해도 뱀을 갖고 있는 사람과 어떻게 함께 탈 수 있겠나? 어이, 사공나리! 왜 이런 작자를 배에 태웠나?"

뱃사공 "예이, 저희도 설마 저 사람이 뱀을 갖고 있을 줄은 몰랐어라."

승객 "이봐, 아저씨나리! 이러쿵저러쿵 잔말 말고 중과부적[소수가 다수를 이길 수 없는 법]이다, 빨리 내팽개쳐 버리게."

아저씨 "아니, 싫다. 안 된데이."

기타하치 "안된다면 너도 같이 바다에 처넣어 버릴 건데, 어떡할래?"

아저씨 "그려? 받아 주지. 빠뜨릴 수 있으면 빠뜨려 보드라고. 지에게도 주먹이란 게 있다카이."

기타하치 "에잇 이 아저씨놈 뻔뻔스럽기 짝이 없군."

기타하치 덤벼들어 그 아저씨의 멱살을 잡자, 품속에서 뱀이 머리를 쑤욱 내민다. 기타하치 '으악~' 하며 홱 물러선다. 이어서 나선 야지로, 담뱃대로 아저씨를 한대 먹였다. 아저씨 화를 내며 야지로를 움켜잡자, 배안 사람들 모두가 뜯어 말리는 사이, 또 그 뱀이 아저씨의 소매로부터 떨어져 꿈틀대니,

일동 "봐라 또 나왔다. 때려잡아, 때려잡아!"

기타하치 자기의 작은칼 칼집 끝의 쇠붙이로 잽싸게 뱀 머리를 누른다. (그러자) 뱀이 그대로 칼집에 휘감긴 것을 살짝 바다에 내던지려는 찰나, 손이 미끄러져 칼도 함께 바다에 팽개쳐지니, 뱀은 파도에 휘말려 보이지 않는다. 칼은 죽도竹光[120]이기에 떠서 흘러간다. 기타하치 체면을 구기고 기가 죽어 있자 아저씨도 이로써 화가 풀린다.

승객일동 "아아~ 이걸로 마음이 놓이는군. 그런데 딱하게 된 건 당신 허리춤의 것이구려."

아저씨 "내는 이 나이가 되지만서도, 칼이 떠내려가는 것을 처음 본다 안 카나?"

기타하치 "젠장, 아량이라고는 눈곱만치도 없는 좁쌀영감놈일세. 오슈 고로모가와강奧州衣川에서 벤케이弁慶가 오도 가도 못 하고 있었을 땐,[121] (그 무거운 긴) 칼도 갑옷도 떠내려갔다고."

아저씨 "하하하하하, 이것 참 예, 가소롭기 짝이 없어서 옆구리가 아파 온다카이. 『야나기다루』柳多留[122]라는 책에 '고로모가와, 작은 나무망치만 떠내려가네' 라는 센류川柳[123]가 있데이. 벤케이가 차고 있던 허리춤의 것은 쇠로 만든 것이라 떠내려 갈 리가 없지라."

기타하치 "에잇, 말하게 놔두니까 잘도 나불대네~. (늙었으니 죽을 때가 됐는데) 뒈지지 않고 살아있는 영감탱이가! 후려갈겨 주마!"

또 일어서서 덤벼드는 것을 야지로 말리며,

야지 "기타하치, 이제 적당히 해. 같이 탄 손님들에 대한 체면도 있지. 진정하라고 진정해."

이를 달래는 사이 배는 벌써 아라이新居[현재 시즈오카현 아라이초] 역참에

• • •

120 대나무로 만든 칼.

121 오슈[현재의 이와테현] 후지와라 씨의 도움으로 고로모가와의 저택에 피신해 있던 미나모토노 요시쓰네가 형 요리토모 부하들에게 공격을 당하여 멸망했을 때, 요시쓰네의 부하인 무사시보 벤케이가 고로모가와 강 중간에서 앞뒤가 막혀 꼼짝달싹 못 했다는 전설.

122 『誹風柳多留』: 가라이 센류 이후 이 유파의 스승들이 편집한 센류집.

123 센류[川柳]란 하이쿠와 같은 형식인 5,7,5의 3구 17음으로 된 짧은 시. 구어를 사용하고 세태 풍속을 풍자와 익살을 주로 하여 묘사하는 것이 특징임.

(34) 제30역참: 마이사카[舞阪]

【도판29】《즈에図会》 마이사카
= 원작3편 하·마이사카의 에피소드

(기타하치) "이놈[뱀]은 해치웠다."
야지 "뱀은 떠내려 보내도 되지만 칼을 함께 떠내려 보내다니 재미 겁게 있군."
승객들 "칼이 뜨는 것은 처음 보았네. 그럼 죽도이구먼, 아하하하 아하하하~."

가까워진다.

뱃사공 "자~자~, 관문 앞입니다. (관문에서는 얼굴을 보여야 하니) 삿갓을 벗고, (배에서 넘어지지 않도록) 바로 앉으시라요. 자, 자, 선착장에 닿습니다."

승객 "아이고, 탈 없이 도착해서 축하할 일이네 축하할 일이여."

곧 배는 아라이의 바닷가에 도착했으므로 승객 모두 배를 내려 관문을 통과한다. 야지로 기타하치도 배를 내려,

마이사카를/ 배 타고 떠난 것이/ 지금쯤인데
눈 깜짝할 틈 없이/ 아라이에 왔도다[124]

그건 그렇고, 허리춤에 찼던 것이 떠내려간 것은 전대미문의 이야깃거리라고 스스로 웃으면서 기타하치,

대주걱 아니/ 죽도를 버려 버린/ 사나이 체면
식충이라는 말도/ 더 이상 안 듣겠지[125]

• • •

124 '마이사카 이마기리[今切]를 배를 타고 떠난 것이 지금[今]이라고 생각했는데, 눈 깜짝할 사이도 없이[아라즈] 아라이[新居]에 도착했네.' 앞 단어의 끝말과 뒷 단어의 앞말을 이중으로 연결한 교카. 원문은 '舞坂をのり出したる今切とまだゝくひまもあら井にぞつく'.

125 '대나무주걱 같은 죽도를 버리는 바람에 사나이 체면(을 떨어뜨렸지만), 식충이[밥뭉개기]라는 말도 더 이상 안 듣겠지.' 밥벌레, 식충이에 해당하는 '고쿠 츠부시'는 직역하면 '밥뭉개기'이다. 밥을 뭉개 풀을 만들 때 사용하는 대나무주걱을 죽도의 연상어로 이용. '죽도 아니, 대주걱이 없어졌으므로 '밥뭉개기'라는 험담조차 더 이상 안 듣겠지'라는 뜻. 교카 원문은 '竹篦をすてゝしまひし男ぶりごくつぶしとはもふいはれまい'.

그로부터 둘은 이 아라이역참에서 술잔을 주고받으며 다리를 쉬었다.

東海道中膝栗毛

『동해도 도보여행기』

4편

1805년 정월 간행

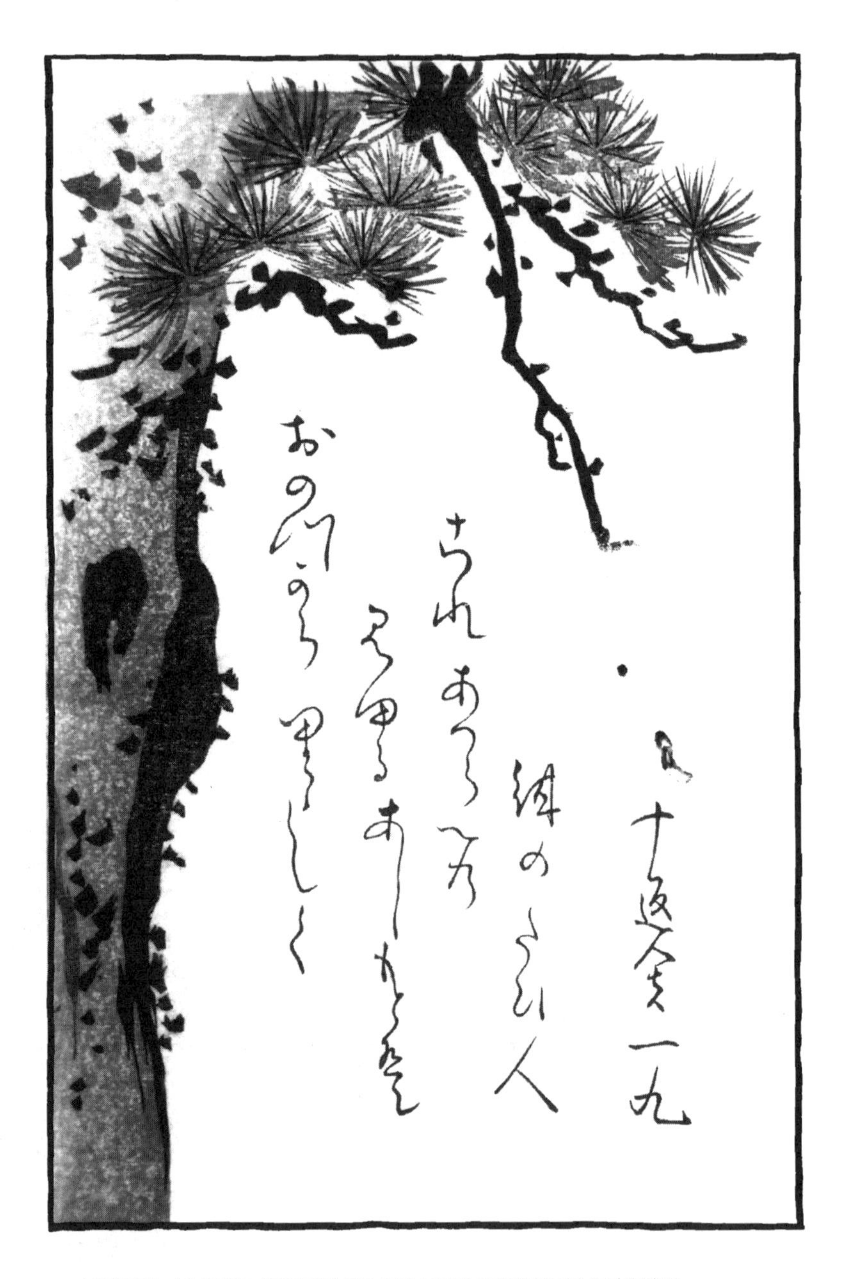

▲ 서두그림: 소나무(소나무줄기에 엷은 먹빛 그라데이션이 있으면 초판초쇄본).

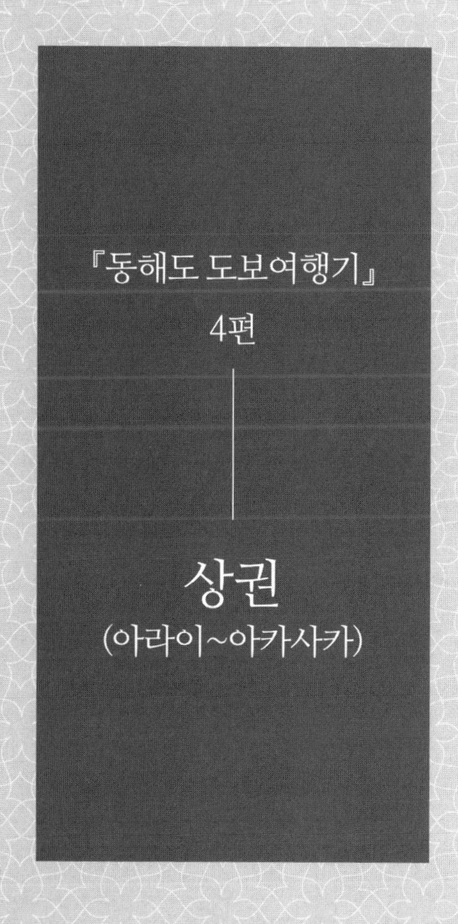

『동해도 도보여행기』

4편

상권

(아라이~아카사카)

아라이 역참에서

유엔사이 데류由縁斎貞柳[1]의 교카狂歌에 *'소라고둥이 출몰했던 옛날은 모르겠으나, 지금 부는 건 (소라고둥이 아니라) 안성맞춤 순풍이로구나.'*[2]라고 읊은 곳은, 동해도에 유명한 이마기리今切 나루터[3]이다. 그 옛날 메이오明応[1492-1501] 무렵, 깊은 산속으로부터 많은 소라고둥이 빠져나온 뒤[4] 뱃길이 나빠졌다. 그런데 겐로쿠元祿[1688-1704] 시대에 막부의 지시에 따라 해상에 말뚝 수만 개를 박고 뱀 바구니를 엎어놓아 항

• • •

1 1654-1734. 오사카[大坂]의 교카시인[狂歌師]. 본명은 永田善八. 본업은 과자상인.

2 교카 원문은 '螺貝の出しむかしはしらねども、今吹はよき追風なりけり'.

3 마이사카역참에서 아라이역참까지 이마기리나루터로 하마나코호수[浜名湖] 하류인 해상 1리[약 3.9킬로미터]를 건넌다. 배가 출도착하는 이마기리나루터는 호수가 바다와 이어지는 곳이다. 따라서 해상이라고 했음.

4 메이오[明応]시대에 대지진이 있었는데 산속에서 많은 고둥이 빠져나와 바다로 뛰어들었다는 전설이 있다. 이때 육지가 하룻밤 만에 갈라져 하마나코호수와 바다가 이어지는 물길[이마기리 나루터]이 생겼다고 한다.

▲ 아라이 관문과 나루터.

해하는 배의 곤란을 덜어 주신[5] 고마운 그 은혜에, 바람은 누그러지고 파도는 낮아져 쉽사리 건너게 되었다.

예의 야지로베와 기타하치, 여기를 무사히 건너 **아라이**新居[현재 시즈오카현 아라이초] 역참에서 식사를 하며, 명물인 장어구이[6]로 불룩해진 배를 쉬고 있었는데, 과연 참으로 귀천을 막론하고 오가는 자 끊임없었다. 출항을 알리는 (뱃사공) 목소리에 선착장으로 서두르는 나그네 정신없이 달리고, 관리사무소問屋[7]에서는 인부 감독관이 입정 사납게, 부역을 할당하는 역참관리에게 큰소리로 떠들어대고 있다. 여관집 주인은 하카마袴[8]의 허리 뒷부분이 옆으로 비뚤어진(것도 모른) 채 달리고, 찻집 여종업원은 앞치마가 비스듬히 꼬인(것도 모른) 채 질질 끌며 황급히 달려간다. 궤짝 운반 인부는 (궤짝) 옆에 서서 노래 부르고, 마부는 뒤돌아서서 소변을 보면서 가는 길에,

마부노래 *"우리 애인의 마음보는 하마나*浜名*의 다리라니께♪*
지금은 왕래가 끊겨 발소리도 들리질 않으니께♪[9]
워어이 워어이~."

• • •

5 뱀바구니는 철사나 대를 원통형으로 엮어 안에 돌을 채워 넣는 바구니 모양의 것으로, 제방 등을 보호하는 데 쓴다. 겐로쿠시대에 발생한 해일로 인해 바다가 거칠어져 선박이 항해하기 어려웠으므로, 막부가 제방공사를 행한 것을 가리킨다.

6 가바야키[蒲焼]: 뱀장어·갯장어·미꾸라지 따위의 등을 갈라 뼈를 가르고 토막 쳐서 양념을 발라 꼬챙이에 꿰어 구운 요리.

7 도이야[問屋]: 선착장마다 막부에서 파견.

8 일본옷의 겉에 입는 아래옷. 허리에서 발목까지 덮으며, 넉넉하게 주름이 잡혀 있고, 바지처럼 가랑이진 것이 보통.

9 고대에 하마나 다리가 하마나 호수에 걸려 있었다는 전설이 있으나, 지금은 존재하지 않음으로 인한 노래.

1) 무사와 마부의 꿍꿍이속

찻집여자 "쉬었다 가세요~ 쉬었다 가세요~ 여봐요 마부님, (태운 손님을) 내리시죠."

마부 "어이쿠 나리, 이거 머리가 위험합니다요[조심하십시오]."

라며 찻집 처마 밑으로 말을 끌어들인다. 큰 짐 없이 말을 타고 있는 이 손님은 자잘한 무늬가 들어간 회색 무명옷을 입고, 터놓은 등솔기를 시친 테두리부분에 검은 공단 천을 댄 겉옷[붓사키바오리][10]을 걸치고 있다. 이 무사는 말에서 내려 기타하치와 야지로가 쉬고 있는 맞은편 긴 걸상에 걸터앉는다.

여자 "차 드세요."

라며 차를 가져온다. 무사, 여자의 얼굴을 힐끗 보고나서 찻잔을 들고,

무사 "지금 몇 시냐?"

여자 "9경 반[오후 1시]쯤이나 되었을까요."

마부 "어제 이 시간 무렵이지라."[11]

무사 "식사를 해야겠다. 뭐가 있느냐?"

찻집여자 "장어구이[오나기노 가바야키]가 있습니다."

무사 "뭐라? 안주인의 장어구이[오나이기노 가바야키] 라고?[12]"

• • •

10 붓사키바오리[打っ裂き羽織]: 등솔의 중간 아래로는 꿰매지 않고 터놓은 짧은 겉옷. 칼을 차고 다니기에 편리했으므로 무사가 승마, 여행용으로 착용한 겉옷이다.

11 당연한 것을 말하는 골계. 잇쿠는 이 골계 기법을 자신의 다른 작품에서도 많이 사용하고 있음.

12 장어에 해당하는 '우나기'의 방언 '오나기'를 '오나이기'[안주인]로 잘못 들어서 한 말.

마부 "바깥양반의 자라전골은 없는 거?[13] 하하하하하. 그런데 나으리 짐은 여기에 놓겠습니다요. (5관짜리) 짐에 덧붙인 작은 짐[14]이 정확히 다섯 개."

무사 "그 돈꿰미[15]는 이리 가져오게."

마부 "예예, 저기요 나리 조금 부탁이 있습니더. 헤헤헤헤~ 부디 술 한 잔 먹고 싶습니데이."

무사 "허허, 자네 술을 좋아하나?"

마부 "예, 밥보다는 좋아합니데이."

무사 "(나한테는) 염려할 것 없네. 맘대로 마시게. 이 몸도 마실 수 있다면 한턱 낼 텐데, 전혀 술을 못 먹기 때문에 어쩔 수 없다네."

마부 "예에, 나리는 안 먹더라도 예, 부디 먹고 싶습니다."

무사 "아하 알았네. 자네 술값을 달라는 거로구먼? 아니, 값을 더 부르는 건 안 되네. 여행 중의 공정 품삯[16]을 지불하고 정당하게 가는 걸세. 따로 술값이라니 결코 안 되는 일일세."

마부 "그렇기는 합니다만 그 부분을 아무쪼록."

무사 "정녕 굳이 말한다면 주겠네만, 영수증을 쓰게. 이 몸 고향으로

• • •

13 자라전골: 메기, 가오리 등의 생선에 우엉을 넣고, 간장, 된장으로 농후하게 끓인 뒤 생강즙을 첨가하여 자라 맛을 낸 요리.

14 큰 화물 없이 말에 타는 손님에게는 5관(3.75×5=18.75킬로그램)까지의 짐 외에 휴대용 작은 짐까지 허용된다.

15 1문짜리 동전을 960장이나 한 줄로 꿰어 묶고 가지고 다닌다. 동전 1000문(실제로는 960문)을 1관문이라고 하여 한 줄로 꿰어 갖고 다니는 것이다.

16 당시 품삯 표를 보면 아라이 역참에서 다음 역참인 시라스카까지 가벼운 짐[가라지리우마]으로 말에 타면 60문(30×60=1,800엔), 무거운 짐[혼마]으로 타면 91문(30×91=2,730엔).

돌아갈 때 (자네 관할) 관리사무소에 신고하겠네."

마부 "애당초 작은 짐치고는 너무 무거우니 아무쪼록 양해해 주셔서…."

무사 "그러하다면 자 8전 정도 주겠네."

라고 돈꿰미에서 8문[240엔]을 빼내서 준다.

마부 "예, 최소한 16문[480엔]은 주십시오."

무사 "그러하다면 이 몸 소견으로 하여금, 이제 4문[120엔]을 주지."

라며 동전 4문을 내던진다. 마부는 마지못해 주워들고 말을 끌고 간다.

무사 "이봐, 기다려 기다려! 아뿔싸, 저 녀석 벌써 어디론가 가 버렸네. 이 몸의 소중한 짚신을 말에다 매달아 놓았는데 가지고 가 버렸군. 억울한지고. 에도까지는 신을 수 있는 짚신인데."

라며 투덜투덜 불평하는 것을 기타하치 우스워한다.

2) 짚신자랑

기타하치 "여보시오, 댁께선 에도로 내려가십니까?"

무사 "그렇소, 그렇다오."

기타하치 "지금 삼가 듣기로는 짚신 한 켤레를 에도까지 신으시는 것 같습니다만, 도보여행이 굉장히 능숙하시군요."

무사 "아니 뭐 이 몸이 손수 만든 짚신인지라, 한 켤레로 (고향에서) 에도까지 왕복할 때 항상 신고 있습니다."

(35) 제31역참: 아라이[新居]

【도판30】《즈에》 아라이
= 원작4편 상·아라이의 에피소드

(무사) "이 몸은 고향에서 에도까지 가는 여행길일지라도 짚신은 한 켤레로 족하네만, 어떤가 훌륭하지 않나?"

야지 "그건 아직 여행길이 야속하옵니다[서투르십니다]."

무사 "(자넨) 어떻게 걷길래 그렇다는 건가?"

야지 "예이, 그 대신 종아리덮개가 몹시 쓰였지요."

무사 "요상하네~ 어찌하여?"

야지 "매일 꼬박 말만 탑니다요. 아하하하, 아하하하, 아하하하~."

야지로 "정말로 짚신이 (닳아서) 끊어지는 것은 걷는 게 서툰 사람입니다만, 댁은 도보여행이 능숙하시군요. 그런데 저도 이 짚신은 재작년에 (저 북쪽) 마쓰마에松前[현재 북해도 남단의 마쓰마에초]에 신고 갔었는데, 돌아올 때까지 전혀 아무렇지도 않길래, 보관해 뒀다가 작년 (저 남쪽) 나가사키長崎[현재 규슈 나가사키시]에도 신고 갔었고, 그리고 또 이번에 신고 나왔는데 보십시오. 아직 멀쩡합니다."[17]

무사 "그것참, 자네는 이 몸보다 여행에 능숙하군. 어찌하면 그렇게 오랫동안 짚신을 신을 수 있소?"

야지 "그야 뭐, 짚신은 꼬박 신어도 안 끊어집니다만, 그 대신 저는 아무래도 종아리덮개脚絆[18]가 끊어져서 곤란합니다."

무사 "그것은 어찌하여?"

야지 "저는 여행을 하면 꼬박 말을 타기 때문에."

기타하치 "집어쳐, 하하하하하."

야지 "어서 가자. 댁은 천천히 (쉬십시오). 여기, 잘 쉬었네."

라며 이곳 계산을 마치고 나선다.

이 역참 외곽에서부터 둘 다 (다음다음 역참인) 후타가와二川[19]역참까지 가마를 잡아타고 가다 보니, 벌써 다카시야마산高師山이 하시모토 마을橋本村 북쪽으로 보인다. 여기서 야지로베 여느 때처럼 교카를 읊조린다.

• • •

17 북해도 마쓰마에[松前]에서 규슈 나가사키[長崎]까지의 거리는 일본 끝에서 끝인데 짚신 한 켤레로 다녀왔다는 자랑으로 허풍을 떨고 있다.

18 각반[脚絆]: 종아리에 감는 헝겊 띠. 말에 타면 말 옆에 닿게 되는 각반이 닳는다는 뜻.

19 아라이[新居] 다음다음의 역.

솔개가 낳은 매/ 아니 다카시산의/ 겨울 풍경은
눈으로 뒤덮여서/ 몰라볼 정도리라[20]

3) 가마를 바꿔 타고 횡재하다

이 근처에서 맞은편으로부터 오는 후타가와二川의 가마와 마주쳤다.

후타가와 가마꾼 "어떠시오 (거기) 대장님, (손님을) 바꿔서 가는 건?"

이쪽 가마꾼 "얼마 줄 껴?"

후타가와 "50문[1,500엔] 줄 테니께 그걸로 됐다면 바꾸지라."

이쪽 가마 "그러지 뭐. 짝아, 깎아 줘 불자."

라고 가마흥정이 성립되어,

양쪽 가마꾼 "어르신들, 가마를 바꾸니 옮겨 타십시오."

기타하치 "후타가와까지 곧바로 가려는데 괜찮겠나?"[21]

그 사이 후타가와의 가마를 타고 온 남자가 이쪽 가마에 옮겨 타자, 기타하치도 야지로도 방금 가마로 옮겨 탄다.

기타하치를 태운 가마꾼 "어르신은 행운이지라. 이건 여관이 임차한 가마이기 때문에 이불이 깔려 있는 만큼 손님들은 가마를 바꾸신

• • •

20 '소리개가 낳은 매[다카] 아니 다카시산의 겨울 풍경은 필시, 눈으로 새하얗게 뒤덮여 몰라볼 정도이리라.' '소리개가 매를 낳다'는 속담을 이용한 노래. '매'[다카]에 '다카시'라는 지명을 걸침. 매의 날개는 하얀 얼룩반점이므로, 눈에 뒤덮인 새 하얀 산을 연상어로 사용한 듯. 교카 원문은 '鳶がうむ高師の山の冬はさぞ雪に眞白く見違やせん'.

21 다음 역참인 시라스카[白須賀]에서 쉬지 않고 목적지인 후타가와까지 직행한다는 뜻.

것이 이득입죠."

기타하치 "정말 그렇군."

이라고 말하면서 가마 밑바닥에 깔아 둔 이불이 높게 된 부분을 보고 별생각 없이 이불사이를 더듬어 보니, 4문짜리 동전 한 줄[400문: 12,000엔][22]이 있었다. '그러면 틀림없이 지금까지 타고 왔던 남자가 여기에 두고는 잊어버린 것이리라, 어쨌든 이 녀석은 내 차지'라고 기타하치 슬쩍 그 한 꿰미를 품에 몰래 집어넣고 시치미를 떼고 있었다.

• • •

22 동전은 1문짜리와 4문짜리 두 종류가 있음. 1문짜리 동전 1,000개를 한 줄[1관]로 꿰어서 휴대하거나, 4문짜리 동전 100개를 한 줄로 꿰어서 휴대함.

시라스카 역참을 지나며

그러는 사이에 벌써 **시라스카**白須賀[현재 시즈오카현 고사이시] 역참에 이르렀다. 입구의 찻집여자, 문밖에 나와서 소리쳐 부르는 것을 보고 야지로베,

호객녀 얼굴/ 검어도 하얗다는/ 이름 덕분에
일곱 가지 결점을/ 가려 주는 시라스카[23]

이 역참을 지나서 곧 **시오미사카언덕**汐見坂[현재 시즈오카현]에 당도하였다. 이곳은 북쪽으로는 산이 이어지고 남쪽으로는 푸른 바다가 끝없

• • •

23 '호객녀의 얼굴이 검어도 하얗다[시로이]는 이름 덕분에, 일곱 가지 결점을 가려 주는 시라스카 역참이여.' 피부가 흰 여자는 다소 결점이 있어도 그것이 별로 눈에 띄지 않고 아름답게 보인다는 속담 '피부가 흰 여자는 일곱 가지 결점을 감춘다'를 이용한 교카. 원문은 '出女の顔のくろきも名にめでゝ七なんかくす白すかの宿'.

▲ 가파른 시오미사카언덕.

이 펼쳐져 있어서 그 절경이란 이루 말할 수 없이 아름답다.

여자 눈매의/ 애교와 같은 말인/ 시오미 언덕
그 풍경엔 애교가/ 있어서 귀엽구나[24]

1) 한턱 쏜 술값

기타하치가 이렇게 읊조리는 것을 가마의 앞채를 맨 이가 듣고, "와아, 어르신은 대단한 가인입니다요. 저 건너편 산을 보십쇼. 사슴이 있습죠."

기타하치 "어디어디? 이거 참 재미있군."

앞 가마꾼 "이상하게도 에도의 손님들은 저런 재미 하나 없는 짐승 새끼를 진기하게 여기시고, 어제도 하이쿠発句[25]인가 뭔가 하는 것을 읊은 분이 있었다니께요."

기타하치 "나도 아까 그 사슴으로 한 수 읊겠네. 자네들에게 들려줘 봤자 쇠귀에 경 읽기[마이동풍]이겠지만, 이런 노래일세.

깊은 산중에/ 단풍 헤쳐 나가며/ 우는 사슴의

• • •

24 '여자눈매의 애교[시오]와 같은 발음인 시오미언덕, 그 풍경에는 애교가 있어서 귀엽구나.' 교카 원문은 '風景に愛敬ありてしをらしや女が目もとの汐見坂には'.

25 홋쿠[発句]=하이쿠[俳句]. 5,7,5의 3구 17음절로 된 일본 고유의 단시.

목소리 들을 때 실로/ 가을은 슬프도다.[26]

어때 절묘하지? 기막히지?"

뒤 가마꾼 "어르신은 대단하시구먼요. 지들은 전혀 모르겠지만 아무렇게나 노래가 바로 불쑥 나오다니 대단하구만요 대단해."

기타하치 "잠깐 읊어서 이 정도지. 여봐 자네들, 지나치게 칭찬해 주니까 술을 사고 싶어졌네. 여기는 휴게소[다테바][27]인가?"

앞 가마꾼 "사루가 반바猿番場입지요. 그럼, 짝아~ 담배나 한대 피우고[잠시 쉬었다] 가드라고."

라며 찻집 모퉁이에 가마를 내려놓고 쉰다.

기타하치 "모두 한잔씩 마시게. 여봐 종업원! 거기에 술 한 두어 되에다 맛있는 안주도 같이 갖다 주게나."

야지로베는 가마 안에서, "어렵쇼 기타하치 왜 그려? 꽤 통 큰 소리를 하네."

기타하치 "뭘, 잠깐 마시게 하는 건데 뭐. 어디서든 이 정도는 (내가) 하지."

라며 아까 주운 4문짜리 동전 한 꿰미[400문: 12,000엔]를 꺼내 보여 준다.

야지로 "자네, 그걸 전부 쓰겠다는 거여?"

기타하치 "당연하지."

• • •

26 『古今集』 가을215에 수록된 와카. 『백인일수』에도, 사루마루 다유[猿丸太夫]의 노래로 수록된 저명한 와카. 원문은 'おく山に紅葉ふみわけなく鹿の、聲きく時ぞ秋はかなしき'.

27 역참과 역참 사이 주요 도로변에는 휴게소 마을 '建場[타테바]'가 여러 군데 있었다.

야지로 "재밌군. 나도 한턱 얻어먹어야지."

라며 야지로, 가마에서 나와 가게 앞에 앉자, 드디어 여종업원이 술과 안주를 가지고 온다. 기타하치를 태웠던 가마의 앞 가마꾼, "이거 참 고맙습니다. 어르신 잘 먹겠습니다. 어이 어이 친구들! 어디 갔나? 야, 모두 오랑께. 아까 그 사루마루 다유猿丸太夫님이 술을 사신다니께." 이리하여 가마꾼 네 명 모여들어 마시기 시작한다. 야지로도 재미있어하며 맘껏 마셔댄다. 기타하치는 한방 먹어서[사루마루 노래임을 가마꾼들에게 들켰다는 걸 알고] 침묵한다.

야지 "자 자, 주인장 얼마요? 이 술값은 가마에 타고 있는 양반이 낸다오."

주인 "예예, 술과 안주 합해서 380문[11,400엔]입니다."

기타하치 "이런, 지독히도 먹어댔군."

하며 마지못해 예의 그 돈으로 값을 물고 만다.

가마꾼 생각난 듯, "아 참, 짝아~ 아까 그 동전 한 꿰미는 어떻게 했나?"

가마꾼 "아~, 맞다 맞아. 여보시오 나리, 당신이 타고 계시는 이불 사이에 4문짜리 동전 한 꿰미를 넣어 두었는데 있는지 봐 주십쇼."

라고 하자 기타하치 깜짝 놀라서, "뭐? 여기에 말인가? 아니, 안 보이는데."

가마꾼 "뭐, 없을 리는 없다니께요. 분명히 넣어 두었지라."

야지 "아까 보니까 기타하치, 네놈이 이불 아래서 꺼내서 주물럭거리고 있던 동전 아녀?"

가마꾼 "그것입니다요."

(36) 제32역참: 시라스카[白須賀]

【도판31】《즈에図会》**시라스카**

= 원작4편 상·시라스카의 에피소드

(가마꾼) "이봐 짝아~ 아까 그 돈은 어떻게 했나?"

(기타하치의 혼잣말) "이 가마를 타려고 할 때 슬쩍 발견해 두었던 이불 밑의 4문짜리 동전 백 개. 이놈으로 가마꾼에게 술을 사는 것도 나름 재미있네. 장하다 장해~."

기타하치는 마음속으로 열 받는 이야기를 하는 야지로라고 그를 노려본다. 야지로는 우스워서 홱 옆쪽을 향한다. 그러자 기타하치 할 수 없이 품속에서 돈 한 꿰미를 꺼내 이불 아래에 살짝 넣고,

기타하치 "아이고아이고, 여기에 있었네, 있었어."

가마꾼 "자아, 짝아 (얻어 마신) 술기운으로 해치우자."

찻집 "잘 오셨습니다."

이리하여 가마를 메기 시작한다. 우스워하던 야지로, 여기는 사루가 반바猿番場로, 떡갈나무떡[가시와모치, 柏餠][28]이 명물이기에,

주운 거라고/ 여긴 돈은 원숭이/ 떡이었을까
우측에서 좌측으로/ 술값으로 뺏겼네[29]

이렇게 크게 웃으면서 가는 중에 **사카이가와강**境川이라는 곳에 이르렀다. 여기는 도토미遠江[현재 시즈오카현 서부]지역과 미카와三河[현재 아이치현 동부]지역의 경계로 다리가 있다. 야지로 동음이의어 말장난으로 읊는다.

• • •

28 쌀가루로 만든 떡에 팥소를 넣고 떡갈나무 잎으로 감싼 떡.

29 '주웠다고 생각한 돈은 (여기 명물이라는) 원숭이의[사루가] 떡인가, 오른쪽에서 왼쪽으로 금세 술값으로 빼앗겼네.' 원숭이가 한손으로 돈을 건네고 또 한손으로는 물건을 받아 들 듯이, '즉시' '즉석에서'라는 뜻의 '원숭이의 떡'이라는 속담, '원숭이'와 '사라지다'의 동음이의어인 '사루', '왼쪽'에는 '애주가'라는 뜻도 있음을 끝말잇기처럼 연결 이용한 교카. 원문은 'ひろふたとおもひし錢は猿が餠右からひだりの酒にとられた'.

엔슈 지역에/ 이어 붙인 다리니/ 미카와 아니

아교풀의 고장/ 이라고 할지어다[30]

• • •

30 '엔슈[遠州] 지역에 이어 붙인 다리인지라, (미카와 아니) 아교풀[니카와]의 고장이라고 할지어다[함이 마땅하다].' 교카원문은 '遠州へつぎ合せたる橋なればにかはの國といふべかりける'.

후타가와 역참에서

곧 **후타가와**二川[현재 아이치현 도요하시시 후타가와초] 역참에 도착하였다. 여기는 집집마다 찐 팥 찰밥強飯[고와메시]을 팔고 있는 것을 보고,

> **안 말하여도/ 명물은 팥 찰밥/ 모두 안다네**
> **찬합 뚜껑 이름인/ 후타가와 역참**[31]

길 양쪽의 찻집마다 나그네를 보고는 소리쳐 부른다.

여자 "쉬었다 가세요~ 따뜻한 국도 있습니다~. 소금 간 안 한 (신선한) 날생선으로 술도 드시고 식사도 드세요~."

• • •

31 '명물은 말하지 않아도 팥 찰밥이라고 모두 안다네. 이곳은 (찰밥 담는) 찬합 뚜껑[후타]을 이름으로 하는 후타가와 역참이니까.' 교카 원문은 '名物はいはねどしるきこはめしやこれ重筥のふた川の宿'.

이 찻집 문간에 있던 인부雲助,[32] 기타하치와 야지로를 태운 가마꾼을 불러대며, "야아~ 하치베~ 처다녀왔군. 개자식, 빨리 가서 마누라나 지켜! 샛서방 놈이 몰래 틀어박혀 처놀고 있당께."[33]

야지로를 태운 가마꾼 "바보새끼, 지 애비가 목매달고 있는지도 모르면서, 니 똥이다! 하하하하하하~"

라며 여기를 지나 역참관리사무소問屋의 조금 전에 가마를 내린다.

1) 공인여관 앞의 풍경

야지로베와 기타하치는 여기서부터 내려 걸어가고 있으려니, 이 역참에는 어느 영주님[다이묘][34]인지 모르겠으나 잠시 휴식을 취하고 계신 듯, 공인여관本陣 앞에 가마 늘어서 있고, 많은 수행무사들 뒤섞여 이리저리 뛰어다니고, 관리사무소감독관問屋 하카마袴의 허리뒷부분이 옆으로 비틀어진 채 (옷매무새를 고칠 새도 없이) 분주하게 돌아다니고, 여행용 하카마野袴[35]와 소매통 좁은 훈고미 하카마踏ん込み袴[36] 차림

• • •

32 구모스케[雲助]: 역참이나 주요간선도로에서 짐을 나르거나 가마를 메던 떠돌이 일꾼.

33 친한 육체노동자들의 인사말로 거친 입담을 사용.

34 다이묘[大名]: 에도시대 만 석 이상을 영유한 막부 휘하 직속 무사. 에도와 자신의 영토 사이를 오가면서 공인여관에 묵는다.

35 노바카마[野袴]: 에도시대, 옷자락에 검은 벨벳으로 넓게 가선을 두른 무사들의 여행용 하카마[袴].

36 훈고미 하카마[踏ん込み袴]: 여행용 하카마의 일종으로 활동하기 편하도록 옷자락을 좁게 한 하카마. 에도시대에 무사의 하인이나 평민이 입었음.

의 무사들, 공인여관에서 대기하고 있는 것을 보고,

기타하치 "아하, 저택이니만큼 (평민인) 집주인께서도 칼을 두 자루 꽂고 있군."[37]

야지 "바보 소리 작작해. 훈고미만 입고 있으면 집주인이라고 생각해대다니."

기타하치 "저 양 옆구리에 짐 실은[노리카케][38] 말을 봐. 호화롭게 방석을 겹쳐 깔았군."

야지 "그도 그럴 테지. 타고 있는 사람의 머리를 봐. 소원성취 후쿠스케叶福助인형이 따로 없다니까.[39] 하하하하하~ 저런, 말이 왔다."

말 "히히히히히잉."

2) 종복무사와의 싸움 – 칼날 움켜쥔 야지

야지 "아야 아파파파파~ 대책 없는 곳에 우비바구니[40]를 처나뒀네."

• • •

37 칼 두 자루 차고, 바지통 좁은 훈고미 하카마를 입은 무사를 공인여관집주인[평민]이라고 오해해서 하는 말.

38 노리카케[乗り掛け]말: 에도시대, 말의 양 옆구리에 짐을 갈라 싣고, 그 말 등에 방석을 깔아 손님을 태우고 가는 말.

39 가노 후쿠스케[叶福助: 소원성취 후쿠스케]: 키가 작고 머리가 크며 상투를 틀고 예복을 갖추어 정좌한 남자인형. 후쿠스케는 본 작품이 출판되던 1804년경부터 에도의 찻집, 기생집 등 화류계에서 겹겹이 겹친 이불 위에 장식하면서 유행하기 시작하였다고 한다. 지금도 상점의 부적[縁起物]에 역삼각형머리의 후쿠스케 인형을 장식한다.
여기서는 방석을 겹쳐 깐 위에 앉아 있는 예복차림의 머리가 큰 무사를 놀리고 있다.

40 갓파카고[合羽籠]: 다이묘의 행렬 등에서 수행원들의 우산과 우비 등을 넣어 운반하는 바

라며 발끝이 걸려 넘어져 불평하는데, 임시 고용한 종복中間[주겐][41]으로 보이는 남자, "이 자식, 우비바구니를 흙투성이 발로 짓밟아 놓고 뻔뻔스런 소리 지껄이네. 낯짝을 물어뜯어 줄까."

야지 "하하하하~ 오에야마산大江山 도깨비[42]의 식사 때도 아니고, 볼따귀를 물어뜯다니 억지가 세군."

종복 "뭐야 이놈, 칼 맞고 싶냐?"

야지 "네 놈들의 소금에 절인 징어리(같이 붉게 녹슨) 칼로 무얼 벤다는 거여?"

종복 "그 따위로 지껄이면 베지 않을 수 없지. 이봐 가쿠스케角助, 자네 허리에 찬 것 좀 빌려주게."

라며 동료 가쿠스케의 허리에 찬 칼을 빼려고 한다.

가쿠스케 "이거 이거, 벨 거면 왜 자네 칼로 베질 않나?"

종복 "글쎄, 시끄러. 아무 칼로나 베도 좋잖아."

가쿠스케 "아니, 좋지 않아 좋지 않다고."

종복 "이런 구두쇠 같으니라고. 좀 빌려주게나."

가쿠스케 "아니 글쎄 자네도 눈치 없는 작자군. 내 진짜 칼은 창 드는[43] 쓰치에몬槌右衛門에게 200문[6,000엔] 빌리느라 저당 잡힌 것 자네

• • •

구니. 가장 마지막에 짊어지고 가는데, 앞뒤 두 개의 바구니로, 뚜껑이 있고 하인이 봉으로 짊어진다.

41 추겐[中間]: 아시가루[足軽: 평상시에는 막일에 종사하고 전시에는 도보로 뛰던 졸병. 무사계급의 최하위]와 고모노[小者: 무가의 허드레일꾼] 중간에 위치하는 무가의 하인.

42 단바[丹波: 교토]지역 오에산[大江山]에 살았다고 하는 도깨비들은 인간을 잡아먹었다고 한다. 대표적 존재가 슈텐도지[酒呑童子]로, 부녀자와 재산을 약탈한 도적이다. 미나모토노 라이코[源頼光]가 사천왕과 함께 퇴치했다고 전해진다.

(37) 제33역참: 후타가와[二川]

【도판32】《즈에図会》 후타가와

= 원작4편 상·후타가와의 에피소드

(종복무사) "이 자식, 우비바구니를 흙투성이 발로 부딪치다니. 가만 안 놔두겠다, 가만 안 놔두겠어. 당장 찔러 죽여 주마. 각오해라!"

(야지) "벨 수 있다면 베 봐! 죽도[竹光]잖아 바보자식."

(기타하치) "야지 씨 내버려 두라고. 저런, 영주님 출발하시네."

도 알잖나."

종복 "아 참 그렇지. 에잇 이놈~ 찔러 죽일 놈이지만 용서해 주겠네. 빨리 가!"

야지 "아니 안 갈겨. 어디 베라 베!"

라며 대든다. 모두 이 싸움을 우스워하며 말리지도 않고 구경하고 있자 그 종복, "에잇 그런 말을 들은 이상, 용서가 안 되지. 찔러죽이지 않고 어찌하리." 라고 뽑아들고 찌르려고 하는 죽도竹光를 야지로, 꽉 움켜잡고 비틀어 돌려 쓰러뜨리자, 그 남자,

종복 "아이고 사람 죽이네~ 사람 죽여~."

그러는 사이에 이제 영주님이 출발하시는 듯 집합을 알리는 딱따기拍子木[44] 소리 "따닥 따닥 따닥~." 어서 수행원들 정렬하라고 떠들기 시작하는 일행과 더불어 싸움도 끝나고, 야지로베도 때마침 잘 됐다고 기타하치와 함께 여기를 벗어나 빠른 걸음으로 지나간다.

야지 "하하하하~ 실소감 싸움이었네."

빼낸 칼날은/ 대나무로 보이나/ 싸움은 별 탈

아니 대나무마디/ 없어서 다행이네[45]

• • •

43 야리모치[槍持ち]: 무사가 외출할 때 창을 들고 따라다니는 하인.

44 행렬의 맨 뒤에 붙어 일행을 정리하는 역할로 박자목을 두들긴다. 여기서는 출발하기 위해 집합을 알리는 것이다.

45 '빼낸 칼날은 대나무로 보이는데, 싸움은 별 탈[후시: 대나무마디] 없어서 다행이네.' 교카 원문은 'わきざしの抜身は竹と見ゆれども喧くはにふしはなくてめでたし'.

그로부터 이 역참을 나와 길을 따라 가다보니, 벌써 오이와 고이와 大岩小岩[현재 토요하시시내]를 지나 동굴 속 관음을 배례하며,

나쁜 짓을 한/ 품삯으로 여행하며/ 배례를 하는
관음도 캄캄한 건/ 동굴 속이므로[46]

3) 중을 만나면 짐 들어 주기

참으로 여행 중의 기분전환은 그 누구 이목도 살필 것 없이 큰 소리로 떠들면서 가는 것. 그러면서도 역시 무료해 하품을 하며,

기타하치 "아아~ 지쳤다. 쬐끄만 봇짐과 기름종이 우비조차 꽤 짐이 되네. 어이 야지 씨, 당신 짐이랑 내 짐을 한데 모아서, 중 만나면 바꿔서 지기로 할까?"[47]

야지 "것 참 재밌겠군. 여기에 마침 적당한 대나무가 버려져 있네."

라며 주워들고 두 사람의 짐을 대나무 끝에다 동여매어,

• • •

46 '품삯으로 (나쁜 짓을 하고 뒷일은 나 몰라라 하고) 여행하는 김에 배례하는 관음도, 캄캄한 것은 동굴 속이므로.' 즉, '여행 중 품삯으로 나쁜 짓을 하고 뒷일은 나 몰라라 하고 여행하는 김에 배례한 관음은 캄캄한 동굴 속에 안치되어 있었네'라는 뜻. '엉덩이 캄캄한 관음[尻暗い観音]' 또는 '엉덩이 먹어라 관음[尻食らえ観音]': '암야, 캄캄한 밤'이라는 원래 뜻과, 궁하면 관세음보살을 외지만, 문제가 해결되면 은혜를 잊고 뒷일은 상관하지 않는다는 뜻이 있음을 이용한 노래. 원문은 '行がけの駄賃におがむ觀音も尻くらひとは岩穴のうち'.

47 중 들기[坊主持ち]: 길을 걷다가 승려를 만나면 짐을 상대방에게 지게 하는 유희.

야지 "자 자 기타하치, 너부터 들고 와."

기타하치 "나이 많은 순서로 당신부터 시작해."

야지 "그러면 가위바위보[48]로 하자. 자 시작! 가위 바위 보! 어이쿠 됐다~."

기타하치 "어휴 열 받네."

라며 (짐을) 둘러메고 간다. 그러자 맞은편에서 오는 행각승은 법화종 승려인 듯,

중 "타불타불타불, 타타타불타불타불. 흐물흐물흐물흐물 타불타불 타불타불~."

기타하치 "자 야지 씨, 건넜다."

야지 "아이쿠, *받았도다~ 그다음~*[49] 스님은 어떤가. 빨리 오면 좋은데."

그러자 또 맞은편에서 오는 양옆구리에 짐 실은[노리카케] 말의 방울 소리. "짤랑 짤랑 짤랑 짤랑~."

마부노래 "*높은 산에서 계곡 아래 내려다보니 말이야♪~*
그 여자 귀여운지고♪~
냇가에서 천을 빨아 햇볕에 바래고 있네♪~
워어이 워어이~."

• • •

48 기쓰네켄[狐拳] 또는 도하치켄[藤八拳]: 가위바위보의 한 가지. 손의 동작으로 여우·촌장·사냥꾼을 각각 나타내는데, 여우는 촌장에게 이기고, 촌장은 사냥꾼에게 이기고, 사냥꾼은 여우에게 이김.

49 성대모사를 두 사람이 번갈아 가면서 할 때, 이어받는 다음 사람이 하는 상투어.

야지 "왔다 왔어! 짐 팻말[에후: 짐 꼬리표][50]을 보니, 칙명에 의해 건립된 황족 기거 사찰![51] 저봐, 말 위에 출가한 사람. 됐지?"

기타하치 "너무 빠른데." 받아서 둘러메고 가는 길가에,

앉은뱅이 "보시는 바와 같이 다리가 뜻대로 안 되는 앉은뱅이에게 보시[시주]를~."

기타하치 "야~ 이 녀석 중이다. 한 푼[1문=30엔] 주라고."

야지 "앞에서 보면 중 같지만 뒤를 보게. 뒤통수 한가운데에 털이 있구먼."

기타하치 "집어쳐. 하하하하하."

잠시 후 뒤에서부터 비구니[52] 일행 세 명, 손가락에 건 대나무관을 울리면서 노래하며 온다.

노래 *"애태우는 미친한 이 내 사랑을♪*

꿈에 그리는 그대에게 알리고 싶어요♪.

에이, *저런~*

꿈에 그리는 그대에게 알리고 싶어요♪.

자아 자, 산가라에 산가라에♪"

기타하치 "산뜻한 목소리가 들리는데."

라며 뒤돌아보고, "와아, 비구니다, 비구니! 자 야지 씨 건넵니다."

• • •

50 에후[絵符]: 귀족, 무사, 주지스님 등의 짐을 실어 나르는 말의 등에 세우는 짐주인의 이름이나 가문을 쓴 푯말.

51 이 푯말에 황족이 기거하는 사찰이란 뜻의 '칙원소[勅願所]' '어디 사찰'이라고 써져 있다.

52 원래는 속세를 출가한 여성을 일컫는 말이지만, 여기에서는 머리를 깎고 비구니의 모습을 하여 여행하면서 남자도 상대하는 매춘부이다.

야지 "젠장, 부아가 치미네."

기타하치 "남에게 내 짐을 들게 하는 건 제법 좋은 일인 걸. 이러고 보니 종복을 거느린 기분이구먼. 야, 야, 이 계집들 그런대로 괜찮은데. 야지 씨, 봐! 이쪽 비구니가 나를 보고 저런, 아주 생긋생긋 웃는 게 애교가 넘치는 것 같아. 제기랄 (못 참겠군)."

야지 "애교 좋은 게 아니여. 저건 얼굴이 느슨한[야무지지 못한] 거여."

기타하치 "악담을 하는구먼."

4) 비구니를 희롱하다

그러는 사이 앞서거니 뒤서거니 하며 가던 비구니는 아직 나이도 스물 두셋, 다른 한 사람은 서른 전후한 중년 여인, 열한두 살 되는 어린 비구니를 데리고 세 사람 동행하여 가는데, 그중 젊은 비구니가 기타하치의 옆으로 다가와서, "여보세요 당신, 담뱃불은 있나요?"

기타하치 "예 예 지금 붙여 드리지요."

라며 부싯돌[53]을 꺼내 탁 탁 탁~.

기타하치 "어서 피우시죠. 그런데 댁들은 어디로 가시오?"

비구니 "나고야名古屋[현재 아이치현 나고야시] 쪽으로 갑니다."

기타하치 "오늘 밤 같이 묵고 싶은데. 어떻소, 아카사카赤坂 역참까지

• • •

53 스리히우치[摺火打]: 부싯돌[火打石, 히우치이시]을 삼각형 강철[히우치가네]로 마찰해서 불을 내는 도구.

▲ 비구니를 바라보는 메밀국수가게 앞의 남자손님.

가시지요. 함께 (숙소를) 잡읍시다."

비구니 "거 참 감사합니다. 저기, 아무쪼록 담배 한 대 주세요. 사는 것을 깜박 잊었네요."

기타하치 "자아, 자아 담뱃갑을 꺼내시게. 모두 드리지."

비구니 "그러면 당신이 곤란하시지 않겠어요?"

기타하치 "뭘 나는 괜찮네. 그런데 당신들처럼 아름다운 얼굴로 어쩌다가 머리를 깎으셨소. 참말로 그렇게 두는 것은 애석한 일이구먼."

비구니 "뭐 설령 우리가 머리가 있다 한들 아무도 (여자로 보고) 상대해 주는 사람은 없답니다."

기타하치 "없기는커녕 있고말고요. 우리가 가장 먼저 상대해 주겠소. 어때요? 상대하게 해 주지 않겠나?"

비구니 "오호호호호호호호~."

기타하치 "빨리 같이 묵고 싶구먼. 야지 씨, 이 앞 여관에 바로 묵지 않겠나?"

야지 "바보소리 작작해! 재수 없게도 중이 오는 게 끊어졌어."

라고 투덜대면서 가는데, 부싯돌언덕火打坂[히우치자카]을 지나고 **니켄자야**二軒茶屋 휴게소마을에 이르자, 여기서부터 비구니는 샛길로 들어선다.

기타하치 "여봐 여봐, 당신들 어디로 가는 거요? 그쪽이 아니잖나."

비구니 "예, 여기서부터 작별인사 올리겠습니다. 저희는 여기 시골로 돌아서 갈 테니까."

라고 들길을 잽싸게 지나간다. 기타하치 어이없어 뒷모습만 바라보니, 야지로베 웃긴 나머지 웃음을 터트리고,

** (38)

【도판33】《즈에図会》 가와사키
= 원작 4편 상·후타가와의 에피소드를 앞서 제2역참에서 차용

기타하치 "누님 어때요? 제 부탁을 들어줄 생각은 없는감요?"

(비구니복장의) 여자 "그쪽은 터무니없는 사람이당께. 오호호호 오호호호~."

야지(가 여자에게) "담배 한 모금 빌려주게나. 자네들은 어디로 가나? 우리와 함께 묵는 건 어떤가?"

야지 “하하하하하~ 기타하치, 자네 오늘은 일진이 아주 안 좋구먼.”

기타하치 “빌어먹을~ 어처구니없는 봉변을 당했군. 열불 나네.”

라며 멍청히 서 있는 뒤에서부터 지나가던 사람 탁 부딪친다.

기타하치 “아이고 아야야야~, 눈뜨고 다녀! 누구야!”

라며 뒤돌아보니 행각승.

야지 “어이쿠, 짐 건넸다. 건넸어.”

기타하치 “이거 참 이도저도 안 되는구먼.”

마지못해 짐을 둘러메고 간다.

4

요시다 역참에서

이윽고 **요시다**吉田[현재 아이치현 도요하시시] 역참에 도착하였다.

길손 부르는/ 억새 이삭 끝인가/ 부싯깃인가
여기 좋다며 부르는/ 요시다의 유녀들[54]

1) 시골 가부키배우의 이야기

먼데서 온 신사참배객으로 보이는데 약간 재치 있는 말을 지껄이

• • •

54 '나그네를 부르는 억새의 이삭 끝[호]이런가 부싯깃[호구치]이런가, 여기도 좋다[요시]며 부르는 요시다 역참의 유녀들.' 요시다의 명물인 유녀와 부싯깃을 읊은 노래. 유녀가 부르는 모습을 억새 이삭이 흔들리는 모습에 비유하면서, 억새이삭 '호[穗]'와 부싯돌에 불을 붙이는 '호구치[火口]'를 끝말잇기 식 언어유희 기법으로 구사하였음. 교카 원문은 '旅人をまねく薄のほくちかと爰もよし田の宿のよねたち'.

(39) 제34역참: 요시다[吉田]

**《즈에図会》 요시다
=원작8편 상·오사카의 에피소드를 앞서 차용
→뒤 8편 상 본문에 게재.

는 대여섯 명의 무리, 큰 소리로 이야기하면서 가는 것을, 이 역참을 벗어난 외곽에서부터 듣게 된다. 그중에서도 더러워진 천을 새로 염색한 세로줄무늬 무명옷, 어깨부분에 다른 줄무늬 옷감을 (누덕누덕) 기운 겹옷을 대충 걸치고, 봇짐과 멍석[이토다테][55]을 등에 짊어진 남자, 뒤쪽을 돌아보며, "어~이, 겐쿠로 요시쓰네源九郎義經[56]~, 야~야~ 빨리 와유 빨리 와"라고 부르는 소리에 야지로 기타하치 우스워서 이 요시쓰네라고 불리는 남자를 보았는데, 가문 새겨진 통소매[히로소데][57]의 짙은 남색 겹옷을 입고, 이 자 또한 봇짐과 멍석을 짊어지고 얼굴은 곰보자국투성이로 한쪽 옆머리가 살짝 벗겨져 있는 남자, "가메이龜井

55 이토다테[糸經]: 삼실을 날실로, 짚이나 골풀을 씨실로 하여 짠 거적. 여행자가 비를 피하는 데 썼음.

56 겐쿠로 요시쓰네: 源義經[1159-1189]를 말함. 이하에 나오는 이름은 모두 3대 가부키 중 하나인 『요시쓰네 천 그루의 벚꽃』[義經千本桜]의 등장인물 이름들임. 이 가부키에 등장하는 미녀, 영웅들과는 걸맞지 않은 속된 모습이 골계스럽게 묘사된다.

57 히로소데[広袖]: 소맷부리의 아래쪽을 꿰매지 않은 소매.

형님과 가타오카片岡[58] 형님은 무척 발이 빠르구먼유. 지는 발뒤꿈치 튼 곳에 돌멩이가 들어가니께로 못 걷겠어유."

가메이 "시즈카 고젠靜御前[요시쓰네의 애첩]은 무슨 일이신 겨?"

요시쓰네 "나 원 참, 들어 보라니께유. 앞전 휴게소建場[59]에서 시즈카 고젠이 지병인 산증疝氣[60]이 일어나는 바람에 불알이 경련을 일으켜 죽을 것 같다고 이리저리 아우성치는 기라. 게다가 로쿠다이 고젠六代御前[1173?-1199][61]이 모란떡[보타모지][62]올 서른 개나 먹어 치우고는 식중독을 일으켜 버둥거리며 괴로워하지라. 또 거기에다가 벤케弁慶[요시쓰네의 충복][63]는 경단団子 꼬치로 목구멍을 찔렀다고 눈물 흘리며 울질 않나. 우리 새집新家[본가에서 분가한 집]의 도모모리友盛[64]님이 세 사람을 간호하며 가까스로 뒤에서 데리고 오는구만유. 당신들은 아무것도 모른 채 빨리 걸으니 행복하구만유."

야지로 이 이야기가 재미있어 앞서거니 뒤서거니 하면서, "당신들 어디로 가십니까?"

• • •

58 가메이 로쿠로[龜井六郎: ?-1189]와 가타오카 하치로[片岡八郎: 생몰년 미상]는 모두 요시쓰네[源義經]의 충직한 부하.

59 다테바[建場]: 에도시대 주요 도로변에 있었던 가마꾼·인부 등의 휴게소마을. 말이나 가마를 갈아타기도 하였음.

60 산증[疝氣]: 하복부와 생식기에 발작적으로 극심한 통증이 반복되는 병. 남자가 걸리는 병으로 여겨짐. 이에 대응하는 대표적 부인병으로는 샤쿠[癪]가 있다.

61 다이라노 고레모리[平維盛: 1159-1184]의 아들. 『요시쓰네 천 그루의 벚꽃』 3단에 등장.

62 보타모치[牡丹餠: 모란떡]: 쌀밥을 짓이겨 만든 경단에 삶은 팥알을 묻힌 떡. 그 모습이 붉게 핀 모란꽃과 닮기에 붙은 이름.

63 벤케이[? -1189?]는 울지 않기로 유명한데, 여기에서는 눈물을 흘린다는 것이 골계.

64 다이라노 도모모리[平知盛: 1152-1185]: 헤이케의 수장 중 한 명. 『요시쓰네 천 그루의 벚꽃』 2단에 등장. 友盛는 오기.

요시쓰네 "이세신궁에 참배하러 갑니다."

야지 "아까부터 들으니 당신들 '요시쓰네'니 '벤케'니 말하던데 어떤 영문인지요?"

요시쓰네 "예에, 그쪽 분들이 들으시면 이상하겠지유. 이건 지들이 고향을 막 나서기 전에 신사축제가 있었는디,『요시쓰네 천 그루의 벚꽃』義經千本桜이라는 연극을 공연하였지라. 그래서 예에, 요시쓰네니 벤케니 하는, 연극을 막 시작했을 때 까먹지 않도록 배역 이름을 역시 늘 말해 버릇했던 습관이지유. 지금도 장난으로 말하는 거래유."

야지 "잘 알겠습니다. 그러면 당신은 요시쓰네가 되었던 분인 것 같소만?"

요시쓰네 "그라지유. 예전에 지들 고향에 에도 극단江戸芝居[65]이 와서 천신님[스가와라노 미치자네]의 공연[66]을 했는디 들어 보라니께유. 몹시 놀랄 사정이 있지라. 좌우지간 예에, 시헤時平인가 고헤五兵衛인가[67] 하는 악인님의 모함을 당했다던가 해서 천신님이 유배를 가실 때 가마를 타고 나오시자, 좌우지간 예에, 구경하던 할매들도 아낙

• • •

65 에도를 기반으로 하는 배우들이 소속된 극단이지만, 주로 시골순회공연을 하는 유명하지 않은 극단을 말한다.

66 3대가부키 중 하나인『스가와라가 전수한 습자의 거울』[菅原伝授手習鑑]. 스가와라노 미치자네[菅原道真: 845-903]가 후지와라 시헤이[藤原時平: 871-909]의 모함으로 규슈의 다자이후[太宰府]로 유배가게 된 것을 중심으로 한 연극. 여기에서 시헤이는 밉살스러운 악역으로 등장한다. 최고의 귀족신분이었으므로 '님'을 붙였다.

67 '시[4]헤이'를 받아서 '고[5]헤이'라고 말장난 한 것임. 즉, '사헤이라든가 오헤이라든가'라는 뜻.

네들도 '아이고 아이고, 가여워라.' 하며 눈물을 흘리고, 본원사 주지스님御門跡様이 다니실 때[68]처럼 쌀이니 돈이니 무대에 흩뿌리며 슬퍼하고 있었지라.

그란디 예에, 관객 중에서 가축 장사꾼 요고자與五左라는 완력 센 자가 무대 위로 뛰쳐나가 말하기를, '이 연극은 안 돼 안 돼! 와 천신님을 유배 보내는 겨? 아까 나왔던 장낙사長樂寺의 염라대왕 같은 귀족公家님[69]이 악인이여! 천신님에게는 조금도 허물이 없다고! 아무리 연극이라고 한들 사람 바보취급 하면 안 되지라. 천신님의 후원은 이 거간꾼 요고자가 맡겠다! 시헤님은 내가 상대여!'라며 거시기 예에, 연공미年貢米[소작료로 바치는 쌀] 두 가마니나 들어 올릴 힘이 있는 형님인지라, 모두가 기겁하여 말릴 사람은 없고, 관객들도 제각기, 요고자님, 맞다! 그 시헤인가 하는 놈을 냅다 끌어내서 쳐라, 하고 거시기 예에, 온 마을 젊은이들이 무대 뒤楽屋[분장실]로 뛰어 들어가 행패를 부렸다고 생각해 보셔유.

그러자 에도의 배우 시헤님은 '이것 참 견딜 수 없다'고 옷자락을 걷어 올려 허리춤에 지르고 냅다 줄행랑쳤지유. 그리고 나서 예에, 촌장님과 협의하기를 이제 우리 마을에 에도 배우를 들이지 말자고 의논하여, 지들이 그 뒤를 잇는 연극 공연을 시작했는디, 에도의

• • •

68 정토진종의 동서 혼간지[東西本願寺]의 주지스님[法主]을 신자들은 고몬제키님[御門跡様]이라고 부른다, 본원사 주지스님이 지방을 순회하면, 열광해서 신자들이 쌀이나 동전을 던졌다.

69 가부키에서 후지와라 시헤이는 얼굴에 파란 선으로 화장[隈取り]을 한다. 사찰에 있는 염라대왕의 얼굴에는 붉은 선이 그려져 있다.

극단이 할 때보다도 더 극장이 무너질 정도로 많은 인파가 모여들었지라."

라고 묻지도 않았는데 잔뜩 허세를 부리며 하는 말. 점점 자랑스럽게 이야기하며 간다.

그러다보니 어느새 **대운사**大雲寺에 다다랐다. 여기는 감주가 명물이므로, 아까 그 무리는 다함께 여기 찻집에서 쉰다. 야지로베 기타하치는 서둘러 지나가면서,

위대한 이 절/ 앞의 명물은 또한/ 부처님에게
친숙한 비구니 아니/ 잘 발효된 감주네[70]

그리고 이 근처에서부터 벌써 날도 저물고 해 질 녘이 가까워져 어서 서두르자고, 녹초가 된 다리를 재촉하여 물어물어 가는 도중에,

기타하치 "어떤가 야지 씨, 별로 걷지를 못하네."

야지 "기진맥진이여."

기타하치 "이봐, 어제 저녁 묵은 여관은 별로였는데, 오늘 밤은 이렇게 하자. 아카사카赤坂 역참까지 내가 먼저 가서 좋은 여관을 잡아둘 테니, 당신은 지쳤으면 뒤에서 천천히 오라고. 여관에서 마중할

70 '가일층 위대한 이 절 앞의 명물은, 이 또한 부처님에게 친숙한 비구니[나레타아마], 아니 잘 발효된 감주[나레타아마자케]일세.' 비구니의 '아마'에 감주의 '아마자케'를 연결시킨 교카. 원문은 'いや高き御寺のまへの名物はこれも佛になれしあまざけ'.

사람을 보내 줄게."

야지 "그거 좋지. 그런데 여관은 아무래도 상관없으니, 색시[매춘부]가 있을 듯한 집으로 하게나."

기타하치 "잘 알았네 산, 잘 알았네 산."[71]

이라며 여기서부터 달려서 앞질러 먼저 간다.

• • •

71 '잘 알았다[노미코미, 飲み込み]'에 이어서 장난으로 '산[야마, 山]'을 붙이는 것은 당시의 유행어.

고유 역참에서

야지로 뒤에서 더듬더듬 걸어가다 보니, 잠시 후 **고유**御油[현재 아이치현 도요가와시] 역참에 이르렀을 때는 벌써 밤이 되어 길 양쪽에서 나오는 호객녀들, 모두가 가면을 쓴 것처럼 (얼굴에 분을) 떡칠하고, 소매를 잡아당기며 귀찮게 구는데, 야지로베 간신히 뿌리치고 지나가면서,

그 얼굴로서/ 호객을 하니 역참/ 그 이름처럼
참아 주시게 하며/ 도망치고 싶구나[72]

• • •

72 '그 얼굴로 호객을 해대니 역참 이름처럼, 참아 주시게[고유르사레이, 御許されい] 하며 도망치자.' 역참이름 '고유'와 용서하시게[고유르사레이]의 첫머리가 동음이의어인 점을 이용한 노래. 교카 원문은 'その顔でとめだてなさば宿の名の御油るされいと迯て行ばや'.

1) 여우가 기타하치로 둔갑했다!

야지로베 너무 녹초가 되어 우선 이곳 변두리의 찻집에 걸터앉는다.

주인노파 "예, 차 드시지라."

야지 "여보시오. 아카사카까지는 얼마 안 되지요?"

노파 "예, 불과 16정[약 1.7킬로미터][73]이어라. 그란디 댁 혼자라면 이 역참에 묵으쇼. 이 앞 소나무벌판松原에는 나쁜 여우가 출놀하여 여행객들이 자주 홀린다고 하니께라."

야지 "거참 꺼림칙한 이야기군. 그러나 여기 묵고 싶어도 일행이 앞서 갔기 때문에 어쩔 수 없다오. 에이 별일은 없겠지. 어디 가 보자. 예, 신세졌소."

라며 찻값을 치르고 여기를 나선다.

어두워서 캄캄한 게 어쩐지 으스스하고, (여우에게 홀리지 않을 주문으로) 눈썹에 침을 바르며 걷는데, 아득히 건너편에서 여우 울음소리, "커엉~ 커엉~."

야지 "저런, 울어대고 있군. 이놈 나타나기만 해 봐라. 때려죽여 주마."

라고 단단히 힘을 주며 길을 더듬어 간다.

한편 기타하치도 먼저 앞질러 이곳까지 왔는데, 이 또한 여기에 여우가 출몰한다는 이야기를 듣고, 혹시라도 홀려서는 곤란하다고, 야

---

73 1정=약 109미터.

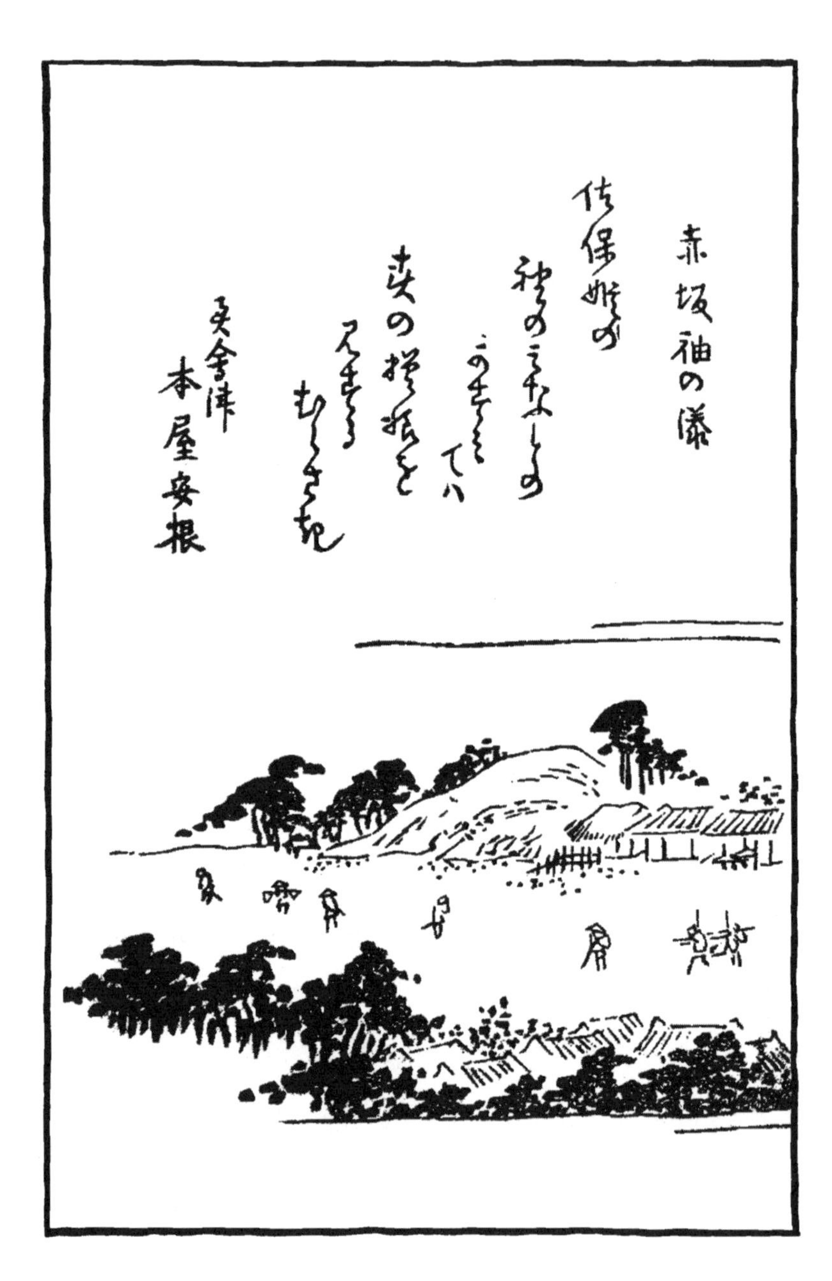

▲ 고유 역참 풍경.

御油甲山
水府

지로가 오기를 기다렸다가 함께 가려고 생각하여, 제방에 걸터앉아 담배를 피우고 있었는데, 야지를 보자마자,

기타하치 "어이~ 어이~ 야지 씨?"

야지 "아니 너 왜 여기에 있는 거여?"

기타하치 "여관을 잡으러 먼저 가려고 생각했는데, 여기에 나쁜 여우가 나타난다고 하길래 함께 가려고 기다리고 있었지."

라고 하자, 야지로 문득 깨닫기를, '이 녀석 그놈[여우]이 기타하치로 둔갑했구나' 하고 생각해서, 일부러 약한 모습을 보이지 않으려고,

야지 "똥이나 처먹어라! 그런 낡은 수법에 넘어갈 내가 아니지."

기타하치 "야아, 당신 무슨 말 하는 거여? 그리고 배고프지? 떡을 사 왔으니 먹으라고."

야지 "바보소리 작작해! 말똥을 먹을 수 있겠냐고."[74]

기타하치 "하하하하하하~ 이거 나라니까."

야지 "나라니, 기가 찰 노릇이군. 기타하치를 꼭 닮았다. 잘도 둔갑해댔구나, 개자식!"

기타하치 "아이고 아야 아야 아야, 야지 씨 이봐 어쩌려고?"

야지 "어떻게 하긴, 때려죽여야지."

라며 방심한 틈을 타 확 밀쳐서 쓰러뜨리고, 야지로 그 위에 올라타 누른다.

기타하치 "아 아파 아파~."

• • •

74 여우에게 홀려서, 모란떡[보타모치]이라고 생각해서 먹었더니 말똥이었다는 널리 알려진 속설에 입각한 이야기.

(40) 제35역참: 고유[御油]

【도판34】《즈에図会》 고유
= 원작4편 상・고유의 에피소드

(기타하치) “여봐, 야지 씨 나라고. 잘 봐, 여우가 아녀. 그렇게 때려선 안 된다고. 아파라 아파 아파~.”

야지 “뭐라고 이 순 여우새끼! 아주 자신만만 우쭐해서 기타하치로 둔갑하다니 기가 찰 노릇이군. 그런 걸로 통할 리가 없지. 자 어때 어때?”

야지 "아프면 정체를 밝혀라 밝혀!"

기타하치 "어럽쇼, 엉덩이에 손을 대서 어쩌려고?"

야지 "어쩌기는. 꼬리를 내놔! 내놓지 않으면 이렇게 해 주지."

라며 석 자三尺[약90센티미터] 허리끈[75]을 풀어서, 기타하치의 손을 뒤로 돌려 꽁꽁 묶었다. 기타하치 웃긴 나머지 (반항하지 않고) 일부러 묶여 있는데,

야지 "어서어서, 앞장서서 걸어, 걸으라고!"

꽁꽁 묶은 기타하치를 뒤에서 붙잡고 내몰고 또 내몰면서 아카사카 역참에 들어섰다.

• • •

75 석자수건[三尺手ぬぐい]: 석자허리띠[三尺帶]. 석 재[약 90센티미터] 정도의 짤막한 띠. 여행용 허리끈으로 간편하게 사용되었다.

6

아카사카 역참에서

1) 포박당한 기타하치 — 개에게 물어봐

아카사카赤坂[현재 아이치현 오토바초] 역참에 도착하니, 이미 모든 여관이 손님을 숙박시키고 있는지라, 문 앞에 서서 호객하는 여자도 보이지 않는다. 야지로는 (먼저 간 기타하치가 잡아둔) '여관사람이 벌써 마중 나와 있을 법도 한데'라고 서성거리고 있는데,

기타하치 "이봐 야지 씨, 어지간히 하고 풀어 줘. 남우세스럽네. 사람들이 힐끔힐끔 봐서 창피하다고."

야지 "빌어먹을, 똥이나 처먹어라. 그런데 여관은 어딘지 모르겠네."

기타하치 "뭐? 나는 여기에 있는데 누가 먼저 숙소를 잡아뒀겠냐고."

야지 "아직도 지껄일래? 개자식."

그러는 사이 맞은편에서 오는 여관 남자, "당신들은 본 여관에 묵

(41) 제36역참: 아카사카[赤坂]

【도판35】《즈에図会》 아카사카
= 원작4편 상·아카사카의 에피소드

(기타하치) "야지 씨, 이제 어지간히 하고 풀어 줘. 사람들이 흘금흘금 봐서 꼴불견이라고."

(백구) "항항항항~."

으실 분들이 아니시올런지요?"

야지 "자네, 마중 온 사람인가?"

여관사람 "예 그렇사옵나이다."

야지 "이것 봤냐. 이 잘못 둔갑한 놈아."

라고 기타하치를 지팡이로 한 대 갈긴다.

기타하치 "아이고 아야 아야 아야 아야~ 무슨 짓거리여?"

여관 남자, 소스라치게 놀라 "당신들, 다른 일행 분은 아직 뒤에 오시옵니까?"

야지 "뭘, 이제 나 혼자네."

여관사람 "허어, 그러면 실수했습니다. 저희 쪽에 투숙할 분은 열 명 일행이라고 삼가 들었습니다."

라며 이 남자는 총총히 가 버린다.

또 다른 여관 앞에서 주인, "묵으실랑가요?"라며 달려와서 붙잡는다.

야지 "아니, 일행이 먼저 왔을 텐데."

기타하치 "그 일행은 나라고."

야지 "에잇, 끈질긴 놈이다. 이제 어지간히 꼬리를 드러내라[속임수를 드러내라]고. 아니 잠깐 잠깐. 저기에 개가 있다. 워리 워리 워리 워리 워리 워리 워리~ 백구! 워리 워리 워리 워리~ 물어 물어 물어~. 옳거니, 개가 와도 태연자약한 걸 보니 그럼 여우가 아니군. 진짜 기타하치구만."

기타하치 "당연하지. 나쁜 장난이여."

야지 "하하하하하~ 그럼 당신 집에서 묵지요."

라고 의심이 풀려서 기타하치의 포박도 풀어 준다.

2) 여우에게 홀린 여관

여관주인 "어서 들어오십시오. 이봐, 데운 물 가져와! 객실은 준비됐나?"

기타하치 "아아 뜻밖의 봉변을 당했다."

라며 발을 씻는다. 그 사이 여관 여종업원이 짐을 객실로 옮긴다. 두 사람도 객실로 안내되고,

야지 "참말로 기타하치, 용서해 줘. 나는 정말로 진짜 여우라고만 외곬으로 생각했네."

기타하치 "얼토당토않은 일을 당했어. 아직도 이 손목이 따끔따끔하다고."

야지 "하하하하하하. 그런데 아니 잠깐 기다려 봐. 그렇지만 역시 이것이 (여우에게) 홀리고 있는 게 아닐까? 어쩐지 이상한 기분이 드는데." 마구 손뼉을 치며, "주인장! 주인장!"

주인 "예, 부르셨습니까?"

야지 "이거 도저히 납득이 안 가네. 여기는 어딘가?"

주인 "예, 아카사카 역참이옵니다."

기타하치 "하하하하하, 야지 씨 무슨 일인데?"

야지 "에잇 아직 속여대고 있군."

이라고 말하면서 눈썹에 침을 바르고, "주인장, 어때 이집은 묘

지卵塔場[76] 아니여?"

주인 "예? 무슨 말씀이신지?"

기타하치 "하하하하. 재밌다 재밌어."

그 사이 부엌에서 여종업원, "목욕하세요~."

기타하치 "그럼 야지 씨, 먼저 탕에라도 들어가서 마음을 가라앉히는 게 좋겠네."

야지 "개자식이[여우 놈이] 똥통糞壺[고에쓰보]에 넣으려고 하다니[77] 그 수법에 넘어갈 내가 아니지."

주인 "아무렴, 목욕탕 물은 맑은 샘물이기 때문에 깨끗합니다. 글쎄 다녀오시지요."

라며 부엌으로 간다. 여종업원 차를 내온다.

종업원 "저기요 적적하시면 유녀님들이라도 부르시지요."

야지 "바보소리 하지 말게. 돌 지장보살을 껴안고[78] 자는 건 싫다고."

종업원 "호호호호호, 이상한 얘기를 하시네요."

기타하치 "그럼 먼저 들어가겠네."

라며 기타하치 목욕탕에 간다. 그 사이 주인, 또 객실로 온다.

주인 "그런데 손님에게 아뢥니다. 오늘 밤은 저희 집에 축하할 일이 조금 있는지라 술 한 잔 올리겠습니다."

라고 말하는 사이 부엌에서 술과 안주를 내온다.

• • •

76 란토바[卵塔場] : 난탑이 있는 곳. 난탑은 새알 모양을 한 비석으로, 승려의 무덤에 씀.

77 여우에게 홀려서 목욕탕이라고 생각하고 들어갔더니 똥통이나 거름통이었다는 이야기는 널리 알려진 속설.

78 여우에게 홀려서 돌로 된 지장보살을 껴안고 잤다는 이야기도 많다.

야지 "개의치 않으셔도 되는데. 뭔가 경사스런 일인가 보군요."

주인 "예 그렇사옵니다. 저의 조카 녀석이 새색시를 얻었습니다. 오늘밤 혼례를 치르기 때문에 시끄러우시겠지요. (아무쪼록 양해를 구합니다.)"

라는 말을 던지고 일어서서 나간다. 기타하치 목욕탕에서 나와,

기타하치 "뭐야. 한턱내는 거야?"

야지 "이 집에 혼례가 있다는군. 이거, 드디어 그놈[여우 놈]이 완전히 홀리려고 하는 게 틀림없어. 이제 (밑에 가마솥 있는) 목욕통에도 안 들어갈 거야."

기타하치 "에라, 당신도 적당히 해. 것 참 집요하구만."

야지 "아냐 아냐, 쉽사리 방심해선 안 된다고. 이 (직사각형) 쟁반硯蓋[스즈리부타]에 담은 술안주도 이렇게 맛있어 보여도 정체는 말똥이나 개똥일 거야."

기타하치 "정말 그럴 테니까 당신은 보고 있으라고. 이거 참 고맙군. 기꺼이 먹어치워 주지."

라며 기타하치 자작으로 후딱후딱 마셔댄다. 예의 그 게걸스러운 먹성의 야지로, 과연 보고만 있을 수 없어서 눈을 끔벅거리며,

야지 "분통 터지네. (여봐란 듯이 먹어대서) 기분 나쁘게 하는구먼."

기타하치 "걱정할 필요 없다니까. 한잔 마시라고."

야지 "아냐 아냐, 말 오줌일 거야. 어디, 냄새를 맡게 해 줘. 음 으음~ 이건 진짜 같네. 아무래도 못 참겠군. 에라, 될 대로 되라지. 먹어치우자."

라고 한잔 따라 마시고 입맛을 다시면서, "술이다 술~ 어디 보자 안

주. 이크, 이 달걀은 어쩐지 색깔이 마음에 안 드는데[수상쩍은데].[79] 새우로 하자. 와삭 와삭 와삭. 이 녀석은 진짜 새우네, 새우야." 라며 벌컥벌컥, 주거니 받거니 하며 후딱후딱 들이킨다.

3) 장지문 틈으로 신방 엿보기

그 사이 부엌 쪽에서는 밥그릇과 가구가 부딪치는 소리 삐그덕 삐그덕 시끄럽고 북새통인 가운데, 별채에서는 이미 혼례의 헌배 의식이 시작된 듯 (요곡謠曲[能의 가사]) 노래 소리가 들려온다.

"온 세상 바다의 파도♪ 고요하고[천하태평이고]~
나라도 평온하여♪ 때맞추어 부는 바람~
나뭇가지를 흔들어 울리지 않는♪ 치세로구나~
서로 쌍둥이 소나무처럼 해로하니♪
이야말로 경사스럽도다~."[80]

기타하치 "얼씨구 좋다~."

야지 "야 시끄러워!"

기타하치 "시끄러운 건 좋은데, 당신, 아까부터 술잔을 (손에서) 놓질

• • •

79 노란 달걀 색깔에서 똥을 연상해서 하는 말.

80 謠曲 「高砂」[다카사고]의 한 구절로 혼례 때 중매인이나 장로가 부르는 노래.

않는군. 좀 이리로 돌리라고. 참말로 말똥이니 오줌이니 하더니, 무턱대고 혼자서 먹는 놈일세. 하하하하하."

야지 "나는 솔직히 홀린 듯한 기분이 들었었는데 지금 생각해 보면 그렇지도 않은데 말이여. 엉뚱한 맘고생을 하고 말았군."

기타하치 "에라, 당신이 고생한 것보다 난 꽁꽁 묶여서 괴상한 꼴을 당했다고. 하하하하하."

어느새 부엌에서 밥상도 들여오고 이러쿵저러쿵 하는 사이에, 안쪽 (별채)객실에서 다시 요곡謠曲을 부른다.

"천년을 변함없이♪ 몇천년을~
영화롭게 번창할 소나무 매화나무여♪~,
떡잎 대나무의♪ 일생을 담아~
늙은이가 될 때까지♪ 함께 하니 즐거운지고~.

경사났네 경사났어. 삼국[일본·중국·인도] 제일의 새색시를 얻었구나.[81] 짝짝짝!"

라고 손뼉 치며 기뻐하는 소리 왁자그르르 떠들썩하다.

그러는 사이 부엌에서 여종업원이 와서, "손님들 그만 이부자리를 펼까요?"

• • •

81 혼례에서 색시를 칭찬하여 말하는 상투어.

야지 "그렇게 하지."

기타하치 "이봐요, 종업원. 혼례식은 이제 끝났소? 필시 신부님은 예쁘겠지요?"

여자 "그럼요. 신랑님도 멋진 남자, 신부님도 굉장한 미인이옵니다. (손님들께) 죄송스럽게도 저쪽 객실에서 주무시기 때문에 잠자리에서 나누는 정담소리가 들리겠지요."

야지 "뭐라고? 그런 사람들과 병풍 한 장 사이에 두고 자다니[82] (그것만은) 사양하겠네."

기타하치 "이것 참 큰일이군, 큰일이야~."

여자 "이제 조용히 해 주세요."

라며 나간다.

두 사람도 그대로 잠이 드는데, 어느덧 맹장지문 한 장 사이인 옆방에서 신랑신부가 자는 듯. 소곤거리는 소리를 들으니 혼례 이전부터 연인관계였던 색시를 맞아들인 듯, 아무래도 첫 대면[첫 잠자리]으로는 보이지 않는다. 때리거나 꼬집거나 희롱하는 소리가 손바닥 안을 들여다보듯 훤히 들려, 야지로 기타하치 잘 수도 없어서,

야지 "젠장, 뜻밖의 변을 당하게 하는군."

기타하치 "정말 몹쓸 여관을 잡았네. 남의 속도 모르고, 어쩐지 무서울 정도로[지독히도] 금실이 좋구먼. 빌어먹을."

야지 "자, 이야기 소리가 그쳤으니 (지금부터가 더) 문제일세."

• • •

82 와리도코[割床]: 싸구려 기생집의 경우, 한 방에 병풍을 사이에 두고 두 팀의 손님을 받기도 한다. 여기에서는 맹장지 문을 사이에 둔 옆방을 이에 비유해서 한 말.

라며 차츰 이불에서 몸을 앞으로 내밀고, 옆방 형편[낌새]을 귀 기울여 엿들으려고 하니, (더욱더) 잠들지 못하고 야지로 그대로 살그머니 일어나서 맹장지 문틈으로 엿본다. 기타하치도 벌거벗은 채 기어 나와서,

기타하치 "어때 야지 씨, 신부는 예쁘냐? 나도 좀 보여 줘."

야지 "야 조용히 해. 중요한 장면[클라이맥스]인데."

기타하치 "어디어디, 좀 보여 줘."

야지 "이런, 잡아당기지 마."

기타하치 "그래도 좀 비켜 봐."

라며 야지로가 정신없이[넋을 잃고] 엿보고 있는 것을, 떼어놓으려고 잡아당겨도 비키지 않으려고 힘껏 버틴다. 그 바람에 맹장지문이 털썩 건너편 방 쪽으로 넘어가자, 두 사람도 같이 맹장지문 위로 뒹군다. 신랑신부도 맹장지문 아래에 깔려 간 떨어지게 놀라,

신랑 "아야 아파라 아파 아파, 이거 어떤 놈이야? 왜 맹장지문을 처쓰러뜨리는 거야?"

라며 벌떡 일어났으나 각등도 쓰러져서 칠흑 같은 어둠. 야지로는 잽싸게 도망쳐 자기 잠자리로 기어들어간다. 기타하치 허둥대다 그 신랑에게 붙잡혀 어쩔 수 없이,

기타하치 "죄송합니다. 화장실을 가려다 그만 (잠이 덜 깨어) 방향을 잃어버렸습니다. 도대체 이 집 종업원이 나쁘다고. 밤에 방 한 가운데에 각등을 두니까 그것에 발부리가 걸려서, 미안하게 되었습니다. 아~ 소변이 샐 것 같군. 잠깐 다녀오지요. 이걸 놔 주시오."

신랑 "거 참 어처구니없는 사람들이군. 이불도 요도 (각등에서 쏟아

**(42)

【도판36】《즈에図会》 세키
= 원작4편 상·아카사카의 에피소드를 뒤늦게 제47역참에서 차용

(야지?) “이거 큰일이네 큰일. 이러니까 관두라고 했던 거야. 어이구 참으로 죄송합니다.”

(기타하치?) “거봐 거봐, 넘어졌다 넘어졌다 넘어졌어. 아이고아이고아이고~.”

(새신랑) “누구야? 아파라 아파 아파 아파~.”

진) 기름투성이가 되었네. 이봐~ 오산[하녀의 통칭]! 오산! 누구든 얼른 보내 주지 않겠나."

라고 불러대는 소리에, 부엌에서 하녀가 밝힌 등불을 들고 와서 주변을 치운다. 기타하치도 겸연쩍게 떼어진 맹장지문을 끼워서 (옆으로) 밀어 닫고, 가까스로 용서를 구하고는 원래 잠자리로 돌아가 풀이 죽어 눕는다. 야지로 우스꽝스러운 나머지 웃음을 터뜨리며,

사죄하는 말/ 누워서 들으니까/ 너무 우습네
웃다가 장지처럼/ 떼어진 턱의 빗장[83]

기타하치도 이불을 뒤집어쓰면서,

신랑신부의/ 잠자리 무턱대고/ 마구 휘저은
내가 몹시 창피를/ 당한들 어찌하리[84]

이렇게 홍겹게 읊조리고 밤도 깊어가니 쌍방이 조용해지고 오직 코고는 소리만 높아졌다.

• • •

83 '누워서 (기타하치의 사죄하는 말을) 들으니 너무 우습구나, (떼어진) 맹장지처럼 (너무 웃어서) 벗겨진[빠진] 턱의 빗장.' 턱이 빠지도록 우습다는 뜻의 '턱의 빗장이 벗겨지다'라는 관용어를 이용한 교카. 원문은 'ねてきけばやたらおかしや唐紙とともにはづれしあごのかけがね'.

84 '신랑신부 잠자리를 무턱대고 휘저어대서, 나는 창피를 당한들 어찌하리[창피를 당해도 싸다 싸].' 교카 원문은 '聟娵のねやをむせうにかきさがしわれは面目うしなひしとて'.

『동해도 도보여행기』

4편

하권
(아카사카~미야)

7

아카사카 역참에서 후지카와로 가는 길

1) 똥 먹어라

닭 울음소리 집집마다 울려 퍼지고 마부들이 모는 역참부역 말 울음소리 우렁차니, 이미 날도 밝았으므로 야지로베 기타하치 일어나서 대충 아침식사를 마치고 총총히 **아카사카**赤坂[현재 아이치현 오토바초] 역참을 출발했다. 이 역참 어귀에서부터 앞서거니 뒤서거니 하면서 가는 세 명의 나그네 일행, 이들도 에도 출신인 듯 조금 협객기질인데 시원스런 기세 좋은 말투[85]로 이야기하면서 가는 것을 들으니,

남자1 "이거 어젯밤 묵은 곳은 재밌었지~."

남자2 "글쎄 말이야. 어쩐지 안쪽 방에 묵었던 녀석들은 우둔한 놈

• • •

85 에도시대 상공업지역 장인[기술자] 사이에서 쓰던 시원시원하고 기세 좋은 말투 '베란메 말투'를 사용하고 있음.

▲ 야지의 멱살 잡는 협객.

弥

들이었어. 여관에 혼례가 있는 것을 부러워해대서, 맹장지문 틈으로 훔쳐보는 데 열중하다가 결국 장지문을 처쓰러뜨려 버렸지. 아주 웃기는 등신 같은 놈들이야."

남자3 "그리고 나서 그 신랑에게 사과하는 꼴이라니. 그 소동으로 우리까지 제대로 자지 못했잖아. 억울해라."

남자1 "그리고 그중 한 놈은 웬일인지 초저녁에 여관주인을 불러대서는 이 집은 묘지가 아니냐고 지껄이던데, 그 등신자식은 아무래도 실성한 놈 같아."

이 패거리는 어젯밤 야지로 기타하치가 묵었던 집에 함께 묵었던 듯, 이런 이야기를 하고 있다. 야지로 듣고는 몹시 열 받아 냅다 달려가서 말을 건다.

야지 "이봐 당신들 아까부터 잠자코 듣고 있자 하니, 우리를 보고 등신이라니, 무슨 소리야?"

아까 남자[남자1] "뭐 당신들 얘기가 아니요. 이쪽 얘기라고."

야지 "이쪽 얘기라는 게 있을 턱이 있나. 어젯밤 여관에서의 일을 지껄이는 거잖어. 그 맹장지문을 처쓰러뜨린 등신이란 바로 나다!"

여행객 "아하, 당신이 그 등신?"

야지 "오냐 그 등신이다."

여행객 "하하하하하하~ 등신이니까 등신이라고 했는데 뭐가 문제야?"

야지 "아니 이 녀석 실없는 농지거리를 해대는군."

여행객 "똥이나 처먹어라!"

야지 "뭐라고? 똥이나 먹으라고? 거 참 재밌겠군. 먹을 테니까 가져

**(43)

【도판37】《즈에図会》에지리
= 원작4편 하·아카사카의 에피소드를 앞서 제18역참에서 차용

(불량배) "이 새끼, 이런 것을 사람에게 던지다니 가만 안 두겠어. 용서 못 하겠다 바보새끼야~."

야지 "아이고 아이고, 제발 제발 용서해 주십시오, 용서해 주십시오."

와 봐라 이 자식아!"

라고 야지로 붉으락푸르락 화를 내며 큰소리친다. 그러나 상대는 혈기왕성한 협객패거리, (정말로) 말똥을 지팡이 끝에 꽂고는, "자, 가져왔으니까 처먹어라, 처먹어!"

야지 "아니 말똥은 싫다!"

여행객 "싫고 말고가 어딨냐! 절대로 먹이고야 말겠다."

라고 세 명이 달려들어 야지로를 윽박지른다. 기타하치 우스워하다가 끼어들어서,

기타하치 "이거 정말 죄송합니다. (이제) 똥 싼[먹은][86] 거나[굴복한 거나] 마찬가지입니다."

3인 "하하하하하, 봐주지."

라며 가 버린다. 야지로, 도저히 당할 수 없는 상대라고 생각해서 그저 입속으로만 투덜투덜.

어느새 기리노키桐の木 나카시바中柴를 지나서 **야마나카**山中 마을에 당도한다. 여기는 마로 엮은 그물망과 (죄인을 묶는) 포승줄 등을 팔고 있었으므로 기타하치,

부처 약속인 듯/ 나무아미타불의/ 호조지절은

• • •

86 똥을 먹다 '구소오다**베**루'를 비슷한 음으로, 똥을 싸다 '구소오다**레**루'로 재치 있게 말한 것임.

이름조차 비슷한/ 그물망이 명물이라[87]

• • •

87 '부처님의 (중생구원의) 약속인 듯 호조지[宝蔵寺]절에는, 나무아미타불과 비슷한 이름[낭]조차 그물망[아미부쿠로]이 이곳의 명물.' 나무아미타불의 나무'南無'와 난'名は[이름은]', 아미'阿弥'와 아미'網[그물]'을 동음이의어로 읊은 교카. 원문은 'みほとけの誓ひと見へて宝蔵寺なむあみぶくろはこゝのめいぶつ'.

후지카와 역참에서

이리하여 **후지카와**藤川[현재 아이치현 오카자키시]역참에 다다른다. 역참경계 표시 팻말이 있는 변두리棒鼻[보바나] 찻집, 처마마다 날생선을 매달고, 커다란 납작 접시大平皿[오히라자라]와 대접鉢[하치]을 가게 앞에 늘어놓고 나그네 발길을 멈추게 한다. 야지로베,

> 삶은 문어의/ 보랏빛 처마마다/ 대롱대롱은
> 매달린 등꽃인가/ 후지카와의 역참.[88]

• • •

88 '삶은 문어의 보랏빛은 처마마다 대롱대롱 매달린 등꽃[후지] (이런가 그 이름도) 후지카와 역참.' 가게의 처마 밑에 삶은 문어가 매달려 있는 것을 보고 보라색 등나무 꽃을 연상하였으며 마침 역참이름과 같다고 읊은 교카. 원문은 'ゆで蛸のむらさきいろは軒毎にぶらりとさがる藤川の宿'.

1) 미치광이의 사랑

그로부터 이 역참 중심가를 지나 역참 출구의 허술한 찻집에서 쉬면서,

기타하치 "왠지 배가 콕콕 몹시 아픈데. 할멈, 식힌 맹물은 없나?"

찻집노파 "예에, 식힌 물은 없다요. 그냥 물 드릴깝쇼?"

기타하치 "에잇, 약을 먹을 거라고. 이거 더 이상 못 참겠군. 그런데 뒷간은 어디에 있지?"

야지 "어디에라니, 그렇게 집 안을 둘러본들 뒷간이 다타미[방바닥] 위에 있을 리가 있겠냐고. 뒤쪽으로 가."

기타하치 "야아, 맨 끝에 보이네 보여."

뒤쪽으로 나가 뒷간에 들어가서 얼마 후 볼일을 보고 나와 주변을 보니, 이 뒤편에 곳간을 거처로 한 집 한 채가 있었다. 집 안에는 열여덟아홉 정도 되는 처녀, 머리카락은 흐트러져 있었지만 꽤 아름다운 미인. 혼자만 있는 듯하다. 기타하치 여느 때의 (호색한) 나쁜 버릇이 발동하여 이 집안으로 쓰윽 들어가 웃으면서,

기타하치 "여보시오 염치없지만 물을 좀."

이라며 손을 씻는 사이, 처녀는 깔깔 웃고 있다.

기타하치 "이봐 아가씨, 당신 뭘 웃으시나? 그리고 여기에 혼자 계신 건가? 위험하게시리."

라고 주변을 보았지만 다른 인기척은 없다. 기타하치 걸터앉아 담뱃불을 붙이며, "헤헤~ 기분 나쁘게 뭘 보고 웃으시나? 여보게나 뭘 웃는 거야~"라며 처녀의 손을 잡아당기는데 과연 뿌리치지도 않고 역

시 웃고 있다. 기타하치, 이거 참 고마워라, 이젠 내 차지다 하고 확 끌어당긴다.

어느 틈엔가 아이가 발견하고는 "와아~ 와아~ 저 사람은 미친 여자랑 야한 짓[연애] 하고 있어~ 하하하하하하."라고 큰 소리로 웃으며 달려간다. 기타하치 깜짝 놀라서 떼어 놓고 도망치려 했지만 처녀는 찰싹 달라붙어서 떨어지지 않는다.

처녀 "에잇 이 사내자식, 안 놔줄 거야, 안 놔줄 거야~."

기타하치 "이거 참 꼴불견이군."

강제로 떼어 내려고 하는데 이 처녀의 부모가 돌아와서, "여봐! 자네는 젊은 처자를 붙들고 뭐 하노?"

기타하치 "아니 아무것도 안 해요."

부친 "(아무것도) 안 하는 놈이, 와 여자 혼자 있는 집에 들어왔노? 이거 용서 못 한데이!"

기타하치 "거시기, 지금 막 볼일 보러[뒷간에] 왔다가 그냥 물을 받았을 뿐이요."

부친 "아이다! 저건 정신이 나간 애레이. 당신, 정신 나간 애를 붙들고 농락하려고 했음에 틀림없데이!"

기타하치 "무슨 말도 안 되는 소릴~."

부친 "아이다! 가만 안 둘끼다 가만 안 둘껴~ 미친 애라고 얕보고 불쑥 당신이 농락했음에 틀림없다~ 딴소리하지 말그라. 이대로는 가만 못 있는다 못 있고말고!"

라고 아우성쳐대며 난리법석을 떤다.

이때 야지로베는 길 쪽 찻집에서 기다리고 있다가, 화장실에 간 기

(44) 제37역참: 후지카와[藤川]

【도판38】《즈에図会》**후지카와**

= 원작4편 하·후지카와의 에피소드

(부친) "이 사람 참 깜짝 놀랄 잡놈이여, 정신 나간 우리 딸을 붙들고 농락하려고 했나? 그랬다면 가만 못 있지 못 있고말고 못 있고말고!"

기타하치 "아이구 아이구, 미쳤다고는 몰랐네. 용서하게 용서하게 용서하게~."

타하치가 돌아오지 않자 나중에 보러 왔는데, 아까부터 이 상황을 한 쪽 구석에서[숨어서] 지켜보고는 웃음을 참지 못하고 있었다. 그러나 이제 (저 자리에) 나가 주자고 어슬렁어슬렁 나와서,

야지 "실례합니다. 저는 이 남자의 동행입니다만 자세한 사정은 들었습니다. 이 자식도 저리[멀쩡하게] 보여도 실제로는 약간 정신이 나갔습니다. 이해해 주십시오. 에라 이 자식아 (잘도 민폐를 끼치고 다니는구나) 어지간히 신경 쓰게 하려무나. 저 낯짝 말입죠, 저걸 보십시오. 두리번 두리번거리는 얼굴이 증거. 따님은 여자인 만큼 그래도 낫지만, 이 정신 나간 놈에게는 정말 곤란해 하고 있습니다."

부친 "아니 아니, 그럴 리가 없데이. 무슨 저 사람이 미치광이일 리가 있나."

야지 "글쎄 저 면상을 보십시오. 저런 저런, 저대로입죠."

기타하치 "뭐? 나를 미치광이라고? 이것 참 재밌네. 아하, 내린다 내려 저건 저건 꽃 보라가 흩날리는 걸까[찌리야] 축[다라리], 따뜻한 고환 축[다라리], 차가운 고환 오싹[치리리], (꽃이) 지는 듯하여[치리카카루요데] 애달퍼서 잘 수가 없네. 이크크 크크크, 야아 거기에 있는 건 아낙네들인가. 야, 좋은 마누라 아닌가, 좋은 마누라 아닌가. 이건 말야 그래 그으래 3은 있으려나. 얼씨구 좋다."[89]

야지 "저것 좀 보십시오. 저와 같습죠. 그 주제에 저 면상으로 색광

• • •

89 나가우타 '사랑의 도피여행 첫 벚꽃[道行旅初桜]'·'베개사자[枕獅子]', 조루리 '최근 강가의 오기 다툼[近頃河原の達引]', 요곡 '노인[翁]'에서 인용한 비슷한 음들을 연결하여 지은 노랫말로 미치광이처럼 노래하고 춤추는 모습을 형용하고 있음.

이니, 여자만 보면 해롱해롱 집적댑니다. 참말로 수치스러운 일이나 말하지 않으면 납득하지 못하실 테니…, (실은) 이놈은 제 동생으로 정말 이런 팔자도 없습니다."

부친 "예에, 당신이 그렇게 말씀하시니 지도 슬픕니데이. 보시는 바와 같이 딱 하나 있는 딸이 이 병으로 저에게는 큰 번뇌입니더."

야지 "이해하고도 남습니다. 에라, 이 바보자식 뭘 껄껄대고 웃어. 어쩌다가 아버님, 성가시게 해 드렸습니다."

부친 "자 차라도 마시고 가이소."

야지 "이제 가야죠. 어서, 정신 나간 녀석아 냉큼 가라고!"

야지로베의 허튼 소리에 가까스로 소동이 수습되어 야지로베는 기타하치를 데리고 여기를 빠져나오더니 끝내는 크게 웃으며,

> 꼬신 처녀는/ 정말로 미치광이/ 이쪽이야말로
> 실수가 되었네/ 잘못 보는 바람에.[90]

이렇게 흥겨워하며 이곳을 출발해 가는 도중에,

야지 "이봐 기타하치, 너도 엉뚱한 녀석이여. 정신 나간 여자를 붙잡고 뭘 하려고…, 망신스러운 놈일세."

기타하치 "헤헤 체면이 말이 아니여. 그렇지만 나까지 미치광이라

• • •

90 '꼬신 처녀는 정말로 미치광이[기치가이]여서 이쪽은 실수[마치가이]가 되었네 잘못 보는 [메치가이] 바람에.' 미쳤다'기치가이', 실수했다'마치가이', 잘못 봤다'메치가이' 이렇게 '치가이'로 어조를 맞춘 교카. 원문은 'くどきたる娘はほんの気ちがひにこちやまちがひとなりし目ちがひ'.

니, 야지 씨 그건 당신 평생의 걸작이야."

야지 "(답례로) 술이라도 사라고. 그런데 그것에 대한 얘기가 있지. 마침 너와 같은 변덕쟁이가 미치광이 여자를 붙잡고 희롱하려고 하니 그 여자의 아버지가 이를 보고 화내면서, '야아 이놈은 남의 집에 사전 양해도 구하지 않고 쳐들어牛込[우시고미][91]와서 딸을 후리려고 하느냐, 그건 절대 사절赤坂ベイ[아카사카베이][92]이야'라고 말하자, 자네도 지지 않으려고, '아니 넌 뭐냐, (남을 매도하느라) 주둥이를 삐죽 내민 게 요쓰야四谷 소리개연[93] 같군'이라고 놀리니, 아까 그 아버지가 '오냐 내가 요쓰야 소리개연이면 넌 하치만八幡님의 비둘기[94]다!'라고 해. '이거 참 웃기는군. 이 기타하치가 왜 하치만님의 비둘기냐?'라고 하니, 아버지가 '글쎄 네놈은 미치광이気違え[기치게에]의 콩[95]을 먹으려고 하지 않았느냐'고. 하하하하하하~."

기타하치 "뭐라고? 이치게에市谷의 동음이의어에는 탄복했다. 하하하하하~."

• • •

91 무단침입하다는 '오시코미[押込み]'에 에도의 지명인 '우시고미'로 일부러 어조를 맞춘 말장난.

92 거절하거나 조롱하는 뜻으로 아래 눈꺼풀을 끌어내려서 빨간 눈꺼풀 속을 보이는 짓인 '아캄베'를 에도의 지명인 '아카사카'+'베이'로 일부러 어조를 맞춘 말장난.

93 '요쓰야'는 에도의 지명. 이곳의 명물인 연은 새부리 같은 것이 뾰족하게 솟아 있었고 소리개가 날개를 펼쳐서 나는 모양을 하고 있었음. 에도시대 무가의 종복이 양 소매를 양쪽으로 뻗친 모습을 본떠 만든 '얏코연'의 원조.

94 비둘기는 하치만신이 부리는 사자인데, 여기서 하치만은 에도 이치가야[市ヶ谷]의 하치만궁을 말하고 있음을 다음 기타하치의 말로 알 수 있다.

95 콩은 여성을 가리키는 은어. 미치광이의 에도식 발음인 '기치게에'에, 에도의 지명 '이치가야'를 에도식으로 발음한 '이치게에'를 숨긴 동음이의어 말장난. 즉 이치가야 하치만궁의 비둘기가 먹는 콩을 외설적으로 비유한 표현.

웃으면서 가다보니 아즈키小豆[팥] 언덕을 넘어서 오카노고岡の江 마을, 유센지竜泉寺 강을 지나 **오히라가와강**大平川에 이른다.

강가에 무성한/ 미나리 푸른 채소/ 오리마저 물에

아니 국물에 잠긴/ 넓적 공기 오히라 강.[96]

• • •

96 '강가에 무성한 미나리 푸른 채소에 오리마저 물(아니 국물)에 잠긴 커다란 납작공기[오히라왕]이련가 오히라의 강.' 강가에 있는 미나리와 오리를 소재로 오히라 강의 풍경을 읊으면서, 넓적 공기에 오리와 미나리를 담은 요리를 비유한 교카. 원문은 '岸に生ふ芹のあをみに小鴨まで水にひたれる大平の川'.

오카자키 역참에서

그리고 오히라大平 마을을 지나쳐서 **오카자키**岡崎[현재 아이치현 오카자키시] 역참에 다다른다. 이곳은 동해도 유수의 번창한 지역으로 특히 떠들썩하니 늘어선 길 양쪽 찻집들 모두 깔끔해 보였다.

찻집 "쉬다 가세요~ 식사하세요~ 최상급 청주[모로하쿠][97]도 있습니다~ 들어오세요~ 들어오세요~."

야지 "어때 시장기가 좀 돌지 않나?"

기타하치 "그렇군. 여기서 '잠깐 휴식'이나 취해 볼까나."

라며 어느 찻집에 들어간다.

안에 있던 여자 "잘 오셨습니다."

야지 "아가씨, 식사를 하겠네. 뭐 맛있는 건 없는가?"

• • •

97 모로하쿠[諸白]: 술 담그는 쌀 및 누룩용 쌀을 모두 정백미를 써서 빚은 고급 청주.

여자 "네, 좋은 은어가 있지라[오마스]."

기타하치 "뭐? 은어 회[나마스]라고?"[98]

여자 "오호호호호호."

하고 웃으면서 이윽고 은어조림[99]을 차린 밥상을 가져온다.

야지 "어디어디, 이거 맛있는데~ 게다가 호사스럽게 흰밥이다!"

기타하치 "에라, 남우세스러운 말을 하는군. 어라, 여자가 웃으며 가는데! 저 녀석은 얼굴이 온통 보조개 투성이구먼."

야지 "보조개라면 좋겠지만, (곰보자국으로) 볼이 움푹 패인 게 디딤돌로 쓰는 말굽 돌 같구만.[100] 하하하하하."

1) 오카자키유녀와의 작별 술잔치

여느 때처럼 험담으로 횡설수설 신소리하고 있으려니, 안쪽 객실에서는 이 근처 마을에 사는 손님이 세 명 정도, 이 역참 유곽에 며칠 동안 계속 묵다가 돌아가는 길인 듯 상대유녀, 여기까지 배웅 나온 것으로 보인다. 작별 술잔치로 난리법석인 가운데, 오카자키가락岡崎節

• • •

98 은어는 상하기 쉬우므로 회로 하기 어렵다. 신선도를 유지해야 하는 은어회가 있다면 최상급 요리이니 놀라운데라는 의미를 담아서 일부러 잘못 들은 것처럼 말장난 하고 있다.

99 니비타시[煮浸し]: 채소류, 말린 식품, 구운 민물고기 등을 초간장, 미림[단술]에 무르게 졸여서 뼈까지 먹을 수 있도록 한 달고 시큼한 요리.

100 디딤돌로 쓰는 마제석[馬蹄石]: 현관이나 마루로 오르는 곳 등의 신발을 벗어놓는 디딤돌에는, 단단한 검은색 마제석[말굽돌]을 사용하는데, 마제석 표면은 말발굽모양[U자형]으로 패여 있다. 곰보투성이 얼굴을 이에 비유한 말.

의 노랫소리 왁자지껄 들려온다.

노래 "*국화꽃에 울타리를 엮듯이 갇혀서♪*

지금은 몰래 만나고 싶어도 만나지 못하네♪.[101]

치리링 띠리링♪."

난리법석을 피우므로 기타하치 야지로 안쪽을 엿보니, 손님 한 사람의 목소리로, "여봐 여봐 다효太兵衛[다헤의 약칭], 술잔은 어찌 됐노?"

다 "야아, 니효仁兵衛[니헤의 약칭] 옆에 있다카이."

니효 "어디 내가 (잔을) 주워 마시지."

다 "다시 건네주레이."

니 "이크크크크크크, 이렇게 받아선 감당 못 하겠데이. 자 드릴까."

다 "아이쿠 받았다. 쑥 한 번에 털어 마셔뿔고, 지금부터 가도못코門木瓜에 돌아갈까, 아니면 마스가게桝屋, 조지가게丁字屋[102]에 갈까."

유녀 이쿠노 "뭐라캤노. 저 다효 씨는 말이지라 취하시면 말이지라 저렇게 말하니 말이지라, (단골 아닌) 다른 가게에 보내는 건 말이지라 안 되는 일이지라."

다 "아니 아니, (가부키배우 흉내를 내며) *이러한 때 마침~ 다치바나야*橘屋[기생집]*에서~ 손도장 받은 물건이 있는 고로~ 가지 않으면 안 된다오~*"[103]

• • •

101 마세가키[울타리]: 말뚝 양쪽에 섶, 잡목 등을 대어서 말뚝이 가려지게 단단하게 엮은 울타리.
국화꽃을 덮는 울타리에 둘러싸인 것과 같은 신세로 그리운 당신이 있는 곳에 숨어들어 갈 수 없다는 노래.

102 오카자키 유곽의 창녀가 있는 실제한 기생집 이름들.

유녀 "흠, 맞나."

니 "그렇고 말고 그렇고 말고. 치리링 띠리링~ *진작에 농간이라고 나는 알면서도♪ 속아 주며 피어나는 규방*室[무로]*의 매화♪*.[104] 하하하 하하하."

이때 마부들이 짐 싣지 않은 말 두세 마리를 몰고 와서 이 찻집 처마 밑에 묶어 놓고, 가게 안뜰을 지나 안쪽으로 들어가, "어르신네들 모시러 왔습니다~."

3인 "수고했네 수고했어. 아쉽지만 이것으로 헤어지지 않으면 안 되네."

유녀 "오랜만에 또 지금부터 나루미鳴海[오카자키의 다음 다음 역참]의 유녀를 사러 가는 거 아닌가예?"

다, 니 "하하하하하. 자 그럼 갈까."

찻집여자 "안녕히 가세요."

라고 각자 인사를 하는 동안 세 명의 손님은 각각 짐 없는 빈 말에 올라 작별인사를 하고는 타고나간다. 유녀가 배웅하며 갖가지 농담을 주고받았지만 생략한다.

야지로 기타하치 시종일관 이 모습을 보고 있었는데, 유녀를 샀던 사람이 짐 없는 빈 말空尻[가라지리: 빈털터리][105]로 돌아가는 것도 우습다고

• • •

103 가부키에서는 보통 단골유녀의 편지[手紙, 테가미]를 받아서 가지 않으면 안 된다고 하는 것을, 자신이 상인이므로 손도장[手形, 테가타: 어음]을 받았으니 가야 한다고 말장난한 것.

104 당시 3대째 오노에 기쿠고로[尾上菊五郎]가 가부키무대에서 불러서 유행한 노래.

105 가라지리, 空尻: 짐 없는 빈 말=가라케츠, 空穴: 빈털터리.

▲ 오카자키성이 보이는 야하기다리의 풍경.

矢矧乃橋

웃어대며,

사미센의/ 기러기발처럼 빈/ 말 타고 가네
오카자키유녀를/ 사러 왔으니까.[106]

이렇게 해서 두 사람도 이곳을 출발하여 역참 외곽에 있는 마쓰바가와강松葉川을 건너 **야하기다리**矢矧橋에 이른다.

활처럼 난간/ 휘어진 다리로다/ 당연한지고
활'야'하기의 강에/ 걸쳐놓았으니까.[107]

2) 서푼짜리 지혜

그리고 나서 우토宇頭, 사카마치坂町, 오자키노고尾崎の郷 마을들을 지나, **이마무라**今村 휴게소마을에 도착한다.

• • •

106 '사미센의 기러기발[고마] (처럼 가벼운 빈) 말[고마]을 타고 돌아가누나. 오카자키유녀를 사러 왔으니까.' "오카자키유녀들은 좋은 유녀"로 시작되는 오카자키가락은 당시 에도에서 사미센을 배우는 초보자의 연습노래로 사용될 만큼 유명했다. 따라서 '오카자키유녀를 사러 왔으니까, 인연이 있는 사미센의 기러기발처럼 가벼운 빈말을 타고 유객은 돌아가누나'라는 뜻. 교카원문은 '三味せんの駒にうち乗歸るなり岡崎ぢよろしゆ買に來ぬれば'.

107 '난간이 활처럼 휘어진 다리로다. 이 또한 야[矢, 활]하기의 강에 걸쳐 놓았으니 (당연한지고).' 矢矧橋는 약 370미터로 당시 동해도에서 제일 긴 다리였다. 교카원문은 '欄干は弓のごとくに反橋やこれも矢はぎの川にわたせば'.

찻집노파 "명물 설탕떡 드세요~ 쉬다 가세요~ 쉬다 가세요~."

기타하치 "어이 이 떡은 얼마씩인가?"

떡집주인 "3문[90엔]입니다요."

기타하치 "이거 참 싸군. 이쪽 메추라기떡[108]은 얼만가?"

주인 "그것도 3문."

기타하치 "아니, 이게 3문이라면 비싼 것 같구먼. 어떻소 주인장 이렇게 합세. 이것을 2문[60엔]으로 깎아 주시오. 그 대신 그쪽의 둥근 떡[설탕떡]은 4문[120엔]에 사지."

주인은 이것 참 괴상한 말을 한다고 생각했지만 어느 쪽으로 하던 손해 보지 않으므로,

주인 "예 좋습니다요. 집으시지요."

기타하치 담뱃갑에서 동전 2문을 꺼내, "4문 있으면 둥근 놈을 사려고 했지만 2문 있으니 이 메추라기떡으로 하겠소."라며 메추라기떡을 집어먹어대면서 간다.

야지 "하하하하하, 것 참 기타하치 잘 해냈다! 제 아무리 주인일지라도 간 떨어지게 놀라고만 있었다고."

기타하치 "어때 지혜가 엄청나지?"

야지 "헤헤 이 등신아, 나도 그까짓 일은 어렵지 않다고, 하하하하~."

• • •

108 우즈라야키: 소금으로만 간을 한 팥소를 넣고 껍질은 얇게 해서 냄비나 프라이팬에 탄 자국을 내서 구운 찹쌀떡. 메추라기처럼 둥글고 부푼 모양이므로 붙인 이름.

(45) 제38역참: 오카자키[岡崎]

【도판39】《즈에図会》 오카자키

= 원작4편 하·오카자키의 에피소드

기타하치 "이 떡은 어느 쪽도 3문인가?"

여자 "그렇습니다."

(기타하치) "이쪽은 싼데 이쪽은 비싸니까, 싼 쪽을 3문짜리를 4문에 삽시다. 대신 비싼 쪽을 2문으로 깎아 주게. 그런 까닭에 이 2문(떡)을 다섯 개 삽니다~ 아하하하, 아하하하~."

사소하지만/ 욕심에는 빠지는/ 메추라기떡

고작 3문짜리/ 지혜를 쥐어짜 내.[109]

이렇게 흥겨워하며 웃다보니 니시다 해도西田海道[니시다는 우시다〈牛田〉마을의 오기]에서 반리[약2킬로미터, 한국이수로는 5리] 정도 북쪽으로, 그 이름도 유명한 **야쓰하시**八つ橋의 옛 자취가 있는 것을 생각하고,

야쓰하시의/ 유적을 읊더라도/ 못 미치는 실력

우린 창피 당할 뿐/ 제비붓꽃이여.[110]

• • •

109 '사소하지만 욕심에는 빠지는[지저귀는] (메추라기 아니) 메추라기떡을, 고작 3문[싸구려 서푼]짜리 지혜를 쥐어짜 내어 (샀노라).' 교카 원문은 'わづかでも欲にはふけるうづらやき三もんばかりのちゑをふるひて'.

110 '(와카명승지로 저명한) 야쓰하시의 유적을 읊더라도 우리는 (도저히 실력이) 미치지 못하니 창피를 당할[가키] 뿐 제비붓꽃[가키쓰바타]이여.' 동음이의어인 '가키'를 끝말잇기로 말장난한 노래. 교카원문은 '八ツはしの古跡をよむもわれわれがおよばぬ恥をかきつばたなれ'.

야쓰하시: 『이세이야기』 9단 이후, 우타마쿠라[와카에 읊어지는 전형적 명승지]가 된 명소. 제비붓꽃이 피는 연못에 폭이 좁은 널빤지 8개를 지그재그로 이어서 놓는 다리.

10

지리후 역참에서

머지않아 **지리후**池鯉鮒[현재 아이치현 지류〈知立〉시] 역참에 이르렀다.

마부노래 "*미야[아쓰타역참]에서 묵을까 미야유녀로 할까나♪*

하지만 오카자키, 좋은 유녀들♪

응 워 워."

1) 짚신 한쪽만 사고 싶소

야지 "짜증나네. 짚신草鞋[111] 때문에 발에 상처가 났군. 얼마동안 조리

• • •

111 와라지[草鞋]: 짚으로 엮되 발가락 끝에 있는 두개의 짚 끈을 좌우 가장자리에 있는 구멍으로 끼워서 발을 전체적으로 묶는 짚신. 조리와 달리 와라지는 이 끈이 발 뒷목까지 걸쳐진다.

草履[112]로 가야지. 여보쇼, 이 짚으로 된 조리는 얼마인가?"

주인 "네네 16문[480엔]이라예."

야지 "이거 참 싸군."

이곳의 주인은 이세伊勢 출신으로 장사가 능수능란했다.[113]

주인 "네 싸지예. 저희 집 조리는 한층 튼튼해서 전혀 끊어지거나 하질 않아예."

기타하치 "뿌리밑동부터['전혀'의 동음이의어]는 안 끊어지겠지만, 앞부분부터는 끊어지겠지."[114]

주인 "뭐 신으시면 (조리 끈이) 견딜 수 없겠지만, 보관해 두시면 언제까지고 (끊어지지 않고 그대로) 있지예."

야지 "그렇겠지. 그리고 당신네 조리는 끈이 있어서 편리하구만."

기타하치 "끈이 없는 조리가 어디에 있냐고."

야지 "아무튼 싸군."

이라며 매달아 놓은 조리를 잡아당겨 빼내서 보고, "아니 이 조리는 짝짝이구만. 한쪽은 크고 이쪽은 작은 것 같아. 이래서야 8문씩 해서는 큰 쪽은 싸지만 작은 쪽은 비싸. 어떻소 주인장, 큰 쪽을 9문에 살 테니 이쪽을 7문으로 깎아 주게."

• • •

112 조리[草履]: 짚, 골풀, 등심초, 죽순 껍질 등으로 엮되, 게타[나막신]처럼 달린 끈을 발가락 사이에 끼워서 신는 짚신. 지금의 비치샌들과 유사한 형태.

113 에도에는 이세와 오우미[滋賀県, 시가현] 출신 상인의 상점이 많아서 재산을 모았으므로 장사를 잘한다고 여겨졌었다.

114 '전혀 안 끊어진다'의 '전혀[根っから]'를 '뿌리밑동부터'라는 동음이의어로 받아치면서 '밑동'은 안 끊어져도 조리의 '앞부분'은 끊어질 거라고 당연한 말을 하는 골계. 계속해서 상점주인과 야지도 당연한 것을 자못 점잔을 빼며 말하는 골계가 이어짐.

(46) 제39역참: 지리후[池鯉鮒]

【도판40】《즈에図会》**지리후**

= 원작4편 하·지리후의 에피소드

야지 "이 조리 한 켤레가 18문이라고 했겠다? 약간 크고 작음이 있으니 큰 쪽을 11문으로 살 테니까 작은 쪽을 7문으로 깎아 주게. 그럼 그런 까닭에 이 7문 쪽을 한 개 삽니다이지 뭐."

주인 “네 좋지예. 신으시래이.”

야지 “아뿔싸, 돈이 모자라는군. 한 켤레 사려고 했지만 겨우 7문밖에 없으니, 그럼 이쪽 한쪽만 사겠네.”

기타하치 “하하하하, 이것 참 실소감이군. 내 흉내를 내려고 한들, 떡이라면 괜찮지만 조리 반쪽을 뭐에다 쓰겠냐고.”

주인 “그렇데이. 한 켤레 신으시래이. 아무래도 한쪽만 떼 내서 드릴 수는 없겠네예.”

야지 “뭐? 한쪽만 팔수 없다고? 역시 시골인 만큼 물건 사기 불편하군.”

기타하치 “에라, 에도인들 조리를 한쪽만 파는 데가 어디 있냐고.”

주인 “정 뭣하시면 이걸로 하이소. 이거라면 한 켤레 7문으로 해 드리지예.”

야지 “젠장, 말 신발[115]을 신을 수가 있겠냐고. 빌어먹을, 사람 약 올리지 말게.”

기타하치 “한 켤레 사지 그래. 당신 한쪽만 사서 어떻게 할 작정이야?”

야지 “또 다른 곳에 가서 한쪽을 사지.”

주인 “하하하하하, 14문으로 드리겠습니더. 한 켤레 신으시래이.”

야지 “자네 진작 그렇게 말했으면 좋았잖아.”

라고 간신히 조리를 마련하여 짚신을 벗어던지고 바꿔 신고 간다.

• • •

115 우마노구쓰[馬沓]: 말의 발에 끼우는 짚으로 엮은 원형의 작은 짚신.

이렇게 이 역참을 지나서, 벌써 핫초나와테八町畷 마을, 사나게 대명신猿投大明神 신사를 참배하고 이마오카마을今岡村 휴게소에 도착했다. 이곳은 이모카와芋川라고 하는 면류가 명물이었다. 몹시 풍미가 좋다고 들어서,

명물인 증거/ 왕래하는 손님도/ 이어 주는 듯
참마 강 이모카와의/ 메밀국수이니까.[116]

116 '명물인 증거일세 왕래하는 손님도 이어주는 (참마로 잇는) 이모[참마]카와의 메밀국수.' 메밀국수는 찰기가 적으므로 참마를 갈아 넣어서 찰지게 하는데, 그것을 손님을 끈적하니 단단히 이어 주는 것으로 비유하였다. 그러나 실제로 '이모카와'는 메밀국수가 아니라, 면발이 납작한 우동이므로 작자 잇쿠의 오해이다. 교카원문은 '名物のしるしなりけり往來の客をもつなぐいも川の蕎麥'.

11

아리마쓰 마을에서 나루미 역참까지

1) 장기두기에 얼빠진 아리마쓰염색 원단가게 주인

그로부터 아노마을阿野村, 오치아이마을落合村을 지나, **아리마쓰**有松[현재 나고야시 미도리구 아리마쓰초. 다음 역참인 나루미까지는 18정〈1,800미터〉임] 마을에 도착해 보니, 그 이름도 유명한 얼룩덜룩한 홀치기염색[117]이 특산품인지라, 갖가지 물들인 원단을 집집마다 요란스럽게 꾸며서 매달아 놓고 팔고 있다.

길 양쪽 가게에서 나그네를 발견하고, "들어오세요. 들어오세요. 당신 들어오세요. 특산품 아리마쓰 홀치기염색옷감 사세요. 어서 어서, 여기로 여기로, 들어오세요, 들어오세요."

• • •

117 아리마쓰염색[나루미염색]: 거미 다리가 사방으로 뻗치듯이 얼룩지게 홀치기한 염색. 군청색으로 다양한 홀치기염색을 하여 세련된 멋을 자랑했다. 고급품이기도 했음.

야지 "에잇 요란한 녀석들이다."

원하는 것은/ 아리마쓰 옷감이네/ 사람들 몸의
기름을 쥐어짜 낸/ 돈으로 바꿔서도.[118]

기타하치 "어때 야지 씨, 유카타[무명홑옷][119]라도 사지 않을래?"

야지 "한껏 싸게 불러서 깎아 보자고 (사진 않고)."

기타하치 "좋지. 엄청 살 것 같은 얼굴을 하고 놀려 주자."

라고 여기저기 둘러보던 중, 이 거리의 맨 끝에 작은 점포지만 물들인 원단이 각양각색 가게 앞에 매달려 있는 그 안으로 들어가,

야지 "여보쇼, 이 홀치기옷감은 얼마나 합니까?"

라고 하니, 이 가게의 주인인 듯 장기를 두는 데 여념 없어 무아지경으로,

주인 "앗, 아뿔싸. 그런데 무슨 패인가?"[120]

야지 "이것 봐, 이건 얼마냐니까?"

라고 좀 더 큰소리로 말하니 주인 소스라치게 놀라, "네 네, 그것 말인가요?"

• • •

118 '원하는 건 아리마쓰 염색옷감이노라 사람 몸의 기름을 쥐어짜 낸[시보리시] (피땀 흘려 일해서 얻은) 돈으로 바꿔서라도.' 원문 '시보리시'의 '시보리'에는 '홀치기염색'과 '눌러 짬'이라는 동음이의어가 있음을 이용한 교카. 원문은 'ほしいもの有まつ染よ人の身のあぶらしぼりし金にかへても'.

119 유카타: 아래위에 걸쳐서 입는, 두루마기 모양의 긴 무명 홑옷. 옷고름이나 단추가 없고 허리끈을 두름. 목욕 후 또는 여름철 평상복으로 입음.

120 장기 상대에게 수중에 가진 말을 묻는 소리.

야지 "얼마? 얼마?"

주인 "가만 있자, 당신은 얼마냐고 하신다. 그래서 (이 장기, 다음 수는) 이렇게 할까나."

야지 "에잇 답답하네. 이 봐 안 팔 건가? 값은 얼마냐니까?"

주인 "거참 시끄러운 사람이구먼. 그쪽으로 뒤집어서 (천에 붙어 있는 가격표시) 부호[121]를 보여 주소. 그냥은[보기만 해선] (가격을/수를) 알 수 없다카이 (이쪽으로 패를 보여 주시오)."

야지 "이 녀석은 가당찮은 장사꾼일세. 부호에 '우'자와 '에'자가 적혀 있네."

주인 "아무렴 그렇겠지. 어디 보자, (한 재[척: 尺, 30센티미터]에) 3푼[960엔] 5리[160엔][122]짜리 옷감이네."

야지 "비싸다 비싸~ 깎아 주시오."

주인 "뭐? 질[깎을: 마케루] 수는 없다카이. 이 풋장기에."[123]

• • •

121 후초[符帳]: 상품에 값이나 등급을 적어 놓는 부호로, 상인들끼리만 통하는 암호[기호]로 적어 놓는다.

122 푼[分, 부]: ① 금 한 냥의 4분의 1. ② 은 한 돈[匁, 몬메]의 10분의 1. ③ 동전 일 문[文]의 10분의 1.
은화의 경우 돈[匁, 몬메] → 푼[分, 부] → 리[厘, 린].
이 중 여기에서 '푼'은 ② 은 한 돈[匁, 몬메]의 10분의 1에 해당되겠기에, 1匁=3,200円의 10분의 1인 320엔×3=960엔 (아래 사이트 환산법에 의하면 한 푼은 100엔×3=300엔).
리[厘, 린]: 화폐의 경우 동전 전[銭, 센: 1문] 및 푼[分, 부]의 10분의 1. 또는 길이를 나타내는 푼[分, 부]의 10분의 1. 길이의 경우 재[尺, 척: 30센티미터] → 치[寸: 3센티미터] → 푼[分: 0.3센티미터] → 리[厘: 0.03센티미터]. 여기에서 '리'는 320엔의 10분의 1인 32엔×5=160엔 (아래 사이트 환산법에 의하면 10엔×5=50엔).

123 '값을 깎다'와 '승부에 지다'라고 할 때 쓰는 단어가 똑같이 '마케루'이므로, '깎아 달라'는 말을 '저 달라'와 혼동해서 동시에 사용하는 골계.

(47) 제40역참: 나루미[鳴海]

【도판41】《즈에図会》 **나루미**

= 원작4편 하·나루미 역참 직전인 아리마쓰 마을의 에피소드

(기타하치) "야지 씨 이젠 관둬. 여기 주인은 장기에 넋을 잃고 있어서 소용없다고."

야지 "이건 얼마지?"

주인 "예이 그것 말씀입니까. 가만 있자, 당신 수중[품/패]에 금은[금전/장기 말]은 없을 겨~. 무슨 일이 있어도 질[깎을] 수는 없지."

야지 "그럼 이건 얼마여?"

장기상대 “지베次兵 씨 아니, 장사 안 하나? 손님들이 기다리고 계시네.”

주인 “괜찮데이~ 도저히 저치들은 감히 살 리가 없다카이. 글쎄 사고 싶어도 금은[금전/장기 말]은 있을 리 없데이. 없을 끼다. 내 수중에 있으니까 말이다.”[124]

야지 “뭐라고? 등신 자식! 금은이 있을 리 없다? 사람을 업신여기는 말을 나불대다니. (금은이) 있으니까 사겠소. 이것은 샅바[훈도시] 길이로 해서 얼마여?”

주인 “뭐? 샅바를 사겠다? 아니, 무례하기 짝이 없군.”[125]

야지 “이 새끼 우리를 놀려대고 있어. 파는 물건 사는 물건에 무례하고 말고가 어딨냐? 이 코흘리개 새끼가!”

라고 버럭 소리 지른다.

주인, 퍼뜩 정신이 들어 서둘러 장기를 그만두고, “예이 예이 이거 참 큰 실수를 저질렀습니더. 뭐든 깎아 드릴 테니 사이소.”

기타하치 “그렇게 말씀하시면 잔뜩 사 드리지. 야지 씨 당신 어머님이나 부인에게 줄 선물로는 저게 좋겠네. 얼마지?”

주인 “예이, 14돈[3,200×14=44,800엔] 8푼[320×8=2,560엔][126]입니더.”

• • •

124 장기에 몰두한 나머지 손님의 ‘금전’과 자신의 손에 있는 장기 말 종류인 ‘금은’을 섞어서 하는 대답.

125 고급품인 아리마쓰 염색을 한 옷감을 속옷인 샅바용으로 하겠다는 말도 우스운데, 이 말을 주인은 장기에서 계마를 상대의 두개 말 중 하나를 잡을 수 있도록 두는 패를 ‘샅바를 걸치다[훈도시오가케루]’라고 하므로 이로 해석해서 무례하다고 대답했음.

126 〈上方〉 一両: 6万円. 一貫目(1000匁): 100万円. 一匁(10分): 千円. 一分(10厘): 百円. 一厘(一文): 10円이라고 환산한 사이트 http: //hirose-gawa.web.infoseek.co.jp/mame/kahei.

야지 “그럼 그쪽 것은?”

주인 “이것은 15돈.”

야지 “좀 더 좋은 건 없나?”

주인 “있고말고요. 예이, 이것이 말입죠 21돈씩이고, 이쪽이 22돈, 밑의 것이 19돈씩입니더.”

야지 “이것보다 좀 더 좋은 것을 원하네.”

주인 “아니 이제 모두 이런 것입니더.”

야지 “음~ 그렇다면 소중히 간직해 두게나. 누군가 사겠지. 우린 제일 처음에 봐 둔 이 3푼짜리 옷감을 수건 길이만큼 잘라 주시오.”[127]

주인 “예이 그러신가요.”

라고 (의외의 인색한 주문에) 깜짝 놀라며 두 자[尺, 척: 60센티미터] 다섯 치[寸: 15센티미터] 잘라서 내민다.

야지로 대금을 물고 여기를 출발하는데, “당치않은 녀석이여. 이젠 사람 좋은 산타로三太郎[바보천치]로 만들려고 해대다니. 놀래키는 데도 유분수가 있지. 하하하하하. 그런데 (쓸 데 없는 일에) 꽤 시간을 허비했군. 조금 서둘러 가자고.”

이로부터 좀 더 길을 재촉해서 가다보니, 벌써 **나루미**鳴海[현재 나고야시 미도리구] 역참에 도착했기에,

• • •

html에 준하면, 한 돈은 1,000엔×14=14,000엔. 한 푼은 100엔×8=800엔.

127 실제로는 한 자의 가격이 3푼 5리였던 천을 수건 길이의 두 자 다섯 치만 사려고 하는 쩨쩨한 주문을 한다.

나그네가/ 서두르니 땀나는/ 나루미 만

여기도 쥐어짜는/ 홀치기염색이 명물.[128]

이렇게 읊고 다바타다리田畠橋를 건너 **삿갓절**笠寺[가사데라] 관음당에 이른다. (이 관음은) 삿갓을 쓰고 계신 목상이어서 이 이름이 있다던가.

참배객들이/ 집착으로 흘리는/ 눈물의 비에

젖기 때문일까/ 삿갓 쓰신 관음상."[129]

그리고 도베마을戸部村 야마자키다리山崎橋 선인총仙人塚을 지나간다.

• • •

128 '나그네가 서두르니 땀나는[나루] 나루미 만[潟], 이곳 또한 (땀/옷감을) 쥐어짜는[시보리노] 홀치기염색[시보리노]이 명물이기에.' 교카원문은 '旅人のいそげば汗に鳴海がたこゝもしぼりの名物なれば'.

129 '(참배객들이) 집착으로 흘리는 눈물의 비에 젖지 않기 위해서일까, 삿갓을 쓰신 관음상.' 교카원문은 '執着のなみだの雨に濡れじとやかさをめしたるくはんをんの像'.

미야 역참에서

1) 투숙객을 찾아오는 불청객

이윽고 **미야**宮[현재 아이치현 나고야시 아쓰타구] 역참에 도달했을 때는 바야흐로 해질 녘 조금 전으로, 역참경계팻말이 있는 외곽지역에서부터 가게마다 손님을 붙잡는 호객녀의 목소리 요란스럽다. "손님들~ 투숙하지 않으실랍니꺼~. 목욕물도 잔뜩 끓여 놓았습니데이. (낯선 사람끼리 한방에 묵게 하는)동숙은 안 합니데이. 주무세요! 주무세요!"

야지 "숙소는 어디로 할까. 제니여관銭屋이나 효탄여관瓢箪屋이나?"

기타하치 "건너편 집은 뭐지? 가기여관鍵屋인가?"

여자 "저기요, 투숙이신지요?"

기타하치 "어이 묵읍시다. 숙박료는 얼마지?"

여자 "오호호호호호. 좋습니데이. 묵고 가세요."

기타하치 "뭐야? 좋다니, 공짜로 재운다고?"

야지 "염치없기는~" 삿갓을 벗고 들어간다.

여관주인 "(발 씻을) 데운 물을 드리지예. 발이 더럽지 않으시면 바로 목욕을 하시지예."

라며 짐을 객실로 운반한다. 그동안에 야지로 기타하치도 짚신을 벗고 안으로 안내받아 간다. 여자가 차를 내온다. "차 드세요."

장님 안마사 "안마치료 받지 않으실랍니꺼?"

기타하치 "안마도 받고 싶지만 우선 배가 고프네."

야지 "우동이라도 먹고 와. 이곳 명물이여."

안마사 "그러시다면 나중에 오겠습니더."

라고 사라진 후에, 두세 명의 일행, 활 모양으로 굽은 대 막대기에 매단 초롱弓張提灯을 밝히고, "예, 묵으십니까. 우리는 이 역참의 온바코님御姥子さま[130]사당의 세숫대야手水鉢 건립을 위한 기부를 부탁드리고 있습니다."

야지 "자, 기타하치. 거기에 드리라고."

기타하치 "이거 약소합니다만."

이라고 동전 8문[240엔] 내어 주자 시주장부[131]에 기입하고는 나간다. 교대하듯이 스님 한 명, "예, 저는 육십 육부[132]의 비석을 세웁니다. 성

• • •

130 온바코님[御姥子さま]: 익사해서 죽은 승려의 옷을 빼앗는 탐욕스런 노모의 죄를 빌기 위하여, 그 아들이 황천길로 가는 삼도강에서 죽은 사람의 옷을 벗기는 다쓰에[탈의]할멈의 동상을 안치한 사당.

131 호가쵸[奉加帳]: 시주자의 성명이나 시주 품목을 기입한 장부.

132 로쿠쥬 로쿠부[六十六部]: 약칭으로 '六部[로쿠부]'가 있다. 원래 일본 66개 영지를 순례하며 스스로 베껴 쓴 법화경을 한 부씩 헌납하며 수행하던 행각승. 에도시대에는 불상을 넣은 함을 지고 여러 지방을 돌며 징이나 방울을 울리면서 유리걸식하는 자를 지칭하는

의껏 시주님이 되어 주시옵소서."

야지 "뭐야? 석탑의 시주님이 되라? 부아가 치미는 소리를 하는군. 그거 가지고 가게."

라고 마찬가지로 8문 내던져 준다. 교대하듯 이 집의 주인 불쑥 얼굴을 내미니,

야지 "빌어먹을, 또 8문이군. 네 놈은 무슨 건립이냐?"

주인 "아니, 내일은 배이십니까, 또는 사야佐屋로 돌아가십니까?"

기타하치 "바로 여기서부터 배로 합시다."

야지 "배는 좋은데 난 아무래도 배에서는 왠지 소변 보는 게 무서워서. 그리고 좀처럼 소변이 나오질 않아서 곤란하다고. 7리[4킬로미터×7=28킬로미터]를 탄다니 참고 있을 수도 없고. 어찌된 일인지. 사야로 돌아갈까? 어때 기타하치."

주인 "아니, 그런 일에는 좋은 것을 드리지예. 그러하신 분에게는 제가 언제나 죽통을 잘라 드리니까 그것으로 소변을 보시면 되옵니다."

야지 "그럼 그것을 부탁드립니다."

주인 "예 예, 먼저 밥상을 올리지예."

하고 사라진다. 그동안에 여종업원 상을 들고 온다. 여기에서도 여러 가지 있었지만 생략한다.

• • •

말로 변질된다.
여기서는 도중에 죽은 행각승들을 위한 비석을 세운다는 말인지, 66개 영지를 전부 순례한 기념으로 비석을 세운다는 말인지 애매하게 사용함.

2) 장님안마사에게 장난치다 받은 벌

이윽고 식사도 마쳤을 쯤에 아까 그 안마사가 왔다. "손님들, 주물러드릴까요?"

야지 "자아 해 주게나."

이때부터 야지로는 안마사에게 주무르게 한다. 그러던 중 옆방에 때마침 묵는 장님여악사瞽女[133] 둘이 재미삼아 샤미센을 꺼내서 이세음두[이세무용곡][134]를 노래하는 소리 들린다.

노래 *"꽃도 점차 퇴색하는 변덕장이의♪,*

바람기도 사랑이라고♪ 이와시로의,

(묶어서 맹세한 소나무처럼) 묶인[무수비] 비단보[후쿠사][135]를 풀어 헤치며♪,

• • •

133 고제[瞽女]: 샤미센을 타거나 노래를 불러 구걸하며 지방을 방랑하던 맹인여성. 거리악사.

134 이세음두: '음두'는 춤추기 위한 댄스곡을 말한다. 이세음두는 원래 이세의 가와사키에서 유행하기 시작한 '가와사키부시'라는 이 지역의 봉오도리 노래였다고 한다. 특히 이세의 후루이치 유곽에서 한층 유행해서 이세참배객들에 의해 전국적으로 퍼져 가부키의 춤이 되기도 했으며 에도시대 말기에 걸쳐서 대표적인 무용곡이 되었다.

135 무스비미쓰[結び松]: 여행길의 안전을 빌거나 어떤 맹세의 표시로 소나무 잔가지를 잡아매는 일, 또는 간절한 기원을 담은 그 소나무.
이와시로[岩代]의 結松: 有間皇子가 반역죄로 호송되면서 소나무의 잔가지를 엮어서 고향에 다시 돌아갈 수 있기를 노래(「磐代の浜松が枝を引きむすび真幸くあらばまた還り見む」万葉集巻二) 하며 기원한 것에서 시작됨.
무수비후쿠사[結び袱紗]: 다도에서 찻잔을 닦거나 받쳐 드는 데 사용하는 비단손수건을 '후쿠사'라고 한다. 일반적인 후쿠사에는 끈이 없으나, 끈이 붙어 있어서 돈 등을 넣어서 봉투처럼 접어 감싼 후 마지막에 끈으로 묶도록 되어 있는 것을 무수비후쿠사라고 한다.

▲ 장님 여악사와 안마사.

이것 말야 저것 말야, 좋아 좋아 좋아 좋구나~

띠링찌링♪ 띠링찌링♪."

기타하치 "와, 것 참 목소리 좋~다. 여보게 안마사양반, 나는 춤을 잘 춘다네. 당신 눈이 보인다면 저 노래로 춤 한번 춰 보이겠는데 말이야."

안마사 "지도 좋아하는데 말입죠, 춤추시는 소리를 듣지예. 한번 하시지 않을랍니꺼?"

기타하치 "하기는 하겠지만 칭찬해 주지 않으면 김이 새니까 이렇게 합시다. 내가 춤이 끝날 때쯤 자네 머리를 살짝 쓰다듬을 테니 그것을 신호로 '얼씨구 좋다[어이구 잘한다]' 하고 칭찬해 주게. 준비 됐나? 됐지? 자, 춤춘다~."

옆방노래 "*풀리지 않는 연정은 2개의 상자♪,*

3개 4개 언제나 정박해 있는 배♪,

그것이 고해[고뇌 많은 바다, 화류계]의 엇갈림♪,

이것 말야 저것 말야♪."

라는 샤미센에 맞춰 기타하치 손뼉 치며 춤추는 흉내를 내면서,

기타하치 "*좋아 좋아 좋아 좋구나~.*"

하고 춤을 마치고 맹인의 머리를 발로 살짝 쓰다듬자,

안마사 얼씨구 잘 한다 잘 한다~ 하하하하하."

기타하치 "어때 재미있지? 한 번 더 할까."

다시 옆방의 노래 "*내미는 손 당기는 손[춤동작/조수의 간만/유객의 왕래]에♪*

(48) 제41역참: 미야[宮]

【도판42】《즈에図会》**미야**
= 원작4편 하·미야의 에피소드

기타하치 "안마사양반, 어때 춤 한번 잘 추지. 자 장단을 맞추게나, 옆방 노래에 딱 맞지. 좋아 좋아 좋아 좋구나~."

(안마사) "당신 춤을 잘 추시네요. 얼씨구 좋다 얼씨구 얼씨구."

야지 "이것 참 우습군 우스워."

장님여악사 "내미는 손 당기는 손[춤동작/조수의 간만/유객의 왕래]에♪, 이 몸은 어디까지나♪, 파도에 뜬 채 노를 베개 삼아 잔다네♪. 좋아 좋아~."

이 몸은 어디까지나♪

파도에 뜬 채 노를 베개 삼아 잔다네♪."[136]

기타하치 *"좋아 좋아 좋아 좋구나~."*

하고 또 발로 맹인의 머리를 쓰다듬는다.

안마사 "얼씨구 좋다 얼씨구~."

기타하치 "하하하하하. 재밌다, 재밌어."

어느새 여관여종업원, "목욕 하세요~."

기타하치 "야지 씨 이제 끝났나? 끝났으면 목욕탕에 들어가지. 안마사양반이 춤을 칭찬해 준 대신에, 나도 이제부터 안마를 받을 거야."

야지 "어디 그럼 들어갔다 오지."

야지로가 목욕하러 간 뒤에 안마사는 기타하치를 주무르기 시작하며,

안마사 "한데 나리께서는 이 여관의 유녀라도 좀 부르시지예."

기타하치 "아니 그것보단 옆방 샤미센은 이 집 아가씨인가? 어떤 사람이지?"

안마사 "저건 2, 3일 전부터 이 집에 묵고 있는 맹인여악사瞽女입니더. 목소리가 좋지예. 그건 그렇고 지가 민요甚句[진쿠][137]를 나리께 들려드리고 싶습니데이."

---

136 '춤출 때 손을 내밀거나 당기는 동작 마냥, 파도가 밀려오고 밀려가듯 왕래하는 유객으로 인해 저는 바다에 뜬 채 배 안에서 잠을 자는 신세랍니다.'

137 진쿠[甚句]: 대표적인 민요. 흔히 7.7.7.5의 4구 형식이며 가락은 지방에 따라 다름.

기타하치 "거 좋~지. 하게나."

안마사 "그 대신 지도 칭찬해 주는 사람이 없으면 맥이 빠집니데이. 노래가 끝나면 나리, 칭찬해 주실랍니꺼?"

기타하치 "아무렴 알았네, 알았어."

안마사 "어디, 합니다~."

하고는 기타하치의 머리를 주무르면서 (에치고 민요에) 박자를 맞추어 머리를 찰싹찰싹!

안마사(의 에치고민요) "*쟈쟈쟝쟝♪*[138] 에에~~~

취했다 취했어 취했어, (겨우) 5작[139] *술에♪,*

1홉 마시면 모양새 더 좋겠지♪."

라고 노래하다 말고 기타하치의 귓속에 손가락을 꾹 찔러 넣고, "이 녀석이 아까~, 내 머리를~, 발길질 해댔던~, 찢어죽일 놈~. 나병환자 [부스럼쟁이] 놈~. 너 같은 놈은~, 제대로 될 리가 없지~, 결국에는~, 목이라도 매겠지~."[140]

라고 말하다 말고 귓구멍에서 손가락을 빼내니, 귀는 '퐁' 하고 뚫린다.

안마사 "*영차 어여차 영차 어여차~.*"

기타하치, 귓구멍이 막혀 있었기에 자신을 험담한 줄도 모르고,

기타하치 "얼씨구 좋다 얼씨구~."

안마사 "*쟈쟈쟝쟝~.*"

• • •

138 쟈쟈쟝쟝: 입으로 내는 샤미센 소리.

139 작[勺]: 홉[合]의 10분의 1. 되[升]의 100분의 1. 약 0.018리터.

140 민요의 7.7.7.5의 4구 형식으로 박자를 맞추어 험담을 하고 싶은 만큼 한 것.

이라고 신나게 장단을 시작하면서 리듬을 타고 기타하치의 머리를 찰싹찰싹 두들긴다. 기타하치 얼굴을 찌푸리며, "재밌군 재밌어."

안마사 "하나 더 할깝쇼?"

기타하치 "아니 이제 사양하겠네. 머리가 견뎌내지 못하겠군."

안마사 "하하하하하. 엄청 재밌었네요."

그러는 동안 목욕을 마치고 온 야지로 이 모습을 살짝 보고서,

야지 "스님和尙[안마사님]![141] 좀 더 하시죠."

기타하치 "아니 나는 이제 목욕하고 오지. 안마사양반 이제 됐소."

라고 내뱉고는 목욕탕으로 간다. 안마사가 작별인사를 하고 돌아가자, 여종업원이 잠자리를 준비하러 온다. 이불을 깔고 돌아간다.

3) 사랑에 눈먼 도둑이 남긴 증거물

야지로는 벌써 그대로 자기 시작한다. 어느덧 기타하치도 목욕탕에서 돌아와서, "어라 야지 씨 벌써 자는 건가? 그런데 당신 옆방의 물건[여자]을 봤나? 엄청나게 예쁜 거리악사여."

야지 "맹인여악사라면 눈은 안보이겠지."

기타하치 "눈은 안 보이지만 그런대로 괜찮다고. 방금 목욕하고 돌아올 때 여악사 중 한 명이 손 씻는 곳에서 갈팡질팡 헤매고 있길

• • •

141 오쇼[和尙]: 에도시대에는 안마사와 의사도 머리를 밀었으므로 '스님'이라고 젠체하며 점잔빼서 부른 것.

래 슬쩍 떠봤어. 상당히 눈치가 빠른 게 '정'을 아는 물건이더라고."

야지 "어디 어디~."

라고 기어 일어나 몸을 앞으로 쑥 내밀고 맹장지문 틈으로 엿보며, "옳거니, 뒷모습은 꽤 세련된 차림새군. 이거 이대로 그냥 놔둘 수 없겠구먼."

기타하치 "아니, 그렇게[마음대로]는 안 될걸."

라고 말하면서 이불을 뒤집어쓰고, 마음속으로는 자신이 이제 곧 여자 침소에 숨어들어가 (정을 통해) 주겠다고, 일부러 자는 척하며 눕자마자 바로 가짜로 코를 곤다. 그러는 동안 옆방도 잠잠해진 게 두 맹인여악사도 잠이 든 듯. 밤은 고요히 깊어만 가는데, 새벽 두시에 울리는 사찰 종소리 "댕~댕~."

야지로 슬그머니 일어나서 보니 기타하치는 정말로 잠이 든 듯. 해냈다! (내 차지라)고, 살금살금 기어가서 맹장지문을 살짝 열고 옆방에 들어가 보아하니, 여악사 둘은 세상모르고 막 잠들었을 무렵. 야지로 여자 품속으로 파고들려고 했지만 과연 눈이 보이지 않는 만큼 매우 조심스러워서 봇짐을 양손으로 꽉 안고 자는지라, 이것이 방해가 되어 파고들기 어렵다. 야지로 살그머니 이 봇짐을 치우려고 하니, 여자 잠을 깨고 한손으로 꾸러미를 껴안고 다른 손으로 야지로의 손을 홱 낚아채며,

맹인여악사 "도둑이야! 도둑! 여관 분들~ 여관 분들~."

이라고 외쳐대니 야지로는 기대가 빗나가고, 속옷 한 장뿐인 이 꼴을 사람들에게 들켜서는 개망신이라고, 여자의 손을 때려서 뿌리치고 서둘러 자기 방으로 돌아온다. 그리고 이불을 뒤집어쓰고는 짐짓 시

치미를 떼고 자는 척한다. 기타하치는 진작부터 눈을 떠서 킥킥 웃고 있자니, 이 와중에 내실로부터 주인 부랴부랴 달려와, “악사님, 무슨 일이십니까?”

맹인여악사 “제가 여기 안고 있는 꾸러미를 방금 누군가가 훔치려고 했어요. 덧문이라도 열려 있는지 봐 주세요.”

주인 “아니 아무데도 열려 있지 않습니더.”

맹인여악사 “그런데도 방금 도둑은 어디에서 왔을까요.”

주인 “아하, 맹장지문이 열려 있군. 여보세요, 옆방 손님들~ 주무시고 계십니꺼?”

야지 “아아~ 우우~ 음냐음냐~.”

주인 “아하, 여기에 떨어져있는 건 뭐더냐. 아니 샅바[훈도시] 같네. 저기, 손님들~ 이건 당신네들 거 아닙니꺼?”

라는 큰 소리가 들리자, 야지로 퍼뜩 생각이 미쳐 살짝 머리를 들어서 보니, 자신의 샅바가 여인의 베게 맡에서부터 문턱을 넘어 자신의 베갯머리까지 길게 늘어뜨려져 있기에, 우습기도 우스우려니와 (그렇다 해도) 과연 내 것이라고도 말할 수 없어서 우물쭈물 하고 있자니, 기타하치 일부러 심술궂게 일어나서, “뭐야, 시끄럽게시리. 샅바가 떨어져 있다니? 어디보자, 그건가. 이거~ 야지 씨 당신 샅바 아닌가?”

야지 “빌어먹을, 인정머리 없는 소리를 지껄여대네.”

하고 기타하치의 이불 소매를 당긴다. 주인도 그렇다면 (틀림없이~), 하고 납득하고 속으로 우스워하면서, “아니 뭐 여행 중의 일이시니까, 서로 주의해서 조심하시는 게 좋데이. 악사님도 이제 주무십시오.”

맹인여악사 “어쩐지 으스스해서 잘 수가 없어요. 잘 닫아 주세요.”

**(49)

【도판43】《즈에図会》 이시베
= 원작 4편 하·미야의 에피소드를 늦게 제51역참에서 차용

주인 "야아 이런 곳에 샅바[훈도시]가 떨어져 있군. 이건 분명 옆방 손님 거겠죠. 허 이것 참 가소로운 일이구먼."

야지 "이거 큰 낭패일세. 쿨쿨쿨쿨~."

주인 “그럼 안녕히~.”

라고 구석구석 문을 잘 닫고는 나간다. 야지로 살짝 손을 뻗어서 삳바를 (양손으로) 감아 당긴다.

기타하치 웃겨서 웃음을 터트리며,

맹인여악사/ 그녀에게 홀딱 반한/ 그 사내 또한
사랑에 완전/ 눈 먼 장님이어라.[142]

이미 밤도 완전히 깊어져서 모두들 겨우 한숨 잔다. 새벽바람 나무를 울게 하고, 파도소리 베갯머리에 울리는데, (아침 6시에) 치기 시작한 종소리에 놀라서 눈을 떠 보니, 벌써 새벽녘의 까마귀, “까악 까악~.”

말울음소리 “히잉 히잉~.”

궤짝운반인부의 노래 *“언덕坂은 말이여♪ 빛나고 빛나는데 말이여♪~*
스즈카鈴鹿는 흐리네♪. 글쎄 말이여♪~.
이영차 어영차~”[143]

• • •

142 ‘맹인여악사님에게 홀딱 반한 것은 이 또한 사랑에 눈 먼 장님일지어다[이기 때문이리라]’. 즉 ‘눈이 안 보이는 거리악사에게마저 빠져서 정을 몰래 통하려고 하니 이 또한 호색에 사족을 못 쓰는 사내이다’라는 뜻. 교카 원문은 ‘瞽女どのにおもひこみしは是もまた戀に目のなき人にこそあれ’.

143 계속해서 ‘아이노쓰치야마[間の土山] 비가 내린다’ 로 이어지는 동해도의 마부노래 중에서도 가장 유명하다고 할 수 있다.

4) 배 안은 오줌천지

떠나는 배를 부르는 소리 "배가 나간다. 어~이, 어~이."

이때 여관 여종업원이 깨우러 왔다. "저기요, 방금 첫 배입니더. 상을 올리겠습니데이."

야지 "어이어이, 기타하치 어서 일어나."

두 사람은 일어나서 씻는데 아침상도 나오니 먹어치우고 이것저것 하는 사이에 여관주인, "준비는 다 되셨습니까? 선착장으로 안내하겠습니다."

기타하치 "거 참 수고 많네. 자 야지 씨, 나가지."

라고 대충 준비해서 여관 바깥쪽으로 나간다.

여관안주인 여자 "안녕히 가세요. 또 에도로 내려가실 때~(들러 주세요)."

야지 "예 신세졌습니다."

라고 작별 인사하고 선착장으로 간다. 주인은 여기까지 배웅을 왔다. "사공양반~ 두 분입니다. 부탁합니다."

야지 "참 깜박했네. 주인장, 어젯밤 약속했던 그 소변용 죽통은…."

주인 "정말 (잊었다)! 틀림없이 잘라놓았는데…. 어디 보자 (돌아가서) 가져올까."

라고 주인은 그 죽통을 가지러 돌아간다. 이 나룻배는 (구와나桑名 역참까지) 7리[4킬로미터×7=28킬로미터]의 바닷길로, (뱃삯은) 1인당 45문[1,350엔]씩. 기타 말에 실은 짐, 탈 것 모두 각각의 요금을 지불하고 배에 오른다. 이때 주인이 죽통을 가지고 왔다. "어서어서 손님~ 그곳으로 던지겠습니다!"

기타하치 "난 또 뭐라고. 불 피울 때 쓰는 죽통火吹竹[144]이(나 마찬가지)군."

야지 이것을 잘 갖다 대고 말이야, 이렇게 하는 거야. 됐네 됐어, 야~ 주인장, 정말 신세 많이 졌수다. 자아 이것으로 끄떡없군. 하하하하하."

> 우리 스스로/ 빌지 않아도 아쓰타/ 신이 계시는
> 미야 건너는 데는/ 풍랑조차 없도다.[145]

이렇게 축복의 시구를 읊자, 같이 승선한 모든 사람들 용기백배하여, 이윽고 배를 타고 기운차게 나아가는데 순풍에 돛을 달고 바다 위를 달리는 게 마치 화살과 같다. 그러나 파도도 잠잠하므로 배 안의 승객들 제각기 잡담을 나누다가 턱이 빠질 정도로 큰소리로 웃고 떠들어대면서 간다. 한편 장삿배 여러 척이 노를 저어 와서 엇갈리면서, "술 드시지 않으실랍니까~. 명물 막 구운 장어꼬치, 경단은 어떻습니까~. 채소절임[나라즈케][146]에 밥 드시지 않겠습니까~ 드시지 않겠

• • •

144 히후키다케[火吹竹]: 입으로 불어서 불을 피우는 기다란 죽통. 한쪽 끝에 남긴 마디에 작은 구멍을 뚫어서 숨을 세게 불어 넣을 수 있도록 한 도구.

145 '(우리) 스스로 빌지 않아도 (아쓰타신궁의) 신이 계시는 미야[宮]를 건너는 데는 (자연히) 풍랑조차 없도다.' 즉, '미야의 나룻배는 기도를 하지 않아도 아쓰타신궁에 진좌하시는 신의 영험함으로 풍랑이 일지 않는다.'라는 뜻. 교카 원문은 'おのづから祈らずとても神ゐます宮のわたしは浪風もなし'.

146 나라즈케[奈良漬]: 주로 오이류(특히 흰색 오이)를 미림과 비슷한 술지게미에 절인 반찬. 그 밖에 무우, 가지, 연근 등을 절이기도 한다.

습니꺼~."[147]

야지 "아함~ 잘 잤다. 어느새 엄청나게[멀리도] 왔구먼. 그런데 소변이 나올 것 같군."

여관주인이 준 죽통을 꺼내 여기에서 몰래몰래 앞에 대고 소변을 본다. 이 죽통은 불 피울 때 부는 대나무 통처럼 끝 쪽에 구멍을 뚫었기에 이것을 뱃전에 기대어 비스듬하게 세우고서 (바다 쪽으로 흘러나가도록) 소변을 보아야 하는데, 야지로 속셈으로는, 구멍이 나 있는 것에는 미처 생각이 미치지 못하고 요강溲瓶[148]처럼 생각하여 죽통 속에 소변을 모아 두었다가 나중에 버리는 것이라고 이해하고, 배 안에서 곧장 죽통으로 (오줌을) 담으니, 아까 그 구멍에서 소변이 흘러나와 배 안은 오줌천지가 된다.

같이 탄 모두들 간 떨어지게 놀라, "이거이거 뭐여? 물이 엄청 흐르네."

승객 "누가 도자기주전자土瓶를 깨뜨렸나 보이. 저런 저런, 담뱃갑도 종이쌈지[지갑]도 흠뻑 젖었잖아. 이거 감당 못 하겠네. 야! 당신 오줌이군!"

라고 들켜 추궁당하자 야지로, 죽통을 감출 곳을 찾다가 당황해서 우물쭈물하고 있다.

• • •

147 우키요에「東都名所之内·淀川」(初代歌川広重画, 天保頃刊行)에 三十石船에 승선한 다양한 손님들에게 구라완카선[食らわんか船, 먹지 않겠소 배]이 음식을 파는 장면이 묘사되고 있다. 실로 본 장면과 흡사하다.

148 시빙[溲瓶]: 병자나 노인이 누운 채로 오줌을 누는 데 쓰이는 용기. 도자기류이며 손잡이가 달려 있다.

기타하치 "에라 야지 씨, 이 무슨 영문이람. 당신, 소변을 보려면 거기에 올라가서 죽통 끝 쪽을 바다로 내밀고 (오줌을) 담는 거라고. 터무니없는지고. 배 안이 오줌천지가 되었어. 에잇 더러워라 더러워~."

야지 "나는 또 여기에 모아서 나중에 쏟아 버리는 거라고 생각했지."

승객 "어허 거참 얼토당토않네. 이거이거 냄새나서 죽겠군. 사공양반! 사공양반! 이제 깔개는 다른 건 없는가?"

뱃사공 "누구드래요? 소변을 본 작자는. (배안에 모신) 배 신령船霊[후나다매]님이 부정 타게시리. 얼른 이것 닦으래이."

기타하치 "젠장, 주변머리 없는 인물일세."

뱃사공 "아니, 거 봐라! 아직 죽통에서 떨어지네. 그것도 버려 뻐리래이."

야지 "아니 이건 그 쪽에 주지. 불 피우는 죽통火吹竹이 될 테니."

기타하치 "젠장, 자네가 소변 봤는데, 무슨 불 피우는 죽통씩이나 되겠냐고 (입으로 불어야 하는데). 빨리 닦아! 어처구니없군."

라고 못살게 굴자 야지로, 샅바를 풀어서 주변을 닦는 동안, 기타하치는 가선 두른 돗자리薄縁[우스베리]를 뒤집어서 다시 깔고, "자아 자아~ 이걸로 됐다. 모두들 앉으십시오."

야지 "이거 참말로 여러분 죄송합니다. 뜻밖에도 엉뚱한 바보짓을 하고 말았습니다."

라고 전에 없이 기가 죽어서 주변을 정돈한다. 승객 일동 쓴웃음을 지으며 입을 다물고 있다. 이 와중에 배는 벌써 **구와나**桑名[현재 미에현 구와나시] 역참 기슭에 닿는다.

승객 "다 왔다 다 왔어. 오줌에 젖기는 했을망정 배는 무탈하게 구와나에 도착했구나. 경사다 경사~."

라고 모두들 배에서 뭍으로 올라, 이 역참에서 기쁨의 술잔을 서로 주고받는다.

東海道中膝栗毛

『동해도 도보여행기』 5편

1806년 정월 간행

▲ 서두그림: 솔방울로 굽는 대합, 구와나의 명물(대합에 살색, 솔방울에 녹색이 있으면 초판초쇄본).

『동해도 도보여행기』

5편

상권
(구와나~오이와케)

구와나 역참에서

미야시게宮重[현재 아이치현 하루히초] 무[1]처럼 굵게 세운 신전기둥[2]은, 삶은 무요리[후로후키][3]마냥 뜨거운 아쓰타신궁熱田太神宮,[4] 그 신께서 은혜를 베푸시어, (미야에서 구와나까지) 7리[28킬로미터]의 바닷길 파도도 풍요로우니 왕래하는 배 수월하게 **구와나**桑名[현재 미에현 구와나시]역참에 도착하였다. 기쁜 나머지 특산품인 대합구이燒蛤[5]에 술잔 주고받고, 예의

• • •

1 미야시게무[宮重大根]: 오와리지방[尾張国: 아이치현] 니시하루히군[西春日井郡] 미야시게마을[宮重村] 특산의 굵고 맛있는 오와리무[尾張大根]의 한 품종.

2 '신전기둥 굵게 세운 신궁 앞에'라는 축문[노리토: 신관이 신에게 제사지낼 때 올리는 고어체 문장]을 활용했음.

3 후로후키[風呂吹き]: 무, 순무를 굵고 둥글게 썰어 푹 삶아 뜨거운 것을, 입으로 불어 가며 양념 된장을 발라 먹는 음식. 따라서 '아쓰타'의 뜨거운[熱]과 '은혜를 베풀다'의 '미소[된장]나와스'가 연상어로서 이어진다.

4 아쓰타 태신궁[熱田太神宮]: 미야[宮] 역참, 즉 현재 아이치현 나고야시 아쓰타구에 있는 신궁.

5 대합을 조개껍데기째로 솔방울을 태우며 불에 구운 요리.

그 야지로베弥次郎兵衛 기타하치喜多八 되는 자, 이윽고 이곳을 출발해서 길을 따라 걸어간다. 머지않아 여행객이 노래하는 것을 들으니,

유행가 "*대합조림*[6] *선물하세요♪.*

*미야*宮[역참] *유녀의 음부*[7] *♪*

어허 이보게

좋~다, 좋~다 좋아[요오시 요시]♪."

마부 "여보슈 어르신들, 되돌아가는 말 타지 않으실랍니까?"

야지 "*됐~다 됐어[좋~다 좋아: 요오시 요시].*"[8]

마부 "싼뎁쇼. 단 돈 150문[4,500엔]으로 모십죠."

야지 "*됐~다 됐어[요오시 요시].*"

기타하치 "64문이라면 탈까."

마부 "그럼 *관~둬 관둬[요오세 요세].*"

말 "히잉 히잉~."

궤짝운반인부 "*배는 말여♪ 순풍에 돛달고 달리는데 글쎄 말여♪~*

*빨리 말야♪ 아쓰타*熱田*에 묵고 싶네 글쎄 말여♪~.*

*하치베*八兵衛 *무슨 일이야? 말이라도 먹었나?*

어쩐지 튀어 오르는군[원기왕성하군]♪[9]*. 이영차 어영차~.*"

• • •

6 조개조림[시구레하마구리]: 대합 조갯살을 진간장과 설탕, 생강을 넣고 달짝지근하게 조린 반찬.

7 대합을 음부에 비유한 말.

8 앞선 유행가의 장단을 그대로 사용하여 거절하는 말. 일본어의 '좋다[요시]'는 승낙과 거절이라는 상반된 두 가지 뜻을 지니므로 문맥으로 판단해야 함.

1) 주인과 하인 행세

기타하치 "이봐 야지 씨, 어쨌든 심심풀이로라도 이렇게 하지 않을래? 당신 짐과 내 것을 합쳐서 한 사람이 둘러메고, 반나절씩 교대로 주인과 부하 행세하는 건 어때?"

야지 "이거 재밌겠군. 거 좋~지. 우선 나부터 주인을 시작하지."

기타하치 "건 좋은데, 오늘은 벌써 8경[오후 2시 무렵]이니까, 7경[오후 4시 무렵]에 교대하기로 하자고. 물론 주인과 종복의 배합[편성]은 서로 순서가 바뀌지 않도록 하고 말야."

야지 "당연하지."

그리고 주변에서 대나무가지 하나를 마련해서 야지로의 짐과 기타하치의 꾸러미를 양쪽에 동여매고,

기타하치 "우선 연장자인 만큼 당신부터 주인이오. 나는 (동해도) 오르내리는 인부上下[10]인 셈 치고 나서지. 어때, 제법 재치 있는 생각이지?"

하고 짐을 힘차게 둘러메고 뒤에서부터,

기타하치 "여보세요 나리~."

야지 "뭔고?"

기타하치 "날씨가 좋사옵니다."

• • •

9 '아쓰타[미야] 유녀를 사고 싶다고 안달이 나서, 술 대신 말이라도 먹었나? 말의 그 물건처럼 튀어 오르는군.' 이라는 외설적 의미의 노래.

10 죠게[上下]: 간선도로를 오르내리는 일용직 인부나 파발꾼 등.

야지 "오냐오냐 바람이 잔잔해서 따뜻하구나."

기타하치 "그렇사옵니다."

라고 시험 삼아 주종관계마냥 이야기를 나누며 가다 보니 벌써 다이후쿠마을大福村, 안나카마을安中村을 통과하여 **마치야가와강**町屋川에 다다르니 야지로베 일단,

나그네를/ 찻집 간판 천으로/ 부르게 해서
상행객 하행객을/ 기다리는 마치야 강.[11]

2) 가마꾼을 태우다

이렇게 시시덕거리며 나오마을縄生村, 그리고 **오후케마을**小向村에 겨우 당도한다. 이 근처도 대합이 명물. 나그네가 눈에 띄면 화로의 재를 마구 부채질하고 또 하면서,

여자 "들어오세~요, 고급청주諸白[12]도 밥도 있습니~다. 식사하세~요. 식사하세~요."

• • •

11 '나그네를 찻집의 간판 천[노렌]으로 부르게 해서 상행객 하행객을 (그 이름처럼) 기다리는 [마쓰] 마치야강[町屋川]이려나.' 즉, '마치야강의 찻집에서는 간판 천이 흔들리며 손님을 손짓하듯 불러, 오르내리는 나그네를 지명처럼 기다리고 있네'라는 뜻. '마치'에 '待ち'와 '町'라는 동음이의어가 있음을 이용한 교카. 원문은 '旅人を茶屋の暖簾に招かせてのぼりくだりをまち屋川かな'.

12 모로하쿠[諸白]: 쌀누룩의 쌀과 지에밥의 쌀을 모두 정백미를 써서 빚은 고급 청주.

가마꾼 "가마로 안 가실껴? 지금부터 2리 반[10킬로미터] 되는 긴 거립죠. 싸게 해서 안 타실껴?"

야지 "아니 가마는 필요 없네."

가마 "뒤에 계신 대장님[손님], 나리를 태우십쇼. 되돌아가는 가마인께로 싸게 해 드릴껴."

기타하치 "어르신은 도보를 좋아해."

가마 "그런 말씀 마시고라, 저기 나리, 싸게 해서 타지 않으실란겨?"

야지 "싸게는 싫네. 비싸다면 타지."

가마 "그러면, 비싸게 3백 문[9,000엔] 받을깝쇼."[13]

야지 "싫네 싫어, 좀 더 비싸게 하지 않을란가?"

가마 "허어, 아직도 싸다면 어둠 주먹[어둠〈闇〉은 3, 주먹〈拳固〉은 5의 은어: 350문]으로."

야지 "1,500[45,000엔] 정도라면 타줄까?"

가마 "에잇 당치도 않은. 우리도 신의 가호 덕분에 장사를 하고 있는 만큼 그렇게나 잔뜩 받을 수 없다요. 적어도 500으로 타 주시지 않으실란겨?"

야지 "그래도 싸니까 싫네."

가마 "뭐, 싼 게 아니드래요. 그러면 중간으로 잡아서 7백 주십쇼."

야지 "아니아니 귀찮다! 무슨 일이 있어도 1,500보다 값을 못 내리겠네, 못 내리겠어."

• • •

13 초편 후지사와역참에서 되돌아가는 가마를 가마꾼이 처음에 350으로 비싸게 불렀다가 200으로 깎아 주는 에피소드가 있다.

가마 "거참 난감하구먼. 그것보다 조금도 싸게 못하는 겨?"

야지 "싸게 못해 못해~."

가마 "에잇 무슨 일이람. 가마꾼 쪽에서 값을 깎다니 별 희한한 일이여. 될 대로 되라지, 짝아 1,500으로 태울까. 자, 나리 타십쇼 타십쇼."

야지 "그것으로 됐나? 비싸게 타 주는 대신에, 팁을 이쪽이 받지 않으면 안 되는데 동의하나?"

가마 "드리고 말굽쇼."

야지 "그러면 도착해서 1,450문을 이쪽에 팁으로 빼고 나머지 50이 가마 삯인데 그걸로 납득하나? 어때?"

가마 "빌어먹을, 그럼 그렇지. 어처구니없네."

야지 "그런 까닭으로 어쨌든 절연[교섭결렬]이다. 하하하하하~."

기타하치 "이것 참 어르신이 잘했군 잘했어."

나그네 태울/ 셈이었던 가마꾼/ 비싼 값에
꾀여서 오히려/ 태워져버렸네.[14]

3) 대합구이 가게에서 순산한 야지

이리하여 아사게가와강朝飼川, 마쓰데라松寺마을을 지나 도미타富田[현

• • •

14 '나그네를 태울[속일] 셈이었던 가마꾼이 비싼 값에 (꾀여서 오히려) 태워졌도다[속았도다].' 교카 원문은 'たび人をのせるつもりで駕籠の高い直段にかつがれにけり'.

재 미에현 욧카이치시] 휴게소마을에 당도했다. 여기는 특히나 대합구이가 명물로, 길 양쪽에 찻집 처마를 잇대고 늘어서 있고, 왕래하는 나그네를 외쳐 부르는 큰 목소리에 이끌려 찻집에 들러 걸터앉는다.

여자 "잘 오셨습니다."

라고 차를 두잔 따라 와서 야지로에게 내민다.

야지로베는 나리 행세이므로 짚신을 신은 채 찻집마루에 책상 다리를 하고 앉아, "기타하치야 식사 준비는 됐느냐?" 기타하치도 약속했기에 종복인 체하며, "좋사옵니다. 여봐 종업원, 식사 두 상[2인분] 내 주게."

여자 "네네, 대합으로 드시겠습니까?"

야지 "아니, 젓가락으로 먹읍시다."

여자 "오호호호호."

라고 네모난 바닥화로[이로리][15] 같은 상자모양 화로 속에, 대합을 늘어놓고 솔방울을 집어넣어 부채질하면서 굽는다.

야지 "이보게나, 술은 좋은 게 있을라나? 그런데 (여행 중에 나오는 술은) 고급청주諸白[모로하쿠]가 아니라 탁주片白[가타하쿠][16]여서 곤란해. 그리고 에도에선 맛있는 것을 물리도록 먹고 있는 몸인지라, 여행도중의 것은 전혀 못 먹겠어. 말을 타면 위험하지, 가마는 머리가 받히지. 상점 점원들이 우리 집 전용 가마를 타고 가시는 게 좋사옵

• • •

15 이로리[囲炉裏]: 농가 등에서 방바닥의 일부를 네모나게 잘라내고 그곳에 재를 깔아 취사용, 난방용으로 불을 피우는 장치. 노.

16 가타하쿠[片白]: 백미와 정백하지 않은 현미의 검은 누룩으로 빚은 탁주. 모로하쿠[諸白]보다 품질이 낮다.

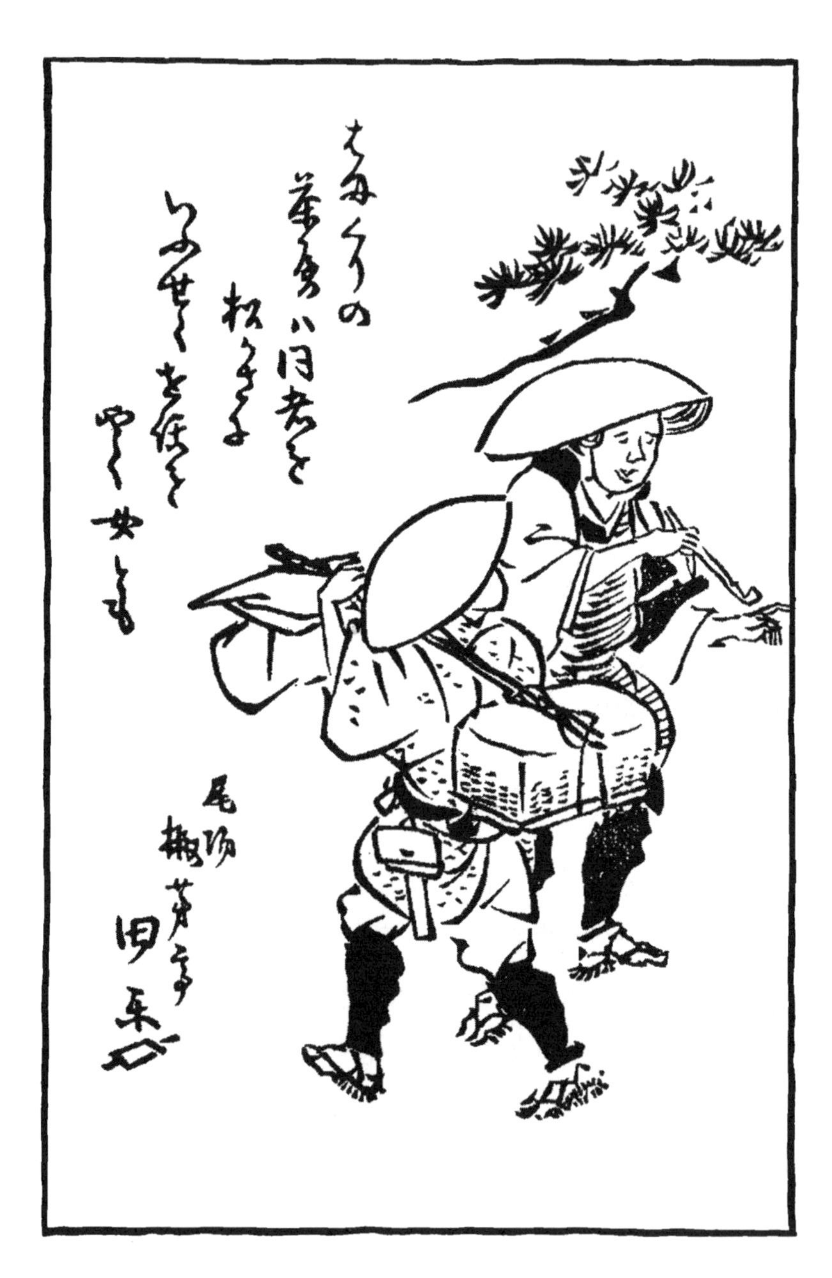

▲ 야지, 하인역의 기타, 대합구이가게 앞에 멈춰 서다.

▲ 아사게[朝餉] 마을과 호시가와강[星川]의 풍경.

니다라고 했었는데 과연 그렇게 하면 좋았을 것을. 마지못해 타기는 타지만 이제 더 이상 여행용 가마는 아주 지긋지긋하구나. 기타하치야 앞으로는 걸어가자꾸나. 좋은 조리草履[17] 신이 있으면 사주게나. 신는 데 익숙지 못한 짚신草鞋[18]으로, 이것 보거라 발이 온통 물집 투성이로구나."

기타하치 "정말이네요. (가마만 타다가) 오늘 처음으로 짚신을 신으셨기 때문에, 추위로 텄던 오래 된 곳이 재발했네."[19]

야지 "천부당만부당한 소리를 하는구나. 이것은 발이 너무나 부드러운지라, 짚신 끈이 파고 든 것이야. 아 그런데 대합은?"

여자 "네, 지금 막 올리겠습니다."

라고 큰 접시에 구운 대합을 겹쳐 쌓아올려서 내오고 밥상 2인분도 가지고 와서 차려놓는다.

기타하치 "여어 야지 씨 봐라. 잘 생긴 남자는 다르잖아. 이봐, 여기 아가씨가 네 밥은 조금 담고, 내 건 보시는 바와 같이 수북한 게 아귀도餓鬼道의 이정표一里塚[20]를 방불케 하는구만. 아아, 맛있다 맛있어."

• • •

17 조리: 짚, 골풀, 등심초, 죽순 껍질 등으로 엮되, 게타[나막신]처럼 달린 끈을 발가락 사이에 끼워서 신는 짚신. 와라지보다 고급품이나, 슬리퍼처럼 발목이 안정되지 않으므로 장거리를 걷기에는 불편하다.

18 와라지: 짚으로 엮되 발가락 끝에 있는 두개의 짚 끈을 좌우 가장자리에 있는 구멍으로 끼워서 발을 전체적으로 묶는 짚신. 조리와 달리 와라지는 이 끈이 발 뒷목까지 걸쳐져 있어서 안정감 있게 걸을 수 있다.

19 야지의 지나친 거짓자랑에 '물집이 아니라 추위로 텄던 곳이 다시 튼 거다' 라고 조롱하는 말.

20 아귀도[餓鬼道]: 불교에서 육도[六道]의 하나로, 생전에 탐욕한 자가 죽어서 떨어진다는 굶주림의 지옥.

야지 "헤헤 바보등신아, 저 아가씨 밥주걱이 넉넉한[밥 많이 담은] 것을 자기에게 반한 거라고 기뻐하다니 우스워라. 그건 너를 가볍게[쉽게] 보는 것이야."

기타하치 "왜 왜?"

야지 "대체로 이 가도연변에서는 (동해도를) 오르내리는 인부上下나 하인에게는 밥을 수북이 담아서 내 준다고 해. 그러니까 누가 봐도 나는 주인, 너는 하인이라고 보이기 때문이여."

기타하치 "아아~ 그렇구나 분하다~."

야지 "하하하하, 대합을 좀 더 주시게."

여자 "네 네."

또 갓 구운 대합을 큰 접시에 쌓아서 내온다.

야지 "너의 대합이라면 더 맛있겠지."

라며 여자의 엉덩이를 슬쩍 만진다.

여자 "오호호호호, 나리께서는 장난이 심하시네예."

기타하치 "나도 장난치자."

라고 똑같이 엉덩이를 꼬집으려고 하니,

여자 "이거 하지 마세요! 싫은 사람이네예."

기타하치 "좌우지간 나만 쉽게 봐대는군."

• • •

이정표[一里塚]: 전국 가도에 1리[한국 이수로는 10리]마다 쌓은 흙더미. 팽나무나 소나무를 함께 심어서 이정표로 했음.
아귀도에 빠지거나 연고자 없이 죽어서 항상 굶주리는 사자를 공양하기 위하여 가득 담는 밥을 가도의 이정표에 비유한 말. 가도의 이정표가 흙더미라면 아귀도의 이정표는 공양한 밥이라는 발상이다.

라고 투덜투덜 불평을 하는데 근처 절에서 종이 대엥~.

기타하치 "종업원, 저건 몇 시여?"

여자 "이제 7경[오후 4시 무렵]입니다."

기타하치 "됐다 됐어~ 약속한 대로 지금부터 내가 주인님이시다. 여보게 여보게 야지로베, 나는 이제 말도 가마도 타는 데 싫증났다. 이제부터는 슬슬 도보로 갑시다. 좋은 조리草履 신을 사오너라. 신는데 익숙지 못한 짚신草鞋으로, 이것 봐라 물집이 온통 발투성이다."[21]

야지 "바보소리 하네. 과연 네놈은 발투성이다. (추위로 심하게 터서) 발 하나가 몇 군데씩으로나 갈라져 있으니까."

기타하치 "아니 주인을 향해서 네놈이라니 무슨 말버릇이냐? 이 짐도 그쪽에 주마."

야지 "거참 잽싸기가 계산적인 녀석이여. 우선 그쪽에 나둬라."

기타하치 "아니 그렇게는 안 되지."

라고 짐을 들이대는 것을 야지로베 되 밀치는 찰나, 대합을 가득 담은 접시를 뒤엎으면서 구운 대합이 야지로베의 품속에 쏘옥 들어간다.

야지 "앗 뜨뜨뜨뜨~ 대합 국물이 흘러내려서 뜨거뜨거뜨거뜨거~."

기타하치 "어디 어디."

라고 야지 품속으로 손을 넣어 대합을 잡는 순간,

기타하치 "앗 뜨뜨뜨~."

• • •

21 앞서 야지가 한 말을 답습하여 나리 흉내를 내면서 젠체하다가 흥분한 나머지 그만 마지막에 '발'과 '물집'을 거꾸로 말해 버리는 골계.

(50) 제42역참: 구와나[桑名]

【도판44】《즈에図会》 구와나
= 원작5편 상·구와나의 에피소드

야지 "앗 뜨거뜨거뜨거뜨거~ 기타하치 빨리 도와 줘! 구운 대합이 뱃속으로 앗뜨서, 굴러가서 앗뜨거뜨거 불알에 물이 난다고 앗뜨거뜨거."

기타하치 "이것 참 큰일 났네, 큰일 났어 큰일 났어. 아하하하 아하하하 아하하하."

아주머니 "얼른 일어나서 허리끈이라도 푸시죠. 오호호호 오호호호 오호호호."

라고 놓치니 대합, 배꼽 아래로 떨어진다.[22] 기타하치 당황하여 야지로의 바지[모모히키][23] 위에서부터 불알과 대합을 함께 움켜쥔다.

야지 "아아아~ 뜨거뜨거뜨거뜨거~ 이봐 어떡할 겨. 불알이 탄다고~" 라고 하는데 가까스로 바지 앞의 이음매를 벌리자 대합이 툭~ 떨어진다.

기타하치 "하하하하, 우선은 순산을 축하드립니다."

야지 "농담 따위 할 상황이 아녀. 엉뚱한 봉변을 당했네."

여자 "다치지는 않으셨는지요?"

야지 "다치진 않았지만 아직 배 안[뱃가죽]이 따끔따끔해."

기타하치 "하하하하하하하~."

> 대합에 고약/ 아직 넣지 않았으나/ 대합으로 입은
> 화상에 대해 바르며/ 읊는 우스운 노래.[24]

그로부터 이곳을 출발하여 하쓰마을羽津村 팔만八幡 마을[25]을 지나,

• • •

22 품속에 손을 집어넣느라고 기모노 앞섶이 벌어져서 허리끈이 헐렁해졌으므로 품속에서 다리 쪽까지 떨어지게 된 것.

23 모모히키[股引]: 승마바지처럼 헐렁한 남성용바지. 막부말기[文政시대부터]가 되면 타이츠처럼 다리에 달라붙도록 변모한다. 여행용 모모히키로는 짧은 사루마타[猿股]를 입고 종아리 덮개를 감는다.

24 '(대합 안에) 고약은 아직 넣지 않았으나 대합으로 입은 화상에 대해[바르며] 읊는 익살스런 노래.' 즉, '대합껍질에 넣어서 파는 화상용 고약은 아직 안 넣은 대합이나, 그 대합으로 입은 화상에 대해서[바르며] 읊는 장난 노래'라는 뜻. 일본어'쓰케테'가 '대해서'와 '바르며'의 동음이의어인 점을 구사한 교카. 원문은 '膏薬はまだ入れねどもはまぐりのやけどにつけてよむたはれうた'.

나나쓰야七つ家 아쿠라가와강阿倉川에 다다랐을 무렵, 욧카이치四日市[현재 미에현 욧카이치시]의 여관호객꾼 마중 나와서, "이거 참 안녕하십니까. 저희여관에 부탁드립니다."

야지 "우리는 오비집帯屋에 갑니다."

여관호객꾼 "아니, 오늘 저녁엔 영주님 두 분 일행이 묵으시는지라, 오비집은 양쪽 다 지장이 있으시므로 저희 쪽에 묵으시지요."

라는 것은 거짓말이다. 지체 낮은 분[하타모토[26] 등]의 숙박이기에 투숙객은 불과 몇 명 안 되지만, 그것을 구실삼아 자기 쪽에 묵게 하고자 하는 여관호객꾼의 계략이다. 둘 다 멍청이여서 정말이라 생각하고,

야지 "그러면 네놈 집은 얼마로 묵을 수 있냐?"

여관호객꾼 "예 그것은 어떻게든지 (말씀에 따라서 해 드리지요)."

야지 "어젯밤은 미야 역참의 요키집斧屋에 묵었는데 너무 정성스러웠네. 150문[4,500엔]으로 (어둑어둑한 각등이 아니라) 촛대에 촛불을 밝히고 밥을 먹게 해 주는 곳이 있겠냐? 그리고 술도 과자도 내왔길래 이것 참 가만히 있을 수 없겠다고 따로 찻값[팁]을 2백 주려고 했는데, 역시 안 줘도 됐으니 크게 싼 것이었다. 네놈 집도 그럴 셈으로 대접하는 게 좋아."

여관호객꾼 "잘 알아 모시겠습니다."

• • •

25 원래 여정은 팔만[하치만]마을→하쓰마을이어야 하므로 작자 잇쿠의 오해이다. 잇쿠는 여행안내서인 『여러 지방 여행기』[諸国道中記]에 입각해서 여정을 기록하는데, 이와 같이 『여러 지방 여행기』의 오기까지 그대로 답습하고 있다. 이어지는 '나나쓰야' 또한 마을 이름처럼 잇쿠는 적고 있으나, 실은 '구와나역참'의 별명이다.

26 하타모토[旗本]: 만 석 이하의 녹봉을 받던 무사.

욧카이치 역참에서

1) 시골사람과 동숙하다

여러 이야기하면서 함께 간다고 할 것도 없이 금세 **욧가이치**四日市[현재 미에현 욧카이치시] 역참 표시팻말이 있는 외곽에 이르니, 여관호객꾼 뛰어나가서 "자아 이곳이옵니다. 여기~ 투숙객입니다!"

여관안주인 "일찍 도착하셨습니다."

라고 인사를 하는데, 둘은 짚신(끈)을 풀며 둘러보니 몹시 누추한 여관으로 입구는 그을음이 가득하고 옆으로 휘어진 찬장과 부서져 가는 부뚜막이 있는 집이다.

주인 "오늘밤은 저희 집도 붐빕니다. 죄송합니다만 안쪽 손님과 함께 해주십시오."

야지 "아주 좋네."

안주인 "그러시다면 이쪽으로."

라고 안내해서 안쪽 방으로 데리고 간다. 동숙相宿[27]으로 한방에 시골 사람 둘이 있었다.

야지 "실례합니다."

시골사람 "안녕하세유."

기타하치 "아아~ 녹초가 됐네. 어이구." (하고 앉는다)

여자 "바로 목욕하세요. 안내하겠습니다."

기타하치 "그럼 먼저 갈까."

라고 수건을 들고 목욕탕에 간다.

그러자 열 너 댓살쯤 되 보이는 앞머리 상투 소년,[28] 보자기에 싼 상자를 들고, "담배는 필요 없습니까? 이쑤시개, 치약, 화장지는 있으십니까?"

시골 "오랜만에 요시다吉田 역참의 오타케大竹 기생집에 칠칠맞게 들어가서 유녀에게 아사가라[伊勢의 朝柄]산 (고급)담배를 받았는디, 모두 피워 버렸지라."

또 한 명의 시골사람 "4문담배四文粉[싸구려 담배][29]는 있댜?"

행상인 "아니, 그건 없습니다. 이걸 피워 보시지요."

시골 "어디 보자, 뻑뻑뻑~ 이건 전혀 신통치 않고마[약하네]. 이쪽 건 어떻댜?"

---

27 아이야도[相宿]: 낯선 사람끼리 한 방에 묵게 하는 것.

28 마에가미[前髮]: 성인처럼 머리의 중앙을 밀지 않고, 이마 위의 머리를 세워 모아서 묶은 미성년자의 머리스타일.

29 시몬코[四文粉]: 당시는 담배 잎을 잘게 부수어 가루로 해서 팔았음. 그 담배 잎 가루 한 뭉치에 4문[120엔] 하는 싸구려 담배.

라고 담뱃대에 넣고 뻐끔 뻐끔~.

행상인 "그게 좋겠네요."

시골 "아니 이것도 전혀 불이 안 붙는디. 봐~, 피우는 사이에 꺼져 버렸고마."

행상인 "저런, 손님 무릎 위에서 불타고 있습니다."

시골 "아이고 이런이런, 소중한 옷을 태워 뿔었고마. 훗훗~ 야아 이렇게 무릎을 태우는 담배는 필요 없다. 갖고 가~."

행상인 "예 안녕히 계세요."

라고 투덜대며 나간다.

2) 소주를 발에 뿌리다

기타하치 목욕탕에서 나와,

기타하치 "그럼, 야지 씨 목욕탕에 들어가지 않을래?"

여자 "손님 목욕하세요."

야지 "와아 대개 요염한 계집들이 어른거리네."

기타하치 작은 소리로 "방금 계집과 목욕탕에서 슬쩍 언약해 두었지. 빠르지?"

야지 "거 정말이냐? 어떻게 어떻게?"

기타하치 "내가 탕에 들어가 있었는데, 미지근하시지는 않습니까 라며 왔길래 바로 거기서 약속했지. 아직 한 사람 괜찮은 중년 여인이 보이니까 당신 탕에 들어가서 기다리고 있으라고. 아마 그곳에 올 게 틀림없으니까. 그러면 거기에서 말을 거는 게 좋아."

야지 "알았네 알았어. 어디 갔다 올까나."

라고 야지로는 목욕탕에 들어간다.

또 한명의 장사꾼 "예, 소주는 필요 없습니까? 막걸리白酒[30]는 드시지 않겠습니까?"

기타하치 "가만, 그 소주를 조금 주게. 이크크크크크 됐네 됐어."

라고 밥공기에 따르게 해서 돈을 지불하고, 그 소주를 발에다가 (입으로 내뿜어) 뿌리면서, "좋아 좋아, 이걸로 여독이 풀리겠군. 여러분 실례합니다. 아이고, 영차"라며 드러눕는다.

3) 목욕탕에서 쓰러진 야지

그동안 야지로는 목욕탕에 들어가 여자가 오기를 기다리고 또 기다려도 좀처럼 오지 않았다. 손가락 발가락을 하나씩 하나씩 씻고 한참동안 멍하니 기다리고 있었는데, 입욕 시간이 지나치게 길어지는 바람에 수증기로 상기되어[현기증이 나서], 목욕탕 널빤지 벽에 기대 축 늘어져 있었다. 기타하치는 야지로의 목욕 시간이 너무 길기에 살짝 목욕탕을 엿보러 왔다. 이 모습을 보고, "아이고 아이고 아이고~ 야지 씨! 무슨 일이야 무슨 일? 이거 참 큰일 났네~"라고 야지로 얼굴에 찬

• • •

30 백주[白酒]: 희고 걸쭉한 단술. 찹쌀과 누룩과 소주를 혼합해서 50일 정도 발효시킨 후, 맷돌로 갈아서 만든 술.

물을 끼얹으며, "야지 씨! 야지 씨!"

야지 "어~어~ 으~~ 으~~~~."

기타하치 "괜찮나 괜찮아? 무슨 일이야? 무슨 일?"

야지 "무슨 일이기는 고사하고, 네놈이 나를 골탕 먹였잖아."

기타하치 "왜? 왜?"

야지 "탕에 들어간 채 여자가 이제나 오려나 저제나 오려나 하고 너무 장시간 있었기 때문에!"

기타하치 "그래서 수증기에 상기되었군. 하하하하하~ 지혜롭지 못한 얘기다."

야지 "네놈 덕분에 아직도 다리가 비틀거린다고."

기타하치 "하하하하하하~ 이거 참 우습군. 어서 일어서."

라고 간신히 옷을 입히고는 기타하치 어깨에 부축해서 방에 데리고 돌아오자, 그대로 쓰러져 자못 힘없는 듯이,

야지 "아~ 아~, 이제 좀 (머리가) 맑아졌다."

기타하치 "당신도 눈치대가리 없는 녀석이여. 어지간한 선에서 나오면 좋을 걸."

야지 "아니, 나도 네놈이 말했던 대로 아마 계집이 오겠지 하고 기다리고 기다리는데, 건너편 (우물가/부엌)개수대에서, 예의 그 중년 여인인 듯한 이가 뭔가 씻고 있길래, '여보게 등물 좀 해 주게' 하고 말했더니, '예~' 하고 입을 놀리고 예순 가량 돼 보이는 할망구가 수세미를 처갖고 와서는 '등을 씻어 드릴깝쇼?' 라고 나불댔지."

기타하치 "것 참 재밌군."

라며 열중해서 배를 깔고 누운 채 발가락으로 뒤쪽에 드러누운 시골

사람의 귀를 잡아당기거나 하면서 꼼지락꼼지락 가지고 논다. 이 시골사람 턱없이 심성 좋은 남자로, 살짝 옆으로 머리를 피하자,

기타하치 "그 다음에 어떻게 됐어?"

야지 "들어봐. 나도 너무 부아가 치민 나머지 '몹쓸 할망구구만. 수세미를 들고 뭘 해댈려고?' 라고 하자, '예 예~' 라고 입을 놀리고는 물러갔는데 이윽고 또 부러진 식칼을 처갖고 와서는, '이것으로 등의 때를 긁어서 떼어내 드릴깝쇼?' 라니, 나를 냄비나 가마솥처럼 생각해대는 것 같더구만. 분통 터져."

4) 술에 취한 발

기타하치 "하하하하, 이것 참 아주 재밌군 재밌어."

라고 (이야기에) 몰두한 나머지 또 시골사람의 머리를 여기저기 발로 찾아내서 귀를 만지작거리자, 참다 못해 기타하치의 발을 붙잡고,

시골 "여봐 여봐, 아까부터 잠자코 있었는디 왜, 이 발로 내 귀를 노리개 삼는 겨?"

라는 말을 듣고 기타하치 정신이 들어 "예, 이것 참 죄송합니다."

시골 "아니여, 이거 죄송하다 만으로는 용서 못하겠슈. 것도 그쪽이 열중혀서 얘기를 하다가 손장난 삼아서라면 있을 수 있어도, 이쪽이 머리를 피하려고 하면 또 발로 더듬거려 찾아내서 노리개로 삼고 말어. 왜 남의 머리를 흙 묻은 발로 짓밟는 겨? 가만 못 있제 못 있고말고."

▲ 술주정부리는 기타하치의 발.

尾陽
梧鳳舎
潤嶺

야지 “저런, 참 안됐구만요. 죄송합니다. 이처럼 한 방에 묵는 것도 ‘전생의 인연’[31]일 테니, 아무쪼록 양해해 주십시오.”

시골 “그쪽이 그렇게 말하시믄 들어 줄 수도 있겄지만, 사람을 너무 바보 취급 하닝께.”

기타하치 “아니 정말 거나하게 취해서 한 짓이니 용서해 주십시오.”

시골 “아니 아직도 그쪽은 우리를 바보 취급한댜. 아까부터 보고 있었는디, 술도 마시지 않고 거나하게 취했다니 오히려 용서가 안 돼야.”

기타하치 “글쎄 저는 술을 안 마셨지만, 이 발이 거나하게 취해서.”

시골 “아무렴 발이 술을 마실까. 바보 소리 집어치우더라고.”

기타하치 “당신 너무 열불을 내시네요[흥분하시네요]. 발이 취했다는 건, 아까 소주를 뿌렸기 때문에 그것에 이 발 녀석이 취해대서, 이것 보십시오, 비틀비틀~ 어이쿠 아직도 당신 머리를 놀리려고 하네. 요놈 요놈 요놈!”

시골 “참말로 그쪽 발은 술버릇이 나쁘고마.”

기타하치 “그렇다오. 발은 술을 못하는 발이 좋사옵니다. 저는 참으로 (이 발에는) 대책이 없다오.”

시골 “그럼 됐슈. 이제 자지 않겄나. 종업원 종업원~ 잠자리 부탁혀유.”

그리고 여자가 와서 각자의 이부자리를 펴고 자게 하자, 두 시골사

• • •

31 ‘옷깃만 스쳐도 전생의 인연’이라는 속담이 있음.

람은 거기에 뒹굴기가 무섭게 세상모르고 드르렁드르렁 코를 골며 깊이 잠든다. 야지로 기타하치가 이 여자들에게 슬쩍 떠 보는 이 말 저 말 있었지만, 이 부분과 식사 때의 농담은 단숨에 뛰어넘겠다.

5) 죽은 여자 침소에 숨어들다

여자들이 잠자리를 다 펴고 내실로 가자 야지로 목소리를 낮춰,

"기타하치 기타하치, 네놈 진짜로 아까 여자와 약속했냐?"

기타하치 "당연하지. 그런데 이쪽에는 안 올 예정이여. 이 옆방의 벽을 타고 가서 부딪치는 막다른 곳의 맹장지문을 열라, 거기에서 자고 있다고 말했으니까 이제 곧 가야 해."

야지 "내가 먼저 가 주지."

기타하치 "샘내지 말고 얼른 자게나."

라고 등 돌려 누워서 잠든 시늉을 한다. 야지로도 기타하치의 방해를 해 주려고 잠든 척하며 생각하고 있는 사이에, 둘 다 여독에서일까 그만 새근새근 한잠 잔다. 얼마 후 야지로베 퍼뜩 눈을 떠서 보니, 각등도 꺼지고 칠흑 같은 어둠. 주위도 쥐죽은 듯 고요하니 바야흐로 때는 이때다 하고, 몰래 앞질러 쳐들어가 기타하치를 깜짝 놀라게 하자고, 슬며시 일어나 살금살금 걸어 옆방으로 나가, 진작 들어 둔 대로 더듬더듬 벽을 따라 간다. 그런데 야지로베가 지나치게 손을 위로 뻗은 탓일까, 매달아 둔 선반에 손이 닿자, 무슨 까닭인지 덜커덕하며 선반이 빠진 듯. 야지로베 간이 아주 콩알만 해져서,

▲ 돌 지장보살에 놀란 기타하치, 엿보는 야지.

야지 “이것 참 일이 꼬였다. 내가 손을 너무 뻗은 탓에 선반 판자가 빠진 것 같네. 손을 놓으면 떨어질 테고…, 뭔가 잡동사니가 잔뜩 올려져 있는 듯하니, 떨어지면 모두 눈을 뜰 테고…, 이거 참 난처한 일을 당했네.”

라며 양손으로 선반을 버티고 서 있다 한들 전혀 부질없는 노릇이다[해결되지 않는다], 손을 놓으면 선반이 떨어진다, 속옷 한 장 차림으로 추워 오는데, 이거 참 한심한 꼴이 됐다, 어떻게든 방법은 없을까 하고 버티고 서서 생각하고 있었다.

이런 사실은 모른 채 기타하치도 잠에서 깨어 일어나 이 또한 차츰 차츰 벽을 타고 오는 듯. 야지로 틈새로 이를 보고 작은 소리로, “기타하치, 기타하치냐?”

기타하치 “누구? 야지 씨네.”

야지 “이봐 조용, 조용~ 빨리 여기에 와 줘.”

기타하치 “뭐야 뭐야?”

야지 “이것 좀 들어 주게. 여기야 여기~.”

기타하치 “어디 어디~.”

라고 손을 뻗어 뭔지 모르겠지만 뜯어지려고 하는 선반 밑을 떠받치자, 야지로는 몰래 손을 놓고 기타하치에게 지탱시킨 채 옆으로 비키니, 기타하치 놀라서, “이봐 이봐 야지 씨, 어떡할 건데?” 하고 손을 놓으려 하자 위의 선반이 뜯어지려고 하므로,

기타하치 “아이고 아이고 아이고~ 이거 처량한 꼴을 당하게 하네. 이봐 이봐 야지 씨, 어디 가? 이런 손이 나른해지네. 이거 이제 어떻게 하지 어떻게 하지.”

라고 쩔쩔매고 있다.

야지로는 어둠을 틈타 슬슬 앞쪽으로 나아가 벽을 타고 부엌 쪽으로 나왔다. 마당 맞은편에 보이는 새벽각등有明行灯[32]의 불빛 어렴풋한 가운데 비추어 보았더니, 예의 그 막다른 곳에 있다는 맹장지문 옆에서 자는 한 사람이 있길래, 그럼 이야말로 기타하치와 약속한 인물, 내 차지 토끼[33]라고 불쑥 손을 대어 더듬어 보니, 이게 어쩐 일이람 돌처럼 차디찬 사람이 쓰러져 있었다. 마치 살아 있지도 않은 것 같았다. 이것 참 괴이하다고 조심조심 여기저기 어루만져 보니 거칠게 짠 거적에 싸여 있지 않은가. 야지로 (퍼뜩 정신이 들면서) 깜짝 놀라 갑자기 오싹해져, 부들부들 떨며 기타하치가 있는 곳까지 가까스로 기어 돌아와, 이를 딱딱 부딪치면서 떨리는 목소리로,

야지 "기타하치, 아직 거기냐?"

기타하치 "어, 야지 씨 당신 어디 갔었어? 이봐 잠깐 여기로."

야지 "아니, 거기니 뭐니 할 경황이 아녀. 저기 죽은 사람에게 거적을 씌우고 있다고. 정말 정말 어쩐지 무시무시한 집이여."

기타하치 "어이구 어이구 엉뚱한 소리를 하네."

야지 "아냐 정말로 저기 저곳에…. 아아~ 대책 없는 집에 묵고 말았네. 무서운지고, 무서운지고."

라며 황급히 기어 나와서 도망간다.

• • •

32 아리아케 안동[有明行灯]: 밤새 약하게 켜 놓는 각등.

33 시메코노 우사기[내 차지 토끼]: 잘 됐다는 '시메타'에, 토끼목을 조르다는 '우사기오 시메루'의 뜻을 아울러 갖게 해서 말한 당시 유행어.

**(51)

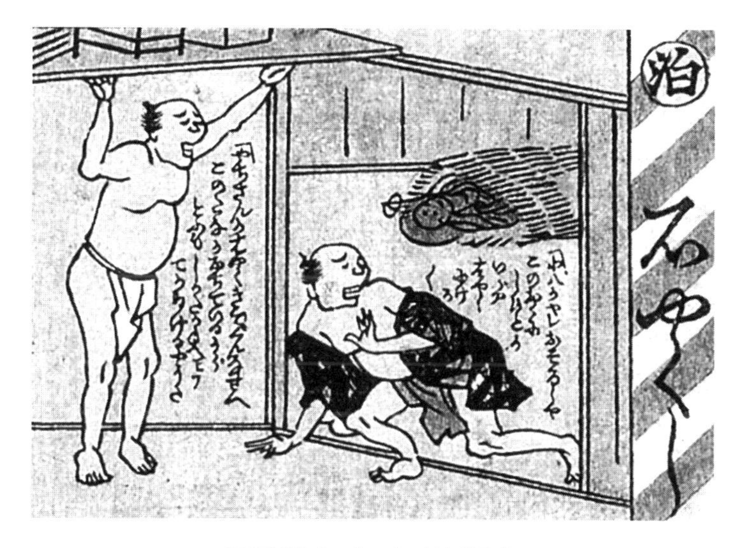

【도판45】《즈에図会》 이시야쿠시
= 원작5편 상·욧카이치의 에피소드를 직후역참에 차용

(기타하치) “야지 씨네. 빨리 와 줘. 이 선반이 떨어지고 있어서 어떻게 할 도리가 없다고. 금방이라도 손이 빠질 것 같아.”

(야지) “기타하치냐, 아이구 무서워라. 이 안에 시신이 있다고. 빨리 도망쳐! 도망쳐!”

기타하치 "이봐 이봐 이봐! 나를 여기에 두면 어떡해? 젠장 게다가 엉뚱한 소리까지 지껄여대고는. 어쩐지 으스스해지네. 이거 못 견디겠군 못 견디겠어."

라고 와들와들 떠는 바람에 손이 풀려[느슨해져] 위의 선반이 와르르르~.

이거 감당 못하겠다고 기타하치 도망쳐 나왔지만 당황하여 방향감각을 잃고 어디가 어딘지 몰라 허둥대고 있었다. 이 소리를 듣고 내실로부터는 집주인의 소리가 나는데 각등을 들고 오는 듯. 안쪽 방에서는 시골사람이 나오는 듯 하기에 더욱더 갈팡질팡하여 가게 쪽으로 기어서 나오다가 손길에 닿는 거적 한 장, 다행이다 싶어 뒤집어쓴 채 숨죽여 웅크리고 앉아있었다.

등불을 들고 나온 주인, 소스라치게 놀라, "아이고 아이고 아이고, 이거 왜 선반이 떨어졌지? 밥상상자도 이것도 저것도 뒤죽박죽 산산조각이 났네"라고 주변을 치우는 가운데, 무슨 일일까 하고 시골사람 두 명도 일어나서 나와, "글쎄 굉장한 소리가 난다 싶었제. 그럼 그렇지 이거 원 지장보살님 옆에까지 상자들이 튀었고마. 아이고 아이고 아이고, 코가 (깨져서) 빠져 뿌렀고마."

또 한 명의 시골사람 "어디 어디, 참말로 지장보살님의 코가 없어져 뿌렀고마. 거기엔 없는 겨? 아니, 여기에 누워 있는 건 뭐여?"

라고 거적을 걷어 올린다. 기타하치 문득 생각이 미쳐 얼굴을 들어서 보니 곁에는 거적으로 싼 돌지장보살이 있다. 그렇다면 야지로베가 시신이 있다고 했던 것은 이 돌지장보살이었을 거라고 생각하는데, 주인이 기타하치를 보고, "아이쿠, 당신은 우리 집에 묵으시는 손님 아입니꺼? 그런데 어째서 지금 이 시간에 이러한 곳에…, 이거 납

득이 안 가네요. 어쩐지 당신들의 행색, 거동이 수상쩍다고 생각하고 있었는디…, 혹시 호마의 재護摩の灰[34]도둑 아닌 겨? 뭐를 또 가로챌 작정이었는지, 이실직고 하시게!"

시골 "아니 그뿐만이 아니겄쥬. 아마 당신이 이 선반을 떨어뜨려서, 왜 지장보살님의 코를 깨뜨렸댜? 이건 우리 마을에서 이번에 건립할 지장보살님이여. 어제 석공 양반으로부터 인수혀서 내일 일찌감치 장택사長澤寺 절에 갖다 바쳐야 하는디, 코가 빠져서는 갖고 갈 수 없으니께, 원래대로 변상혀!"

이것은 이 근처 마을 사람들의 시골 절에 바치는 지장보살이다. 석재상으로부터 받아들고 돌아가는데 늦어졌기 때문에 오늘밤은 여기에 묵은 모양이다. 주인은 더한층 울컥해서 정색을 하며, "지장보살님의 코도 코지만 손님들 짐, 뭔가 없어지지는 않았는 겨? 아무래도 석연치 못한 놈들이라니께. 사실대로 말하지 않을 겨?"

기타하치 "아니 저희는 그런 사람 아닙니다. 함부로 분별없는 말씀하지 마시지요. 명명백백한 진짜 여행자요."

시골 "아냐, 그럴 리 없다니께. 또 그렇지 않다면 왜 지금 이 시간에 거기에 누워 계셨댜?"

기타하치 "아니 이건 말이죠 화장실에 가려고 해서…."

주인 "시시한 소리 집어치우래이. 화장실은 객실 마루 끝에 있는 것을, 필경 초저녁에도 갔을 텐데. 그런 엉터리 말에 안 속지."

• • •

34 고마노 하이[호마의 재]: 여행객으로 위장하여 다른 여행객의 금품을 훔치는 도둑.

기타하치 "그런 말을 들은 이상 저도 면목 없지만 부끄러움을 무릅쓰고 이야기하지 않으면 납득하시지 못할 테니, 사실대로 말하지요."

주인 그럼 그렇지, 안 말하고 어쩔 겨."

기타하치 "이거 정말 부끄럽지만…, 이 시간에 제가 여기를 서성거리고 있었던 이유는…, 그만 여자침소에 숨어들려고 왔다가 이 선반이 떨어지는 바람에 갈팡질팡하고 있었던 것입니다."

시골 "뭐여? 여자침소에 숨어들려고 왔다고? 어럽쇼, 어허, 당신은 바보천치구먼. 세상천지에 돌지장보살님 침소에 숨어들어가서 어쩔 셈이여?"

주인 "말하면 말할수록 제대로 된 말은 지껄이지 않는구먼."

기타하치 "이거 참 얼토당토않은 재난을 다 당하네. 야지 씨! 야지 씨!"

라고 큰 소리로 부른다. 진작부터 엿듣던 야지로베, (우스운 나머지) 뱃가죽을 움켜쥐고 있었는데, 이제 적당한 때[때는 왔다]라고 나서서, "이거 참 여러분께 딱하게 되었습니다. 저 녀석은 제가 보증합지요. 수상한 인물이 아닙니다. 이해해 주십시오. 또 지장보살님의 코인가 뭔가 하는 게 빠졌다고 하시는데, 부디 저를 봐서 (용서해 주십시오) 나중에 어떻게든 하겠습니다"라고 입에서 나오는 대로 이 말 저 말 하며 양해를 구해댄다. 주인도 이제는 어쩔 수 없이, 그렇다 해도 악인으로도 보이지 않는 녀석들, 한바탕 트집은 잡았으나 이제는 납득해서 넘어가 주니,

숨어들어서/ 깨트린 지장보살/ 얼굴도 세 번
눌러 쓴 삿갓/ 다시 쓴 꼴사나워.[35]

이렇게 즉흥으로 읊는 야지로베의 교카狂歌에 제각기 풉~ 하고 여기저기서 웃음이 터져 나오고 말썽도 겨우 수습되니, 날이 밝기까지는 아직 시간이 남았다고 각자 잠자리에 들었다.

그러나 잠시 후 어느덧 첫닭의 울음소리 저마다 울려 퍼지고, 말의 높은 울음소리 집밖에서 들려오니, 야지로베 기타하치 서둘러 일어나서 채비를 하고 이윽고 이 여관을 출발하면서,

동해도 겨우/ 여기까지 왔으니/ 지금부터는
꽃 같은 교토 나흘에/ 간다는 욧카이치.[36]

• • •

35 '몰래 숨어들어 (코를) 깨트려 버린 지장보살님 얼굴도 세 번(이라는데 그) 깊이 눌러 쓴 삿갓을 (실패로 인해) 다시 쓰는 꼴사나운 결과여.' 즉, '몰래 숨어들어 (코를) 깨트려 버린 지장보살님(에게 자비를 베풀어 달라고 용서를 구하는) 얼굴도 세 번(까지라고 하는데 얼굴을 숨기고 싶을 정도로 바보스런 실패는), 그 깊숙한 삿갓을 다시 쓰는 꼴사나운 결과이네'라는 뜻. '시도하다'와 '깨트리다'의 동음이의어 '가케루', '지장의 얼굴도 3번 쓰다듬으면 화를 낸다'는 속담과 깊숙한 여행용 삿갓을 말하는 '세 번 삿갓'의 의미를 앞뒤음절에 걸쳐서 구사하고, '쓰다'와 '실패하다'의 동음이의어 '가부루'를 이용한 교카. 원문은 'はひかけし地藏の顔も三度笠またかぶりたる首尾のわるさよ'.

36 '간신히 동해도도 (여기까지 왔으니) 지금부터는 꽃처럼 화려한 교토로 (나흘이면) 가는 욧카이치[四日市]이노라.' 욧카이치에서 교토까지 동해도의 거리는 일본 이수로 26리, 100킬로미터 정도로, 당시여행객들은 나흘이면 걷는 거리이다. 참고로 아침 6시부터 저녁 6시까지 걷는 게 일반적. 교카 원문은 'やうやうと東海道もこれからははなのみやこへ四日市なり'.

6) 문어스님과 신도들

그로부터 하마다마을浜田村을 지나 **아카호리**赤堀 마을에 다다랐는데, 왕래가 특히 붐비는 가운데, 많은 남녀가 여기저기에 모여 있는 것은 무슨 일일까 하고, 야지로베 기타하치도 길 한쪽으로 따라가면서 어느 영감님을 향해,

야지 “여보세요, 무슨 일입니까?”

영감 “저거 보시오.”

기타하치 “싸움이라도 있습니까?”

영감 “아니오, 천개사天蓋寺절의 문어약사[37]여래불상이 구와나桑名에 개장 출장出開帳[38] 가시느라 이제 여기를 지나십니다.”

야지 “아하, 과연 건너편에 보인다 보여~.”

어느새 점점 사람들의 발걸음 빈번해지고, 신자단체講中[39]인 듯 선두에 마을 이름을 인쇄한 장대 깃발[노보리]을 앞세우고 일제히 큰 소리로,

신자단체 “나무아미타불, 나무아미타불[나~ 마~ 다~, 나~ 마~다~].”

기타하치 “문어약사여래님은 삶은 게 아녀. 날거[나마다: 生だ]인 모양이네.”

• • •

37 문어약사[蛸薬師]는 약사여래의 한 종류로 각지에 산재한다. ‘천개’는 ‘문어’를 지칭하는 사찰 용어이므로 ‘천개사’는 가공의 사찰 명.

38 데가이쵸[出開帳]: 절의 본존[本尊]이나 비불[秘佛] 등을 다른 고장으로 옮겨서 감실[龕室]을 열고 공개하여 일반인에게 참배하게 하는 일.

39 고츄[講中]: 신불을 참배하기 위한 모임에 가입한 사람들. 신자단체.

신자단체 "나무아미타불[나~ 마~ 다~]."

야지 "장대 깃발을 들고 가는 녀석의 상판때기를 봐. 바보 같은 낯짝이여."

신자단체 "신불에게 바치는 돈[사이센]은 여기에, 여기에~. 여기는 바닷속으로부터 감자밭에 출현하신[40] 천개사 문어약사여래, 믿으시는 분들은 성의껏 바칩시다. 어서 어서, 성의는 되셨습니까?"

기타하치 "오늘 아침엔 중간 크기의 공기뚜껑으로 세 그릇 정도 먹었습니다."[41]

야지 "봐~, 문어님이 오신다! 오신다!"

감실龕室 장롱에 들어 있는 약사여래를 많은 사람이 함께 메고 지나간다. 뒤이어 천개사의 스님 가마를 타고 오자 여기저기에 모여 있던 아낙네와 노파들, (나무아미타불을 열 번 외는) 십념十念[42]염불을 부탁하자,

종복무사若党[43] "십념, 십념~."

라고 말하고는 가마를 내려놓는다. 종복무사가 가마 문을 잡아당겨 열자, 스님은 삶은 문어마냥 불그레한 얼굴로, 곰보 자국투성이 수염

• • •

40 바다에서 올라온 큰 문어가 해안가에 있는 토란 밭의 토란을 파먹었다는 속설에 기인한 표현.

41 '성의[코코로모치]'는 '기분, 심기'라는 뜻도 있음. 따라서 '성의는 되셨습니까'를 '기분은 좋으십니까' → '배는 부르십니까'로 곡해하여 대답한 말.

42 쥬넨[十念]: 정토종에서 승려가 신자에게 나무아미타불의 명호[名號]를 열 번 불러서 염불해 주면서 부처와 인연을 맺거나 극락왕생하도록 해 주는 것.

43 와카토[若党]: 아시가루[足軽: 평상시에는 막일에 종사하고 전시에는 도보로 뛰던 졸병. 무사계급의 최하위 보졸]와 고모노[小者: 무가의 허드레일꾼] 중간에 위치하는 무가의 하인을 쥬겐[中間]이라 하는데, 쥬겐보다 상위에 위치하는 하인.

투성이의 뒤룩뒤룩 살찐 스님, 짐짓 점잔을 빼고, "나무아미."

모두 "나무아미."

스님 "나무아미."

모두 "나무아미."

스님, 나무아미라고 점차 염불하다가 십념의 마지막에 무슨 까닭에서인지 콧구멍이 근질근질해서,

스님 "에~취 재채기[하아 쿠샤미]!"

라고 하자 모두 십념염불의 뒤이므로 이 또한 따라해야 하는 줄 알고,

모두 "에~취 재채기[하아 쿠샤미]!"

스님 작은 소리로, "똥이나 처먹어라."[44]

모두 "똥이나 처먹어라."

야지 "하하하하하. 가당치도 않은 십념염불이다. 저 스님은 재채기[구샤미, 샤미: 어린 중]에서 장로[45]가 됐네. 하하하하하."

신자단체 "나무아미타불, 나무아미타불[나~ 마~ 다~, 나~ 마~다~]."

라고 떠들며 출발한다. 우스워하던 야지로 기타하치, 떠나는 뒷모습을 바라보며,

십념염불을/ 외면서 한 재채기/ 아깝게 입에

• • •

44 재채기를 하면 혼백이 빠져나가므로 '똥 먹어라'라고 욕설을 해서 못 빠져나가게 해야 한다는 습관[민간신앙]이 있었음.

45 '어린 중이 당장에 장로가 될 수 없다[沙弥から長老にはなれぬ]' 즉 '모든 일에는 뛰어넘을 수 없는 순서가 있다'는 속담을, 동음이의어[재채기'쿠**샤미**'와 어린 중'**샤미**']로 이용한 말장난. "저 스님은 재채기 덕분에 어린 중 신세에서 당장에 장로로 승격했네"라고 야유하는 말.

감기 걸려 쓸모가/ 없는 말이 되었네.[46]

7) 오이와케에서 호빵 많이 먹기 경쟁

이렇게 흥겹게 읊어대며 가다 보니 벌써 **오이와케**追分[현재 욧카이치시][47] 휴게소마을에 당도하였다. 이곳 찻집에는 팥 찐빵饅頭[48] 명물이 있다.

찻집여자 "쉬다 가세~요. 따끈한 명물 호빵 드세~요. 떡국도 있어~요."

기타하치 "오른쪽 처자가 예쁜데."

야지 "가기야鍵屋찻집[49]의 견습생 계집애들도 애교 있구먼."

라고 찻집에 들어와 걸터앉는다.

여자 "차 드세요."

야지 "호빵도 먹어 치워 보지."

여자 "지금 드리겠습니다."

라고 곧 쟁반에 담아온다.

• • •

46 '(모처럼 황송한) 십념염불을 외면서 한 재채기 아깝게도 입에 감기 걸려 쓸데없는 말이 되었네.' '입에 감기 걸리다'는 '쓸데없는 말을 하다'라는 뜻임을 이용한 교카. 즉, '모처럼 고마운 십념염불을 외면서 감기에 걸려 재채기를 하는 바람에 그 기특함이 소용없게 되고 말았네'라는 뜻. 교카 원문은 '十ねんをもふしながらのくつさめはあつたらくちに風をひかせし'.

47 여기에서 교토까지, 동해도를 곧장 가는 길과, 왼쪽으로 꺾어서 이세를 거쳐 가는 길이 있다. 그 갈림길임.

48 팥빵[饅頭]: 밀가루, 쌀가루, 메밀가루 등으로 만든 겁질로 팥소를 감싸서 찐 과자.

49 삽화에도 그려 넣었듯이 실재한 찻집 이름.

▲ 가기야 찻집에서 곤피라 참배객과 호빵내기 하는 야지. 옆에는 기타.

한편, 곤피라金比羅[50]신궁 참배객으로 보이는데, 솜 둔 무명옷 위에 안을 대지 않은[홑옷의] 흰색 겉옷[한텐][51]을 걸친 남자, 마찬가지로 이 찻집에서 쉬면서 떡국의 떡을 먹기 시작한다. 야지로 호빵을 다 먹고는 "더 (주문)할까? 얼마든지 들어갈 것 같구먼."

기타하치 "어이구 당신도 비바람[술과 단것 다 좋아하는] 가죽주머니[52]다. 어지간히 하시지."

곤피라 "당신들은 에도江戶[지금의 동경]분들이신가요?"

기타하치 "그렇죠 뭐."

곤피라 "저도 에도에 있었을 때 혼초本町[에도최고의 메인스트리트]거리 도리가이鳥飼가게의 호빵내기를 해서 스물여덟 개 먹은 일이 있었습죠마는, 그게 또 각별한 맛이죠."

야지 "도리가이 가게는 우리 동네니까 날마다 (차 마실 때) 다과로 오육십 개 정도는 먹습니다."

곤피라 "정말 엄청 좋아하시네요. 저도 떡을 좋아하는지라 보세요, 이 떡국을 단숨에 다섯 상[5인분] 먹었습니다."

야지 "나는 방금 여기 호빵을 열너댓 개나 먹었을까 싶은데, 아직 또 그 정도는 먹겠구먼. 도무지 성에 차지 않는 것 같으이."

• • •

50 金比羅궁: 사누키[讃岐: 현재의 시코쿠 가가와현]에 있는 곤피라궁은 해상안전의 신을 모신 신사. 참배객은 온통 흰색으로 복장을 갖춘다.

51 한텐[半纏]: 하오리 비슷한 짧은 겉옷의 한 가지. 작업복, 방한복으로 입음.

52 비바람: 술과 단것을 다 좋아하는 사람.
가죽주머니[동란, 胴乱]: 약, 도장, 담배, 돈 등을 넣고 허리에 차는 네모난 가죽주머니. 비바람에 견딜 정도로 튼튼하므로 여기서는 앞 단어 '비바람'에 덧붙인 장난말.

곤피라 "아이구, 그러나 묘하게 단 건 이제 그렇게까지는 못 드시겠지요. 열너댓 개나 드셨으면 한계지요."

야지 "뭘 아직 먹을 수 있습니다."

곤피라 "천만에 천만에. 당신 입으로는 그렇게 말씀하시지만 그렇게까지는 못 먹는다니까요."

야지 "아무려면 못 먹겠소. 그런데 돈이 들어가니까 먹진 않습니다만, 누가 먹어 준다면야 아직도 얼마든지 들어갑니다."

곤피라 "이것 참 재밌네. 저기 실례지만 어때요 제가 대접해 드리지요. 그만큼 더 드셔 보시지 않겠습니까?"

야지 "먹고말고요."

곤피라 "만약 안[못] 먹으면 당신이 돈을 떼이는 건데 좋습니까?"

야지 "거야 당연하지요."

라고 기세등등해서 호빵을 주문하여 먹기 시작했는데, 열 개 정도 먹고 나중에는 이미 트림(과 함께 먹은 호빵)이 나올 정도였으나, 이놈 곤피라놈, 코를 납작하게 해 주자고 억지로 밀어 넣어 모두 먹어치웠다.

곤피라 "이거, 못 감당하겠군. 대단하다 대단해. 이제 정말 저는 당해낼 재간이 없네요."

야지 "당신도 해 보게. 이런 작은 것은 얼마든지 먹을 수 있다고."

곤피라 "아니 그렇게 (맘대로)는 안 되지요. 하지만 저도 너무 애석한데요. 열 개만 먹어 보겠습니다."

야지 "뭘 열 개 갖고. 스무 개 먹게나. 그 대신 하나도 남김없이 잡수신다면 호빵 값은 물론이고 그 밖에 백 문[3,000엔], 곤피라 수호신에

(52)제43역참: 욧가이치[四日市]

**【도판46】《즈에図会》욧카이치
= 원작5편 상·욧카이치 직후인 오이와케 마을의 에피소드를 앞에 차용

(곤피라 참배객) "이번엔 3백 문 걸고 이 찐빵 스무 개 먹기는 어떻습니까?"

(야지) "거 합시다. 그 대신 먹지 않으면[못하면] 3백과 찐빵 값은 그쪽이 내는 건데 괜찮나?"

(기타하치) "야지 씨 이거 불안한데."

게 바치죠."

곤피라 "것 참 고맙군요. 운을 하늘에 맡기고 해 봅시다."

라고 호빵 스무 개 가져오게 해서 그저 머뭇머뭇 보고만 있었으나, 드디어 먹기 시작하자 띄엄띄엄 열 개 정도 먹어 치우고, 나중에는 질린 듯한 표정으로 간신히 모조리 먹어 치운다. 야지 예상이 빗나가, "이거 참 탄복했네 탄복했어."

곤피라 "약속하신 대로 호빵 값은 빼고 신궁에 바치는 돈 백 문 주십시오."

야지 "지금 드리지. 그런데 너무 뛰어나니까 스무 개 더 먹게나. 이번에는 참배금을 삼백 문 드리죠. 그 대신 안[못] 먹으면 이백을 이쪽이 받는 내기인데 어떤가 어때?"

곤피라 "재밌군 재밌어. 뭐든 이해타산! 배가 찢어질 때까지 해 봅시다."

야지 "자아 자아 이번에는 현금이네. 당신도 이백, 거기에 내놓게."

라고 야지로 삼백 문을 쑥 내밀고, 방금 빼앗긴 참배금 백문에 이자를 붙여서 기어이 받을 요량으로, 설마 이제는 못 먹겠지 하고 굳게 믿고 호빵을 또다시 스무 개 주문해서 가져오게 한다. 곤피라에게 권하기가 무섭게 이번에는 아주 쉽사리 순식간에 스무 개 먹어치우고, 재빨리 그 삼백 문을 가로채어,

곤피라 "이것 참 고맙구려. 호빵 값도 잘 부탁드립니다. 하하하하하. 뜻밖에 수고를 끼쳤습니다. 그럼 편안히, 저는 이만."

하고 (제주 들어간 술병 술통을 넣은) 상자를 등에 짊어지고는 뒤도 돌아보지 않고 나가 버리자, 야지로는 기가 막혔다.

기타하치 "하하하하하. 십중팔구 이렇게 될 거라고 생각했지."

야지 "분통 터지는 일을 당하게 하네. 처음의 백 문이 아쉬워져서 덧칠하는 바람에 이중으로 손해를 보았다. 부아가 치미는구먼."

8) 자라 보고 놀란 가슴 솥뚜껑 보고 놀라다

이런 와중에 아래(마을) 쪽에서 가마꾼 어슬렁어슬렁 와서,

가마꾼 "어르신네 가마는 필요 없으십니까?"

야지 "가마고 뭐고 할 상황이 아녀. 호되게 혼쭐났구먼. 호빵 먹기 내기해서 돈 삼백 거저 빼앗겼다네."

가마꾼 "아하, 아까 그 곤피라 녀석이군. 그놈은 그 같은 차림새로 다니지만, 그건 오쓰大津[현재 시가현 오쓰시]의 가마시치釜七라고 하는 굉장한 마술사라던가 하던디, 지난번에도 사카노시타坂の下[욧카이치의 다음다음 역참. 현재 미에현 세키초] 역참에서 떡먹기를 겨루어, 일흔여덟 개라던가 먹은 것처럼 해서 돈은 다른 사람에게 내게 하고, 그 떡 모두 소맷자락에 깡그리 낚아채서 집어넣고 사라졌다고 하던뎁쇼. 어르신도 한방 먹으셨나 보네유. 하하하하하."

이 이야기 도중에 이세伊勢신궁 참배를 가는 아이 두 명, 호빵을 서너 개씩 손에 들고 먹으면서 찻집 문간에 왔다. "예 어르신, 몰래하는 이세참배[누케마이리][53]에 시주를~."

기타하치 "야, 네놈들은 그 호빵을 누구에게 받았냐?"

이세참배 "예, 이건 요 앞에서 곤피라 참배하는 사람이 소매에서 꺼

내 주었어요."

야지 "젠장, 그렇다면 그놈이 처먹은 시늉을 해 보이며 나를 속여댄 거군. 분통 터지네. 뒤쫓아 가서 때려눕혀 줄까?"

기타하치 "(이제) 됐잖아. 우리도 신궁참배길이다. 참아 줘. 모두 이쪽이 얼간이이기 때문인걸. 하하하하하."

야지 "하지만 속이 너무 부글부글 끓어올라."

기타하치 "어젯밤 숙소에서 나를 봉변당하게 한 그 죗값이라고 생각해. 정말 꼴 한번 좋~다."

도둑에게 돈/ 집어 주는 오이와케/ 호빵의 팥소
거기에다 뜻밖에/ 참배금 빼앗겼네.[54]

야지 "빌어먹을. 재미대가리 하나 없는 농담은 하지도 말라고. 여보시오, 호빵 값은 얼마요?"

여자 "네네, 모두 합해서 233문[6,990엔]입니다."

야지 "할 수 없지."

• • •

53 누케마이리[抜け参り]: 부모나 주인의 허락 없이 집을 빠져나와 이세신궁에 참배하던 일. 참배하고 돌아와도 묵인해 주는 것이 관례였음.

54 '도둑에게 돈까지 집어 주는 오이와케로구나 호빵의 팥소[앙] 외에도 뜻[앙]밖에 참배금까지 빼앗기고 말았으니.' 손해를 본데다 거듭 손해를 봄, 즉 이중 손해를 비유하는 속담 '도둑맞고 돈까지 집어 준다[盗人に追い銭]'의 '추가금[오이센: 追い銭]'과 지명 '오이와케[追分]'를 연결하고, '호빵의 팥소[앙餡]'와 '뜻밖에[앙노호카案の他]'를 연결해서 이중으로 의미를 부여한 교카. 도둑에게 호빵을 대접한데다가 돈까지 주었으니 속담 그대로의 어리석은 상황이 된 골계를 노래함. 교카 원문은 '盗人に追分なれやまんぢうのあんのほかなる初尾とられて'.

라고 마지못해 돈을 지불하자,

가마꾼 “어르신, 액막이로[나쁜 운수 털어 버리고 재수 좋으라고] 싸게 타십쇼.”

야지 “아냐 아냐.”

가마꾼 “술값(만)으로 갑죠.”

야지 “자네 술을 마시나?”

가마 “예 술을 좋아해서 (한꺼번에) 한 되들이 술을 합지요.”

야지 “또 술 먹기 내기하게 하려고? 이제 싫네 싫어. 자 기타하치 나가자.”

이리하여 여기서부터 이세 참배길로 접어든다.

『동해도 도보여행기』

5편

하권

(오이와케~야마다)

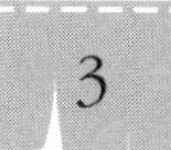

오이와케 휴게소마을을 떠나 간베로 가는 길

1) 무사 흉내

신의 바람이여[가미가제야][55] 이세와 교토의 갈림길인 **오이와케**追分[현재 욧카이치시][56]라는 도로변 휴게소마을로부터 왼편으로 마을을 벗어나 들길을 따라 걸어가는데, 맞은편에서 오는 농사용 말에 (걸터앉지 않고) 옆치기로 탄 남자, 드높은 목소리로

노래 *"보기만 해도 뜨실 것 같은♪~*

• • •

55 가미카제야[神風や]: '이세'에 걸리는 수식어[枕言葉, 마쿠라고토바]. 枕言葉는 와카 등에 쓰이는 수사법의 하나이다. 특정한 어떤 말 앞에 붙여 어조를 고르는 일정한 수식어로서 5음절로 된 것이 많음.

56 여기에서 교토까지, 동해도를 곧장 가는 길과, 왼쪽으로 꺾어서 이세를 거쳐 가는 길이 있다. 그 갈림길임.

(53)제44역참: 이시야쿠시[石薬師]

**《즈에図会》이시야쿠시

= 원작5편 상·욧카이치의 에피소드를 뒤에 차용
→ 앞 본문에 게재.

그대와 잤기 때문에 말이여♪
손으로 짠 무명 솜옷 한 장
완전히 벗겨져 버렸네 (잠자리 대가로)♪~
글쎄 말이야아아아♪~"

야지 "이것 보게나. 저 맞은편으로부터 타고 오는 마부를 (말에서) 내리게 해 줄 테니 보라고."

라며 허리에 찬 짧은 칼을 쑤욱 앞으로 빼내어서 (무사의 긴 칼처럼) 차고, 우비 소매를 앞쪽으로 내려 접어서 칼자루에 걸쳐 씌우고 두 자루 칼을 가진 것처럼 보이며 가자, 마부 곧바로 잽싸게 말에서 내려서 간다.

야지 "자 봐. 어떠냐 어때!"

또 맞은편으로부터 옆치기로 타고 오는 마부,

"오늘 밤에 묵으러 말야♪
가겠다고 했건만 관뒀네~

왜 안 가냐면

알몸으로 그댈 어찌 만나리

글쎄 말이야아아아아♪~"

야지 "이 녀석도 내려 주지. 에헴!"

마부 "이랴 이랴~."

라고 갑자기 허둥지둥 내려서 지나간다.

야지 "기타하치 어때? 절묘하지!"

기타하치 "두 자루 칼 찬 이[무사]를 보면 (예를 갖추어야 하니) 말 탄 채 지나갈 수 없다는 걸 모두 알고 있지."

야지 "그러니까 말야 나를 '무사'로 생각해서."

기타하치 "바보 같은 소리 하네. 뒤를 봐. 무사 두 명이 오니까."

야지 "뭐? 정말이여?"

라고 뒤돌아보는 바람에 이 무사와 탁~.

야지 "예 이거 참 죄송합니다. 간베神部[다음 역참]까지는 이제 어느 정도나 될까요?"

이 무사들은 이 근처마을의 토착무사鄕士[57]인 듯, "저기 보게, 건너편 둑에서부터 쓱 하늘로[상류 쪽으로] 올라가면 5리[약 2킬로미터]도 안 되네."

야지 "예 고맙습니다."

57 향사[鄕士, ごうし]: 농촌에 토착해서 살던 무인, 또는 조상 대대로 토착농민으로서 무사 대우를 받던 사람.

기타하치 "둑에서부터 하늘로 올라가라니 뭔 소리여? 이무기[왕뱀]가 하늘로 올라가는[승천하는][58] 것도 아니고. 하하하하하. 그런데 이 강은 무슨 강인가?"

다리관리인 "예 다리통행료[59]가 2문[60엔]씩 필요합니다. 이 강은 우쓰베가와강宇都部川이라고 합니다."

야지 "옛소, 2문씩 4문이오."

몰래 온 참배객/ 요금 떼어먹겠지/ 우쓰베 강의
통행료도 빌리는/ 가설 교량이니까[60]

• • •

58 큰 이무기가 나이를 먹으면 승천한다는 속설이 있음.

59 사적인 임시교량을 건설해서 영주의 허가 하에 징수하는 통행료. 정식교량 건설을 위한 자금획득의 수단 및 관리 수리비로 이용되는 경우가 많았으며 일반적인 통행료는 2문. 지금의 유료화장실의 조상격.

60 '주인 몰래 떠나온 참배객이라면 요금을 떼어먹겠지[우쓰베시] 우쓰베강, 통행료도 빌리는[가리] 임시[가리]교량이고 보면.' 즉, '우쓰베 강의 임시교량이라면 주인 몰래 떠나온 참배객은 틀림없이 통행료를 떼어먹고 가겠지'라는 뜻. 교카 원문은 '抜まいりならばぶさをもうつべ川わたしの錢もかりばしにして'.

4

간베 역참에서

그로부터 다카오카가와강高岡川을 건너 벌써 **간베**神部[현재 미에현 스즈카시] 역참에 다다른다. 입구에 호슈산宝珠山 화재예방 지장보살불당이 있다.

평온하게도/ 화재예방 지장이/ 지켜 주겠지
여름의 무더위도/ 간베의 겨울 추위도[61]

• • •

61 '평온하게 화재예방 지장보살이 지켜 주겠지, 여름 더위도 간베의 겨울 추위[간]도'. 추위를 뜻하는 칸[寒]과, 지명인 칸베를 끝말잇기처럼 연결한 교카. 원문은 '安穩に火よけ地藏の守るらん夏のあつさも冬の神戸も'.

1) 빗진 말에서 곤두박질치다

그리하여 이 역참 외곽의 찻집에 들러 쉬고 있는데,

마부 "이보시오, 손님들~ 말을 타지 않겠는 겨?"

야지 "과연, 귀갓길[62]이라면 타겠소."

마부 "우에노上野[간베의 다음다음 역참]까지 귀가하는 말이어라. 짐을 싣고 250[7,500엔] 주쇼."

기타하치 "두 사람을 말 양쪽에 태우고二方荒神 150[4,500엔] 드리지."

마부 "오늘은 (말 양쪽에 태우기 위한 사각) 받침대를 안 가지고 왔어라. 여기서부터 우에노까지 30리[약 12킬로미터] 길인데, 시로코白子[간베의 다음 역참]까지는 15리, 교대로 타고 가시지라."

야지 "둘이서 탈 수 없으면 싫소."

마부 "그라믄 두 분 다 말안장에 꽁꽁 묶고 갈까요? 이 새끼줄로 졸라매면 걱정은 없지라."

기타하치 "엉뚱한 소리를 하는구먼. 그래선 담배도 피울 수 없다고."

야지 "그럼 교대로 타지. 150으로 됐나?"

마부 "에이 될 대로 되라지. 그럽죠."

라고 말 흥정이 이뤄져 두 사람의 짐을 싣고 여기서부터 먼저 기타하치가 타고 길을 나선다.

야지 "난 슬슬 앞서 가겠네. 저런 기타하치, 오른쪽으로 기울어진 것

• • •

62 손님을 목적지까지 태우고 갔다가 내려 주고, 원래 지역으로 돌아오는 빈 말의 경우 요금이 저렴하다.

같은데."

말 "히잉 히잉~."

말방울소리 "짤랑 짤랑 짤랑~."

그러는 사이 맞은편에서 오는 남자, 짙은 남색으로 물들인 줄무늬의 소매 없고 자락 넓은 우비[히키마와시][63]를 입고, 돈 한 관[1문 동전으로 1,000개=3만 엔][64] 정도, 낡은 누비刺子[65] 보자기에 싸서 어깨에 두르고 조리짚신[66]을 신은 채 온다. 이 마부를 발견하고, "야아~ 자넨 우에노의 조타長太 아닌가. 지금 자네 집에 갔다 오는 길일세. 마침 잘 마주쳤네."

마부 조타 "어이쿠, 곤베지權平次님이구먼요. 이거 참 지는 면목이 없습니다요."

곤베지 "있을 리 없당께, 없고말고. 있을 리가 없고말고라. 그믐날, 그믐날에 갚아야 할 것을 아직 닳아빠진 동전 한 닢조차 건네주지 않으니, 어쩔 작정이신 겨? 어디 들어 보자고."

마부 "자자 하여간에 이리 오십시오."

이 마부, 빚에 대한 변명인 듯 그 남자를 볕이 잘 드는 곳으로 데리고 가서 자신도 느긋하게 제방에 걸터앉아, "그리 화내지 마시고라. 우선 이리 앉으십시오. 아니 그 옆에는 개똥이 있구만. 오늘 오실 줄

• • •

63 히키마와시[引き回し]=坊主合羽.

64 一貫文 또는 一貫[=千文]: 1문 동전 1,000개를 돈꿰미로 10줄 만든다. 즉 一文銭을 줄에 천 개 꿴 것이다. 1문=30엔으로 환산하면 3만 엔.

65 사시코[刺子]: 두터운 무명천을 겹쳐서 촘촘히 호아 누비질한 것. 천이 튼튼해지므로 무거운 것을 나르는 데 사용하며, 지금은 검도복, 유도복 등에도 쓰임.

66 와라지가 아닌 조리는 장시간 걷기에 불편하므로, 여행이 아닌 외출용의 가벼운 복장임을 나타냄.

▲ 빚쟁이를 만난 마부, 말 위의 기타하치.

알았으면 청소해 둘 것을. '여봐 여봐 곤베님께 차라도 올리지 않겠나 술을 사와라'고 해야 되는데 여긴 대로바닥이라서 그것도 하기 어렵구만요."

기타하치 "여봐 어쩌려고? 빨리 안 할래!"

마부 "아따 성질 급하시기는. 쪼께 기다렵쇼. 지금 중요한 손님이 있다요. 그란디 글쎄 들어 보시랑께. 작년 겨울부터 마누라가 병이 들어 자식새끼들은 보채지, 부역 일조차 못 나가는구만요. 여하튼 이렇게 해 주시요. 4, 5일 안으로 척하니 이쪽에서 가지고 갈 테니께요."

곤베 "아니 납득 못 한당께. 그리 말한들 갚을 리가 잘도 없당께. 이제 됐네 됐어. 벌써 3년 동안 끌어 왔으니, 빌려준 돈일세. 이자에 이자가 붙어 20관[60만 엔] 이상인 것을. 돌려주지 말게 돌려주지 말라고. 그 대신 저 말을 가져갈까. 글쎄 유사시에는 말을 넘기겠다고 자네가 차용증에 썼잖나. 그럼 불만 있을 리가 없을 겨. 자자, 여보시오 말 위의 손님, 방금 들으신 대로요. 빚 대신 받는 말이라요. 아무쪼록 여기서부터 내리시지라. 안됐지만."

기타하치 "허어, 나도 아까부터 감질나서 견딜 수가 없었네. 묘한 말을 마침 탄 것은 이쪽의 불운. 그러나 아직 돈은 지불하지 않았으니 여기까지 타고 온 것을 덕 본 셈치고, 어디 내려서 갈까."

라며 그 곤베에게 고삐를 잡게 하고 말에서 내리자 마부 달려와서, "여보슈 손님, 당신이 내리면 이 말을 빼앗기지라. 우선 타고 계시요."

곤베 "아니 안 된당께."

마부 "글쎄 (빌린 돈은) 어떻게든 한당께요. 손님을 내리게 해선 딱하구만요. 어서어서 타십시오."

기타하치 "또 타는 건가? 단단히 부탁하네."

라고 기타하치 다시 말에 타자 곤베 기를 쓰고, "어이어이 조타, 어쩔 작정인 겨? 손님 내리시지라!"

기타하치 "에잇 또 내리는 건가? 아니 당신들은 나를 아주 바보 취급 하는구먼! 태웠다가 내렸다가, 다리도 허리도 완전 기진맥진이라고."

곤베 "그래도 내 말이니께. 아무쪼록 내리시지라."

기타하치 "젠장 성가시군."

하며 안달이 나서 단숨에 휙 뛰어내린다.

마부 "거참, 안 내리셔도 되는데요잉. 저어 곤베님, 이렇게 해 주십쇼. 지도 (길가는) 도중이니께라 어쩔 도리가 없다요. 하다못해 집에 갈 때까지 기다려 주시요. 그 대신 여기서 이 무명솜옷을 넘길 테니."

곤베 "그럼 가서 매듭 지을까."

마부 "이제 됐구만요. 어서 손님 타시지라."

기타하치 "뭐야, 또 타라고? 이젠 참아 주게. 난 지금부터 걸어가겠네. 원한다면 돈을 조금쯤 내더라도 타는 건 싫네."

마부 "그런 말씀 마시고라 타십쇼. 이제 됐당께요 어서요 어서."

라며 말고삐를 잡고 권하므로 기타하치 어쩔 수 없이 또 말에 타자,

곤베 "자아, 약속한 무명솜옷 벗어 주지 않겠나?"

마부 "아니 그렇게는 말했지만서도 이것도 집에 갈 때까지 기다려 주시지라."

**(54)

【도판47】《즈에図会》 **미나쿠치**

= 원작5편 하·간베에서 시로코까지 가는 길의 에피소드 차용

야지 "아야 아프다 아파. 이놈 마부야 조심해! 어떡할 겨? 엉덩방아를 찧어서 아프다고 아파아파아파."

곤베 “야 이놈! 더 이상 못 참겠구만. 자자, 손님 다시 내리시지라.”

기타하치 “제기랄 이 벽창호들아, 또 내리라고 나불대? 이젠 싫다. 어서 빨리 안 갈 껴? 어쩔 껴?”

마부 “손님 아무렴, 그렇고말고요. 안 내려도 되지라.”

곤베 “아니 안 내려도 된다니 무슨 소리 씨부렁대는 겨?”

라며 몹시 화가 나서[얼굴이 새카매져서] 말을 붙잡으려는 순간, 마부, 곤베를 밀어제치고 말 엉덩이를 냅다 두들겨대자 말은 쏜살같이 내달리기 시작한다. 그러자 기타하치 말 위에서 새파랗게 질려 큰 소리 지르며,

기타하치 “어이! 어이! 살려줘~ 이거, 어떻게 하지 어떻게 하냐고.”

곤베 “말을 놓쳐선 안 되지라. 어어이 어어이~.”

라며 뒤쫓는다. 기타하치는 오직 한마음으로[필사적으로] 말안장에 매달렸지만 말은 무턱대고 달리는지라 기타하치 뛰어내리려고 하다가 안장 밧줄에 다리가 걸려 땅으로 곤두박질쳐 허리뼈를 부딪치고, “아이고 아파라 아파. 누구 좀 와주게. 앗 아야야야야~”라고 혼자 발버둥치며 괴로워하는 모습에 마부 부랴부랴 쏜살같이 달려왔다. “여보쇼 손님, 다친 데는 없다요? 어디 어디”라며 손을 잡고 일으켜 세우는데 곤베는 말을 잡으려고 달려서 앞질러간다. 마부 이를 보고, 그렇겐 안 되지 하고 기타하치를 상관 않고 뛰쳐나간다.

기타하치 “어어이~ 기다리라고! 나를 참담한 꼴 처당하게 하고선.”

라고 불평하면서 일어나니, 화는 나지만 어쩔 도리가 없다. 뒤쫓아가기에는 다리와 허리가 너무 아파 가까스로 발을 뻗디디고 뻗디디면서 살살 길을 더듬어 간다.

꾼 돈 짊어진/ 말을 마침 탄 덕에/ “힝”해서“털썩”
떨어지고 말았네/ 가난에 우둔해져[67]

걷는다랄 것도 없이 곧 야바세矢橋라는 마을에 다다랐다. 야지로베는 간베 역참 외곽에서부터 앞서와 있었는데, 예의 말로 인한 옥신각신은 꿈에도 모르고 (예상외로) 훨씬 앞서게 된 것을 이상하게 생각하면서 여기서 오기를 기다리고 있다가, 기타하치를 보자마자,

야지 “이런 어럽쇼 기타하치, 그 꼬락서닌 어찌 된 거여?”

기타하치 “야아 정말 말도 안 되는 어처구니없는 일을 당했어.”

라며 방금 전까지 있었던 자초지종을 이야기하자, 야지로 재미있어하며 때마침 이곳은 가마쿠라 곤고로鎌倉権五郎景正[1069-?]의 유적이 있다고 들은지라 야지로베 우선,

곤고로는/ 아니지만 마부가/ 냅다 달려서
뒤쫓아 간 빚쟁이/ 그가 쫓은 도리우미[68]

• • •

67 ‘꾼 돈을 짊어진 말을 마침 탄 덕분에, “힝” 하는 소리에 “털썩” 떨어지고 말았네 (가난[힝]하면 우둔[동]해진다는 속담처럼).’ ‘힝’이라는 말울음소리와 ‘貧[힝]’, ‘털썩[동]’ 하는 떨어지는 소리와 ‘愚鈍[동]’이 동음이의어인 점을 이용하여 ‘가난하면 우둔해진다’는 속담을 내포한 교카. 원문은 ‘借錢をおふたる馬にのりあはせひんすりやどんとおとされにけり’.

68 ‘곤고로는 아니나 마부가 쏜살같이 달려서, 뒤쫓아 가는 빚쟁이[가케도리]의 (곤고로가 뒤쫓은) 도리우미’ ‘빚쟁이[가케토리]’의 ‘토리’와 ‘인물이름[토리우미]’을 앞뒤로 연결해서 동음이의어로 사용한 교카. 도리우미가 쏜 화살에 오른쪽 눈을 맞은 가마쿠라 곤고로[미나모토노 요시이에의 부하. 당시16세]가 화살을 뽑지 않은 채 도리우미를 뒤쫓아 가서 죽였다는 고사를 이용한 교카. 원문은 ‘權五郎ならねど馬士のいつさんにおつかけてゆくかけとりの海’.

5

시로코 역참을 지나

그로부터 다마가키玉垣마을을 지나 **시로코**白子[현재 미에현 스즈카시] 읍내에 이르러 복덕천왕福德天王을 배례하는 한편 순산관음子安觀音으로 가는 갈림길에서,

> 바람을 품은/ 앞바다 흰 돛단배/ 관음보살의
> 가호로 순조롭게/ 바다를 건너겠지[69]

• • •

69 '바람을 품은[잉태한] 앞바다의 흰 돛단배는 관음보살의, 가호아래 순조롭게 바다를 건너겠지[출산하겠지].' '하라무'는 '품다'와 '임신하다', '우미'는 '바다'와 '출산'의 동음이의어인 점을 이용한 교카. 원문은 '風を孕む沖の白帆は觀音の加護にやすやす海わたるらん'.

1) 바람총화살 가게에서

이 역참을 지나 **이소야마**磯山[현재 미에현 스즈카시]라는 곳에 도착하였다. 여기에는 (과녁에다가) 갖가지 장식을 한 바람총화살[후키야][70] 작은 가게가 있어서 주인영감, 지나가는 여행객을 보고, "자~ 자~ 심심풀이로 하고 가시지라. 무대는 충신장忠臣蔵 11단 시리즈. 그것 부소 어허부소. 맞히시면 순식간에 변하는 신취향의 잘 만들어진 세공품은 이거요 이거!"

기타하치 "오호 뭐야, '간페 오카루堪平お輕, 밀회 그 달콤하고 덧없는 꿈魂胆夢の枕'! 야아 요것 해치워 보자."

라고 바람총화살통에 화살을 넣고, "후우우우우~." '탁! 쿵~.'[71]

야지 "뭐여. 허어, 굉장한 송이버섯[72]이 나왔네. 이것 참 재밌군. 하하하하하. '요이치베與一兵衛, 자식으로 인해 어두운 밤'엔 뭐가 나올까. 풋 풋 푸우우우~." '탁! 부스럭부스럭 부스럭부스럭~.' "야아~ 넘어보기 법사見越し入道[73]요괴다, 하하하하하. 저쪽 건 뭐지? 기타하

• • •

70 후키야[吹き矢]: 바람총. 또는 그 화살. 짤막한 화살을 대통에 넣고 입으로 불어 쏘는 것. 본 장면에서는 화살로 충신장의 등장인물로 구성된 인형과녁을 맞히면 인형이 쓰러지면서 연관 있는 다른 물건이 나타난다.

71 과녁에 명중하여 인형이 쓰러지는 소리.

72 주군의 칼부림사건이 일어나던 그 시간에 간페와 오카루는 '밀회[정사]'를 즐기고 있었다는 이야기에 기초하여 남성을 의미하는 송이버섯을 내세운 충신장의 3단에 입각한 취향.

73 넘어보기 법사[見越し入道, 미코시뉴도]: 목이 길고 키가 몹시 크며 큰 눈알의 스님머리 요괴. 앞을 가는 사람 앞으로 목을 길게 내밀어 놀래킨다.
충신장 5단에서 요이치베가 사위 간페를 위해 딸 오카루를 유곽에 판 돈을 품고 '자식으

치, 그쪽으로 비켜."

하며 잡아 제치는 찰나에, 발치에서 자고 있던 개의 발을 밟는다.

개 "깨갱 깨갱~."

야지 "이 개새끼!"

하며 바람총화살통으로 한방 먹이려 하자,

개 "컹!"

하고 짖으며 달려들어 문다.

야지 "아야야야야야~, 이 새끼 죽여 버릴 거야."

라며 쫓아가는 찰나, 털썩 엎어진 그 옆에 떨어져 있는 것은 담뱃갑.

2) 아이에게 조종당하는 야지

야지 "넘어져도 손해는 아니야.[74] 여기에 담뱃갑이."

라며 주우려 하는데, 맞은편에 있던 아이가 실을 끌어당기자 담뱃갑은 '스르르 스르르~.'

야지 "에이 열 받네. 한방 속여댔군."

아이 "멍청이야, 와하하하하하."

• • •

로 인한 어둠에 짚는 지팡이도'라고 하는 문구와 함께 밤길을 걸어가는데, 나타난 산적 사다쿠로의 '뒤룩거리는 눈알 오싹했으나'에 입각하여 미코시법사[큰 눈알과 놀래키는 행태]를 내세운 취향.

74 어떠한 경우에도 자기 잇속은 차린다는 속담 '넘어져도 그냥은 일어나지 않는다'를 염두에 둔 표현.

▲ 충신장인형 과녁을 쏘아 맞히는 기타하치. 옆에는 야지와 가게주인.

三州荻原
浅花菴皮人

기타하치 "거 참 꼴 한번 좋~다. 어서 갑시다."

바람총화살 값을 지불하고 나간다. 맞은편에 또 담뱃대 한 자루 떨어져 있길래,

기타하치 "저것 봐 야지 씨, 다시 안 주울 거야?"

야지 "야아 이제 그 수법엔 안 넘어가지. 저기 뒤에서 오는 영감이 줍겠지."

라며 지나쳐서 뒤돌아보자 뒤에서 온 영감, 그 담뱃대를 주워서 품속에 쑤셔 넣고 잽싸게 지나간다.

야지 "허어, 속이는 자가 없었나 보군."

기타하치 "하하하하, 당신 운이 더럽게 나쁘군."

라고 웃으며 가는데, 어느새 우에노 역참에 도착한다.

6

우에노 역참에서

1) 작자 잇쿠를 사칭하다 ①

여기 **우에노**上野[현재 미에현 쓰시 가와게초]역참에 이 근처 사람인 듯, 하오리羽織[짧은 겉옷상의], 비단바지[팟치][75] 차림에 사내아이를 몸종으로 거느린 남자, 뒤에서부터 오더니 야지로베에게 다가가, "갑작스레 실례입니다만, 당신들은 에도 분들이십니까?"

야지 "예, 그렇소."

그 남자 "저는 시로코白子 직전에서부터 당신들 뒤를 따라왔습니다만, 길을 가면서 읊으시는 교카를 듣자옵고 주제넘소만 감명 받았사옵니다. 재미있는 쿄카이옵니다."

• • •

75 팟치: 발목까지 오는 긴 바지. 여행용 또는 작업복으로 입는 짧은 모모히키[타이츠 비슷한 바지모양]와 구별되므로 이 근처 사람인 것 같다고 했음.

야지 "뭘요, 모두 (입에서 나오는 대로) 아무렇게나 부른 것입니다."

남자 "야, 대단히 놀랍습니다. 일전에 에도의 쇼사도 슌만尙左堂俊滿[1757-1820][76] 선생님 같은 분이 우리 고장에 오셨었사옵니다."

야지 "오호, 과연. 그렇군요 그렇군요."

남자 "당신의 교카명狂名[교카작가로서의 호]은요?"

야지 "나는 짓펜샤 잇쿠十返舍一九[77]라고 합니다."

남자 "아하, 존함이 삼가 전해 들어서 익히 알고 있는 짓펜샤 선생님이십니까? 저는 가보차노 고마지루南瓜胡麻汁[호박 된장국][78]라고 합니다. 아이고 정말 좋은 곳에서 뵙습니다. 이번에는 이세신궁 참배길이십니까?"

야지 "그렇소. 예의 '도보여행기[히자쿠리게]'라는 저술 때문에 (취재하느라고) 일부러 나섰습니다."

고마지루 "그러시군요. 그건 뛰어난 작품이옵지요. 여기에 오시는 도중에도 요시다吉田, 오카자키岡崎, 나고야名古屋 주변의 (교카) 동호인 분들과 동석하셨겠지요?"[79]

야지 "아니 동해도는 역참마다 죄다 들릴 곳이 있으나, 가면 붙잡혀

• • •

76 우키요에화가이자 교카작자인 구보 슌만[窪俊滿]을 지칭함. '난다카시란[南陀伽紫蘭]'이라는 이름의 희작자이기도 했음. 그가 1804년 11월에 이세참배를 한 사실이 고증되었으므로 실제사실에 입각한 대사임을 알 수 있다. 1820년[분세 3년] 타계.

77 나중에 실제 짓펜샤 잇쿠가 이야기에 등장하듯이 작자 잇쿠가 1805년에 실제로 이세참배를 취재 여행한 사실에 기초한 에피소드. 10월 26일 에도 출발 → 이세참배 → 11월 5일 에도에 도착했다고 함. 본 5편은 이듬해인 1806년 봄에 간행.

78 가보챠노 고마지루: 으깬 깨를 섞은 호박 된장국. 시골의 교카 시인다운 명명.

79 당시는 교카의 최전성기로 각지의 동호인들이 모임을 결성하고, 에도의 유명한 교카 시인을 초대하여 교카를 짓는 자리를 열었다.

향응을 받는 게 미안한지라 모두 그냥 지나쳤습니다. 그런 까닭에 보시는 바와 같이 일부러 남루한 옷차림으로, 역시 시골나그네의 여행마냥 부담 없이 뭐든 내키는 대로 '풍류風雅'[80]를 제일로 여기고 나섰습니다."

고마지루 "그것 참 즐거우시겠습니다. 저희 집은 구모즈雲津[우에노의 다음다음 역참]이옵니다만, 부디 모시고 싶습니다."

야지 "배려 고맙소."

고마지루 "참으로 귀하신 손님이니 근처의 동호회원들에게도 소개해 드리고 싶군요. 어쨌든 하룻밤을 부탁드리옵니다. 아이구 아이구 기이한 인연으로 좋은 곳에서 뵈었네. 그런데 여기가 **오가와**小川[현재 쓰시]라는 곳으로, 팥 찐빵이 명물인데 한번 드시지 않겠습니까?"

야지 "야아 호빵은 완전히 질렸네. 얼른 갑시다."

라고 동행해서 이곳을 지나쳐 가며,

> 나그네에게/ 달아서 맛있기로/ 소문난 명물
> 덤벼들어 먹이려/ 팔고 있는 팥 찐빵[81]

여기서부터 얼마 가지 않아 쓰津마을에 이르기 전, 다카다의 사당高

---

80 여기서는 교카, 하이카이[하이쿠] 등의 시를 짓는 것을 가리킴.

81 '(짐 없이 말에 탄) 나그네에게 달아서 맛있기로 소문난 명물을, (말인냥) 덤벼들어 먹이려고 팔고 있는 호빵' 교카원문은 'から尻のうまい名代をたび人にくひつかせんと賣れるまんぢう'.

田堂이 오른편에 보인다. 바로 **이시이덴**石井殿이라고 하는 곳이다.

> 도마 위 잉어/ 지느러미 흔드니/ 어깨 두른 천
> 흔들던 사요히메/ 바위 된 이시이덴[82]

• • •

82 '(육식개시행사로 올라온) 도마 위 잉어가 지느러미 흔드니[히레후르], (출정하는 남편을 배웅하며) 어깨에 두른 천[히레] 흔들던[후르] 사요히메[佐用姬]가 (슬픔으로) 바위[이시]가 되었다는 이시이덴이 이곳이려나.' 교카원문은 'おまな板なをしに鯉のひれふるはこれ佐用姫の石井でんかも'.

7

쓰 역참에서

1) 빌려서 피우는 담배

쓰津[현재 미에현 쓰시]역참 입구 왼편에 여의윤 관음당如意輪觀音堂이 있다. 또 고후國府의 아미다阿彌陀라는 불상도 있다. 이곳은 관서지방 방면으로부터 오는 이세신궁 참배객들이 합류하는 곳으로 왕래가 아주 번창하다. 그중에서도 교토 쪽에서 오는 젊은 사람들, 고소데[소맷부리 좁은 웃옷] 위로 모두 같은 유카타[두루마기]를 걸쳐 입고, 여자예능인 남자예능인 같은 이들도 섞여서는, 요란스럽게 꾸민 고리짝 말葛籠馬[83]을 끌면서,

노래[이세음두] *"찌리리리리 찌링찌링, 에이~~~♪*

• • •

83 쓰즈라우마[葛籠馬]: 말 등에 대나무로 된 여행용 고리짝[葛籠]을 얹고, 그 안에 화려한 방석을 깔아서 손님이 타도록 한 말.

오시게나, 교토의 명소를 보여 드리리다

기온祇園, 기요미즈清水, 야아 오토와야마音羽山♪

어여차 좋구나

이거는 저거는, 이런 뭐든지 해~~~

찌리리리리 찌링찌링, 에이~~~♪

지슈곤겐地主權現의 벚꽃나무에 장막 둘러치고[84]

(꽃)안개에 가려진 사랑하는 마음이여♪

어여차 좋구나

이거는 저거는, 이런 뭐든지 해~."

야지 "여봐 기타하치 보게. 굉장히 예쁜 여자가 보인다."

고마지루 "저건 모두 교토 사람들이지라. 저렇게 멋들어지게 차리고 나섰어도 돈은 전혀 쓰지를 않지라."

교토사람 "염치없지만 담뱃불 좀 빌립시더."

고마지루 "자 어서 붙이시오."

라며 입에 물고 있던 담뱃대를 내밀자 교토사람 빨아서 담뱃불을 붙이기 시작하는데,

교토 "빠끔 빠끔 빠끔 빠끔."

고마지루 "아직 안 붙었나?"

교토 "빠끔 빠끔 빠끔 빠끔."

• • •

84 지슈의 사쿠라 : 교토 기요미즈[清水]절의 관음[觀音] 경내에 있는 지슈곤겐[地主權現] 앞 명물 벚꽃나무. 이 나무에 장막을 치고 벚꽃놀이[花見]를 한다.

(55) 제45역참: 쇼노[庄野]

《즈에図会》 쇼노

= 원작5편추가·야마다[山田:이세]의 에피소드를 앞서 차용
→ 뒤 5편추가 본문에 게재.

고마지루 "뭐여, 자네 담뱃대엔 담배가 들어 있지 않잖아. 아하, 알겠다. 불을 붙이는 척하면서 남의 담배를 피우는 거로구만. 이제 그만하게 그만혀. 에도 선생님, 이보시오 교토사람들은 저렇게 구두쇠의 '본가'지라. 하하하하하. 그런데 선생님 한 대 더 주십시오."

야지 "교토사람을 인색하다 하는데 자네도 아까부터 내 담배만 피우고 있구먼."

고마 "아니, 저는 담뱃갑을 안 갖고 있어서요."

야지 "잊어버리고 외출하신 거요?"

고마 "뭐 잊어버리거나 한 건 아니고 실은 처음부터 없지라. 그 까닭을 말씀드릴 것 같으면, 지는 담배를 겁나게 좋아해서 하루에 10돈[匁: 37.5그램][85]으로는 부족할 정도지라. 이거 스스로 사 피우다가는 감당 못하겠다 싶어서 그로부터 담뱃갑은 관두고 담뱃대만 갖고 다니고 있습지요."

• • •

85 몬메[匁]: 돈. 무게의 단위. 貫의 1,000분의 1에 해당. 1돈은 약 3.75g. 당시는 잘게 썬 담뱃잎을 담뱃대에 채워 넣고 피웠는데 이 담뱃잎을 무게단위로 팔았다.

▲ '여기서부터 까마귀신궁 길'이라는 이정표 앞의 야지.

야지 "그래서 다른 사람 것만 피우시는 거로구만."

고마 "그렇습죠."

야지 "그거 교토사람보다 쩨쩨하기로는 자네가 한 수 위로구먼."

고마 "예에, 그런가요. 하하하하하. 그런데 엄청 늦어졌네. 좀 서두를까요."

라며 발걸음을 재촉하는데, 이윽고 **쓰키모토**月本에 다다른다. 이 근처로부터 까마귀 궁[신사]으로 가는 참배길이 있다고 듣고,

> 휘영청 밝은/ 쓰키모토 가을 달/ 이기에 지금
> 들떠서 참배가자/ 까마귀신궁으로[86]

86 '가을달이 휘영청 밝은 쓰키모토[月本: 달밑]이기에 지금, (달빛에 들떠 지저귀는 까마귀처럼) 들뜬 마음으로 참배가자 까마귀신궁[烏御前]에.' 교카 원문은 '照わたる秋の月本ならば今うかれまいらん烏御前に'.

8

구모즈 역참에서

1) 곤약을 두들기는 달궈진 돌

이리하여 **구모즈**雲津[현재 미에현 쓰시]역참에 이르러 가보차노 고마지루南瓜胡麻汁가 자기 집으로 안내하였다. 이곳도 여관인 듯한데, 때마침 동숙하는 손님도 없었고 안쪽 방으로 안내되어 이런저런 대접을 받는다. 그러자 야지로베는 다른 이름으로 속이고 이런 경우를 만나는[대접을 받는] 것도 재미라고 기타하치와 함께 내심 홍겨워하며 이윽고 목욕탕에도 들어갔다 나와서 느긋하게 앉아 있는데, 주인 고마지루가 와서, "이거 참 많이 피곤하시지요. (저의 집에 오신 걸) 진심으로 환영합니다. 그런데 하필이면 요새 흉어時化[악천후로 고기가 안 잡힘]라서 아무 생선도 없습니다. 그래서 잘 대접하기가 어려운디, 이곳은 곤약이 워낙 맛있으므로 아쉬운 대로 이거라도 드리려고 생각해서 (부엌에) 일러 놓았습니다."

야지 “이제 개의치 마시지요. 그런데 주인장, 이자와는 아직 교분이 없는 것 같소만.”

고마지루 “그렇군요. 당신은?”

기타하치 “저는 짓펜샤(잇쿠)가 애지중지하는 제자, 잇펜샤 난료一片舍南鐐[87]라고 합니다. 기이한 인연으로 폐를 끼치게 되었습니다.”

고마지루 “별 말씀을요, 처음부터 전혀 신경을 못 써드려서. 그러면 선생님, 좀 쉬시지 않으시렵니까.”

여자 “식사가 준비되었사옵니다.”

고마지루 “어서 올리게. 천천히 드십시오.”

라며 주인은 일어나서 부엌으로 간다. 여자가 밥상을 들고 와서 야지로 앞에 차려 놓고 간다.

야지 “그런대로 (얼굴이) 쓸 만하구먼.”

기타하치 “괜찮은 여자네. 하지만 여기에서는 당신도 선생격이여. 의젓하게 행동해야만 해.”

어느새 또 열한두 살 정도 되는 여자아이, 밥상을 들고 와서 기타하치 앞에 차려 놓는다. 두 사람은 젓가락을 들고 먹기 시작해서 보니 밥상 건너편, 약간 넓적한 접시 안에 대복떡大福餠[팥소 넣은 둥근 찹쌀떡] 크기 정도의 검은 것을 얹어 내놓았다. 납작 사발에는 곤약을 담았고 된장은 작은 접시에 따로 있다. 야지로베 작은 소리로, “이봐 기타하치, 이 접시에 있는 둥근 것은 뭘까?”

• • •

87 난료[南鐐]: 은화. 품질이 좋고 모양이 세련되어서 인기가 있었던 니슈긴[二朱銀]의 다른 이름이다. 난료잇펜[南鐐一片], 난료니헨[南鐐二片]으로 세는 것에 착안한 교카명.

▲ 구운 돌을 나르는 여관종업원.

기타하치 "대관절 무엇일까?"

하며 젓가락으로 쿡쿡 찔러 보니 아주 단단한 게 (젓가락으로) 집어도 끄떡 않는다. 자세히 살펴보니 돌인지라 소스라치게 놀라,

기타하치 "이거 돌이야 돌!"

야지 "아무렴 돌일라고. 그렇지? 종업원아가씨."

여자 "그것은 돌이옵니다."

기타하치 "것 봐."

여자 "곤약을 한 그릇 더 드세요."

야지 "그렇군, 조금 더."

라고 납작 사발을 내밀고는 여자가 나가는 것을 노심초사 기다리다가,

야지 "이거 참으로 어이없구먼. 어떻게 돌을 먹을 수 있겠냐고."

기타하치 "아니 그럼에도 불구하고 먹을 수 있는 방법이 있기 때문에야말로 내놓았겠지. 아까 '이곳 명물을 올립지요'라고 했던 게 틀림없이 이 돌이여."

야지 "그렇다 해도 (돌을 먹는다니) 그런 말 여태까지 들어 본 적도 없구먼."

기타하치 "아니 잠깐만. 에도에서 경단을 '얌냠'[이시이시: '이시'는 돌과 동음이의어][88]이라고 하니까 아마 이건 경단일 거야."

야지 "옳거니, 과연 그럴 수도 있겠군. 설마 진짜 돌일 리가 없지."

• • •

88 '이시'[美し] 또는 '이시이'는 '오이시이'[맛있다] 의 옛말. '이시' 앞에 접두어 '오', 끝에 구어체 '이'가 붙어서 현재의 '오이시이'가 됨.
이시이시: 맛있다는 '이시'[美し]를 반복해서 '경단'을 지칭하는 아녀자의 말.
본문에서는 '돌'[石: 이시]과 동음이의어인 점을 이용하여 억지논리를 갖다 붙인 것.

라며 다시 젓가락으로 쿡쿡 찔러 보았지만 역시 돌이다. 이거 참 이상하다고 담뱃대 끝부분雁首[간쿠비]으로 두들겨 보자 '탁 탁.'

야지 "아무래도 돌이여 돌. 이건 어떻게 먹는 거냐고 묻는 것도 억울한 노릇이지만, 도저히 전혀 납득이 안 가니."

이 와중에 주인, 부엌에서 나와, "이것 참 (차린 게) 아무것도 없습니다[변변치 못합니다]. 어서 드십시오. 이거, 돌이 식지는 않았는지요? 이봐 이봐~ 따뜻한 돌로 바꿔다 드리게나"라고 하자 둘 다 더욱 깜짝 놀랐지만, 어쨌든 이 돌 먹는 법을 모른다는 소리를 듣는 것도 열 받는 일이기에, 야지로베 이것을 먹은듯한 얼굴로,

야지 "아니 이제 개의치 마십시오. 돌도 이젠 됐소. 거 참, 진기한 것을 맛보았습니다. 에도 등지에서 가끔 작은 자갈을 고춧가루 넣은 간장으로 볶는다든지, 또는 콩자반처럼 해서 먹는 경우가 있습지요. 게다가 또 비석 따위도 며느리를 구박하는 시어머니 등에게 먹이면 약이 된다고 해서 먹습니다만, 저도 꽤 좋아하는 음식입지요. 이번에 시즈오카静岡에 체류했을 때 말굽 돌馬蹄石[U자형 돌] 조린 것을 대접받았습니다만, 그만 저는 너댓 개나 먹고 말았는데 들어 보십시오. 배가 무거워져 일어서려고 했는데 좀처럼 설 수 없어서 어쩔 수 없이 양손을 (교겐의) '봉 묶기'[89]처럼 (양팔을 뻗은 자세로) 묶어서 짊어지게 한 채 겨우 변소로 갔습지요. 이곳의 돌멩이는 풍미도 각

• • •

89 봉묶기[棒縛り]: 자신의 외출 중에 술을 마시지 못하도록 주인은 하인 두 명 각자 양팔을 뻗친 자세로 목뒤로 봉을 걸치게 하여 묶어 버린다. 그러나 술을 너무나 마시고 싶은 나머지 두 하인은 봉에 묶인 자세 그대로 한 사람이 술독에서 바가지로 술을 길어 내밀면 한 사람이 마시는 식으로 서로 도와 마신다는 내용의 교겐.

별히 뛰어나니 또 과식하면 폐가 될 것 같은지라 죄송하지만 사양 하겠습니다."

고마지루 "뭐라고요? 그 돌을 드셨습니까?"

야지 "먹고말고요. 잔뜩 먹었습니다."

고마지루 "아니 그런 당치도 않은. 돌을 드신다니 이가 아주 튼튼하십니다. 그런데 화상은 입지 않으셨는지요?"

야지 "그건 왜요?"

고마지루 "아니, 저 돌은 불에 달군 돌입지요. 모름지기 곤약이라고 하는 것은 수분이 빠지지 않는 것이기 때문에, 저 구운 돌에다가 (곤약을) 두들기시면 수분이 빠져서 풍미가 각별히 좋습지요. 그렇게 하기 위해 구운 돌이지, 드시는 게 아입니다."

야지 "아하 과연 과연. 납득했습니다."

고마지루 "우선 그렇게 해서 드셔 보시지요. 이봐 오나베['냄비'라는 뜻으로 여종업원의 통칭]야, 돌이 따뜻해졌으면 가져오거라. 어서 얼릉."

그러자 불에 달군 돌을 접시에 얹어서 여자가 가져오더니 (식은 돌과) 바꿔 간다. 야지로 기타하치 주인이 말한 대로 예의 곤약을 젓가락으로 집어 앞서 말한 돌에 부딪쳐 보니 '피시식' 하는 소리가 나면서 수분이 빠진다. 된장을 찍어 먹어 보니 풍미가 각별히 담백한 게 이루 말할 수 없이 맛있으므로 매우 감탄하여,

야지 "참으로 진기한 요리법에 감탄하였소. 그리고 이렇게 유사한 돌이 금방 잘도 준비되는군요."

고마지루 "아니 그것은 미리 비축해 둡니다. 보여 드리지요."

라며 부엌으로 달려가 국 사발들을 넣는 듯한 상자를 가지고 와서,

"보십시오. 이처럼 20인분은 소지하고 있습지요"라며 그 상자를 보여 준다. 두 사람은 재미있어하며 그 상자 옆쪽에 뭔가 적혀 있길래 읽어 보니, '곤약을 두들기는 돌 20인분'이라고 쓰여 있었다.

2) 작자 잇쿠를 사칭하다 ②

그 사이 이웃에 살고 있는 교카 작가들 차례차례 와서, "실례합니다."

고마지루 "야, 이런 고빈초 하게나리小鬢長禿成[옆머리 벗겨진 사람]님, 자아 모두들 어서 이쪽으로 이쪽으로~."

"예 예. 이거 참 짓펜샤 선생님, 처음 뵙겠습니다. 저는 돈다 자가마루富田茶賀丸[얼토당토않은 사람]라고 합니다. 다음은 솟파 히야로反齒日屋呂[뻐드렁니], 미즈바나 다래야스水鼻垂安[코흘리개], 긴다마노 가유키金玉嘉雪[고환이 가렵다], 모두모두 인사 올리니 차후에도 기억해 주시길 부탁드립니다."

고마지루 "그런데 선생님 성가시겠습니다만,"

'번거로우시겠습니다'라고 할 것을 '성가시겠습니다'라고 하는 것은 이 지방 사투리이다. "부채扇面나 종이短冊[단자쿠][90] 등에 부탁드리고 싶습니다. 무엇이든 생각하고 계신 노래[교카]를 적어 주십시오"라고 부채, 종이를 들이민다. 야지로 짐짓 점잖은 체하며 받아들고 뭐 아무렇게나 나오는 대로 저질러 주려고 여러모로 생각해도, 자신이 읊었

• • •

90 단자쿠[短冊]: 와카나 하이쿠 등과 같은 시를 붓으로 쓰기 위한 두꺼운 직사각형 종이로, 보통 세로 36센티미터 가로 6센티미터 크기이다.

던 노래 중에는 이렇다할 만한 자신작도 없고, 얼른 떠오르는 노래도 없는지라, 이제껏 듣고 외웠던 남의 노래를 적어서 내밀자,

고마지루 이것을 받아보고, "이거 참 고맙습니다. 노래[교카]는,

두견새 울음/ 언제나 자유로이/ 듣는 마을은
술집까지 30리/ 두부집까지 20리.[91]

아하, 과연! 어쩐지 들은 듯한 노래네.

아침 작별의/ 연정을 이해하면/ 조금만 더
거짓말이라도 하렴/ 새벽6시 종이여.[92]

아니 이건 센슈안 대인千秋庵大人님의 노래가 아닌지요?"

야지 "뭘 내가 읊은 노래요. 게다가 에도 전체에 잘 알려진 노래로 누구 하나 모르는 사람이라곤 없지요."

고마지루 "야아, 그렇기는 하겠지만, 몇 해 전에 제가 에도에 갔을

• • •

91 '두견새 울음, 언제나 자유자재로 듣는 마을은, 술집까지 가려면 30리[12킬로미터], 두부가게까지 가려면 20리[8킬로미터](를 가야 할 만큼 외딴 곳이라네)'. 일본의 1리=한국의 10리=4킬로미터. 교카 원문은 'ほとゝぎすじゆうじざいにきくさとは酒屋へ三里とうふや へ二里'. 이 교카는 에도의 교카 작가 4천왕 중 한 명으로 백락측 교카 가단의 지도자인 쓰무리노 히카리[頭の光: 1754-1796]가 읊은 명작으로 널리 알려져 있음.

92 '아침에 작별하는, 연정을 안다면, 조금만 더, 거짓말이라도 하렴[늦게 울리렴], 새벽6시의 종이여'. 교카 원문은 'きぬきぬのなさけをしらば今ひとつうそをもつけや明六ツのかね'. 센슈안 산다라 법사[千秋庵三陀羅法師: 1731-1814. 센슈측 교카 가단의 지도자]가 읊은 유명한 교카이다.

때, 센슈안 산다라 대인千秋庵三陀羅大人님, 샤쿠야쿠테 대인芍薬亭大人[93]님 등도 뵈옵고 이른바 단자쿠종이도 받고 돌아왔습니다만 보십시오. 그 병풍에 발라 놓았습니다."

라고 말해서 야지로 뒤돌아보니 과연 병풍에 '산다라三陀羅'라고 서명해서 예의 그 노래가 있다.

기타하치, 야지가 우습고도 가엾어서, "야아, 제 선생님은 덜렁대는 성격이어서 남의 노래라느니 자기 노래라느니 하는 구별이 전혀 없습지요. 저기 야지 씨, 아니 선생님, 지금까지 여행길에서 읊으신 당신 노래를 적으시면 좋을 텐데"라는 주의를 받고 야지로 면목 없었지만 낯짝이 두꺼운 작자인지라 능청맞게 다음 단자쿠종이에는 여행 중 읊은 노래를 적는다.

3) 3에서 7까지

그사이 기타하치도 할일이 없어[따분해서] 여러 가지 서화를 섞어 붙인 병풍을 보고, "아하, 고이카와 하루마치恋川春町[94]의 그림이 있군. 이 보시오 저 그림위에 있는 '시구贊'[95]는 뭐지요?"

고마지루 "아니 저것은 '한시詩'입니다."

• • •

93 샤쿠야쿠테 나가네[芍薬亭長根: 1767-1845]: 19세기 초인 분카[文化]에서 분세[文政]기에 에도에서 대활약한 유명한 교카 작가.

94 恋川春町: 1744-1789. 희작자이자 교카작가이자 화가였음.

95 찬[贊]: 그림 속에 곁들이는 그림에 대한 시구. 화찬[畵贊].

기타하치 "이쪽 호테布袋[배불뚝이 7복신]의 그림 위에 있는 것은 '한시'로 보입니다만, 누가 지은 것인지요?"

고마지루 "아니 그것은 '말씀語'[96]입니다. 다쿠안沢庵[97] 스님의."

라고 말하자, 기타하치 내심 '이 녀석 열 받게 하는 놈이다. 贊['三'과 동음이의어]이냐고 하면 詩['四'와 동음이의어]라고 한다. 詩['四']냐고 하면 語['五'와 동음이의어]라고 한다. 어쨌든 이번에는 하나 더 많게 여분을 말해서 당황하게 하자'고 주변을 둘러보다가,

기타하치 "이보시오 족자 그림 위에 적혀있는 것은 아마 '六'자이겠지요?"

고마지루 "六인지 뭔지 모르겠습니다만 저것은 저당[質: '七'과 동음이의어]으로 잡은 것입니다."

4) 가짜 잇쿠의 가면이 벗겨지다

어느덧 부엌에서 여자들이 나와, "예, 털보님으로부터 편지가 왔습니다."

고마지루 "어디 보자 뭐지."

라며 이 편지를 펼쳐 큰소리로 낭독하는데,

• • •

96 어[語]: 참선으로 깨달음을 얻는 선종[禪宗]의 승려가 남긴 교훈적인 말씀을 적은 문구.

97 沢庵: 1573-1645. 에도 초기의 저명한 선종[임제종] 승려.

편 지

"잠시 아뢰옵나이다. 방금 에도의 짓펜샤 잇쿠 선생님, 저의 집에 도착하셨사옵니다. 물론 나고야의 (교카)동호회 및 요시다역참吉田宿 오다케大嶽에서도 서신이 왔사옵니다. 귀공의 이야기도 즉시 해 놓았기에 머지않아 귀댁에 모시고 가려고 하니, 미리 안내드리옵나이다. 이상."

고마지루 "이거 무슨 영문이지? 전혀 납득이 안 가네. 저어 선생님, 지금 막 친구들로부터 이렇게 아뢰어 왔습니다만 필시 이놈이 귀공의 존함을 사칭해서 온 것으로 보입니다. 다행히 이제 곧 이곳으로 온다고 하니, 어떻습니까, 대면하셔서 놀려 주지 않겠사옵니까?"

야지 "어허 큰일이군. 거참, 이런 뻔뻔스런 놈이 다 있나 그래. 그러나 나는 만나지 않겠소."

고마지루 "왜요, 왜?"

야지 "야아, 어쩐지 아까부터 지병인 복통疝気[산증]이 일어났소. 그렇지 아니하다면 그 가짜, 어떻게든 해 줄 터인데. 거참 난처한 일이군요."

라고 이 뜻밖의 사태에 이르러 제 아무리 야지로일지라도 기가 몹시 죽는다. 주인 고마지루를 비롯해 일동은 아까부터 야지로의 행동, 납득이 가지 않는다고 여기던 참인지라, '그렇다면' 하고 알아채고 이놈의 정체를 벗겨 주자고 서로 소매를 잡아당기며,

자가마루 "어떻습니까 선생님, 이거야 재미있는 일이 생겼습니다잉. 몸이 편찮으시겠지만, 꼭 그 가짜 놈과는 대면하시는 게 좋겠사옵니다."

야지 "그것참, 곤란한 말씀을 하시는군요."

다래야스 "저기 그란디 선생님 댁은 에도 중에서도 어디쯤이신지요?"

야지 "그러니까 어디였더라. 아참 그렇지 그렇지, *도바*鳥羽*인가 후시미*伏見*인가 요도*淀 *다케다*竹田*~.*[98]"

가유키 "*야마자키 나루터를 넘어서 요이치베*與市兵衛*를 찾으시게~*[99]인가. 집어쳐, 하하하하하."

고마지루 아니 분명 당신 삿갓에 '에도 간다 핫초보리神田八丁堀 야지로베'라고 적혀 있었는데 그 '야지로베님'이라는 사람은 누구를 말하는 겨?"

야지 "허어, 들어 본 이름 같은데 누구였더라. 아참 익숙하다 싶었지. 내 본명을 '야지로베'라고 합니다."

고마지루 "아하, '*항상은 오지 않는, 자잠깐은 오지 않는, 야지로베입니다*♪'[100]

라고 노래하(며 걸식하)는 게 당신이었군."

야지 "그렇소 그렇소."

자가마루 "그런데 야지로베 선생님, 그 가짜 잇쿠를 시방 데려올까요?"

• • •

98 『忠臣蔵』 6단에서 장모가 사위 간페에게 장인과 어디서 만났는지 물어보자, 간페가 "그러니까 헤어진 그곳은 도바인가 후시미인가 요도 다케다"라고 적당히 둘러댔던 말을 이용한 농담. 에도의 지명을 물어보았는데 연극 세계를 이용하여 교토의 지명들을 말함으로써 웃음을 자아낸다.

99 『忠臣蔵』 5단에서 동료 센자키에게 간페가 자신의 집을 일러 주는 장면 "제 집을 찾으시려면 이 야마자키 나루터를 왼쪽으로 꺾어 요이치베라고 찾으시면 즉시 알 수 있을 것이오"에 입각한 말.

100 「つねにゃ参らぬ､ちょっちょっと参らぬ､弥次郎兵衛でござる」. 의거한 구걸문구의 출처는 미상.

야지 "아니 나는 이제 출발하겠네."

고마지루 "뭐땜시요? 지금이 몇 신 줄 알고. 벌써 4경[밤 10시 무렵]인디."

야지 "그러게 말이요. 내 복통은 별나서 이처럼 줄곧 정좌하고 있으면 점점 나빠지네. 밤중에 밖을 걸으면서 차갑게만 하면 늘 바로 좋아지니까."[101]

고마지루 "아하, 그래서 지금 떠나려는 거군. 그렇게 하쇼 그렇게 하쇼. 설령 그쪽이 있겠다고 한들 인제 여기에는 못 있제. 싸게 나가소. 잘도 남의 이름을 사칭하여 속였당게."

야지 "뭐? 사칭했다고?"

고마지루 "글쎄 사칭했당게. 진짜 짓펜샤 선생님은 나고야의 가와나미川並동호회로부터 서신이 도착한 이상, (그분이) 틀림없고마."

다래야스 "애당초부터 그쪽의 거듭되는 부적절한 행태에 이런 걸 거다 싶었고마. 이쪽에서 내팽개치기[내쫓기] 전에 후다닥 나가소."

야지 "뭐라고? 내쫓는다? 거 참 재밌네!"

기타하치 "이것 보게 야지 씨, 기를 써도 소용없다고. 애당초 당신 발상이 나빴어. 어서 여기를 나가서 어디 싸구려 여인숙木賃[102]에라도 묵자고. 이거 정말 여러분 모두에게 참으로 죄송합니다."

라고 기타하치가 여러모로 사과하므로, 주인은 화가 나면서도 한편 우습기도 하였는데, 이 두 사람이 채비도 하는 둥 마는 둥 헐레벌떡

• • •

101 복통 또는 요통을 말하는 疝気[산증]의 경우 일반적으로 따뜻하게 해 줘야 한다. 거꾸로 말하는 골계.

102 기친[木賃]: 여행객이 연료비만 치르고 자취하면서 묵었던 싸구려 여인숙.

도망치듯 떠나는 모습을 내다보면서 집안사람 모두 왁자그르르 박장대소를 한다. 야지로베는 시종일관 부루퉁한 얼굴로 안간힘[기]을 쓰며 나가는 우스꽝스러움. 기타하치 뒤따라가며,

개의치 말자/ 지나는 여행길에/ 당한 창피는
내갈겨쓰고 가네/ 부채와 종이에다[103]

이렇게 읊고 나니 웃음이 나온다.

5) 허공에 쓰는 범'호'자

그런데 나서기는 나섰으나 이미 해시[밤 10시 무렵]도 지났는지 집집마다 문을 걸어 잠그고 쥐 죽은 듯 조용하니, 어디가 여관인지 분간이 안 되어 묵을 방법도 없었다. 멍하니 더듬더듬 걸어가는데, 이크! 처마 밑에 있던 개들이 일어나서 짖어댄다. 야지로베 주위를 두리번거리며, "젠장 이 개새끼들~ 더럽게 까불어대네" 하고 돌멩이를 주워서 냅다 던지자 개는 더욱더 성을 내며 에워싼다.

• • •

103 '개의치 말지어다 지나는 여행길에 들렀을 뿐, 객지에서 당한 창피는 떠나면 그만[가키스테]이라고 (하지 않는가) 내갈겨 쓰고[가키스테] 가네 부채와 종이에.' 즉, '여행에서 당한 수치는 그때뿐이다'는 속담도 있듯이, 지나다 우연히 들러 부채와 단자쿠종이에 되는대로 갈겨쓴 교카 때문에 당한 창피쯤은 전혀 마음에 둘 필요가 없느니라'라는 뜻. 교카 원문은 'いとはまじとをり一ぺん旅の恥かきすてゝゆくあふぎたんざく'.

▲ 개에 에워싸인 한밤중의 야지 기타.

기타하치 "상관하지 마. 개까지 바보취급 해대는구먼. 어랍쇼 야지 씨, 묘한 손놀림으로 당신 뭐하는 거여?"

야지 "글쎄 개에게 둘러싸였을 때는 허공에 범'虎'라는 글자를 써서 보이면 개가 도망간다고 해서 아까부터 쓰고 있는데, 도무지 처달아나지를 않네. 이놈들 모두 문맹 개들인듯 하이. 쉿 쉿~."

하고 간신히 쫓아버리고, 걷는다랄 것도 없이 저도 모르게 어느새 이 마을을 벗어났다.

6) 스스로 걸어가는 집

야지 "이것 참 우스운 꼴이 되었군. 될 대로 되라지. 기타하치, 밤새 걷자고. 별일 아녀. 해치우자 해치워!"

기타하치 "당신 가당치도 않은 소리를 하네. 아직 9경[밤 12시 무렵]까지는 안 되었을 거여. 어디든 다시 묵고 싶은데."

야지 "그렇다 해도 이 시간에 자지 않고 일어나 있는 집은 없다고. 야아, 있다 있어! 멀리 저 쪽에 불빛이 보인다. 저 불빛을 따라가서 하룻밤을 부탁하자."

기타하치 "그래 그게 좋겠군, 그게 좋겠어. 한데 (들고 다니는) 초롱불 아녀?"

야지 "엉뚱한 소리 하네. 문틈에서 새어나오는 불빛일 테지."

기타하치 "정말 집안에서 지피는 불이네. 어쨌든 꼭 저기 부탁해서 묵자."

라고 발걸음을 재촉하여 서둘러 간다. 드디어 그곳에 가까워졌는데, 목표한 불빛은 저절로 점점 앞으로 나아간다. 그 모습에 놀라,

야지 "앗 아이고 아이고, 저 집은 어쩐지 걸어가는 것 같아."

기타하치 "정말이네. 이것 참 재밌군."

야지 "아니 재미없어. 으스스하구먼. 어느 세상에 집이 걸어가는 법이 있겠냐고. 예삿일이 아녀."

기타하치 "뭘, 이것도 아카사카赤坂에서 묵었을 때 식으로 모두 여우놈 짓이겠지. 약점을 보이면 더한층 기어오르는 법. 개의치 말고 후딱후딱 걸어."

라고 짐짓 단단히 힘을 주어 잽싸게 예의 불빛을 따라잡고는, 어둠을 틈타 건너편을 보니 앉은뱅이의 수레[104]이다. (수레에 실은) 간이오두막 안에서 불을 지펴 차를 끓이면서 수레를 밀고 가는 것이었다. 둘은 (자신들의 착각을) 우스워하며 이를 지나간다.

7) 하얀 유령

때마침 달은 떴으나 초목도 잠드는 한밤중에 으스스하니 적막한 느낌. 앞에도 뒤에도 단지 두 사람뿐이다. 겉으로는 억지로 강한 척

• • •

104 앉은뱅이수레[いざり車]: 사방에 바퀴를 단 사각형의 작은 수레를 타고 스스로 막대기로 땅을 밀어서 나아간다. 이 본문에서처럼 수레 위에 차 도구를 싣고 지붕을 만들어 타고 다닌 경우도 있었을 것이다. 당시 이세로 가는 참배 길에는 이와 같은 거지가 많았다고 한다.

하고 있어도 속으로는 매우 겁쟁이인 두 사람, 조심조심 길을 더듬어 가고 있는데 뒤에서부터 다가오는 한 사람. 야지로 뒤돌아보니 작은 산만한 덩치의 남자, 긴 칼長脇差을 허리에 차고 오니, '일반인은 아니다. 우리를 노리고 뒤좇아 온 거겠지' 싶어서 기타하치에게 귀엣말로,

야지 "이봐, 뒤에서부터 수상한 녀석이 따라오는구먼. 좀 더 서둘러 가자고."

라며 속도를 내어 달리자 뒤의 남자 또한 달린다.

기타하치 "잠깐만. 물마개가 뜰어질 것 같아[소변이 마려워]."

하고 (멈추어 서서) 소변을 보자 그 남자도 멈춰 서서 기다리므로 야지로 말을 건다. "여보시오 당신, 이 시간에 어디로 가시오?"라고 조심조심 묻자 그 남자 뜻밖에 부드러운 말투로, "예예, 저는 마쓰자카松坂[구모즈의 다음 역참]로 되돌아가는 사람인데예, 밤에 혼자 너무 무서워서 이제 어떡하노 하고 생각하던 참에 당신들이 지나가길래, 이거 참 좋은 길동무다 싶어 뒤에서부터 두 분을 내심 의지하며 왔습니더."

기타하치 "야아 당신, 덩치에 걸맞지 않게 나약한 소리를 하는구먼. 게다가 그렇게 긴 녀석을 차고 있으면서."

남자 "아하, 이거 말씀이가? 이건 앞서 주워 온 대막대기입니더."

라며 허리에서 뽑더니 지팡이삼아 걸어간다.

야지 "하하하하, 허리칼이 아니구먼. 우리는 또 당신이 무서운 나머지, 아까부터 이거 참 이상한 녀석이 들러붙었다 싶었었는데, 뭐 당신이 겁쟁이여서 우리도 마음이 놓이네."

기타하치 "정말로 이제는 세 사람이니 끄떡없겠군."

남자 "아니아니, 이 앞에 엄청 큰일이 있데이."

야지 "뭐가 큰일인데?"

남자 "들어보래이. 지는 오늘 에도다리江戸橋[쓰시의 북쪽에 있는 다리]까지 갔다가 귀갓길이 아주 늦어져서예 방금 전에 이 소나무벌판에 도착했는디, 무언가 건너편에 커다란 흰 것이 서 있다가, 그게 이쪽으로 왔다가 저쪽으로 갔다가 두둥실 두둥실. 참말로 참말로 참말로 지는 무서워서 이거 죽는구나 싶었데이. 그라이 어찌 건너편에 갈 수 있겠노 이거 안 되겠다고 되돌아와서 아무쪼록 좋은 길동무가 있었으면 좋겠다고 생각하던 참에 당신들과 마주친 거라예."

야지 "뭐? 그 하얗고 커다란 것이 있었다고 하는 곳은 어디쯤에?"

남자 "야아, 바로 이 앞이라예."

기타하치 "에잇 뭐가 나오겠냐고. 내가 앞에 가지. 나를 따라와."

라고 동행하여 이 소나무벌판을 1정丁[약 109미터] 정도나 갔을 때 그 남자, "저런 저런! 저편에. 아 이거 참 못 참겠군, 못 참겠어" 하고 부들부들 떤다. 두 사람도 불안해져서 저 멀리 건너편을 달빛을 통해 보니 뭔가 알 수 없는 흰 물체가 약 10자[1丈: 3미터] 정도나 높이 도로에 가득 퍼져서 서 있는 모습. 이건 무엇일까 하고 앞으로도 나가지 않은 채 멈춰 서서 보고 있자니, 또 사라지는 것처럼 뚝 없어지는가 싶으면 다시 우뚝 솟아 커지기도 하고 작아지기도 하여 그 형체를 알 수 없다.

야지 "야아 뭘까?"

기타하치 "옷자락이 없으니 혼백[유령]이 틀림없어."

남자 "아아 아이고, 저러니 어떻게 앞으로 갈수 있겠노."

야지 "정체를 알 수 없으니 더욱 으스스한 게 싫구먼. 이거야 못 가겠군. 되돌아가자."

남자 "지도 당신들에게 의지해서 다시 왔지만 아무래도 무서워서 갈 수 없데이. 되돌아가서 동행할 새 사람이 생기면 다시 이곳으로 와야겠데이. 두세 번 그렇게 왔다 갔다 하다보면 마침 날도 밝겠지예."

야지 "어쨌든 흰옷차림인 걸 보니 어떤 혼백[유령]임에 틀림없어."

기타하치 "저런 저런! 파란 불이 보인다!"[105]

남자 "아앗, 어쩐지 이쪽으로 오는 것 같데이."

야지 "이거 참 어떡하지. 도저히 앞으로는 못 가겠군 못 가겠어."

라며 세 사람 모두 파랗게 질려 부들부들 떨고 있을 때, 마침 건너편으로부터 사람이 오는 듯,

노래 "*사랑의 무거운 짐을 말이야, 말에 실으면♪*

(그 무게) 몇 짐이나 되는지 알기 어려운데

말이야아앙♪"

라고 노래하며 오는 것은 부역助鄕[106] 인부 너댓 명.

야지 "이보시오 당신들 어디에서 오시오?"

인부 "예, 지들은 이 근처마을에 사는디, 부역을 맡는 바람에 쓰津까지 가는 참이지라."

야지 "그건 됐소만, 여기까지는 어떻게 오셨소?"

인부 "글쎄 지들은 그 부역으로 쓰까지 간다고 (아까) 말했는디."

야지 "아님 당신들도 유령 아닌감? 인간이라면 도저히 이곳까지 살

• • •

105 가부키에서 유령은 흰옷차림이다. 가부키에서 유령, 도깨비불의 등장을 알릴 때 소주(지금은 알코올)를 적신 솜을 철사[사시가네] 앞에 끼워서 파랗게 타오르도록 한다. 이것을 소주불[燒酎火]이라고 한다. 가부키무대를 현실에 적용하고 있는 것이다.

106 스케고[助鄕]: 에도시대에 역참에 人馬가 부족할 때 그것을 보충 부담하도록 정해 놓은

(56)제46역참: 가메야마[亀山]

【도판48】《즈에図会》**가메야마**

= 원작5편 하·구모즈를 나와 마쓰자카[松坂] 도착직전 에피소드

(야지?) "어쩐지 으스스해서 안 되겠군. 저봐 저봐 왔어 왔다고."

(기타하치?) "빨리 달아나! 달아나! 달아나!"

아서 올 리가 없지."

인부 "무슨 말을 하는지 도통 모르겠어라."

기타하치 "아니 저편에 요괴化物[107]가 있는데, 당신들 어떻게 그 앞을 지나서 오셨냐는 거요."

인부 "이거 당신들은 미와타리三渡[이세에 있던 지명]의 도쿠로藤九郎 여우가 보낸 것이고마.[108] 하하하하하."

기타하치 "아니요 저쪽을 보시게."

인부 "저쪽에 뭣이 있다 말이가?"

기타하치 "저 하얀 것이, 저런 저런!"

인부 "하얀 것이라니 저건가 저거? 저건 길 한가운데서 말 신발[109]과 짚신을 태우고 있는디, 그 연기가 달빛에 비쳐서 허옇게 보이는 것이지라."

야지 "아하, 그렇군. 하하하하, 이것 참 고맙소."

인부들과 헤어져 세 사람도 후유하고 한 숨을 돌리고 웃으면서, 이윽고 그 장소에 우여곡절 끝에 도착해서 보니, 과연 짚신 신발 등을 쌓아놓고 불을 피워 태우고 있었는데, 그 연기 하얗게 피어올라서 (그렇게) 보인 것이었다.

• • •

역참 근처의 마을, 또는 그 부역제도.

107 바케모노: 도깨비, 요괴, 귀신, 괴물을 통칭하는 말.

108 이세 참배길에 있던 소나무 숲을 '도쿠로'라고 하는 여우가 살고 있다고 해서 '도쿠로 숲'이라고도 하는데, '당신들 여우에게 홀렸냐' 라는 뜻으로 사용하고 있다.

109 말 신발[우마노 구쓰]: 말의 발에 끼우는 짚으로 엮은 원형의 작은 짚신. 이처럼 가도연변에 버려진 낡은 짚신 등을 모아다가 태워서 당시 거름으로 재활용했다고 여겨진다.

9

마쓰자카 역참에서

이곳을 지나 **마쓰자카**松坂[현재 미에현 마쓰자카시]역참에 이르렀다. 이제 밤도 깊은지라 잠만 자면 되는데 일반 숙박비를 지출하는 것도 낭비라고, 동행하던 그 남자에게 부탁해서 마을 입구에 있는 싸구려 여인숙木賃宿[110]을 소개받아 거기에 묵으며 하룻밤을 지샜다.

그리하여 달은 지고 새가 울어 널리 새벽 6시를 알리는 종소리에 야지로 기타하치 일찍 일어나 이곳을 나서는데,

> **소리개조차/ 원 그리며 나는 날/ 나그네 또한**
> **춤추듯이 나섰네/ 마쓰자카 여관을**[111]

• • •

110 기칭야도: 옛날 여행자가 연료비만 치르고 자취하면서 묵었던 싸구려 여인숙.

111 '소리개도 원을 그리며 나는 날에 나그네가, (들뜬 마음으로) 춤추듯 나선 마쓰자카(춤이 유명한) 여관.' 즉 '(이른 아침) 소리개도 원을 그리며 나는 맑은 날에 나그네도 들떠서 뛰

오른편으로 고야마小山의 야쿠시藥師사당을 지나, **구시다**櫛田[현재 마쓰자카시]라는 휴게소마을에 이른다. 여기에 '오칸' '오몬'이라고 하는 찻집 두 채가 있다. 떡이 명물이다.

나그네들은/ 어느 쪽에 마음이/ 끌릴까 하고
애태우며 오몬 오칸/ 팔고 있는 구운 떡[112]

1) 교토사람의 교토 자랑, 에도사람의 교토 험담

그로부터 하라이가와강祓川을 건너 사이구斎宮마을을 지나 **묘조**明星의 찻집에서 쉬고 있을 때였다. 이곳에 관서지방 사람인 듯 화려한 큰 줄무늬 새겨진 소매 없고 자락 넓은 우비[히키마와시]를 입고, 장부와 봇짐을 짊어진 남자, 말 삯을 흥정하고 있었는데,

마부 "이보시오 당신들, 그 짐을 싣고 한 분이 이 어르신과 양쪽으로 나누어 타고 가시지 않을란 겨?"

교토사람[113] "아마 당신들도 이세신궁 참배 가시지요? 지도 후루이치

• • •

쳐나온 곳은 마쓰자카춤으로 유명한 마쓰자카의 여관이었다'라는 뜻. 쾌청한 날은 소리개가 원을 그리며 춤을 춘다. 마쓰자카에는 명물인 '松坂읍두'가 있다. '원을 그리며 날다[윤무]'와 '춤', '춤'과 '마쓰자카읍두'를 연상어로 구사한 교카. 원문은 '鳶も輪になりて舞ふ日ぞたび人のおどり出たる松坂のやど'.

112 '나그네는 어느 쪽에 마음이 끌릴까 하고, (안절부절못하며[야키모키]) 오몬, 오칸이 팔고 있는 구운 떡[야키모치].' 원문은 '旅人はいづれにこゝろうつるやとおもんおかんが賣れる燒もち'.

古市[현재 이세시 후루이치초]까지 외상값 받으러 가이까네 함께 타십시다. 이야기라도 하면서 가입시더."

야지 "그렇군. 어제 걸은 밤길로 몹시 피곤하구먼. 기타하치 나, 타고 간다."

기타하치 "그러면 이 짐을 실어 주게."

라고 여기에서 말 품삯이 정해져, 관서지방양반과 야지로베 둘이서 말의 좌우 양쪽 틀에 각각 타고 나선다.

말 "히잉 히잉."

교토사람 "당신들, 에도사람이지예?"

야지 "그렇소."

교토 "에도는 좋은 곳이긴 한데, 내는 작년에 가서 큰 봉변을 당했데이. 그 에도에 걸맞지 않게시리 어디를 가도 변소가 진짜 억수로 누추하고 지저분하이까네, 내는 백일정도 머무는 동안 한 번도 변소에 간 적이 없데이. 그리고 에도를 떠나 스즈가 모리鈴が森[현재 동경 시나가와구]라는 곳에 와서 '어허, 좋을시고. 여기에서야말로 소변을 해치우자' 하고 모아 두고 또 모아 둔 오줌을 바닷속으로 한꺼번에 세 말 여덟 되三斗八升[68.5리터][114] 정도 누었는데, 진짜 좋았데이. 거기[스즈가모리 바닷가]는 깨끗하고 억수로 큰 요강이었다 아이가. 하하하하하."

• • •

113 원문에서는 이하 '관서지방사람[上方者]'이라고 지칭하고 있으나, 본 번역에서는 혼동을 피하기 위하여 이하 '교토사람'으로 통일한다.

114 升: 되. 말[斗]의 10분의 1, 홉[合]의 10배로 1.80391리터. 즉 홉[合]×10=되[升]. 되[升]×10=말[斗].

야지 "교토에서는 소변과 채소를 물물 교환한다고 하니까 소변도 소중할 터인데 자네, 바닷속에다 아까운 일을 했군. 그 세 말 여덟 되로 바꾸었으면 채소가 말로 대여섯 마리의 짐駄[115]은 될 텐데. 그래서 교토에서는 방귀를 뀌는데도 나오려고 하면 얼른 텃밭으로 달려가 나 있는 무나 채소위에 방귀를 뀌어댄다고 하던데, 과연 이것[방귀]도 거름이 되겠지."

교토 "그렇데이. 그 방귀를 뀌어댄 채소를 아주 잘게 썰어 흙과 섞어서 벽을 바른다 아이가. 교토에서는 그 흙을 '점토[헤나쓰치: '방귀〈헤〉흙'을 유사음으로 연상시킴]'라 칸다."

야지 "도대체가 교토라는 곳은 인색한 곳이여. 일전에 내가 갔을 때는 3월이라 한창 꽃구경 철, 저마다 장막을 둘러치고 금·은·옻칠高蒔絵[116]을 한 훌륭한 찬합 따위를 흩어 놓은 것은 좋은데, 그 찬합 안에 뭐가 들어 있나 했더니, 소금에 절여 오래된 채소절임을 간장으로 조미한 것[가쿠야]에다가, 두부비지[기라즈]를 양념해서 조린 것이라니 두 손 두 발 다 들었네."

교토 "아니 그것보다는 에도 사람들이 요시와라吉原[공인유곽]의 벚꽃[117]은 대단하다고 심히 자랑하이까네 내는 일부러 요시와라에 가서

• • •

115 말 한 마리에 싣는 짐의 단위. 바리. 에도시대에 1駄[말 한 짐]는 36관[135킬로그램: 3.75×36]이었음.

116 다카마키에[高蒔絵]: 옻칠 바탕에 금·은 가루로 무늬를 도톨도톨하게 나타낸 일본 특유의 칠공예.

117 요시와라에서는 매년 3월 메인스트리트에 벚꽃 수천 그루를 심었다가 꽃이 지면 나무째 뽑아 버린다.

봤는데, 아무런 벚꽃도 없었다 아이가.”

야지 “저런, 자네 언제쯤 가셨나?”

교토 “내가 간 것은 아마 10월 무렵.”

야지 “무슨 10월에 벚꽃이 피어서야 될 말이여?”

교토 “허어 그런가. 하지만 교토의 오무로小室[교토북쪽의 仁和寺를 지칭함. 벚꽃명소]라든지 아라시야마嵐山[교토북쪽에 있는 벚꽃과 단풍명소]에는 일 년 내내 벚꽃이 꼭 있데이.”

야지 “그거야 나무뿐이겠지. 꽃이 일 년 내내 있지는 않겠지.”

교토 “그렇데이. 야아, 또 에도 사람들은 무용반주곡長唄[118]을 잘 부르는데, 교토의 미야조노宮薗라든지 구니다유国太夫[119](의 조루리)는 한층 각별하다 아이가.”

야지 “구니다유라는 사람은 어떻게 부르는데요?”

교토 “구니다유는 이렇데이.”

하고 진지하게 목청 높여 구니다유.

머지않아 내가 유녀고용살이가 끝나 당신과 부부인연을 맺으면♪

옷자락의 어깨를 소매에 묶는[120] 것 따위로는 아직 불충분하

• • •

118 나가우타[長唄]: 가부키 무용의 반주음악으로 발전한 샤미센 음악. 에도시대 초기부터 교토와 오사카 지방 등지에 널리 발달하여 오늘날에 이른다.

119 宮薗, 国太夫: 둘 다 인형극에서 샤미센을 반주로 노래하고 대사하는 죠루리의 유파. 교토에서 창시된 유파.

120 ‘어깨를 소매에 묶는다’: 차림새를 신경 쓰지 않는 모습을 말하는 에도시대의 관용어. 정신을 잃거나 열심히 일하는 경우에 사용한다.

다오,

다리를 귀에 걸칠 만큼 정신없이 일하는 한이 있더라도 함께 살아요♪.

찌링찌링찌링찌링찌링 찌리쯩쯩♪"

야지 "*얏~ 야아~* 재밌군 재밌어. 어때, 나에게 한 소절 가르쳐 주시지 않겠소?"

교토 "그거야 손쉬운 일이고마. 내를 따라하이소."

2) 대막대기로 찰싹!

교토양반이 너무 거만하게 말하는지라, 그 사이 기타하치는 길고 가느다란 대막대기를 하나 주워서 쿡쿡 찔러 떨어뜨릴 요량으로 말 뒤에서 기회를 엿보고 있는 것은 모르고, 교토양반 열중하여 또 구니 다유 가락.

교토 "*찌링 찌리쯩쯩, 찌링찌링♪*

정말로 여자는 집념이 강하다는 것은 거짓말이 아니야♪

*죽어서도 책망하는 야차 나찰*夜叉羅刹*귀신처럼 지팡이 휘둘러 탁 하고 치네♪"*

라는 대목에서 기타하치 손을 뻗어 예의 대막대기로 교토양반의 머리를 찰싹!

교토 "아이고 이런, 어떤 놈이가? 남의 머리에 돌팔매질 하는구마."

야지 "하하하하하, 다시 한 번 아까 구절을."

교토 *"정말로 여자는 집념이 강하다는 것은 거짓말이 아니야♪*

죽어서도 책망하는 야차 나찰귀신처럼 지팡이 휘둘러"

기타하치 뒤에서부터 또 찰싹!

교토 "앗 아야야야야, 어떤 놈이가? 어처구니없구마. 억수로 돌팔매질 해댄데이."

라고 뒤돌아보았지만, 기타하치는 야지로가 탄 쪽의 말 그늘에 얼른 숨어 버려서 전혀 보이지 않는다.

야지 "재미있기는 한데 아무래도 가락이 어렵네. 한 번 더 해 주시오."

교토 "그거야 몇 번이고 하기는 하겠지만 또 머리를 치지는 않을라나?"

야지 "아무렴, 내가 보고 있어 주지."

교토 "그러면 뭐 한 번 할까요.

죽어서도 책망하는 야차 나찰귀신처럼 지팡이 휘둘러 탁하고 치네♪"

이번에는 기타하치 허둥대서 야지로의 머리를 찰싹 찰싹 찰싹 찰싹!

야지 "앗 아야야야 기타하치 나야 나. 이거 왜 이래?"

교토 "어허, 아까부터 내 머리를 친 것도 그쪽이구마. 와 쳤노?"

기타하치 "나는 친 기억이 없는데."

교토 "뭐? 없다니 뻰뻰스런 소리 하고 있네[시치미도 적당히 떼라고]."

기타하치 "글쎄 난 몰라. 엄청 끈질긴 놈이구먼."

교토 "'놈'이라니 뭐라꼬? 당신 건방진 입방아 찧지 말그라!"

기타하치 "뭐? 이 바보자식, 아까부터 도대체가 마음에 안 드는 놈일세. 지나치게 헛소리 지껄여대면 (확 잡아) 끌어낼 거여!"

교토 "재밌네. 어서 내려 보래이!"

기타하치 "오냐, 머리부터 땅에 처박히게 떨어뜨려 주지."

하고 말 엉덩이를 철썩! 말은 놀라서 튀어 오른다.

교토 "아이고 이거 참 못 견디겠데이. 뭐하는 짓거리가?"

야지 "나도 못 견디겠군. 이봐 이봐 어쩔려고 어쩔려고?"

마부 "에잇 빌어먹을, 워~ 워~."

10

오바타 역참에서

1) 화해의 술잔치

이 와중에 신차야新茶屋 휴게소마을, 아케노하라明野原벌판을 지나 **오바타**小俣[현재 미에현 이세시 오바타초]역참에 도착하였다. 여기에서 말을 내려 세 사람 다 찻집에서 쉰다. 교토양반 기타하치를 향해, "이보래이, 자네는 와 내 머리를 쳤노?"

야지 "이제 끝난 걸로 하자고. 피차 여행길이여. 이런저런 일들이 생기는 법. 참고 용서해 주게나. 내가 한잔 사지. 이봐 종업원아가씨! 안주 같은 게 있으면 여기 한잔 내오시오."

그로부터 술잔치가 벌어지고, 교토양반도 다소 술을 하는 축인지라 점점 취기가 올라, "어이구 억수로 취했데이. 이봐요 야지 씨라 하나? 내는 자네가 억수로 좋은데, 이 녀석은 글렀데이. 아주 글렀지만 자네 동행이니까네 어쩔 수 없데이. 이렇게 하지 않겠나? 지금부터

▲ 미야카와 나루터의 풍경으로 강 좌측이 오바타의 찻집, 우측이 미야카와마을 명물인 덴가쿠가게.

宮川

야마다山田[현재 미에현 이세시]역참의 묘켄초妙見町동네에 함께 묶고, 후루이치古市[현재 이세시 후루이치초]유곽에서 한턱 내겠데이. 내가 그곳에서는 억수로 위세 있다 안 카나. 지즈카가게千束屋의 '장구의 방', 가시와가게柏屋의 '소나무의 방',[121] 내가 안내할 테이까네 가지 않겠나? 어떻노?"라고 마구 거들먹거리는 말을 해대자, 야지로베, 이 녀석을 치켜세워서는 놀 속셈으로, "절묘하다 절묘해! 부디 동행하고 싶구먼."

교토 "지금부터 세코世古[提世古를 지칭함] 마을의 마쓰자카 요릿집에서 식사를 하고, 묘켄 동네의 후지야[藤屋利兵衛가 경영한 실제 여관]여관으로 하지 않겠나? 자자 이제 가제이."

야지 "그럼 떠납시다."

이곳 술값을 지불하고 출발하였다. 이 마을 외곽에 있는 미야카와宮川라고 하는 나루터에 이르러,

> 미야카와여/ 신과 인연을 맺어/ 정갈히 하고자
> 손에 떠올린 강물에/ 비치는 흰 무명옷[122]

이로부터 나카가와라中河原마을을 지나 쓰쓰미세코提世古마을을 넘어 야마다山田[현재의 미에현 이세시] 역참마을에 접어든다.

• • •

121 후루이치에 실재한 유명한 기생집으로 두 곳 다 이세음두[군무]를 출 수 있는 아주 넓은 연회장을 구비하고 있었음. '장구의 방' '소나무의 방'은 그 연회장 이름.

122 '미야카와강이여 신과 인연을 맺으려고[몸을 청정히 하려고], (손으로) 떠올린 강물에 비치는 흰 무명옷(차림의 순례자 모습)' 교카 원문은 '宮川や神に機縁をむすばんとすくへる水のかげのしらゆふ'.

東海道中膝栗毛

『동해도 도보여행기』 5편 추가

1806년 5월 간행

▲ 책포장지[후쿠로] 그림: 삼나무 위로 보이는 이세신궁 지붕.

* '후쿠로'란 합권한 책들을 감싸기 위한 용도로, 종이 한 장을 책 사이즈에 맞추어 사각형통으로 제작한 것으로, 따라서 원통처럼 위아래가 뚫려 있다. 지금의 책 띠지와 약간 유사하다.

1

이세에 도착한 날

가와사키음두[이세음두: 이세 군무곡][1]에 '이세의 야마다山田[현재의 미에현 이세시]'라고 노래하는 것은, (고대일본의 사전) 『화명초』[2]에 요다陽田라고 일컬어진 것에서부터 비롯된 것일까. 이 도시에는 열두 개의 마을이 있고 인가는 약 9천 채인데 상점의 기와지붕들 늘어선 모습이 제각기 검소하면서도 상당히 장엄하여 신의 도읍지神都[3]로서의 풍속 저절로

• • •

1 가와사키음두=이세음두: '음두'는 춤추기 위한 댄스곡을 말한다. 이세음두는 원래 이세의 가와사키에서 유행하기 시작한 '가와사키부시'라는 이 지역의 봉오도리 노래였다고 한다. 특히 이세의 후루이치 유곽에서 한층 유행해서 이세참배객들에 의해 전국적으로 퍼져 가부키의 춤이 되기도 했으며 에도시대 말기에 걸쳐서 대표적인 무용곡이 되었다.

2 和名抄[倭名類聚鈔, 와묘루이쥬쇼]: 일본 최초의 분류식으로 된 한화사전. 헤이안 시대인 931-938년에 다이고천황의 공주의 명령으로 미나모토노 시타고[源順: 911-983]가 집필. 10권본과 20권본이 있다. 한자어를 32부 249문으로 분류하여 음과 뜻을 한문으로 주를 달고, 일본식만엽가나로 의미를 풀어 문자의 어원을 고증한 고사전.

3 신의 도읍지[神都]: 신이 있는, 신이 진좌하는 고장이라는 뜻. 이세신궁이 있으므로 하는 말. 이세신궁은 일본을 신의 나라[신국]라고 믿는 서민의 상징적 존재이다.

갖춰져 있는데다가, 온화하며 두루두루 차분한 광경은 다른 고장과 달라, 참배 오는 나그네들 끊임없으니 그 번창함은 새삼스레 말할 것도 없다.

1) 이세신관의 마중

야지로베 기타하치는 예의 그 관서지방양반과 함께 이곳 입구에 도착했는데, 길 양쪽 집마다 신관御師[오시][4]의 이름을 널빤지에 적어 놓고는 '용무 보는 곳用立所[사무소]'이라고 표시한 간판이 대나무나 갈대마냥 밀집해 있다. 여기에 하오리羽織[겉옷상의] 하카마袴[겉옷하의]라는 무사복장을 한 사내들 여럿이 뒤섞여서 이리저리 뛰어다니는데, 왕래하는 여행객이 신관의 여관에 가는 것을 마중 나온 듯, 무사 한 사람이 야지로베에게 다가와서,

신관네 종업원手代[5] "여보세요. 당신들은 어디로 가시는지요?"

야지 "뻔한 거 아닌가. 이세신궁으로 갑니다."

종업원 "아니, 다유太夫[신관의 존칭]는 어디로?"

• • •

4 오시[御師]: 연말에 예복을 갖추어 입고 종복과 함께 각지의 신자단체를 돌며 신궁달력과 부적 등을 배부하고, 신자단체의 참배안내나 숙박을 업으로 하는, 주로 이세신궁의 하급 신직. 원래 신분은 쵸닌[상인]이나, 오시와 그 종복은 무사복장을 한다. 오시의 존칭으로 ○○다유라고 부른다. 이 시대에 4백 채 이상이 성행했다. 지금의 이세행 단체여행 대리점업주와 유사하다.

5 테다이[手代]: 상점에서 수석종업원인 반토[番頭: 지배인] 아래, 견습 점원인 뎃치[丁稚] 위에 위치하는 종업원.

야지 “다유太夫[조루리를 노래하는 사람]는 다케모토 기다유竹本義太夫[6]님이지.”

종업원 “허어, ‘기다유’라고 하시면 어느 곳의 분일까요?”

야지 “그 ‘기다’라는 사람은 말이야, (연극개막 인사말투로) *오사카*大阪 *에서도 도톤보리*道頓堀~.”

기타하치 “*교토*京都*에서는 시조*四条~ *에도*江戸*에서는 후키야초*葺屋町[7] *강변에서~ 오랫동안 좋은 평판을 받은~.*”

종업원 “(시조 강변 가설흥행장에서 보여 주는) 불구자란 너희들이었구먼.”[8]

기타하치 “헛소릴 지껄이면 후려칠 겨!”

종업원 “심한 말을 잘도 하는군. 하하하하하.”

교토사람 “좀 쉬어 갈거나.”

기타하치 “이 근처는 더러운 곳이여. 모두 신관의 변소인 듯 ‘볼 일 보는 곳用立所’[9]이라고 적혀 있다고.”

야지 “집어쳐, 하하하하하.”

셋 다 함께 한 찻집으로 들어가서 잠시 쉰다. 그러던 중 건너편으로부터 관서지방에서 온 참배객들 다수, 모두 같은 차림새를 하고 여

• • •

6 다케모토 기다유: 조루리 일파인 기다유가락의 창시자.

7 기다유가락의 인형극 본거지가 오사카 도톤보리에 있었고, 교토의 시죠와 에도의 후키야초에도 인형극전용극장이 있었음.

8 야지 기타가 연극의 개막인사[口上]투로 하는 놀림말을 듣고, 종업원은 교토의 시죠강변에는 불구자를 보여 주고 돈을 받는 가설흥행장이 있었으므로, ‘너희들이 그 흥행장에서 보여지는 불구자들이었구나’ 라고 응수하는 말.

9 대소변을 보는 것을 ‘요오 타스’[用を足す]라고 하는데, 사무소를 말하는 ‘요오 타시 죠’[用立所]가 발음이 비슷해서 하는 장난말.

▲「~太夫用立所」「太々講~」 입간판이 걸린 찻집에서 하오리 하카마차림의 신관네종업원이 맞이하는 참배객. 한편 무허가참배객이 구걸하고 있다.

山田の
町の

자도 섞여 목청 높여 노래 부르는데,

노래 *"어서 오시게 야시장은 준케거리*順慶町[유곽밖]*의 (명물), 허이♪*

*(거기) 큰길로부터 효탄거리*瓢箪町[유곽안]*를*

영차 어영차♪

찌리리리리♪ 찌링찌링♪

*떠들고 구경만 하는 사람은 아와자*阿波座[유곽안의 지명]*의 까마귀,*

글쎄말야♪

귀엽다 귀엽다[10]*는 말도 어허 기생집 앞(에서만)*

영차 어영차♪

이거는 저거는, 이런 뭐든지 해

찌리링 찌리링♪ 찌링찌링찌링♪"[11]

2) 에도 지인과의 조우

이 한 무리가 지나간 후에 무악봉납단체太々講[12]로 보이는 스무 명 정도의 사람들 모두 신관이 마중 보낸 가마를 타고 오는데, 신관네 종업

• • •

10 '귀엽다 귀엽다[카와이 카와이]' 하는 발음이 '산다 산다[카오 카오]' 하는 것과 비슷해서 하는 말.

11 오사카의 신마치[新町]유곽풍경을 묘사한 노래. 샤미센으로 반주하고 있다.

12 다이다이코[太々〈神楽〉講]: 이세신궁에 참배하고 대대적인 다이다이카구라[太々神楽: 무악]를 봉납하는 신앙단체. 신도단체인 '講中' 중에서도 대규모로, 경제력이 좋으므로 신관에게 있어서는 최상의 단체고객임.

원 앞에 서서, "자아 자아 자아, 여깁니다 여깁니다. 우선 여러분 여기서 휴식하십시오."

가마가 일제히 찻집 모퉁이에 내려진다. 이 무악봉납단체는 에도에서 온 듯, 하나같이 솜 둔 비단옷으로 온몸을 감싸고 짧은 칼 한 자루 허리에 멋드러지게 찬 무리, 각자 가마에서 나와 (찻집) 객실로 안내받는다. 그중 한 남자, 야지로를 발견하고, "아니 이거 누군가. 야지님 야지님! 당신도 참배신가?"라는 말을 듣고 야지로 깜짝 놀라 보니, 같은 동네에서 쌀장사 하는 다로베太郎兵衛이다. 에도를 떠날 때 이 쌀집의 외상을 갚지 않고 떠나왔기 때문에 야지로 어딘지 모르게 기가 죽어서, "허어, 다로베님이신가. 잘 오셨습니다. 그런데 여기서 당신을 뵙다니 면목 없습니다."

다로 "무슨 별 말씀을. 저도 무악봉납단체 일원으로 게다가 책임자講親[관리자]인지라 부득이하게 왔습니다만, 좋은 곳에서 만났네. 여행을 떠나면 하여튼 동향사람이 반갑죠. 안쪽으로 와서 한잔 하시지요."

야지 "감사합니다."

다로 "일행은 누구신가? 아하, 전혀 모르는 얼굴도 아니구먼. 보게 자네들 마침 잘됐네. 봉납하는 무악을 배례하지 않겠나? 하지만 (비회원이) 불쑥 끼어들게 되면 돈이 약간 지출되니, 실례이나 내 수행원이 되면 한 푼도 내지 않고 실컷 진수성찬을 대접받으면서 배례할 수 있다네. 어떤가?"

야지 "그건 더 바랄 나위 없는 고마운 일입니다. 그런데 그게 가능할는지…."

다로 "글쎄 내가 관리자인걸. 어떻게든 되지. 자 어쨌든 안쪽으로 오시게."

야지 "예, 그러하시다면. 여보게 교토양반 잠깐 여기서 기다려 주게."

동행 교토사람 "좋데이. 다녀오그라."

다로 "어서어서 둘 다 오시게 오시게."

이 다로베의 권유로 야지로도 기타하치도 짚신을 벗고 안쪽으로 들어가니, 교토사람은 혼자 가게 앞에 앉아 술 같은 것을 마시며 기다린다.

그동안 안쪽은 무악봉납 단체일행인 만큼 신관의 대접으로 권하거니 사양하거니[주거니 받거니] 한창 난리법석인 와중에, 또 가게 앞에 한 무리의 가마가 열너댓 대 정도, 이쪽은 관서지방의 무악봉납단체인 듯, 신관네 종업원이 앞에 서고,

가마 "오호 좋다좋아, 아앗사 아싸 아싸~."

하고 이 또한 마찬가지로 같은 찻집으로 들어선다.

신관네 종업원 "자아 자아, 안내 부탁해요 안내!"

찻집여자 "안녕하셔요. 안으로 들어가셔요."

곧 모두 가마에서 내려 안쪽으로 안내되니 바로 주안상이 나오고, 무악봉납단체 두 팀의 대소란, 객실에서의 농담, 이래저래 있었지만 너무 장황하고 번거로우므로 생략한다.

이윽고 안쪽의 술잔치도 끝나고, '자 출발!'이라고 하자, 무악봉납단체 두 팀이 함께 뒤섞여 북새통을 이루며 안에서 나오는데, 에도 팀의 신관네 종업원, 제일 먼저 선두에 서서 안으로부터 나와서는, "자아 자아 가마꾼 분들! 여기로, 여기로! 모두들 어서 타십시오"라고 여

기저기를 뛰어다니며 가마에 태운다.

이 와중에 또 관서지방 팀의 신관네 종업원도 똑같이 뛰어다니며, "우리 쪽 가마는 여기로, 여기로!" 라고 가마를 가게 옆으로 바싹 갖다 대서 모두를 태운다.

쌀집의 다로베는 얼큰하게 취해서 야지로의 손을 잡고,

다로 "이거 야지공公[높이면서도 친숙함을 표하는 호칭], 당신 내 가마를 타고 가지 않겠나?"

야지 "어허, 엉뚱한 소리를 하시는군요."

다로 "글쎄 나는 지금부터 기분전환으로 걷겠네. 당신은 장난삼아 타고 가시게."

야지 "그러하시다면. 헤헤헤헤헤헤, 이것 참 절묘하다, 절묘해."

하고 가마에 탔는데, 자아 출발! 하고 양 팀의 가마가 한꺼번에 메어 올려졌기 때문에 혼잡해졌다. 야지로가 탄 가마의 채잡이, 대책 없는 얼간이인 듯, 관서지방 팀의 가마 속으로 잘못 섞여 들어갔는데도 눈치 채지 못하고 성큼성큼 지고 간다. 이러한 북새통 속에 다른 사람들도 그 사실을 깨닫지 못하고 점점 서둘러 가다 보니, 야마다山田동네의 한가운데, 스지카이筋違 다리라고 하는 곳에서 에도 쪽의 한 무리는 내궁內宮[13]측 신관이므로 왼쪽 길로 나뉘어져 간다. 관서지방 무리는 외궁外宮[14]측 신관이므로 이곳에서부터 오른쪽 길로 나뉘어져, **다**

• • •

13 내궁[內宮]: 이세신궁 가운데 하나인 아마테라스 오미카미[天照大神]를 모신 신궁. 80말사가 딸려 있다.

14 외궁[外宮]: 이세신궁 가운데 하나인 도요우케노 오카미[豊受大神]를 모신 신궁. 40말사가 딸려 있다.

마루 가도田丸街道의 오카모토 다유岡本太夫신관 집에 도착한다.

3) 무악봉납 신도무리 속의 미아

문 앞은 빗자루 쓸린 자국 선명하고, (손님을 환영하는 의미로 쌓아 올린) 모래더미는 물 뿌려 정화하고, 현관에는 휘장 둘러치고, 향응 담당자들 하오리羽織[겉옷상의] 하카마袴[겉옷하의](라는 무사복장으)로 마중을 하니, 신도단체의 일행 모두 가마를 내려 현관으로부터 들어간다. 이때 야지로베도 가마꾼의 실수로 관서지방 팀 속에 잘못 섞여들어 여기에 왔건만, 열너댓 대나 가마가 있는지라 어느 게 어느 건지 알지 못한 채, 야지로 가마를 나와 마찬가지로 객실로 들어가 주위를 어정어정 둘러보지만 모두 모르는 얼굴뿐이었다.

야지 "글쎄 영문을 모르겠군. 여보세요, 쌀집을 하는 다로베 님은 무엇으로 오십니까?"

옆에 있던 남자 "뭐라꼬, 다로베 씨라니 우린 모른데이. 그라고 당신은 한 번도 본적 없는 얼굴인데 누구십니꺼?"

야지 "예, 저는 그 다로베 씨와 같은 동네사람인데, 그런데 어쩐지 틀린 듯한…. 기타하치는 어찌 됐나 모르겠네."

라고 무턱대고 어정어정 두리번두리번 갈팡질팡 헤매고 다니니, 모두들 기겁해서 서로 소매를 잡아당기며 짐들을 한쪽으로 모아놓고 수군거리는데, 이 신도무리 중의 두세 명 야지 정면에 마주서서는,

"보래이 보래이, 그쪽은 익숙지 않은 얼굴인데 누꼬?"

야지 “예예~.”

신도 “한데 이 남자는 뭘 두리번두리번거리노? 누구냐꼬 물었다 아이가.”

야지 “아니 저는…. 쌀집 하는 다로베 씨를 뵈면 아실 겁니다.”

신도 “글쎄 그런 사람은 우리 회원 중에는 있지도 않다니께. 어쩐지 기분 나쁜 작자데이.”

신관네 종업원 “허어, 이 사람은 당신들 일행이 아니신가예?”

신도 “그카이까네.”

종업원 “야, 이것 참 무슨 일이람. 얼른 나가소. 대단한 바보자식이데이.”

신도 “노상강도겠지. 내쫓아 버리소. 억수로 괴상야릇한….”

야지 “에잇 그렇게까지 말씀하실 건 없잖소. 내쫓는다는 건 또 뭐요. 터무니없군.”

신도 “아하, 당신 말투는 에도 아이가. 그걸로 알겠고마. 쫌 전에 에도의 무악봉납단체와 한곳에서 맞닥뜨렸는데, 그때 당신이 탄 가마가 이쪽에 잘못 섞여들어 오신 거라예.”

야지 “과연 그렇군. 그럼 제가 갈 신관님(댁)은 어디일까요.”

종업원 “워메 당신이 갈 곳을 누가 알겠노?”

신도 “각자가 가는 신관님을 모를 리 있능교. 이거 당신, 일부러 이쪽 무리 안으로 어물쩍 들어와서 무악봉납을 떼먹을[무위도식할] 심산 아잉교.”

신도 일동 “에라 괴상한 녀석이데이. 정수리[머리]를 후려갈겨 주까.”

야지 “야아, 질 나쁜 농담들 하는구먼. 자네들의 무악봉납 통째로 떼

▲「~講中」가 기증한 「永代常夜灯」이 현관에 세워진 신관집. 쫓겨나는 야지.

먹어 봤자 뻔할 뻔자인 것을. 너무 업신여기지 말라고. 에도토박이 여! 내 혼자서[혼자 경비로] 무악을 봉납해 보여 주지~."

라며 털썩 주저앉자, 신관네 종업원 간 떨어지게 놀라, "뭐라카노 당신 혼자서 말이가? 이거 대단하데이 대단혀. 멋드러지게 당신이?

야지 "당연하지. 많든 적든 상관없겠지. 이걸로 부탁합니다."

라고 돈주머니胴巻[전대]의 동전 200문[6,000엔], 종이에 싸서 내미니 신관네 종업원 두 번 놀라, "하하하하, 무악봉납은 싸게 쳐도 돈 열댓 냥[15×20만 엔=300만 엔][15]이상 내지 않으면 불가능하다 아이가."

야지 "뭐? 이걸로는 안 됩니까?"

종업원 "아무렴 아무렴."

야지 "무악[太々 → 橙: 여름밀감]봉납이 안 되면 이걸로 감귤봉납[미깡코] 이라도 부탁합니다."

신도 "하하하하, '메롱~'봉납[벳카코]으로 하이소.[16] 하하하하."

종업원 "야야, 장난스런 분이데이. 옳거니 알겠다. 당신이 갈 곳은 분명 내궁 측 신관인 산쇼 다유山荘太夫[17] 님이데이. 아까 그 종업원이

• • •

15 〈上方〉一両: 6万円. 一貫目(1000匁): 100万円. 一匁(10分): 千円. 一分(10厘): 百円. 一厘(一文): 10円이라고 환산한 사이트 http: //hirose-gawa.web.infoseek.co.jp/mame/kahei.html에 준하면, 15×6만 엔=90만 엔이 되기도 한다.

16 무악[太々神楽, 다이다이카구라]봉납[太々講, 다이다이코]의 무악[太々, 다이다이]을 동음인 여름밀감의 한 종류 등자나무[橙, 다이다이]로 일부러 오역하여 '여름밀감을 봉납하는 게 금액상 무리라면 그보다 작은 감귤이라도 봉납해 달라'고 동음이의어를 이용하여 말장난한 것임.
야지의 말장난에 대해 신도는 '講[코]'라는 발음을 동음이의어로 받아서, 조롱할 때 아래 눈꺼풀을 뒤집어 보이는 '메롱[베캇코]이라도 차라리 하시지'라고 받아친 것임.

17 산쇼다유[山荘太夫]: 안쥬[安寿]와 즈시오[厨子王] 형제를 학대한 교토북부지방[丹後, 탄고]의

▲ 신관네종업원의 안내로 예복차림으로 이세신궁 참배길 가는 신도무리.

거기 사람잉께. 지금부터 묘겐초妙見町[야마다의 한 동네]를 직진해서 후루이치古市[묘켄초의 옆 동네. 현재 이세시 후루이치초]를 지나 물어보소."

야지 "아하 그렇군. 이것 참 고맙소. 참으로 시끄럽게 해 드렸습니다."

신도 일동 "억수로 바보데이. 하하하하하."

라고 손뼉 치며 웃는다. 야지로 화가 났지만 어쩔 수 없이 풀이 죽어 이곳을 떠나며,

> 화분에 심은/ 여름밀감나무 무악/ 봉납 아닌데
> 허공에 대롱대롱/ 매달려 헤맨 실수[18]

4) 대롱대롱 매달린 여관을 찾아서

그로부터 야지로베는 이전의 스지카이筋違 다리로 나와 **묘겐초**妙見町[야마다의 한 동네][19]동네를 향해 가면서, 기타하치는 어찌 되었을까, 쌀집네 다로베와 동행하여 신관 쪽에 갔을까, 아니면 교토양반과 묘겐초

• • •

부자로 옛 불교설화에 등장하는 인물. 여기서는 설화적 존재를 이용한 가칭이다.

18 '화분에 심은 여름밀감나무(에는 열매 하나만 매달리기 마련이듯이) 무악봉납이 아닌데도, (나 홀로) 허공에 대롱대롱 매달려 헤매네 (이 내) 실수로.' 교카 원문은 '鉢植のだいだいこうにあらね共ちうにぶらりとなりしまちがひ'.

19 묘켄초[妙見町]는 이세신궁의 외궁과 내궁의 중간에 위치한 동네로, 후루이치[古市]유곽에도 가까워, 신관네 저택에 묵지 않는 일반 여행객을 위한 숙소가 밀집한 동네이다.

에 머물렀을까 하고 이 생각 저 생각하며 더듬더듬 길을 찾아가다 보니, 히로코지広小路넓은 길에 이르렀다.

이곳의 여관주인 "저기요 묵으시는지요? 여관을 잡고 가세요."

야지 "여봐요 묘켄초 라는 동네는 아직 꽤 가야 하는지요?"

여관 여자 "아뇨 이 앞으로 조금이에요."

야지 "그 묘켄초에 아~ 무슨 집이랬더라 동행한 교토양반이 묵겠다던 곳은. 아~ 그게 말이야."

이래저래 생각해도 후지야藤屋[등나무꽃집. 실재한 여관이름]라고 했던 것을 완전히 잊어버려서 상기해 내질 못하고, "한데 (금방이라도) 입 밖으로 나올 것 같은데. 아마 선반에 대롱대롱 매달려 있을 것 같은 이름이었지. 여보세요, 묘켄초에 매달려 있는 여관은 없습니까?"

거기 있던 사람 "뭐? 매달려 있는 여관 난 모른데이. 그런 말로는 알 수 없다니께요."

야지 "과연, 이 근방에서 물어봤자 알 수 없겠군. 좀 더 앞으로 가서 물어보자."

그리고 나서 이곳을 지나쳐 길을 따라 서둘러 가다 보니, 여기 만금단万金丹[20]의 간판에 묘켄초 야마하라 시치에몬山原七右衛門이라고 적힌 것을 보고, 그럼 이곳이야말로 묘켄초일 것이라고 생각하여 지나는 사람을 불러 세우고는,

야지 "여봐요 이쯤에 뭐든 매달려 있을 것 같은 이름의 집은 없을

• • •

20 만킨탄[万金丹]: 이세의 특산품이었던 위장질환에 쓰는 환약. 위장약. 아사마다케 묘오인[朝熊嶽明王院]으로부터 전해졌다고 한다.

까요?"

지나던 사람 이상하다는 듯이, "뭐라꼬에? 매달려 있는 집이라니, 무슨 집입니꺼?"

야지 "여관이오."

행인 "그 집 이름 말입니더."

야지 "집 이름을 잊어버렸으니까 말입죠."

행인 "야아, 그걸 말해 주지 않음 알기 어렵데이. 뭐라더냐, 매달려 있는 집이라고 해서는…. 옳거니, 길 건너편 모퉁이에 사람이 서 있는 집으로 가서 물어보소. 저기는 작년에 목매단 사람이 있어서 매달렸던 집잉께."

야지 "아니 그런 게 매달린 게 아닙니다."

행인 "글쎄 여하튼 가서 물어보소. 저기도 여관이데이."

야지 "예 그럼 안녕히."

하고 뛰어가는 사이에, 그 집 문간에 서있던 사람도 어디론가 휙 하니 가 버려서 전혀 알 수 없게 되었다. 우물쭈물하다가 어느 집 앞에 서서,

야지 "여보시오, 좀 여쭤보겠습니다. 작년에 목을 매신 것은 당신이 신지요?"

이 집의 주인, 때마침 거기 있다가 간이 콩알만 해져서 뛰쳐나와, "아니 내는 목맨 적 없데이."

야지 "그럼 어딜까요?"

주인 "이 주변에서 목을 맨 집은 모르겠는디…. 선반에서 떨어진 모란 떡을 먹고 목이 메어 죽은 집[21]은 이 두세 채 앞에 있는디, 혹시

거기 아잉교?"

야지 "과연 그렇겠군요. 뭐든 선반에 매달렸을 것 같은 집이었지."

하고 다시 두세 채 앞으로 가, 어느 집 문간에서, "혹시 선반에서 떨어진 집은 이 댁 아닙니까?" 라고 엉뚱한 말을 한다. 이 집의 마누라인 듯, "아이라예, 저희 집은 원래부터 여기로, 지금까지 한 번도 선반위에 올려놓은 적은 없습니데이."

야지 "허어, 다른 집은 없습니까?"

마누라 "그거야 당신, 잘못 들었겠지예. 산에서 떨어진 집 아잉교? 그렇다면 아이노야마間の山산동네의 요지로与次郎[22]네 오두막집이, 요전번 분 바람에 불려서 계곡으로 떨어졌다카네요. 아마 그거겠지예."

야지 "야아, 그 것도 아닌데, 이거 참 난처하군. 뭐가 뭔지 전혀 알 수 없게 되서 (원금도 이자도 전부 잃듯이) 깡그리 까먹어 버렸네. 저도 아까 아까부터 묻다 지쳐서 이젠 완전히 녹초가 된 게 맥이 풀립니다. 아무쪼록 담배 한 대 피우고 가게 해 주십시오."

하고 이 가게 앞에 걸터앉는다.

안에서부터 주인 가엾다는 듯이 담배합을 가지고 나와,

주인 "자아 한 대 피우소. 도대체 당신은 어디를 찾으시는 겁니꺼?

• • •

21 굴러들어온 호박, 즉 뜻하지 않은 행운을 비유하는 속담 '선반에서 떨어진 모란떡'을 먹고 오히려 목이 막혀서 죽었다고 설정하는 골계.

22 요지로[与次郎]: 아이노야마의 길에서 노래하고 춤추며 걸식하던 무리의 우두머리 이름.

▲ 묘켄초 후지여관앞의 야지.

참배 오셨을 낀데, 혼잡니꺼? 아님 일행이라도 있읍니꺼?"

야지 "그렇다오. 일행이 다함께 세 명인데, 저는 그 일행을 놓치는 바람에… 이렇게 곤란한 일이 또 없구만요."

주인 "야아, 그 일행 두 사람은 한 분은 에도인 듯한데, 다른 한 분은 교토 사람으로 눈 위에 이따만 한 혹이 있는 분 아잉교?"

야지 "그렇소! 그렇소!"

주인 "그라몬 우리 집에 묵으셨응께요 곧 당신의 마중을 보냈더랬습니더."

야지 "그게 정말인가. 아이구 반가워라. 헌데 당신 집은 무슨 여관屋이라고 합니까?"

주인 "저거 보소. 걸어놓은 팻말에 '후지여관藤屋[등나무꽃집]'이라고 적혀 있다 아입니꺼."

야지 "정말, 그거야 그거! 선반에 매달린 것 같다 싶었는데, 그 '후지여관'이네. 그런데 일행 녀석들은 어디에 있습니까?"

주인 "이보소, 안에 일행분이 오셨다고 말하고 오소."

이 목소리를 듣자마자 안에서 튀어나오는 동행 교토양반, "이거 참말로 잘 오셨데이. 필시 그 근방 일대를 찾아다니셨지예. 이쪽도 쌔가 빠지게 찾아 헤맸다 아잉교. 어서어서 안으로."

야지 "이거 신세지겠습니다."

라며 바로 안으로 간다.

교토양반과 기타하치는 에도팀 무악봉납단체를 따라서 신관 쪽에 갔지만, 야지로베가 보이지 않는데다 모르는 사람뿐이어서 할일없이 겸연쩍어 여기저기 묻고 다녀도 알 수 없기에, 어쩔 수 없이 그 신관네 쪽을 나왔다. 찾으려 해도 정처 없고, 일찌기 묘켄초의 후지야여관에 머물자고 했던 것도 (야지로가) 알고 있겠기에 아마 찾아오겠지 하고, 그리하여 비로소 이곳에 머물며 오기를 기다리고 있었던 것이다. 야지로는 무악봉납단체의 가마가 잘못됐던 자초지종을 이야기하고 (모두) 크게 웃는다.

5) 에도 대対 관서의 결말—상투를 꽉 매 주게

기타하치는 이발사를 불러다가 수염을 깎고 있었는데, "하여간에 서로 무탈해서 경사지, 경사고말고."

야지 "아이고 정말, 엉뚱한 봉변을 당했다고 하는 건 나를 위한 말이여. 그런데 이발사양반, 그다음에 나도 좀 해 주게나."

기타하치 "당신은 우선 목욕하고 오라고."

야지 "그럼 그럴까."

라고 야지로는 목욕하러 간다.

기타하치 수염을 깎으면서, "그런데 이발사양반, 내 머리는 뿌리[상투밑동]를 꽉 잡아당겨 매 주게. 왠지 이쪽[관서]지방의 머리는 머리뒤쪽 내민 부분이 많이 나오는데다가 상투가 별스럽게 길어서 도무지 세련되지 못한 머리모양이여. 그리고 여자머리도 지나치게 크게 묶어서, 그 뭐랄까 마치 쓰쿠마筑摩 신사 축제 때 냄비 뒤집어쓴 것[23]같다니까."

이발사 "그 대신 여자 하난 진짜 억수로 예쁘다 아입니꺼."

기타하치 "예쁜 건 좋지만 (길에서) 멈춰 서서 소변보는 데는 두 손 다

들었네."[24]

이발사 "아니 에도의 여자들도 큰 입을 벌려서 하품하는 데는 완전 매력 없지예[분위기 깨지예]."

기타하치 "그래도 유녀는 역시 에도라니까. 에도는 패기와 고집이 있어서 재미있다고. 이쪽 유녀는 누가 가든 똑같아서 전혀 (손님을) 차는 일이 없으니까 (유녀랑 노는) 고마움도 적은 것 같아."

이발사 "야아, 이쪽에서는 당신 같은 분이 가셔도 차질 않응께, 그걸로 됐다 아입니꺼."

기타하치 "자네 나를 쉽게 보지 마. 이건 정말이니까 말인데…."

이발사 "이크, 고개를 젖히시면 베입니더."

기타하치 "야아, 베이지 않아도 엄청 아픈 면도날이군."

이발사 "아플 끼라예. 이 면도날은, 언제였더라 그때 갈고 그대로이까네."

기타하치 "에잇 당치도 않은. 왜 깎을 때마다 갈질 않나?"

이발사 "야아, 그렇게나 갈면 면도날이 줄어드이까네. 글쎄 손님 머리가 아픈 건 이쪽은 삼년이라도 참을 수 있데이.[25]"

기타하치 "그럼 그렇지, 너무 아파서 (머리카락을) 한 올씩 뽑는 것 같

• • •

23 오우미[현재 시가현]의 쓰쿠마축제의 기이한 풍습. 남자에게 버림받아 과부가 되어 재혼하려고 하는 여자들이 쓰쿠마 신사의 신에게 남자 복을 빈다. 버림받은 남자의 수만큼 냄비를 뒤집어쓰고 신에게 참배한다. 재혼은 두 개, 3혼은 세 개를 뒤집어쓴다.

24 오사카에서는 길가에 소변 통이 있어서 여자들도 길가에서 소변을 보지만, 에도에서는 변소에 가므로 사람 눈에 띄지 않음.

25 '자기가 아닌 남이 아픈 것은 3년이라도 참을 수 있다'는 속담에 근거한 표현.

다고."

이발사 "제 까짓게 아무리 아파봤자 목숨에 지장은 없다니께요."

기타하치 "에라, 그거야 당연하지. 이제 정말 이마하고 정수리부분 털 깎는 건[사카야키][26] 어지간히 하게나."

이발사 "손님, 반대 결대로 깎는 건[27] 싫어하십니꺼?"

기타하치 "에잇, 그 면도날로 반대로 깎이면 (아파서) 참을 수 있겠냐고. 머리가죽이 벗겨지겠지. 이제 거기는 됐으니까 머리카락[상투]을 단단히 잡아매 줘."

이발사 "예예. 이거 굉장한 비듬이네예. 이 비듬이 없어지는 방법이 있어예."

기타하치 "어떻게 하면 없어지지?"

이발사 "승려가 되면 된데이."

기타하치 "에라, 괘씸한 소리를 하는구먼."

이발사 "머리뿌리는 이런 식으로 됐습니꺼?"

기타하치 "아니아니 좀 더 바짝 죄어 주게. 어쨌든 이쪽(지방)에 오면 머리는 지지리도 서툴러. 머리뿌리를 단단히 잡아당겨서 묶는 방법을 모른다니까. 손재주가 없다고."

이발사 "그러하시다면 이건 어떻습니꺼?"

이 이발사 이것[어디 두고] 봐라 싶을 정도로 상투밑동을 꽉 잡아당기

• • •

26 사카야키[月代]: 에도시대 남자가 이마에서 머리 한가운데에 걸쳐 머리털을 밀었던 일. 또는 그 부분.

27 사카조리[逆剃]: 면도날을 수염이나 머리털이 난 방향과 반대방향으로 대고 깎는 것. 잘 드는 면도날로 깎으면 머리카락뿌리까지 깨끗이 깎인다.

**(57)

【도판49】《즈에図会》 쇼노

= 원작5편추가・야마다[山田:이세]의 에피소드를 앞서 제45역참 쇼노[庄野]에서 차용

(이발사) "예 안녕히 계십시오. 잘 어울립니다요."

(기타하치) "이기 이때? 진혀 목이 안 놀아가네. 야지 씨, 그 담뱃갑 좀 집어 줘."

(야지) "이거 참 기묘하네, 아하하하 아하하하 아하하하."

자, 이마와 정수리에 세 줄 정도 주름이 생기고, 눈은 위쪽으로 치켜 올라갈 만큼 단단히 죄어져, 기타하치 머리카락이 빠질 듯 아팠지만, 지기 싫어서 참고 얼굴을 찌푸리면서, "이걸로 됐네 됐어. 아~ 기분 좋군."

이발사 "어때요 그걸로 좋겄지예?"

기타하치 "너무 좋아서 목이 (땡기다 보니) 안 돌아가는 것 같군."

그러던 중 야지로 목욕을 끝내고 온다.

이발사 "그럼 손님, 머리 하시지 않겠습니꺼?"

야지 "아니, 아무래도 목욕을 했더니 오싹오싹한 게 감기라도 걸린 모양이네. 나는 뭐 내일 하도록 하지."

이발사 "그럼 안녕히 계세요."

하고 나간다.

그 사이 여종업원 밥상을 가지고 와서 각자의 앞에 바로 차려 놓는다. 교토양반은 아까부터 누워 뒹굴고 있었지만 똑바로 일어나서, "어디 밥 먹어 보까."

여자 "오늘은 바다가 거칠어서 생선이 하나도 없네예."

야지 "이것 참 진수성찬이군. 자 기타하치 어때?"

기타하치 "야지 씨, 내 젓가락은 어디에 있지?"

야지 "에라 이 자식은…. 거기 상에 딸려 있잖아."

기타하치 "집어 주게. 아무래도 고개를 숙이지 못하겠네."

야지 "왜 못해? 어렵쇼 이런, 네 얼굴은 무슨 영문이여? 눈이 치켜 올라간 게 여우낯짝[28]을 보는 것 같구먼."

기타하치 "이발사 놈이 너무 억세게 상투밑동을 잡아당겨 묶어대서…, 아 아야야야야. 목을 움직일 때마다 빠지직빠지직 머리카락이 빠지는 것 같아."

교토사람 "이봐 자네 국물이 흐른데이. 워메 밥 위에 국그릇을 놓응께 워메 흘렀데이. 이거야 원 가당찮게 칠칠치 못하데이."

기타하치 "야지 씨 어서 닦아 주게."

야지 "몹쓸 녀석이군. 그리고 글쎄 고개도 못 숙일 정도로 왜 그렇게 세게 묶게 했냐고. 좀 더 느슨하게 하면 좋을 것을…. 네놈이 분명 이발사를 괴롭혔을 거여."

교토사람 "그라이까네 그런 꼴을 당하게 한 거겠제."

기타하치 "야아 이젠 말하는 것조차 머리에 울려서 견딜 수 없군. 야지 씨 아무쪼록 이 어려움을 벗어날 방법은 없을까?"

야지 "어디보자, 내가 조금 느슨하게 해 주지."

하고 머리뿌리[상투밑동] 부분을 쥐고 악 소리가 날 만큼 꽉 잡아당겨 세운다.

기타하치 "아야야야얏! 어떻게 하려고, 어떻게."

야지 "이걸로 됐겠지."

기타하치 "아아, 약간 목이 돌아가게 됐다. 빌어먹을, 당치도 않은 봉변을 당하게 했네."

• • •

28 여우를 골탕 먹이면 그 벌로 여우에게 홀려서 미치광이처럼 되는데, 얼굴은 여우처럼 변하고 행동과 식사도 여우와 비슷해진다고 일컬어졌다.

얕본 대가로/ 받은 벌 당연하네/ 만만치 않은

이세의 수호신/ 아니 이발사니까.[29]

• • •

29 '얕본 대가로 벌 받는[아타리] 것은 당연한 것[아타리마에], 방심할 수 없는 이세의 수호신[가미] 아니 이발사[가미유이](이니까)'. 동음이의어[아타리: 罰当たり〈벌받음〉·当り前〈당연〉], [가미: 神〈신〉·髪〈머리〉]를 앞뒤로 연결한 교카. 원문은 'あなどりしむくひは罰があたりまへゆだんのならぬいせのかみゆひ'.

2

이세 후루이치 유곽에서

1) 출발! 후루이치유곽으로 – 수석지배인이 된 야지

기타하치 스스로 이렇게 읊으며 크게 웃고는 밥도 다 먹고 이미 상도 물렸으므로 셋이서 느긋하게 쉬며 이야기하다가,

교토사람[30] "어떻노 오늘밤, 지금부터 **후루이치**古市[현재 이세시 후루이치초] 유곽으로 갈 끼가?"

야지(또는 기타하치) "아직 신궁순례도 하기 전이라 (이세 신에게는) 황송하지만, 에라 모르겠다 해치우자고."

교토사람 "가 보소. 내는 거기서 매년 버리는 돈이 천, 이천 정도가 아

• • •

30 원문에서 지금까지는 '관서지방사람[上方者]'이라고 지칭했으나, 여기서부터는 '교토사람[京の人]'이라고 확실히 지칭한다. 본 번역에서는 혼동을 피하기 위하여 '교토사람'으로 통일하였다.

니니께, (유흥비는) 얼매쯤 내가 떠맡는데이. 자아 퍼뜩 안 갈 끼가?"

야지 "에이, 그럼 나도 머리정리[31] 하면 좋았을 텐데."

교토사람 "주인장 주인장, 잠깐 와 주이소."

이 여관의 주인 "예 예, 무슨 일이십니꺼?"

교토 "에도 손님이 지금부터 산에 오른다카네."

묘켄초 동네에서 쓰는 화류계 은어로, 후루이치유곽에 가는 것을 '산에 오른다'[32]고 한다.

주인 "좋지예. 함께 가겠습니더."

교토 "그 규샤루牛車楼나 지소쿠정千束亭[33]으로 안 할 끼가?"

기타하치 "'큰북의 방'이라던가 하는 건 어느 집에 있지요?"

주인 "큰북이 아입니더. '장구의 방' 말씀이시지예? 그건 지즈카집千束屋입니데이."

교토 "그 지즈카집이 좋겠데이."

모두 준비하는 동안 어느덧 날도 저물어 적당한 시간이라고, 여관 주인을 안내역으로 해서 셋이 함께 외출한다.

한편 이 묘켄초의 윗동네가 바로 후루이치로, 기생집이 처마를 잇대고 늘어선 가운데 켜대는 이세음두[이세군무곡]의 샤미센 소리 활기

• • •

31 머리정리[가미 사카야키, 髪月代]: 상투를 매고 이마랑 정수리를 깎는 것.

32 후루이치의 유녀를 '오야마'라고 부른다. 역자 추측으로는 즉 '산[야마, 山]'이라고 해석할 수 있기 때문에 생긴 은어가 아닐까 추측된다.

33 후루이치에 실재한 유명한 기생집으로 두 곳 다 스무 명 정도의 유녀가 이세음두[군무]를 출 수 있는 아주 넓은 연회장을 구비하고 있었음. '장구의 방'은 그 연회장 이름.

차다. 몹시 들떠서 지즈카집千束屋이라는 기생집에 이르니, (심부름 하는) 여자들 모두 달려 나와, "잘 오셨습니데이. 어서 이층으로."

후지여관주인 "모시고 가도 되겠나. 자아 안내하겠습니더."

라고 주인을 선두로, 이층으로 올라가 각자 자리에 앉으니,

교토 "근데 야지 씨 이렇게 하지 않을 끼가. 당신을 에도에서 억수로 큰 상점의 지배인[반토: 수석종업원]이라고 하지 않을 끼가."

후지네 "그게 좋겠네예."

교토 "그런데 사투리[에도 말투]를 쓰면 안 된데이. (관서지역에 본점이 있는) 에도 지점[34]으로 해야 하니까네. 교토말을 쓰지 않음 형편이 나쁠 낀데, 어떻노?"

야지 "그런 건 내 십팔번이여. 유쾌 통쾌하게 내가 관서말로 해치워 주지. 여봐, 처자들 처자들~ 잠깐 와주지 않겠노? 내는 어쩐지 이제 진짜 억수로 목이 마르니까네 차 한 잔 갖다 주이소."

여종업원 "네 네."

야지 "어때! 교토말, 굉장하지? 굉장하지? 헤헤~ 빌어먹을 놈이.[35]"

교토 "와아, 끝내준데이. 잘했고마 잘했어."

그 사이 여종업원 주안상을 가져와 권한다. 후지네로부터 시작해서 차츰 잔을 돌리자 교토양반 받아서, "이보래이 종업원, 유녀들은 어떻노? 이분은 말여, 에도의 굉장한 상점의 지배인님이시니께, 무엇이든 몽땅 유녀들을 있는 대로 전부 내놓그래이. 마음에 들면 백일이

• • •

34 당시 에도에 있는 큰 상점은 대부분 관서지방에 본점이 있는 지점[가미다나]이었음.
35 의기양양해서 자기만족으로 내뱉는 욕설.

든 이백일이든 머무르시며 돈이 들어가는 것은 전혀 요만큼도 신경 안 쓰는 분이데이."

후지네 "하모하모. 내가 작년 에도에 갔을 때 상점 앞을 지나갔는데, 과연 굉장한 대갓집이데예. 당신께서 지배인 하시는 곳은 환전은행[36]인 듯했습니다만, 이 또한 큰 점포데예."

야지 "뭘 특별히 큰 점포는 아이다. 넓이가 겨우 33칸이고 (모시는) 부처 수가 3만3천3백3십3인인 살림이니께,[37] 억수로 떠들썩하고마."

후지네 "교토의 본점은 분명 로쿠조 주즈야마치六条数珠屋町거리에 있었고마.[38]"

야지 "그렇데이. *우리~ 아버지 어머니는~ 필시 걱정하고 계실 터인디~*[39] 이리 유녀만 사니, 이거야 원 억수로 가당찮게 칠칠치 못하데이. 칠칠치 못하데이~."

여종업원 "이보래이, 모두 나온 기가?" 라고 큰소리로 부르자 (유녀)

• • •

36 에도시대 통화는 금, 은, 동전의 세 종류로, 서로를 교환하는 시세변동이 심하였다. 무사는 금화, 상인은 은화, 서민은 동전, 관서지역은 은화, 에도지역은 금화를 주로 사용하였다. 각 번마다 번에서만 통용되는 '번찰'이라는 지폐가 있었다. 이를 교환하기 위해 필수불가결한 환전소는 대규모자본을 소유한 지금의 은행과 비슷하다.

37 교토 시치조에 있는 연화왕원[蓮華王院]의 속칭 '33칸당', '33칸당의 불상 수는 33,333개'라는 말에 빗대어 말한 것.

38 '부처'라는 앞의 말을 받아 연관 있는 '쥬즈[염주]야 거리'를 연상해서 한 말.

39 '로쿠죠 쥬즈야마치'를 받아, 조류리 『유녀 사랑파발꾼』[傾城恋飛脚]의 「니노구치마을」[新口村] 장면에서, 우매가와[梅川]가 부모를 생각하면서 하는 대사 "우리 아버지 어머니는 교토 로쿠죠 쥬즈야마치, 분명 지금은 탐문을 당하고 계시겠지"에 빗대어 한 말.

너댓 명 나타나서, "모두들 잘 오셨습니더."

야지 "호오, 모두 빼어난 미인이구먼."

교토 "지배인님, 술잔을 저쪽으로 좀 권하지예."

야지 "그려, 이봐 한잔 드릴까?"

하고 그중에서 가장 아름다운 계집에게 잔을 내밀고는 싱글벙글하고 있다.

기타하치 "나는 큰북의 방이 보고 싶은데 어때?"

교토 "또 큰북 방이라 카네. 장구 방이라카이."

여종업원 "장구 방에는 이 또한 에도 손님분인데예, 유녀와 게이샤 芸者[전문 예능인]들을 불러 모아서 춤추게 하고 있데이. 저거 들어보이소."

그러자 안쪽 장구의 방에서 춤[군무]이 시작된 듯, 샤미센 소리 들려온다. "*치리찌링 치리찌링 치치치치치♪ 띠리찌링 띠리찌링♪*"

이세음두 노래 "*산들바람이 먼지마저 털고 나무그늘 사이로♪*
연못에 떠오르는 달님 얼굴처럼♪
화장도 유곽마다 가지각색이네♪.
좋아 좋아 좋아 좋아♪ 좋구나~."

교토 "와아, 안쪽에서 군무를 시작한 것 같고마. 이쪽까지 이거 흥겨워진데이. 좀 더 큰 잔으로 하제이."

야지 "그려. 아주 묘하게 신명나는구먼. 이제 교토말이든 뭐든 귀찮아졌네. *좋아 좋아 좋아 좋아 좋구나~.*"

교토 "*얏~ 야아~, 띠리찌링 띠리찌링~.*"

또 안에서 노래 *"눈에 띄는 염문도 재미있어라♪*

마음 잔잔해지는 노래와 샤미센에♪

취한 발걸음도 비틀 비틀거리며 돌아간다네♪.

좋아 좋아 좋아 좋아♪ 좋구나~.

띠리찌링 띠리찌링♪"

2) 상대유녀 쟁탈전

교토 "참말로 대단하데이 대단혀. 근데 말여, 불초소생인 이놈의 상대유녀는…, 이봐 자네, 이름은 뭐라카노? 뭐라꼬 오벤弁이라꼬. 고마운 이름이데이. 이분으로 말할 것 같으면 세이슈 후루이치勢州古市동네, 지즈카가게千束屋의 오벤 유녀라고 하는 아름답고 사랑스러운 여자인 벤자이선녀弁才天女[40]님! 황공하게도 고귀하게도 교토京都 천본거리千本通와 나카타치우리中立賣거리를 살짝 올라간 곳, 헨구리집 요타쿠로辺栗屋与太九郎님의 짝이데이. 좀 더 옆으로 안 올 끼가?"

라고 손을 잡고 끌어당긴다.

이 교토사람은 술에 취하면 뭐든지 깍듯하게 같은 말을 지겹도록 되풀이하는 것이 버릇으로, 점점 횡설수설 혀 꼬인 말을 해댄다. 야지로는 맨 처음에 자기 잔을 권한 유녀이기에 자신의 짝이라고 생각

• • •

40 벤자이선녀[弁才天女]: 칠복신 중의 아름다운 여신. 음악, 지혜, 복덕을 관장한다.

하고 있었는데, 교토남자가 자기의 짝인 것처럼 말하므로 발끈해서,

야지 "여봐 교토손님, 그인 내 상대 유녀님이여."

교토 "아니, 무슨 말씀이래이? 여봐 종업원仲居[나카이],[41] 자네 이름은 뭐라카노?"

여종업원 "예, '긴'이라고 합니더."

교토 "옳지 옳지, 세이슈 후루이치동네 지즈카가게의 종업원 오킨['긴'을 지칭함]유녀에게, 교토 천본거리와 나카타치우리 거리를 살짝 올라간 곳, 헨구리집 요타쿠로가 진작에 내밀히 (서로 손잡고) 약속해 두었던, 저 아름답고 사랑스러운 벤자이선녀인 오벤이라는 유녀님은, 즉 교토 천본거리와 나카타치우리 거리…."

야지 "에잇, 시끄럽군. 천본千本이든 백본百本이든 무슨 소용이여. 어쨌든 완전 맨 처음에 내가 술잔을 권해 놓았다고."

왜냐하면 에도江戶에서는 (손님이) 유녀의 객실에 자리 잡고 앉으면, 곧바로 술잔을 권해서 상대유녀를 정하지만, 이 지역에서는 그러한 일은 없고 그저 은밀하게 찻집의 안주인, 또는 여종업원 등에게 귀엣말로 이건 누구, 저건 누구라고 상대유녀를 정해 두므로, 교토사람 아까 여종업원仲居과 교섭하여 이 중에서 제일가는 미인을 자신의 짝으로 정하고, 나머지를 야지로, 기타하치라고 자신의 책략대로 정해 놓고 있었기 때문이다. 그것을 전혀 몰랐던 야지로는 에도 식으로 술잔을 권한 유녀를 자신의 짝이라고 생각하고 있었기 때문에, 그리하여

• • •

41 나카이[仲居]: 손님을 접대하거나 잔심부름하는 여성.

▲ 후루이치유곽 기생집에서 연회중인 일행. 야지 기타와 교토양반, 유녀, 여종업원.

비로소 이 다툼이 일어난 것이다.

여종업원 야지로를 달래며, "이보래이, 저 유녀님은예 이분의 짝, 당신께서는 이쪽 시마다마게島田髷[42]머리를 한 사람이데이."

야지 "바보 같은 소리 하지 말게나. 이 중에서 저 유녀가 눈에 띄었으니까 그래서 내가 술잔을 권한 사실엔 틀림이 없네. 따라서 내 짝이라고."

교토 "글쎄, 제멋대로 이해하고 있데이. 당신은 그 에도 어디에 사는 기가?"

야지 "에도江戶에서도 간다神田 핫초보리八丁堀동네, 도치멘栃麵가게의 야지로베弥次郎兵衛님이라고 하면 (모두가 아는) 좀 삐딱한 놈이다!"

교토 "그 에도의 간다 핫초보리 동네, 도치멘가게의 야지로베님이라고 하는 삐딱한 놈이, 교토의 천본거리와 나카타치우리 거리를 살짝 올라간 곳, 헨구리집 요타쿠로의 상대유녀, 세이슈 후루이치 동네 지즈카가게의…."

야지 "에잇, 뭘 나불대는 거여. 헨구리집 요타쿠로도 듣고 기가 막히겠네."

교토 "아니 여봐, 에도의 간다 핫초보리 동네, 도치멘가게의 야지로베님! 교토의 천본거리와 나카타치우리 거리를 올라간 곳 헨구리

• • •

42 시마다마게[島田髷]: 일본여성의 전통머리 모양의 대표적인 것. 주로 미혼여성이 틂. 특히 신부가 트는 분킨시마다를 비롯하여 많은 종류가 있음. 시마다역참의 유녀가 틀기 시작했기 때문에, 또는 1624-1644년 무렵의 가부키배우 시마다 만키치의 머리모양에서 비롯되었다고도 한다. 틀어 올린 앞머리부분을 튀어나오게 하고, 중간 부분을 끈으로 묶어서 북채모양으로 하는 등 여러 모양이 있음.

집 요타쿠로를, 교토의 천본거리와 나카타치우리 거리를 올라간 곳 헨구리집 요타쿠로 '님'이라고 부르면 또 모르되, 그것을 교토의 천본거리와 나카타치우리 거리를 올라간 곳, 헨구리집 요타쿠로라고 경칭도 안 붙이고 이름만 불렀데이. 그러한 까닭으로 인하여, 교토의 천본거리와 나카타치우리 거리…."

야지 "에라 시끄럽기는. 잘도 지껄이는 녀석일세."

기타하치 "나는 그런 것보다 큰북 방을 보고 싶다고. 큰북 방은 어디야 어디?"

여종업원 "큰북 방이란 뭐꼬? 장구의 방 말씀이가?"

기타하치 "아 참, 그 장구 장구!"

교토 "야아, 장구든 뭐든 간에 이 헨구리집 요타쿠로의 짝이라카네."

야지 "이봐 실없는 농담하지 말라고. 어쨌든 장구의 방은 내거여! 못된 악역배우는 아니지만, *싫든 좋든~ 안고 자겠다~*.[43]"

후지네 "하하하하하, 그 넓은 장구의 방을 말이가?"

야지 "아무렴, 넓든 좁든 개의치 않네. 내 거여~."

교토 "아니 아니 아니 아니, 그렇게 하게 놔두진 않을 끼라."

야지 "뭘 하게 놔두지 않을 수 있겠냐고. 누가 뭐라 하든, 교토의 천본거리와 나카타치우리 거리, 도치멘가게 야지로베님의 짝이라고!"

교토 "아니, 이 에도의 간다 핫초보리 동네를 올라간 곳, 헨구리집

• • •

43 "싫든 좋든~ 안고 자겠다~": 가부키에서 악역배우가 싫어하는 여자에게 잠자리를 강요하면서 내뱉는 상투적 문구.

요타쿠로가 산 거래이."

기타하치 "하하하하, 당신들은 무슨 말을 하는 건지, 어느 쪽이 어떤지 도통 알 수 없게 되었다고."

여종업원 "그라고 이분은 교토분이라고 하셨는데예, 말씨가 어느 사이엔가 에도네예."

야지 "바보새끼! 이 바쁜 와중에 교토말을 쓰고 있을 수 있겠냐고."[44]

여종업원 "당신들께서 너무 다투시니까네, 자 보이소, 유녀님들은 모두 도망가 버렸데이."

야지 "부아가 치미네. 이제 돌아가자."

여종업원 "어머 아직 괜찮잖아예."

후지네 "저기요 이렇게 하지예. 지금부터 가시와가게柏屋의 '소나무 방'을 보여드리겠습니더. 아니면 아사키치麻吉[45]요릿집에 안내해 드릴까예?"

야지 "싫네, 싫어. 나는 꼭 돌아간다. 돌아가!"

후지네 "글쎄 좋잖아예."

야지 "아니 말려대지 말라고. 부아가 치미네."

라고 쓱 일어서서 돌아가려고 한다. 여종업원들이 (일제히) 달려들어 여러 가지 인사말을 하며 만류해도 멈추지 않고 뿌리치며 나가는 찰나, 상대유녀 하쓰에初江 나타나서, "이보래이, 무슨 일이꼬?"

• • •

44 교토말은 느리고 우아하며, 에도말은 빠르고 시원스럽다는 특징이 있다.

45 '가시와가게'는 이세음두 군무를 출 수 있는 '소나무의 방'이라는 큰 연회장을 구비한 실재했던 기생집. '아사키치' 또한 지금도 실재하는 유명한 요릿집.

야지 "막지 마~, 관둬 관둬~."

하쓰에 "당신만 그렇게예, 돌아간다 돌아간다 말씀하시는데예, 지가 마음에 안 드는 겁니꺼?"

야지 "아니 그렇지도 않지만, 이것을 놔라 놔~."

하쓰에 지는 싫어예."

라고 또 뛰쳐나가려고 하는 야지로를 붙잡고, 억지로 윗도리[하오리: 외투]를 벗긴다.

야지 "아니 윗도리를 어떻게 하려고. 내놔 내놔~."

라고 말하면서 또 종이쌈지와 담뱃갑을 빼앗긴다.

야지 "이봐, 나는 돌아간다고 돌아가~."

하쓰에 "고집이 센 분이시네예."

라고 말하면서 허리끈을 쑥 잡아당겨 풀고는 옷을 벗기려 한다. 야지로는 때가 낀 엣추샅바越中褌[46]를 차고 있었으므로 알몸이 되어선 꼴불견이라고, 몹시 난처하여 옷을 양손으로 누르고,

야지 "이봐 이봐, 이젠 참아 주게."

하쓰에 "그라몬 여기에 계실 끼가?"

야지 "있고말고 있고말고."

여종업원 "하쓰에 씨 이제 용서해 드리래이."

후지네 "자 자, 좋습니데이. 여기로 여기로."

라고 아까 자리에 야지로의 손을 잡아끌며 앉힌다.

• • •

46 엣추샅바[越中褌]: 남자의 음부를 가리는 들보모양의 천. 길이 1미터 가량의 좁은 천에 끈을 달았음.

기타하치 "하하하하, 재밌다 재밌어. 야지 씨, 이렇다고나 할까."

구질구질한/ 손님도 오늘밤은/ 인기 있어라
이름은 찬다는 뜻/ 후루이치 유녀지만.[47]

3) 선녀의 날개옷이련가 샅바이련가

이 한 수에 모두들 웃게 되고, 후지여관 주인과 여종업원들 그 주변을 정돈하여 각자의 방을 마련한다. 그리고 나서 술에 취해 쓰러진 교토양반을 일으켜 세워 안내하니, 기타하치도 함께 나갔기에 뒤에는 야지로베 혼자 남았다.

여종업원 "어서 어서 당신께서도 잠시 저쪽으로."

야지 "자, 갑시다. 어디여 어디?" 라면서 일어서서 간다.

이 야지로 대단한 겉치레장이[허영꾼]로, 예의 그 때로 찌든 샅바를 차고 있는 것이 특히 마음에 걸렸는데, 어쩌다 들키기라도 하면 수치스럽기 이를 데 없다고, (손을 집어넣어) 품속에서 슬쩍 풀어, 나무창살문[격자문]으로부터 정원 쪽으로 내던지고, 주위를 둘러보고는 아무도 보지 않는 것에 안도하여, 여종업원 뒤를 가까이 따라붙어서 간다.

• • •

47 '구질구질한 손님도 오늘밤은 인기 있어라, 이름은 찬다[후루, 振る]는 후루[古]이치의 유녀이건만'. 동음이의어를 이용한 교카. 원문은 'むくつけき客もこよひはもてるなり名はふる市のおやまなれども'.

이리하여 밤도 깊어 가니 안쪽 방의 가와사키음두[이세음두: 군무곡] 저절로 잠잠해지고, 나그네의 코고는 소리 요란한데, (새벽) 종소리가 벌써 일곱 번[오전 4시 무렵] 울리고, 집집마다 닭 울음소리 울려 퍼지면서 날이 어슴푸레 밝아온다. 채광창 장지문(에 비치는 햇살)에 깜짝 놀라 일어나 눈을 비비며,

교토사람 "자 자, 어떻노. 일어나소. 이제 가야제."

기타하치 "야지 씨 해가 떴다고. 안 돌아갈 거여?" 라고 두 사람은 야지로가 자고 있는 곳으로 와서 일으킨다. 야지로 일어나서, "아이구아이구, 한 숨 푹 자댔네."

유녀 "이보래이, 오늘도 있으시래이."

야지 "당치도 않네. 돌아간다 돌아가."

라고 모두들 채비해서 나간다.

유녀들 배웅하려고 복도로 나왔는데, 한 유녀 나무창살문으로부터 정원 쪽을 내려다보면서, "이보래이 이보래이, 저것 좀 보소. 정원 소나무에 아랫도리 속옷이 걸려 있데이."

야지로의 상대유녀 하쓰에 "치워 놓그라. 참말로 불쾌하데이. 누굴까?"

야지 "아하, 이것 참 재미있구먼. (선녀의) 날개옷을 건 소나무[48]가 아니라 샅바를 건 소나무라니 희귀하네."

기타하치 "야지 씨 당신 것 아냐?"

• • •

48 요곡 『날개옷』[羽衣]에서 선녀가 하늘에서 내려와 소나무가지에 날개옷을 걸어 놓았다는 전설이 묘사됨.

하쓰에 "정말 그렇데이. 저 분의 샅비 아이가?"

라고 야지로의 얼굴을 보고 웃는다. 야지로는 어젯밤 나무창살문으로부터 버린 샅바, 정원의 소나무 가지에 걸려서 축 늘어져 있는 것을 우스워하면서도, 과연 그렇다고 말하지도 못하고 태연하게, "뭘 당치도 않네. 저런 더러운 샅바를 무슨 내가 쓰겠냐고."

하쓰에 "그치만예 어젯저녁에 지가 이 손님의 옷을 벗기려고 했을 때 똑똑히 보았는데예 저런 색의 샅바였데이."

교토 "오호, 그렇겠고마."

야지 "바보소리 작작해라. 나는 무명천샅바는 싫어한다고. 항상 명주로 된[하부타에][49] 걸 차고 다니네."

하쓰에 "오호호호호호, 거짓말이고마. 저것이데이."

기타하치 "과연, 나도 낯익은 데가 있군. 분명 저거겠지. 그게 거짓말이라면 야지 씨, 당신 지금 알몸이 되서 보여 주라고. 오늘 아침에 역참으로 입성하는 영주님 행차의 창잡이마냥, (창이 아니라 불알을) 흔들고 있음에 틀림없어.[50]"

하쓰에 "그렇겠지예. 오호호호호호. 이보래이 히사스케久助[하인의 이름] 씨, 그 샅바는 손님 거데이. 가져온나."

라고 마당에서 청소하고 있는 남자를 불러 지시하자, 이 남자 대빗자루 끝으로 그 샅바를 걸쳐서 잡고는, 나무창살문 앞으로 쭉 내밀며,

• • •

49 하부타에[羽二重]: 질 좋은 생사로 짠 얇고 반드러우며 윤이 나는 순백 견직물의 한 가지. 당시에는 귀한 신분의 사람이 샅바로 사용했다.

50 샅바를 안 차고 있을 거라고 놀리는 말.

"*그러하면~ 샅바를 드리겠사옵니다~*[51] 자 집으시래이. 어떻노?"

하쓰에 "아이고 냄새야~."

기타하치 "하하하하 야지 씨 손을 내밀게나."

야지 "젠장, 한심한 소리를 하네. 내 게 아니라는데도."

기타하치 "그럼 당신 것을 걷어 올려서 보여 줘."

라고 야지로의 허리끈을 풀려고 덤벼드니 냅다 뿌리치고 그대로 도망간다.

모두들 "오호호호호호호, 와하하하하하하~"

라고 크게 웃으면서 배웅한다.

셋은 다함께 이곳을 떠나는데,

야지 "젠장 분통터져라. 기타하치 놈이 나에게 심한 창피를 당하게 만들었네."

기타하치 "소나무에 샅바가 대롱대롱 매달린 것도 희한하이."

샅바를 잊고/ 귀가하는 아침에/ 아사마다케의
만금단 아니 불알/ 흔드는 후루이치.[52]

• • •

51 교겐[狂言]의 삼바소[三番叟]에서 하는 상투어 "그러면 방울을 드리겠사옵니다"를 빗대어 한 장난말.

52 '샅바를 잊어먹고 귀가하는 아침[**아사**]에 **아사**마다케[淺間嶽]의 만**금단**[万金丹] 아니 불알[**金玉**]을 흔드네[**후루**] **후루**이치유곽에서'. 샅바 즉 팬티를 안 입은 야지로의 상태를 읊은 노래. '아침[朝, 아사]'과 '아사[浅]마다케', '아사마다케 묘오인[朝熊嶽明王院]'으로부터 전해졌다고 하는 이세 특산의 위장약 '万金丹[만킨탄]'과 '불알[金玉, 킨타마]', '흔들다[振る, 후루]'와 '후루[古]이치' 등등의 동음이의어를 연속적으로 앞뒤로 연결하면서 말장난한 교카. 원문은 'ふんどしをわすれてかへる淺間嶽万金たまをふる市の町'.

이세신궁 순례길

1) 길거리 예능인 ①: 얼굴 향해서 동전 던지기

이리하야 묘켄초妙見町동네로 되돌아왔는데, 그날은 날씨가 매우 화창한지라 서둘러 내궁 외궁 순례를 하자고, 아침식사 대충 때우고 출발한다. 그런데 얼마 안 가서 좀 전에 돌아온 후루이치古市유곽으로 올라가는 비탈길어귀[**아이노야마**間の山]에 이르렀는데, 제각기 가설 오두막에 가판대를 내놓고, 그 옛날 오스기杉 오타마玉마냥 예쁜 여자[53]가 높은 음으로 켜대는 샤미센가락,[54] "*벤베라 벤베라♪ 찰랑 찰랑*

• • •

53 그 옛날 아이노야마 비탈길에서 오스기 오타마라는 미천한 신분의 미녀가 노래하며 구걸했던 것에서 비롯되어, 이후에도 이 지역의 구걸하는 여자예능인들을 '오스기, 오타마'라고 호칭하기도 한다.

54 니아가리[二上がり]: 샤미센의 둘째 줄을 한음 높게 올려서 부르는 가락으로 활기찬 느낌을 준다.

찰랑 찰랑♪" 하고 무턱대고 타대니 노랫말은 뭐라는지 알 수가 없다. 오가는 나그네, 이 여자의 얼굴을 겨냥하여 동전을 힘껏 던지는데 그때마다 얼굴을 움직여 피한다.

야지 "저쪽 젊은 아가씨 보조개에 맞혀 주지."

라고 동전 2, 3문 던지자, 잽싸게 피해서 맞지 않는다. "*벤베라 벤베라♪*"

기타하치 "어디 보자 내가 맞혀 보여 주지. 아차, 이거 낭패네."

교토 "당신들이 어떤 수를 써서 아무리 내던져도 저것들이 맞게 할 리가 없다 아이가."

야지 "이번엔 보라고. 얏! 이건 어땟!"

기타하치 "어럽쇼 이럽쇼, 도케미 한줌 통째로 해치웠네[내던졌네]. 그래도 안 맞는군. 이거 좋은 수가 있어. 낯짝이 너무 얄미워."

라고 작은 돌멩이를 주워서 냅다 던지니, 그 여자 샤미센 켜는 바치撥[55]주걱으로 간단히 받아서 되받아치자 야지로의 얼굴에 탁!

야지 "아야! 아야야야야."

기타하치 "하하하하하, 이것 참 웃음거리구먼."

야지 "아아, 아퍼 아퍼."

> 엉뚱한 봉변/ 낭해 아이노야마/ 라는 지명인가
>
> 맞힌 돌 되돌려준 / 앙갚음이 우습네.[56]

• • •

55 바치[撥]: 현악기를 연주할 때 줄을 타는 데 쓰는 밥주걱 모양의 기구. 기타의 카포[capo]와 유사한 기능을 한다.

56 '엉뚱한 봉변을 당하기[아이] 때문에 **아이노야마**라는 지명일까 맞힌 돌 되돌려[**이시가에**

2) 길거리 예능인 ②: 거지도 각양각색

그렇게 여기를 지나 나카노지조中の地蔵마을에 당도했다. 왼쪽에 혼세이지本誓寺라는 경승지가 있다. 또 사무카제寒風라는 명소도 있다. 고치노뇨라이五知如來, 나카가와라中河原 등등, 다 적을 수 없을 만큼 다양하다.

그로부터 **우시타니**牛谷 언덕길에 다다르니, 치장하고 꾸민 여자거지들 길손에게 돈을 구걸한다. 또 열한두세 살 정도 난 계집아이들 색종이로 만든 삿갓을 쓰고, "*주고 가이소♪. 에돗분 아잉교. 그쪽에 시마*縞[줄무늬 옷] *씨*, *하나이로*花色[연한 남색 옷] *씨*, *홋카부리*頬被り[수건으로 얼굴을 가림] *씨 주고 가이소♪. 던져 주고 가이소♪.*"

야지 "시끄럽다. 다가오지 마 다가오지 마!"

거지 "그런 말씀 말고라, 에돗분이잖아예. 쪼메 주이소."

기타하치 "에잇 잡아당기지 마. 자, 뿌린다 뿌려~."

라고 (거절하는 것도) 그 정도 선에서 동전을 짤랑짤랑 내던지자, 거지들 각자 줍고는, "잘 주셨습니데이"라고 한 사람 한 사람 감사의 인사를 한다.

이 전방에 또 일고여덟 살 정도로 보이는 사내아이, 흰색 머리띠를 두르고 민소매 겉옷조끼袖無羽織와 종아리를 끈으로 졸라맨 바지裁っ着け

• • •

시] 앙갚음[**이슈가에시**]한 것이야말로 우습도다.' 당하는[合い,아이]과 아이노야마[間の山]라는 지명을 동음이의어로 이용하고, 돌을 되돌리다[石返し,이시가에시]와 앙갚음[意趣返し,이슈가에시]이라는 유사음을 이용한 교카. 원문은 'とんだめにあいの山とやうちつけし石かへしたる事ぞおかしき'.

袴[57]를 입고, 총채采配[58]와 쥘부채 등을 손에 들고 춤춘다. 그 뒤에서 삿갓 쓴 남자, 사사라簓[59]악기를 문지르면서,

"어허, 흔들어라[후레] 흔들어[후레] 오십방울[이스즈]강[60]♪

흔드는구나[후레야] 흔드는구나[후레야] 고귀한[찌하야부루][61]♪

신이 계시는 정원의 아침을 맑게 하거라♪

문지르는구나 사사라의♪

에이사라 에이사라 에이사라사♪

이봐, 민소매겉옷[62]이야 팔짱 껴야지.♪

주고 가이소~ 주고 가이소~."

기타하치 "자, 주고 가지. 게다가 4문짜리 동전이다."

거지 "4문짜리라면 거스름돈 3문 주이소."[63]

• • •

57 닷쓰케 바카마[裁っ着け袴]: 가랑이의 무릎아래를 끈으로 졸라매어 각반[종아리덮개]을 댄 것처럼 된 하카마바지. 위는 넉넉하고 아래는 좁게 만든 작업복임.

58 사이하이[采配]: 두꺼운 종이를 가늘게 잘라서 술을 만들고 짧은 손잡이를 단 것.

59 사사라[簓]: 대나무다발악기. 대 끝을 잘게 쪼개어 30센티미터 정도의 다발로 묶은 민속악기. 사사라코[簓子: 표면에 톱니모양의 홈이 있는 가는 막대기]에 문질러서 소리를 냄.

60 이스즈강[五十鈴川]: 이세신궁의 내궁지역을 흐르는 강.

61 치하야부루[千早振る]: '신' 앞에 붙는 관용어.

62 덴츄[殿中]: 덴츄바오리[殿中羽織]의 약칭. 에도시대에 유행한 무명으로 지은 소매 없는 하오리[袖無羽織, 소데나시바오리].

63 거지에게는 보통 1문을 주므로, 4문짜리 동전인 경우는 3문 거스름돈을 달라고 돈을 준 사람이 말하는데, 여기서는 돈을 받은 거지가 말하는 골계.

3) 잠자리채로 돈 받는 다리 밑 거지

야지 "이 자식 염치없는 소리를 하네. 그런데 이 다리는 **우지바시**宇治僑[64]라고 하는군."

교토 "그렇데이. 저것 보소. 그물채[잠자리채]로 돈을 잘도 받는데이."

기타하치 "어디 어디?"

다리 위에서 내려다보니, 대나무 끝에 그물을 달아서 나그네가 던지는 돈을 받는다.

교토 "야지 씨, 잔돈이 있으면 쪼메 빌려 주이소."

야지로의 돈을 빌려 재빠르게 멀리 내던진다. 아래에서는 모두 받는다.

교토 "억수로 재밌고마~ 잘도 받아댄데이. 좀 더 멀리 던져 주까. 이 보래이 기타하치 씨, 자네 좀 더 빌려주래이. 자, 또 던진다 던져~ 하하하하하 대단하고마 대단혀."

야지 "여봐 교토분~ 당신 남의 돈만 받아 던지는구먼. 당신 돈도 좀 던지지?"

교토 "상관없다 아이가. 당신들 돈이든 내 돈이든 차이가 없다 아이가."

야지 "그렇다 한들 지나친 구두쇠여."

교토 "뭐 내가 요전 번 신궁참배 했을 때는 말이다 들어 보래이. 억수로 바보였데이. 여기서 돈 5관[1문 동전으로 5천 개]인가 10관[1문 동

---

64 우지바시[宇治僑]: 이스즈강에 걸린 다리로, 건너자마자 이세내궁 입구기둥[鳥居, 토리이]이 있음.

전으로 만 개]을 내던졌다니께. 낯짝이 너무 얄미울 정도로 잘 받으니께, 이번에는 기어이 그물망을 찢어뿔자고 품속에 은화[丁銀: 약 160그램][65]한 닢 있던 것을 휙 하고 던져 주니, 역시 그물로 처받더라꼬. 이거 참 무슨 영문이가~ 은화를 던지면 그물망이 찢어질 거라꼬 생각했는데, 전혀 쓸모 없데이. 와 그물망에 돈이 멈췄을까 이해가 안 간다, 고 했더니 아래에 있던 놈이 '그야 틀림없이 멈춘데이' 하고 주둥이를 놀려대더라꼬. 와? 하고 물으니 '글쎄 그물코에 돈이 멈춘다!!'[66]라는 기다~. 내를 아주 찍소리 못하게 했다카이. 하하하하하. 자 자, 가제이 가제이."

던진 동전을/ 그물채로 받으며/ 오가는 사람
놀려대고 있네/ 우지다리 밑에서.[67]

4) 엄숙하게 내궁 외궁 참배

이로부터 **내궁**內宮,[68] 신사입구 두 기둥 문으로부터, 네 기둥 문, 원

• • •

65 1.1몬메=3.75그램. 1丁銀=43몬메=약 160그램.

66 '그물코에 바람 멈춘다'는 속담을 이용하여 '바람[가제]' 대신 '돈[가네]'을 집어넣어 말장난한 것.

67 '던진 동전을 그물채로 받으면서 왕래하는 사람을 놀려대네[챠니스루] (차[챠]의 명산지 우지에 있는) 우지다리 밑에서'. 교카 원문은 'なげ錢をあみにうけつゝおうらいの人をちやにする宇治ばしのもと'.

68 내궁[內宮]: 이세신궁 가운데 하나인 아마테라스 오미카미[天照大神]를 모신 신궁. 80말사

숭이머리猿頭[사루가시라] 문을 지나, 본전에 머리 조아려 공손히 배례 드린다. 여기는 천조황태신天照皇太神[아마테라스 온가미]을 모시는 곳으로, 신이 다스리던 시대神代[69]로부터 전해지는 신의 거울과 신검을 가지고 진좌하시는 곳이라고 하여,

나날이 광명/ 더하는 신궁기둥/ 불어넣으시어
덕을 닦으시옵는/ 이세 신의 바람.[70]

여기에 아침해궁朝日宮[아사히노미야], 풍궁豊宮[도요노미야]을 비롯하여 가와구집河供屋, 옛신궁古殿宮[후루도노미야], 고궁高宮[다카노미야], 흙궁土宮[쓰치노미야], 그 밖에 딸린 말사末社, 모두 적을 겨를이 없을 정도다. 바람궁風宮[가제노미야]으로 가는 길에 미모스소가와御裳裾川라는 강이 있다.[71]

옷자락 끌 듯/ 몇 대나 후세에/ 유구하도다

• • •

가 딸려 있다.

69 신대[神代]: 일본신화에서 신이 다스렸다고 하는 시대. 신무천황[神武天皇] 이전까지의 시대.

70 '나날이 광명[덕]을 더하시는 신궁기둥에 불어[후키]넣으셔서 닦으[후키]시는 이세 신의 바람.' 즉, '이세 신의 권위가 나날이 영험하시니 신궁도 나날이 장엄함을 더해 간다'는 뜻의 교카. 원문은 '日にましてひかりてりそふ宮ばしらふきいれたもふ伊勢の神かぜ'.

71 아사히노미야[朝日宮]: 내궁본전의 별칭. 도요노미야[豊宮]: 외궁본전. 후루도노미야[古殿宮]: 천궁 전의 옛 건물. 다카노미야[高宮]: 외궁 제1의 별궁. 쓰치노미야[土宮]: 외궁 제2의 별궁. 가제노미야[風宮]: 외궁 제4의 별궁/내궁 제7의 별궁. 미모스소가와[御裳裾川]: 이스즈강의 별칭. 흐르는 방향으로 구별.
이처럼 내궁 참배하는 장면인데도 불구하고 외궁지역까지 섞여 있음.

신이 출현하시는/ 미모스소강 물결[72]

모름지기 신궁순례 중에는 감동의 눈물 저절로 가슴에 스며들어 그 거룩함에 진지해지고, 농담도 잡담도 하지 않기 마련인지라, 한참 동안을 참배하며 다 돌아다닌 후 이전 길로 나와 이윽고 묘켄초妙見町 동네로 돌아온다. 여기에서 예의 그 교토양반과 작별하고, 야지로 기타하치 두 사람만 후지 여관을 낮에 정산해서 떠나 **외궁**外宮[73]으로 찾아간다. 여기는 곧 풍수태신궁豊受太神宮[도요우케 다이진구]이다. 천신7대天神七代의 시초이신 국상립존國常立尊[구니토코타치노 미코토]이라고 하옵는 신을 모시는 곳이다. 신의 구슬궁神璽宮[신지노미야], 보검궁宝劍宮[호켄노미야], 그 밖에 많은 말사末社를 순례하며 참배하였다.

5) 복통

그 도중 아마노이와토天岩戶[야마다 다카쿠라 산위에 위치]바위동굴에 올랐는데, 야지로베 어찌된 일인지 계속해서 복통에 시달리는 바람에 일찌

• • •

72 '질질 끌며 가서[이쿠] 몇[이쿠] 대나 후세까지 늘어지는[아토타레루] 옷자락[모스소], 아니 신이 출현하시는[아토타레루] 미모스소강[御裳裾川]의 물결 유구하도다.' 동음이의어와 연상어를 이용한 교카. 즉, '신이 대대로 이곳에 출현하시는 것은 미모스소강의 흐름이 고대로부터 끊임없는 것과 같도다.'라는 뜻. 원문은 '引ずりていく代かあとをたれたもふ御衣裳川のながれひさしき'.

73 외궁[外宮]: 이세신궁 가운데 하나인 도요우케노 오카미[豊受大神]를 모신 신궁. 40말사가 딸려 있다.

감치 여기를 내려왔다. 근처에서 쉬며 알약을 먹는 등 이리저리 하는 사이에 참을 수 없게 되어, 히로코지広小路거리에 서둘러 도착하였다. 숙소를 빌리려고 여기저기 둘러보는 동안, 어느 여관의 주인, "여보세요, 투숙하시지 않으실랍니꺼?"

기타하치 "예, 동행이 조금 배가 아프다니까 숙소를 부탁합니다."

주인 "퍼뜩 들어 오이소. 거기 나베[냄비: 하녀의 통칭]야~ 안으로 모시지 않겠나."

여자 "잘 오셨습니데이."

기타하치 "얼른 야지 씨 들어가라고."

야지 "아이고 아야야야야~."

기타하치 "에잇 꾀죄죄한 표정을 짓네. 당신 이거 뭔가 '벌'을 받는[바치가 아탓타] 거라고."

야지 "무얼 '벌'을 먹은 기억은 없네. 아마 아침에 먹은 '밥'에 탈난[매시가 아탓타] 거겠지."

주인 "쌀밥도 늘 먹는 버릇하지 않으면 탈이 나기도 합니데이."

기타하치 "아아, 이거 칠칠치 못한 일이여. 어서 어서 안으로 안으로~."

야지 "아이고 아야야야야~."

라고 기타하치에게 간호 받으면서[부축되어서] 객실로 든다.

주인도 짐을 나르며, "오죽 힘드실까예. 약이라도 드셨습니꺼? 다행히 우리 집사람이 이달이 산달입니데이. 어제부터 상태가 약간 좋지 않응께로 지금 의사를 부르러 보냈는데예, 손님도 진찰받지 않으실랍니꺼?"

야지 “거 참 부디 간청 드립니다.”

주인 “잘 알았습니다.”

하고 부엌으로 나간다. 계속해서 고통스러워하는 야지로의 모습을 보고,

기타하치 “어때 물이든 차든 술이든 마시고 싶진 않나?”

야지 “바보 소리 마. 아이고 아야야야야야~ 배가 몹시도 꾸르륵꾸르륵 소리 나네. 기타하치야 변소는 어디에 있냐? 찾아봐 줘.”

기타하치 “당신 어디에 뒀는데? 소맷자락에라도 없어?”

야지 “농담도 어지간히 하라고. 아무렴 변소가 소맷자락에 (들어) 있겠냐고. 어디에 있는지 봐 달라는 말이여.”

기타하치 “허어 그렇군. 어디 봐 주지. 있다 있어! 저기 툇마루 끝에 ‘떨어져’ 있어!”

야지 “아직도 나불대네. 아이고 배야배야~.”

라고 간신히 일어서서 볼일 보러 간다.

6) 뒤바뀐 환자

이 사이에 여관 여종업원 부엌으로부터 나와, “예~ 의사선생님이 오셨습니데이!”

기타하치 “어서어서 여기로 여기로~.”

그러자 이 근처 의사의 제자인 듯, 가문 넣은 (검정색이 퇴색해서)흑갈색 무명예복에, 어깨부분이 닳아서 얇아진 오글오글한 검은색 비

단겉옷[하오리]을 걸친 까까머리, “에헴 에햄, 이것 참 불순한 날씨일세. 그럼 어디 맥을~”라고 기타하치의 옆에 앉아 기타하치의 맥을 짚으려고 한다.

기타하치 “아니 제가 아니옵니다.”

의사 “글쎄 건강한 사람의 맥으로 비교하지 않으면 환자의 맥을 알 수가 없으니까네. 우선 당신이 보여 주시오.”

라고 기타하치를 진맥하고 잠시 생각하더니, “옳거니, 과연 당신은 아무렇지도 않은 것 같소.”

기타하치 “그렇사옵니다.”

의사 “식사는 어떤가?”

기타하치 “예, 오늘 아침 무렵엔 밥을 세 공기 국을 세 그릇 먹었습니다.”

의사 “그렇겠지, 그렇겠지. 납작 접시에 담은 반찬은 아마 한 그릇이었겠지? 더 먹지는 않았을 걸세.”

기타하치 “그렇사옵니다.”

의사 “그렇겠지, 그렇겠지. 이 맥 상태로는 전부 아무렇지도 않은 것 같소.”

기타하치 “그렇사옵니다.”

의사 “어떻소. 잘 맞췄지요? 무릇 ‘의술은 뜻이다’라고, 맥의 상태를 갖고 숙고하는 것이 제일이지요. 걱정할 거 없소. 이제는 물러나지요.”

기타하치 “여보세요, 환자를 진찰해 주십시오.”

의사 “참 그랬지요. 저는 별난 버릇이 있어서, 아무튼 병자의 집에 가도 환자 맥을 짚는 것을 툭하면 잊어버려서 안 된다오. 그러나 안 봐도 뻔한 일이지만 이 기회에 봐 드리지요. 환자는 어디에 있소?"

기타하치 "예, 지금 막 변소에 갔사옵니다. 이봐 이봐 야지 씨~ 의사선생님이 오셨네. 빨리 나와~, 나오라고!"

라고 큰 소리를 지르자, 야지로 변소 안에서, "아니 아직 나가지 못하네. 의사선생님! 부디 이쪽으로 와 주십시오."

기타하치 "에잇 가당찮은 소리를. 의사선생님이 거기에 갈 수 있겠냐고. 버릇없는 말을 다 하네."

야지 "그럼 지금 나가네 나간다고."

간신히 변소에서 나오니, 짐짓 점잔을 빼고 야지로를 진맥한 의사, "옳거니, 귀공은 이거 혈행 불순[부인병]이데이. 하여튼 만삭 같은 경우에는 발생하기 마련이지요."

야지 "아니 전 임신한 적[임신했을 까닭]이 없사옵니다."

의사 "뭐라 잉태한 게 아니라꼬. 허, 참 이상한데~. 야 이건 우리 스승님이 나쁘네. 히로코지広小路동네의 이가고에집伊賀越屋으로부터 부르러 사람을 보내왔는데, 거기 환자는 산달이니께, 아마 혈행 불순이 일어난 거겠지. 그 작정으로 약을 조제하면 된다꼬 가르쳐 주고 날 보냈는데 그건 귀공의 일이 아니었고마."

기타하치 "그렇겠지요. 혈행 불순은 이곳 안주인의 일이겠지요. 이 남자는 그것이 아니옵니다."

의사 "그렇군. 이거 내 과실이데이. 한데 웬만하면 당신도 그것 셈치면 약 조제를 같이 할 수 있어서 귀찮지 않고 좋은데요."

기타하치 "과연, 이거 의사선생님 말씀대로 야지 씨 당신도 혈행 불순 셈 치는 게 좋겠군."

야지 "턱없는 소리를 하네. 남자에게 혈행 불순이 생기다니 될 말이여?"

의사 "아니아니, 다른 병도 재밌겠지. 뭐든 내 (의사)연습을 위해서. 도대체 당신은 무슨 병이오?"

야지 "저는 아까부터 배가 아파서 견딜 수가 없습니다."

의사 "그건 아마 뱃속에서 진통이 일어나는 거겠지."[74]

야지 "예 말씀하시는 바와 같이 배 밖은 아닙니다."

의사 "그렇겠지. 여보게! 종업원아가씨, 종복에게 약상자 건네라고 말해 주게."

여자 "예에 잘 알겠습니다. 아니 저기요, 수행원은 안 보이는데예."

의사 "당연지사 안 보이겠지. 데리고 오지 않았으니께. 약상자는 내가 가지고 왔네."

라고 들고 온 봇짐을 펼쳐서 약상자를 꺼낸다.

7) 문맹 의사의 처방전

여자 "어머 우스워라. 당신은 대나무 수저로 콩자반 주워 담듯이 하시네예."[75]

• • •

74 당연한 것을 말하는 골계.

75 약을 조제할 때 사용하는 수저는 보통 금속제이다. 여기는 콩자반 팔러 다니는 행상인

기타하치 "허어 알겠군. 돌팔이 의사선생님이기 때문에 그래서 대나무 수저를 사용하시는 것으로 이해가 됐습니다. 그리고 당신의 약봉지에는 그림이 그려져 있는데 무슨 사정이시온지요?"

의사 "야 물으시니 면목 없지만, 태어난 이래 글자를 배운 적이 없응께."

기타하치 "옳거니, 당신 무숙無宿[노숙자][76]이구먼."

의사 "하모 하모, 낫 놓고 기역자도 모르는 '무숙'이니께. 그래서 이렇게 약 이름을 그림으로 그려 놓는 것이데이."

기타하치 "이것 참 재미있군. 그렇다면 그 도성사道成寺 그림은 무엇입니까?"

의사 "이건 계피桂枝['게이시': 가래기침약][77]데이."

기타하치 "염라대왕閻魔大王['엠마'다이오']은 아마 대황大黃['다이오': 설사약]이겠습니다만, 이 개가 불을 쬐는 것은?"

의사 "진피陳皮['찐'피: 감기약][78]! 진피!"

기타하치 "이 임산부 옆에서 소변 보고 있는 것은?"

• • •

이 대나무수저를 사용하는 것에 비유한 말.

76 '문맹'에 해당하는 '無筆'을 기타하치는 '에도시대에 죄를 지어 호적에서 제외된 사람'을 의미하는 '無宿[노숙자]'이라고 잘못 말했음. 이를 모르고 그대로 받아서 맞장구치는 돌팔이 의사의 골계.

77 『교토홀치기염색아가씨도성사』[京鹿子娘道成寺]라는 가부키무용을 잘 추는 것으로 유명한 초대나카무라 토미쥬로[中村富十郎: 1719-86]의 아호가 '게이시[慶子]'. 계피[桂枝, 게이시]와 동음이다.
도성사의 종각에서 춤추는 여자, 또는 종 위에 올라간 여자, 또는 뱀이 된 여자가 종을 휘감고 있는 모습 등과 같은 전형적인 장면을 그린 그림으로 예상된다.

78 개의 한 종류 '찐[狆]'과 동음.

의사 “당연지사, 치자나무 열매山梔子[산‘시시’: 해열제, 지혈제]!”[79]

기타하치 “도장에 털이 난 것은?”

의사 “반하半夏[‘한게’: 두통약].”[80]

기타하치 “귀신이 방귀 뀌고 있는 것은?”

의사 “그건 탱자나무枳穀[‘기코쿠’: 위장약].”[81]

기타하치 “하하하하 재미있군 재밌어. 그런데 약은?”

의사 “달이는 법은 관례대로.[82] 생강은 한 조각 넣으시오.”

기타하치 “겨자[고추냉이]는 안 되옵니까?”[83]

야지 “바보 같은 소리 하지 마. 이것 참 감사합니다.”

그러자 어쩐지 부엌 쪽이 갑자기 소란스러워지면서 사람들 발자국소리 쿵쿵 울리고, 주인의 목소리로, “이봐 이봐, 오나베야~ 오나베야~ 산파님에게 사람을 보내래이. 거기, 히사스케久助[하인의 통칭]는 물을 데우래이! 분만촉진제는 있나? 퍼뜩퍼뜩!” 이라고 와자지껄 떠들어대는 와중에, 이쪽에서는 또 야지로가 자꾸만 배가 아파 오는데, “아이고 아야야야야~.”

기타하치 “야지 씨, 무슨 일이야 무슨 일?”

의사 “이거 감당 못 하겠네, 감당 못 하겠어. 환자 옆에는 못 있겠소.”

• • •

79 ‘오줌’의 유아어 ‘시시[쉬]’와 동음.

80 ‘도장[判, 한]’에 ‘털[毛, 게]’과 동음.

81 ‘귀신[鬼, 기]’ 이 방귀 ‘뀌다[코쿠]’와 동음.

82 탕약을 환자에게 처방할 때 의사가 말하는 상투적 문구.

83 요리재료인 생강을 넣는 거라면 비슷한 요리재료인 겨자를 대신 넣으면 안 되냐고 농담한 것.

하고 황급히 꽁무니를 빼고 가버린다.

8) 임산부와 바뀐 야지

한편 부엌 쪽에서는 아이고머니나 산파님 행차시네 하고, 하녀 오나베가 당황하여 할멈의 손을 잡고 이쪽으로 이쪽으로 라며, 야지로가 이불을 덮어쓰고 자고 있는 곳에 데리고 오자,

산파 "아뿔싸 이거 낭패일세. 자고 계시면 안 된데이. 자 자 일어나소 일어나소."

라고 야지로를 억지로 끌어당겨 일으키니 얼굴을 찌푸리며, "아이고 아야야야야~."

할멈 "참게나. 여보게 거기 있는 사람, (산실에 까는) 멍석은 어찌 됐노?"

야지 "아이고 아파라 아파."

할멈 "거기여 거기!"

이 할멈도 허둥댄데다가 애당초 약간 눈이 어두운지라, 이 집의 임산부로 착각하여 야지로의 허리를 잡아 일으켜 세우고 또 세우면서, "어서어서 모두들 오지 않을 끼가. 여봐, 여기에 와서 아무라도 허리를 안아 주소. 어서어서, 퍼뜩퍼뜩~"이라고 재촉하는 것이야말로 기타하치는 어이없고 우습길래, 이거 어찌될지 모르겠네 하고 시치미 뗀 얼굴로 야지로의 허리를 안고 잡아 일으켜 세우니[앉히니],[84]

야지 "이봐 기타하치, 뭐하는 거여? 아이고 아프다고 아파!"

할멈 "그렇게 심약해서는 안 된데이. 꽉 힘을 주소, 힘을 몰아 쓰소!"

야지 "여기에서 힘을 쓰다니 될 말이요? 변소에 가고 싶네. 놔주게 놔주라고~."

할멈 "변소에 가선 안 된데이."

야지 "하지만 여기에서 힘을 주면 여기에 나온다고!"

할멈 "나오이까네 힘을 쓰시오라고 말하는 거고마. 거기 으음 으으 으음 으으으음~ 것 보래이, 이제 머리가 나올락칸다 나올락해!"

야지 "아이고 아야아야아야~ 그건 아기가 아니여. 그걸 그렇게 잡아 당기지 마시게~ 아앗, 이봐 아파 아파!"

라고 바둥대는 것도 상관 않고 할멈은 콱 잡아당기니, 야지로 화를 내며, "에잇 이 망구탱이가!"라고 따귀를 후려갈긴다. 산파 기가 막혀서, "이 (출산 전) 미치광이가!"라고 거세게 덤벼든다. 이런 소동 한창 중에 내실 쪽에서는 어느새 마누라가 순산한 듯 아기의 울음소리 들린다. "응애 응애 응애 응애~"

할멈 "것 보래이 태어났데이. 아니, 여기가 아니구마. 어디고 어디고?"

라고 우왕좌왕 헤매는 가운데, 야지로도 계속 아파 와서 변소로 달려간다.

내실에서 황급히 달려온 주인, "이보래이 이보래이, 산파님! 아까부터 찾고 있었는데 시방 태어났데이. 퍼뜩퍼뜩~"이라고 산파를 잡

• • •

84 이 당시는 임산부가 앉아서 분만하는 좌산 형태이다. 산파가 기타하치에게 야지의 허리를 안도록 해서 이불 위에 일으켜 앉힌 것이다.

아끌고 데려간다. 내실 쪽에서는 ('해변가 소나무에 솔바람이 쏴아쏴아' 라고 노래하며) 시끌벅적 축하하는 소리, "경사났네 경사났어. 삼국[일본·중국·인도] 제일의 옥동자가 태어났구나[85]"라고 기뻐하는 소리와 함께 주인 싱글벙글하며 나타나서, "이것 참 손님, 시끄러우시지요. 어쨌든 제 처도 순산했습니다"라고 말하는데, 야지로도 변소에서 나와, "거 참으로 경사스럽군요. 저도 막 변소에서 맘껏 '순산'했으니 씻은 듯이[언제 아팠냐는 듯] 기분이 좋아졌습니다."

주인 "그것 참 당신도 축하합니데이."

기타하치 "모두 경사났군 경사났어~."

이로부터 기쁨의 축배를 서로 주고받으며, 산파의 실수라든지 이 얘기 저 얘기 나누면서 크게 웃는다. 경사났네 경사났어.

• • •

85 혼례에서 하는 상투어 "경사났네 경사났어. 삼국 제일의 새색시를 얻었구나" 대신에 하는 말.

(58) 제47역참: 세키[関]

《즈에図会》 세키

= 원작4편 상·아카사카의 에피소드를 뒤늦게 차용

→ 앞 4편상 본문에 게재.

(59) 제48역참: 사카노시타[坂の下]

《즈에図会》 사카노시타

= 원작7편 하·교토의 에피소드를 앞서 차용

→ 뒤 7편하 본문에 게재.

(60) 제49역참: 쓰치야마[土山]

《즈에図会》쓰치야마

= 원작3편 하·후쿠로이 도착하기 직전 에피소드

→ 앞 3편하 본문에 게재.

(61) 제50역참: 미나쿠치[水口]

**《즈에図会》 미나쿠치

= 원작5편 하·간베에서 시로코까지 가는 길의 에피소드

→ 앞 5편하 본문에 게재.

(62) 제51역참: 이시베[石部]

**《즈에図会》 이시베

= 원작 4편 하·미야의 에피소드

→ 앞 4편하 본문에 게재.

저자 소개

짓펜샤 잇쿠十返舎一九

1765년 시즈오카에서 출생하여 1831년 67세의 나이로 사망할 때까지 주로 에도(동경)에서 집필활동을 하였다. 대표작으로는 1802년 초편이 발행되는 『東海道中膝栗毛』[동해도 도보여행기]가 있으나, 이 외에도 전 생애에 걸쳐 580작품 이상을 출판함으로써 일본최초의 전업 작가이자, 일본문학사상 최대의 작품 양을 자랑하는 베스트셀러 작가이기도 하다.

역자 소개

강지현 康志賢, Kang Ji-Hyun

제주대학교 일어일문학과 졸업 후, 한국외국어대학교 일본어과 석사, 일본문부성국비유학생으로서 규슈대학 국문학전공 석·박사를 마쳤다. 일본학술진흥회특별연구원으로 초빙 받아 도쿄대학 종합문화연구과 객원연구원, 국제일본문화연구센터 및 호세대학 국제일본학연구소의 초빙을 받아 외국인연구원으로 근무했다. 2000년 2월 여수대학교 부임 후 현재 전남대학교 국제학부 교수로 재직 중이다.

최근 일본 학술지(東京大学『国語と国文学』1105호, 日本文学協会『日本文学』716호, 京都大学『国語国文』923호, 日本近世文学会『近世文藝』100호, 九州大学『語文研究』124호, 国際浮世絵学会『浮世絵芸術』172호 등)에 논문을 게재하였으며, 국제우키요에학회의 2017년도 추계국제학술대회에서 기조강연을 맡았다. 번역서로『근세일본의 대중소설가, 짓펜샤 잇쿠 작품선집』(관우번역대상수상), 저서로『일본대중문예의 시원, 에도희작과 짓펜샤잇쿠』(대한민국학술원우수학술도서수상, 한국연구재단기초연구우수성과수상) 등이 있으며, 2017년도 전남대학교 제21회 용봉학술상을 수상하였다.

東海道中膝栗毛